U0605422

三明市文学艺术界联合会
三明市政协文化文史和学习委员会 编

海峡出版发行集团
海峡文艺出版社

图书在版编目(CIP)数据

城关记忆/三明市文学艺术界联合会,三明市政协文化文史和学习委员会编. －福州:海峡文艺出版社,2024.1(2024.10 重印)
ISBN 978-7-5550-3585-5

Ⅰ.①城… Ⅱ.①三…②三… Ⅲ.①散文集－中国－当代 Ⅳ.①I267

中国国家版本馆 CIP 数据核字(2023)第 252561 号

城关记忆

三 明 市 文 学 艺 术 界 联 合 会
三明市政协文化文史和学习委员会 编

出 版 人	林　滨
责任编辑	刘含章
出版发行	海峡文艺出版社
经　　销	福建新华发行(集团)有限责任公司
社　　址	福州市东水路 76 号 14 层
发 行 部	0591－87536797
印　　刷	福建新华联合印务集团有限公司
厂　　址	福州市晋安区福兴大道 42 号
开　　本	720 毫米×1010 毫米　1/16
字　　数	350 千字
印　　张	24.5
版　　次	2024 年 1 月第 1 版
印　　次	2024 年 10 月第 2 次印刷
书　　号	ISBN 978-7-5550-3585-5
定　　价	68.00 元

如发现印装质量问题,请寄承印厂调换

序

◎李　晔

　　"郡县治，天下安。"县是我国历史上最稳定的行政区划单元，其建制具有深厚历史渊源，在中华文明发展史上具有重要地位。城关，在字典里的解释，是指"城外，靠城门的一片地区"。后来，人们习惯把县城所在地叫作城关，即一县之都。

　　城关作为全县的政治、经济、文化中心，人文荟萃、人才辈出。每个城关都有各自的历史，每个与之相关的人都有着个体独特的记忆。《城关记忆》以在三明各个城关出生、成长或在此生活、工作过的人的视角，将三明各县城关的历史、人文、风俗，以及各自在城关生活经历中印象最深刻的点滴娓娓道来，群体记忆与个人记忆交融，"城关记忆"便有了可感的脉动。

　　三明地处福建省中北部，是福建老工业基地，是新中国成立后共产党带领人民缔造的新兴工业城，辖一市二区八县。各地城区所在地，和全国各地一样，曾经一度都叫城关。早在三国时，将乐就开始设县。县治在古镛镇，称为镛城。同属千年古县的，还有沙县、尤溪县、宁化县、建宁县、泰宁县。这些县城也堪称千年古城，孕育了理学大师杨时、罗从彦、朱熹和书画大师黄慎、伊秉绶等历史文化名人。泰宁城关保存了明清两代最为完好的建筑群，有着"汉唐古镇、两宋名城"以及"隔河两状元、一门四进士、一巷九举人"的美誉。

　　三明境内有三条大溪——沙溪、金溪、尤溪，这些县城大多坐落在大溪两岸、依山傍水、山清水秀，是其共有的特征。沙溪是三明境内最长溪流，发源于建宁县，是福建母亲河闽江正源，流经宁化、清流、永安、三元、沙县等地，在不同县域被赋予不同美名。在宁化境内叫翠江，县城叫翠城。在清流县境内叫龙津河，以S形姿势绕县城而过，形似太极，故有人称清流为太极之城。从清流到永安，叫九龙溪。九龙溪与巴溪在永安城西交汇，形似燕尾，称燕江，永安城就以燕城为名。入沙县境，叫虬溪，也叫虬江，县城亦称虬城。

金溪是第二大溪流，流经建宁、泰宁、将乐等地，是闽江上游富屯溪重要的一条支流。在建宁县境内叫濉溪，县城就叫濉城。在泰宁县境内叫杉溪，县城便称为杉城。在将乐县境内，从前叫将溪，县志说"邑在将溪之阳谷，土沃民乐"，将乐县因此得名。

尤溪也是闽江的一条重要支流，旧称沈溪，尤溪县城称作沈城。尤溪上游有二源，一是文江溪，发源于永安；一是均溪，发源于大田。大田城关所在地名为均溪镇，县城却不以溪为名，别称岩城，因县城东、西分别有赤岩和白岩两山对峙。在明溪县，一溪将县城分成大小两阜，如同"明"字，因而把县名称作明溪。

三明是革命老区，各地城关具有光荣革命传统。在建宁县城，红一方面军领导机关旧址暨反"围剿"纪念馆展现了第二次国内革命战争时期一段波澜壮阔的历史。西门莲塘，毛泽东同百姓一起挖莲塘的历史佳话广为流传。在宁化县城，北山革命纪念园，为数可观的革命历史文物和革命遗迹诉说着那段可歌可泣的岁月。在泰宁，古城老街两旁仍完好保留着当年红军用繁体字书写的大幅标语、巨幅文告，以及当年修筑的防空洞。抗战时期，福建省政府内迁永安，达七年半之久，许多军政要员、抗战名士、文化名人云集于此，使永安成为全国三大抗战文化中心之一。大田县城有个"第二集美学村"，是集美职校所辖水产航海、商业、农林三所学校及所属玉田国民学校旧址的总称，在抗战时期内迁大田办学八年，被誉为福建的"西南联大"。

这些，都是无法磨灭的城关记忆。

"让城市留住记忆，让人们记住乡愁"有多种方式，文学的书写是最有温度的一种。身为三明出生成长在外工作的一员，《城关记忆》读来倍感亲切，掩卷覃思，余味悠长，"城关记忆"中也隐约找到了自己的身影，和作者及编者一起神游在城关厚重的历史人文中，一起体味着城关温馨的烟火气，一起牵挂着城关的亲人朋友。

党中央提出推进以县城为重要载体的城镇化建设，城关必将成为人民美好生活的重要载体，《城关记忆》一定能够为三明各地城关建设从历史走向未来、建设成为以人民为中心的幸福城关，贡献自己的文化力量。

（李晔，工学博士，教授、博士生导师，现任上海师范大学副校长）

目　录

从城关到城市

◎绿　笙

　　历史以来，三元均属沙县管辖，宋时为沙县二十四都的一个小村庄，直至明代中叶才辟圩设镇，明清时设三元里，民国后设三元镇。且不说之前的三元，就说民国后的三元镇，当时沙溪河流域现三明的河段有四个堪称水陆码头的镇，位居于三元镇上游的贡川镇和莘口镇及下游的琅口镇，与这三个镇相比，无论是设镇时间还是历史文化，三元镇都无法比拟。然而，历史给了三元镇一个千载难逢的机会，这也为它后来超越三个老大哥打下了基础。1938年5月，日军占领厦门，担心日军进犯省会福州，国民党福建省政府于同年8月内迁永安，一些省级机关和省保安处及其关押的政治犯也同时迁至三元。1939年2月，直属福建省政府管辖的三元特种区署成立，次年6月设立三元县。

　　这个时候，三元才首次作为县治与上游的永安和下游的沙县平起平坐。新中国成立后，三元、明溪两县合并，各取冠首一个字，改称三明县。历史证明，这是个重要的改变！不仅县治扩大，且三元摇身变为三明，并一直将这个新名保留下来。当1959年成立三明人民公社时，其辖下有城关、中村、莘口、岩前、雪峰、盖洋、夏阳、胡坊8个农村人民公社。可以说，从明溪借来的"明"，点亮了三元未来之路。当1958年的历史契机落到三明头上时，并没有恢复三元之名，而是在1963年让明溪这个老大哥回归正统，但三明借"明"不还。就这样，隶属于三明专员公署的三明市闪耀着令世人瞩目的光芒，出现在中华人民共和国版图上。现在，人们习惯于称其为三明小市，以便与现在的三明市区分。直至1983年4月撤销三明地区行政公署，原地辖三明市改为省辖市，三元成了区。此时，原来一直在三元治下的梅列也摇身一变，成为与三元平起平坐的梅列区，并因是三明市委和市政府所在地，在随后的几十年间超越三元老大哥，让重新获得三元之名的三元区多少有些灰头土脸。直至2021年三元区融合梅列区，变身为新的三元区，三元人才算是出了这口憋了多年的闷气。同时，从明溪借名而来的三明又将手伸向历史上一直管辖它的沙县，将千年古县纳为麾下的一个区。至此，由三元而来，并借明溪之"明"变身的三明，完成了一个重要转变，从城关变身为一座城市。

的确，在相当长一段时间，三元一直以一个古镇的形象，与贡川、莘口、琅口并立于沙溪河畔，它能从四大古镇里抽身而出，最终以一个城市的形象傲立于沙溪河畔，这是历史的偶然，也是必然。然而，穿梭于这种历史沿革的嬗变间，追溯城市诞生的源头非常有必要。

三元或杉联

回溯历史可知，三明这座由三元而来的城市，其源头竟然是一个无法考证的，仅在家族族谱里遗存只言片语的传说。

据剑沙邓氏族谱记载："三元古之名村，不知其名。传有安氏孕，一乳三子，长曰龙元，次曰狮元，末曰豹元，英杰有名，立功唐世，故称三元。"这是三元地名由来唯一有关的文字记载。这个传说传达了几个重要的信息：一是三元作为一个村落历史悠久，应当是在唐朝时就已形成；二是安氏作为三元开埠之母是一个伟大的母亲，她养育了三个儿子；三是不知其姓的龙元、狮元、豹元是三位有功于社稷的英雄，屡立奇功。

旧时三元城关四周有城墙，开有东门安泰、北门聚庆、南门养孚、西门荣禄，整个城关街面布局整齐合理，东西走向有前街后路，南北走向有八条巷，南面有崇宁堡、东面有凤岗堡、传柑堡自成格局。北面隔河相望有长安堡、白沙。每一巷堡前后都建有闸门，自成防御体系。由东至西八条巷分别为：龙船巷、牛巷、新巷、周舍巷、罗舍巷（下巷）、阳巷、芳牌巷、林厝巷。

这是三元城关的基本格局。三元之名是否真源于传说，其实无据可考。但是，三元人口口相传至今的三元城关，还有一个颇具地理特点的名称——杉联。杉，三元城关周边以前杉木环绕，即"杉"的由来。联字，坊间说法是源于三元城关的村落布局。三元城关明清以后形成的城区，有前街后路两条大街和阳巷等八条民巷，横竖分割，整齐有序，把三元城关分成棋盘式的阳巷坊、崇宁堡等十个坊堡，一个村落连着一个，像个连（联）城，遂有了"联"字。杉联，简单说，就是杉林环抱着连（联）城。后来，因本地方言中杉联的发音与三元谐音，随着三元古镇演变为县城和城市，最终被传说所覆盖，大多数人只知三元而不知杉联。

记忆或瞬间

从孩童时代，我就和大人一起称呼三元为杉联，也就是书面语——城关。去杉联玩，是每个孩童最大的梦想，因为杉联有新华书店、三元百货、建明饭店、红旗影剧院、红星照相馆……这些地标构成少年的我心中一个立体的三元。

那是物资极度匮乏的20世纪70年代，大约上小学二年级时，我坐着父亲开的12匹马力的手扶拖拉机，第一次进入梦想中的杉联。人声鼎沸的三元街道，让孤陋寡闻的乡村少年心生了怯意。父亲兑现诺言在三元百货给我买了一个铅笔盒，我眼里盯着笔盒上几个穿泳衣的小朋友在水中嬉戏，险些在三元百货的门槛上绊一跤，直到跟着父亲走进新华书店，我的心才安定下来。这是我第一次走进新华书店，非常震惊书店里有那么多让我眼睛应接不暇的书，那些花花绿绿的封面闪烁诱人的光芒，由此，我认定站在书柜后的售货员是这个世界上最幸福的人。

直到1978年的某一天，在三明一中读高一的我和几个同学来到三元新华书店，照例对书架上琳琅满目的书垂涎三尺，又因囊中羞涩而纠结畏缩之时，忽看到书柜后出现了一个熟悉的身影：这个皮肤黝黑的营业员不正是故乡南坑曾经的知青吗？当然知道他参军离开乡村时知青们如何羡慕他的幸运，没料到他居然已经复员且成了新华书店的一名员工。知青大哥自然已不认得一个不起眼的乡村孩童，我却对正拿书给顾客的他羡慕不已，如同当年知青们羡慕他参军一样。1978年，正是新华书店"重逢"知青大哥那一刻，一位16岁少年心里骤然将多年前那个乡村孩童心中的钦羡进行了明确定位，确信新华书店营业员是我心中最好的职业，一份有工资且不用花钱就能随意看书的工作。

若干年后的今天，我依然记得知青大哥从货架上取书的动作，那种一切尽在掌握的随意和驾驭书的权力，让我对书的渴望猛然没有理由地膨胀了。那个晚上，我构想着未来某一天站在书柜后可以随心所欲地读书，理所当然地极为罕见地失眠了，并开始担忧自己极可能回村拿锄头修地球的未来。我知道唯一改变这个未来的办法只能认真读书，尽管两年农中班半工半读的初中生活，让我们这班乡下孩子与城里同学拉开了一段显而易见的距离。也就是从那一天开始，我有意疏远以前经常玩在一起的几个不爱读书的同学，开始逼自己苦读并不喜欢的数理化，并努力从语文中找到谋划未来的自信。

当然，小学二年级时我第一次走进新华书店没能买下我心仪的小人书，因为这并不在父亲计划之内，有限的资金先得解决肚子问题。很快，建明饭店内弥漫的食物味道让我忘却了未到手的小人书，一碗扁食三个肉包，这是一顿有些奢侈的午餐。离开建明饭店，我很响满足地打了一个响亮的饱嗝，忽然发现一群人从与建明饭店斜对面的一座大房子里鱼贯而出，我注意到房顶上赫然立着"红旗影剧院"五个大字。知道这是一个放电影的场所，只看过露天电影的我很想体验一下电影院里看电影是怎么一种感觉。当然，这个想法只是在脑子里过了一下就被我生生按下去，因为这更不在父亲带我到杉联的计划之内。直到后来我写作长篇小说《三明往事》，才知道当时三明唯一的这家电影院是由原三元县政府礼堂改建翻修，1958 年 8 月 1 日正式营业，三明就此有了第一家营业性电影院。尽管房屋简陋，基础设施很差，却成为全县人民唯一的娱乐场所，放电影几乎场场爆满。1959 年 10 月，福州市几家闽剧团抽调人员来三明组成三明市闽剧团，三明市的第一个文艺演出团体就设在红旗影剧院内。而在正式放电影之前，红旗影剧院还承担了一个历史性的重要任务，福建省第一家专业建筑公司——福建省第一建筑工程公司于 7 月 24 日在这里召开成立大会，三明工业城建设正式拉开序幕。也就是说，属于三明的 1958 时间是从红旗影剧院出发的。

原来杉联是这个样子的啊？20 世纪 70 年代这个幸福的雨季里难得没有下雨的这天，跟着父亲身后从建明饭店走到紧邻沙溪河的中山路，并从如吊脚楼般架在沙溪岸边的木楼上，我第一次见识了雨季里性格狂野的沙溪河。

这时候，我听到隔着沙溪河传来的火车汽笛声，接着远远地看到一辆火车从西山边的铁路上驶过。在我的听觉里，火车的声响瞬间淹没了沙溪河水的咆哮声。

列西或水西

多年后，当我顺着依傍鹰厦铁路的环城路坐公交车来到列西时，时光已让当年在建明饭店吃一碗扁食三个包子打着幸福饱嗝的少年成长为一名光荣的地质队员，20岁的我第一次以小舅子的身份来嫁到列西的姐姐的家。这时，我才恍醒，其实三明不仅仅只有一个杉联，还有同样繁华的尾历。一直以为，作为水陆码头和城关的存在，三明应当有两个城关：一个是政治中心的三元或杉联，另一个是经济、文化同样发达的尾历或水西，官方的称呼为列西。在本地人眼中，因列东与列西隔河相望，遂简单习惯地以沙溪河为标志东西而分，各称为水西和水东，这种称呼一直延续至今，没有因官方的书面语而改变。后来的梅列则是从尾历谐音而来。

事实上，在三元或杉联华丽转身并风光无限时，与它同时期发育成熟，也在沙溪河流域拥有重要码头的列西却默默地臣服于三元辖下。作为一个古村，列西原本与三元齐名，但将三元与列西隔成东西两边的沙溪河，无意中改变了历史的走向。

有史以来，地处山区僻地的三明境域，交通闭塞给当时居民的经济和文化交流带来极大的不便。在陆路交通不发达的年代，经济和文化交流更多地依靠沙溪河水运来完成。在这个漫长的过程中，人们对沙溪河水上交通的依赖显而易见，而随着商业交流的依赖和形成，文化的交流和融合也就顺理成章了。沙县、永安、三元历经漫长的历史演变，形成了一个文化和语言相近的文化岛，三元和列西都拥有临河的码头，承担着经济和文化交流的重任。有一种可能，因三元与莘口相邻，列西则孤零零地坐落于沙溪河下游的西岸，在文化和经济交流上处先天劣势，沙县管辖时期方将三元列为镇治所在。1936年延沙永公路建成通车，沙溪河流域的陆路交通状况有了较大改善，内迁的省政府落脚永安时，自然而然将公路所过的三元镇作为一个省治附属之地，继而让三元镇从三元特种区署变为三元县，短短的时间里完成了三级跳。此后，人们习惯称三元为城关所在，列西几乎被人们遗忘了。

然而，列西作为城关的功能并没有消失，反而因当时交通不便被强化。特别是1940年10月列西浮桥的建成，本地人口称的水西水东有了更便捷的交流纽带，列西作为三明县副城关的功能日益突显。而作为一个古村镇，列西或水西与三元或杉联相比从来都不逊色，特别是它于清咸丰年间建筑的堡墙，可说是沙溪河畔一个不可多得的城郭。

据史料记载，列西（尾历）堡墙（城墙）始建于清朝咸丰六年（1858），历时十一年，至清朝同治七年（1869）完工，规模之大和时间之长是当时尾历一带绝无仅有的。堡墙依地理之需建筑两处，南面有仁义、富华、封侯三坊，城墙长700余丈；北面为龙岗坊，城墙长500余丈。堡墙采用古砌工艺，高5至6米，底宽约2.5米。墙面外侧另砌0.5米宽，2米高的防护泥墙。城墙上每隔10米就有一个瞭望口。南北城墙共有20个城门，其中拱石的有10个，即梅列、照青、康乐、长庚、文明、承恩、南昌、东壁、北辰、西园；拱砖亦有10个，即凝紫、板龙、爽豁、永固、万庄及5个无名门。城墙的城门之上还分别建有不同的庙宇。

仅从史料上记载的数据，就可以想见当时列西堡墙建筑的宏伟，尤其是将各种民俗文化与堡墙有机联成一个整体，是三明城区本土文化中不可多得的一个特殊代表。然而，由于某种客观和主观的因素，列西堡墙遗憾地从人们的视野里消失，幸运的是现今在沙溪河边尚有些许遗存，它们分别是凝紫门、梅列门、康乐门。当我们用现代的眼光观照这些堡墙遗存及依附其上的民俗文化时，依然可以从中打捞出前人的智慧和文化寓指。

可以肯定，当列西人建筑堡墙，并将这些民俗文化凝固在堡墙之上时，一定是出于平安祥和、谷物丰收、生意兴隆的善良愿望等朴实而美好的精神吁求。这一点，从现今的堡墙遗存及其民俗文化可见一斑。

比方说凝紫门上的眷西阁供奉的是来自清流大丰山的欧阳真仙。据列西老一辈人介绍，凝紫门上的眷西阁一直供奉着欧阳仙师，旧时，每年七月十五日，都会举行有关欧阳仙师的打醮活动，醮会迎神队伍要取道永安安砂，再到罗坊登上大丰山才能取得欧阳真仙的香火回列西。同样，在梅列门上的龙津阁除了供奉观音，还供奉着一尊来自沙县南阳罗岩庙的神——太保公，太保公民间信仰是三明本地文化中一种独特的文化元素，对于本土文化形态的形成产生了深远的影响。康乐门之上的妈祖庙供奉的妈祖，妈祖是海神，也是水神，凡是有水的地方都会有妈祖。在三明这个闽江源之地，纵穿三明区域的沙溪河及众多的支流构成了其纵横交错的水域网络，于是，在过去那个交通不发达的年代，水上交通成为这一带乡民与外界文化、经济往来的主要通道。可以想见，当时水系发达的沙溪河船排往来繁忙，从各支流汇集而来的商货必须通过沙溪河运至外地，而沙溪河水道地形复杂、险滩遍布，给人们行船带来了极大的危险。自然而然，妈祖成了三明人的水神。

当我走进凝紫门上的眷西阁、梅列门上的龙津阁和康乐门之上的妈祖庙，在这些列西堡墙的遗存中捕捉它们之间隐秘的联系之时，心情沉重之余感到些许的幸运，这些本土文化的代表性元素，无疑是我们解读隐藏很深的几乎在喧嚣的世界里被淹没的本土文化最为重要的密码本。当然，必须一提的是当时独立于堡墙之外的正顺庙，这座有幸完整地保留下来并已成为全国重点文物保护单位的古老庙宇，它所珍藏的三明本土文化代表——谢祐，以及故事所折射出的文化价值更是不容忽视，理应得到人们的关注。可以说，正顺庙是列西堡墙遗存之外本土文化的桥头堡，与堡墙之间有一条割裂不断的文化脉络。

有一首民谣《蚂蚁歌》道出了尾历与三元紧密的关系：红蚂蚁，扛红蝇。红绳花哩噜，白蚁去福州。福州呒冥钱，上三元，三元呒木鸟，落尾历。尾历墟，凭人区，尾历坪，凭人行……从民谣可知，当时的尾历街道相当宽阔，且经济较为发达。

如果说旧城改造彻底抹去了三元城关的城郭，那么，列西堡墙还幸运地保留了列西作为副城关的些许城郭形象，人们从三个古老的门上，可依稀领略到列西城墙当年的风采，弥补了三元主城关已荡然无存的缺憾。

当然，历史最终赋予列西这个副城关另一种责任。当时间走到1958年，列西治下的大片山林被一群共和国的建设者们推平，继而耸立起一座钢铁厂，在列西古老的土地上结束了"福建手无寸钢"的历史。这时候，作为城关这个特别的地理名称，正被几万名来自全国各地的建设者们从三元主城关和列西副城关扩展到整个三明，原本相对比较荒凉的水东（列东）以日新月貌的速度将取代三元的地位，成为整个三明的大城关。

1958·三明时间

中华人民共和国成立 7 年后，三元县又走到一个重要的历史节点，昔日山区小县在 1956 年与明溪县合并更名为三明县，归属于南平专区。当鹰厦铁路纵穿的梅列盆地被选定为未来福建省重工业基地之时，于1958 年 4 月应运而生的三明重工业建设委员会与南平地委成了三明县的双重领导。很显然，随着工业建设初具雏形，三明县的未来不可限量。

历史记录了三明被选定为福建省重工业基地的艰难伟大历程。1957年 7 月，冶金工业部召集地方冶金工业会议，重点讨论建立地方中小型钢铁厂的问题。在这个具历史性意义的大会之后，8月，冶金工业部颁发第二个五年计划全国地方钢铁工业设计任务，确定在全国建设18个项目，其中就有福建钢铁厂。同时，冶金工业部对钢铁企业选址提出明确要求，首先要靠近交通线、电源和资源，利用现有城市条件，减少其他投资；其次要考虑前线战备的要求，大型及重要的工厂不能建在沿海地区。由此，应声而动的福建省工业厅于1957年8月成立了一个选址工作小组，从各个部门抽调一批专家，进行可行性研究论证。工作小组顺着鹰厦铁路沿线，对福州、南平、三明、厦门的15个点，前后进行了三次实地勘查，最终将厂址选定在三明的梅列盆地。

历史抉择中，沙溪河畔的三明迎来前所未有的发展机遇。

1958年7月24日，在还未对外正式营业的红旗影剧院召开了福建省第一建筑工程公司成立大会，正式拉开三明这个福建省重工业基地建设的帷幕。十几万来自全国各地的建设大军在沙溪河东西两岸一字排开，由南到北犹如古代战场的一字长蛇阵。三明不再是籍籍无名的"小小三元县，三家豆腐店，城内打锣鼓，城外听得见"的山区小县，而是全国瞩目的一片热土，一张可以由建设者们放手描画的白纸。

必须为福建省有史以来的第一支专业建筑队伍写上一笔。这是一支有着光荣历史的队伍，原是西北工程管理总局第三公司宝鸡工程处，其前身则是新四军浙南游击纵队的一部分，后编为中国人民解放军104师312团，驻扎浙江海门一带坚守海防。谁也没想到的是，在抗美援朝打得火热之时，中央军委根据毛主席"边打边建"的指导思想，于1952年6月，将这支光荣的队伍改编为中国人民解放军建筑工程第6师18团，两个月后就投入海军航空兵的浙江宁波机场建设及上海沪东造船厂的扩建工程施工。1955年5月，他们集体转业成为国营建筑施工企业，又转战陕西宝鸡市担当国家"一五"计划重点工程建设。更让他们意想不到的是1958年初，建筑工程部根据中央新的部署精神，整支队伍调往福建省参加三明新兴工业城市的建设。此后，这支专业建筑队伍承担了整个三明城建设80%的任务。

如果说省一建的几千名职工亲手绘就了三元小城关到三明大城关的蓝图，那么，1960年3月，来自上海的三星糖果厂是第一家迁入三明的企业，从它落户三明更名为三明食品厂开始，就给这座日新月异的城市带来一种来自大都市特有的甜意，浓墨重彩地开始抒写兄弟情深的沪明情缘。

历史记载了这段不平凡的岁月，从上海迁到三明短短五个多月，于1960年8月全面投入生产的三明食品厂，陆续推出产地三明的奶油花生糖、大白兔奶糖和鹅牌咖啡茶等30多个品种的糖果、饼干供应市场，不仅让三明建设工地的建设者们品尝到三明自产的食品，而且还远销全国17个省（市），并成功打入香港和东南亚市场。

这第一家迁明企业意味着三明与上海甜蜜关系的开始。此后，为了改变三明经济结构，调整轻重工业比例，陆续从上海搬迁许多企业到三明，其中有：皮鞋厂、五金厂、服装厂、印刷厂、金属制品厂、纺织厂、印染厂等。还从福州、厦门、漳州等地迁来农药厂、制药厂、塑料厂、8450厂等企业。显然，这些迁明企业为三明新兴工业城市形成作出了重要贡献。换句话说，它们和所有建设者一起，将三元或杉联的主城关及列西或水西的副城关，扩展到十几公里的沙溪两岸，抒写了城关蜕变为城市的现代神话。

寻觅或眺望

2022年8月，在度过一个难忘的酷热夏季，秋老虎依然肆虐山城的一天，顺着时间脉络，从三元主城关到列西副城关和三明城关，我揣着与这个季节一样火热的心情进行了一次不同寻常的行走，试图从现存的原本三元主城关地标里寻找时间遗落的某些只可意会的记忆。

（游斌　绘）

当然，原本承载了三明建设者们那个特殊年代人间烟火的建明饭店早已不复存在，其原址被美发馆、手机店、银行等店面分割，偶然从对面沙县小吃店飘过来的馄饨香味并不能代表建明饭店的扁食；三元百货换新址几十年后被夏商百货取代，然而，人们依然习惯称呼这个地点为三元百货，从文化上固执地坚守三元城关这个当年颇为醒目的地标；红旗影剧院经过几次装修焕然一新，然而，除了似乎拆起来比较困难而幸存的"红旗影剧院"几个大字，原本观影人鱼贯而入的门头已被药店和几家商店所占据。一个小小的放映厅尽管已更换了最现代的设备，却不可能承载拉开三明工业城建设帷幕的沉甸甸历史记忆。只有红星照相馆和新华书店在保留名称的同时，还延续着原本的功能。

事实上，红星照相馆的坚守让人多少有些动容。1945年开办的红星照相馆曾留下了三明那段历史众多的影像，也为我留下了三段难忘的记忆。一次是1976年小学毕业到三元或杉联照毕业照，顺着楼梯走上与建明饭店隔街相望的红星照相馆，在这里定格了多少有些局促的一位小学毕业生珍容；时隔两年初中毕业，一同从一个山村走出来的四位少年突然萌发照一张合影的念头，于是我再次来到红星照相馆把似傻大个的形象交给了摄影师。当时感觉自己真的非常孔武有力，直到上高中后原本垫凳子站在前排才勉强与我相衬的同学猛然蹿高，继而超过似乎忘记生长的我，才知道后来居上这成语并非虚言。又两年后再次来到红星照相馆，是因我即将远赴江西赣州读书，临行时与家人一起照张全家福。这张七口之家的全家福记录了我们五个兄弟姐妹难忘的青葱岁月，定格了一个七口之家的其乐融融。前后时隔六年的三张照片，让我记住红星照相馆这个三元城关的地标。现在的红星照相馆虽然搬迁新址，但从它依然沿用原来的名字，没有被花花绿绿的世界诱惑而更改店名，三明人就应当感谢红星照相馆对文化的坚守和尊重。

始终如一的还有新华书店，不变的不只是店址和店名，更有它为人们保存的读书记忆。每次走过一直忠诚地等候每一位爱书人的新华书店，我总会想起第一次走进新华书店的情形，正是新华书店把我带进了浩瀚的书籍世界，让我萌生了作家梦。从最初写诗到后来写小说，新华书店一直是源源不断地为我输送营养的地方。一直以为，以新华书店为代表的书店就是各种城关的灵魂，如同街头巷尾充满人间烟火的地道小吃一样，培植着一个地域的文化气质和性格。因此，新华书店是三元城关最值得尊重的文化地标。

现在，顺着沙溪河西岸绿道我从三元或杉联主城关来到列西或水西副城关。站在梅列门前，我当然没能见到已隐匿历史里的浮桥，取代它功能的梅列大桥上的车水马龙提醒我时间更迭的一去不复返。然而，在梅列门前遥望对岸列东摩肩接踵的高楼大厦，这赫然耸立在沙溪河东岸的现代城关，已取代三元和列西的地位。这时，1934年的枪炮声忽然从我的耳边呼啸而过。这是三元城关一段弥足珍贵的红色记忆。

2009年7月，梅列区人民政府在梅列门前立起一块"红军强渡沙溪战斗遗址"纪念碑，上面书写着：

一九三四年五月二十七日，中国工农红军第七军团十九师在师长周建屏率领下，从翁墩、列西、白沙及长安（今火车站）分四路强渡沙溪河，与敌军二三八旅展开激烈战斗。梅列、三元人民集结船只四十余艘，几十名船工与红军并肩作战，耐桃等船工英勇牺牲，为红军强渡沙溪做出重要贡献。"红军消灭敌军两个营、缴获步枪三四百支、轻机枪五挺、子弹九万余发，俘敌官兵三百余名"（一九三四年六月一日《红色中华》一九六期记载）。红军强渡沙溪战斗是红七军团转战闽西北、消灭敌有生力量、牵制敌军，支持配合中央苏区第五次反"围剿"取得的一个重要胜利。

毫无疑问，这是三元县旧城关一个独特的集体记忆，而正是因各种记忆的叠加，三元才能从一个小小的城关成长为一座城市。当我沿着沙溪河畔顺流向三明城最新的地标——列东步行桥走去，远远地可见一个硕大的如意横跨沙溪两岸。这个寓意深刻的如意，以一种新的方式连接历史上的水西与水东，也调节着这座城市新的时代律动。

　　缓缓地，我从如意桥走向对岸的列东——三明城的城关，一座全国文明城的政治和文化中心、商业中心。从文笔山、妙元山、虎头山风尘仆仆而来的祥云点缀着三明城的天空，从闽江之源千里奔波而来的沙溪河水倒映着的如意在波光粼粼间微笑。对，正是此时此刻，在从传说中走来的三元以三元区这么一种行政区划的方式覆盖整座城市的今天。

梅列古城门

◎汪震国

一

在沙溪河市区段的西岸，从列东大桥至梅列大桥这一段并不太长的距离中，一字排开着三座古城门，依次是康乐门、梅列门和凝紫门。这三座古城门就像是三位睿智的老人，不仅为我们讲述着三明这座古老而又年轻的城市一个个古往今来的故事，也让我在人生的路途上常常享受着对童年生活的温馨回忆。

走过列东大桥，最先进入视野的是康乐门，它离列东大桥200米左右，由门楼、门亭、石砌码头等组成。康乐门及古码头最早建于清初，这从立于城门左侧一块清道光、咸丰年间（1821—1850）的碑碣上就可以得知。城门上现在建有一座供奉妈祖的天后宫，旁边是一座建筑风格迥异的茶馆，显得很不协调。逐级而下穿过城门，就是临水的码头。不知是当年初建时就没有设置，还是后来修缮时的忽略，康乐门临河的正面墙上缺了一块刻字的匾额。走到临水的河边，这里已经找不到一点石砌码头的痕迹。想当年这里天天船桅云集，是个重要的物资集散地。只是这番繁华热闹的场景随着岁月的流逝早已隐入了历史的深处。

位居三座古城门中间的是梅列门。梅列门于清乾隆十五年（1750）始建，嘉庆十年（1805）续建而成。城门上建有木构建筑"龙津阁"一座，采用的是中国传统建筑中最常见的抬梁穿斗式架构和歇山顶样式。

龙津阁里供奉的是观音菩萨，所以阁楼前一个供人烧香敬拜的玻璃墙上贴着用红纸剪成的大大的"观音庙"三个字。临河城门的匾额上刻有"梅列"二字，在城门的右边是一棵枝叶繁茂的古树，钉在树上的铭牌显示，这是一棵有着260多年树龄的小叶榕，别名又叫雅榕、红榕。在梅列门的左侧立有一块红色的牌匾，上面记载的是1934年5月27日红军强渡沙溪河的战斗历程。

最靠近梅列大桥的一座城门是凝紫门。在靠近河西路的城门前，立有一块"凝紫门考略暨眷西阁大事记"的石碑，碑文详细介绍了凝紫门和眷西阁的有关史实和建造过程。明崇祯三年（1630）的八月，著名地理学家、旅行家徐霞客应朋友的邀请，再次来到福建旅游。那天在沙县，徐霞客和朋友登上木船逆流而上，准备前去永安的桃源洞探访。途中经过尾历（梅列原称尾历）时，只见这里水域开阔，船帆如织，不禁大加赞叹，于是在此后的游记中予以高度的评价。后人曾有诗文记下了这段佳话：残阳凝紫降华盖，暮霭尾历似蓬莱。欲登仙境访仙客，桃源夕阳催客来。清朝初年，尾历当地的老百姓为了纪念这段往事，主动集资在历西（现在的列西）古码头上建起凝紫门。由于种种原因，凝紫门历史上曾三次被毁，现存的建筑为清咸丰八年（1858）到同治元年（1862）续建而成。凝紫门由拱门道、城门楼及边厢等组成。临水的门楼匾额上书有"凝紫"二字，由清咸丰戊午冬月日梅列太堡公所立，蕴含有"聚天地之精华，凝东来之紫气"的意思。如今在凝紫门上还建有眷西阁一座，里面供奉的是欧阳真仙。

二

在我童年的记忆中，列西这三座古城门之间都由一道高大厚实的古城墙连接着。这些古城墙都用巨大的长条石基，或不规则的花岗岩石块所砌成，石块与石块之间只留下细密的缝隙，可以窥见当年修建时的精细。如今这些古城墙都因为旧城改造而被基本拆除，只有古城门的旁边还留下一些残存的部分，作为岁月留下的字符在静静地述说着对往日时光的记忆。

徜徉在梅列古城门下，抚摸着在阳光的映照下透着一股暖意的古城墙，最适于生长的就是那种淡淡的温暖的怀想。在我的心目中，凡是历史悠久的古城墙都是最能引发沧桑感的物件。因为它总是让我不由自主地联想起耶路撒冷的哭墙，倒塌的柏林墙，以及那一眼望不到尽头的万里长城的古城墙——这些城墙对于我们来说，都是一种岁月过往的痕迹，都是一种时光不再的警醒。

20 世纪 60 年代初，宽阔的沙溪河面上，除了刚刚建好的列东大桥外，连接列西与列东两岸的主要是那座造型优美的列西浮桥。那些年里，有多少个类似我这样年纪的孩子，在梅列古城门慈祥的目光注视下，在列西浮桥上奔跑嬉戏，在沙溪河里游泳，享受着无忧无虑的童年时光。其中最让我难以忘怀的情景，就是那一棵棵树冠如一把巨伞罩着地面的古榕树，和每年的夏夜那些安坐在古榕树下纳凉的老年人。

一座临河的城市，如果没有一些上了年头的古树，那肯定是会逊色不少的。梅列古城门的边上，就曾经站立着好几棵上百年的古榕树，它们就像一个个默默无言的守望者，守望着眼前这座美丽的山城。我想，古树与古城之间肯定存在着某种必然的联系，或者是相互陪伴、依存；或者是相互作用、依靠。至今我仍依稀记得，每当中午的阳光透过古榕树直射下来，那些光影经过枝叶的梳理，也像被古旧的时光所筛选过似的，漏下来后变得非常古朴和浑厚。当年我们都没有睡午觉的习惯，午饭后我们几个孩子常常会聚集在古榕树下，聊天游玩，陪伴我们的则是叽叽喳喳的鸟鸣。记得有一次晓军嫌鸟的鸣叫过于吵闹，忍不住捡起一块石头想驱赶一下闹得简直快吵翻天的小鸟，却没想到他的头刚刚抬起来，一泡鸟屎正好砸在他的额头上。气得晓军一边骂着粗话，一边往树上砸石头。而树上的鸟儿似乎都高兴极了，一起唱着欢快的歌儿，展翅飞远了。望着手里握着石块郁闷不已的晓军，我们几个小伙伴想笑又不敢笑出声来，只能用手捂住自己的嘴，躺在古榕树下偷着直乐。

如果说中午古榕树下的时光是属于我们这些孩子们的话，那么到了夜晚，古榕树下则成了老人们聚会的场所。当年的夏夜，你只要走过列西浮桥，顺着青石块铺成的台阶拾级而上时，总能看到一群有男有女的老人安坐在古榕树下。在疏朗的月光下，他们背靠竹椅，手握蒲葵扇，有一下没一下地扇着。这些老人有的独自一人静静地坐着，瘪瘪的嘴巴紧闭着，跟谁也没有搭话，人来不喜，人走不惊；有的则互相之间用固有的三明本地方言轻声地交谈着，神情极其平淡，谈的都是一些无山无水，不咸不淡的往事。今天谈的是这些内容，明天谈的也许还是这些东西。周而复始，百谈不厌。我想，世界上绝大多数的老人不都是在这样的回忆中走完自己一生的？只可惜这样美好的情景，如今只能存在于我的记忆中了。

三

沿着沙溪河岸边走走停停，对于如今的我来说，无疑是一场寻梦的开始。梅列古城门上的每一块砖石，甚至从砖石缝隙间露出的每一丛杂草，在带给我一种难以忘怀的沧桑感的同时，也传递着一种来自岁月深处的温情。

极目远眺，沙溪河的南来北往尽收眼底。由于梯级电站的修建，沙溪河水几乎已经看不见有流动的痕迹，就像上了年纪的老人那迟滞迷茫的目光。波光如镜的河面上也早已告别了舟船云集的历史，唯有高楼大厦的倒影随着微风在轻轻荡漾。岁月的流逝，显然已经滋养出梅列古城门的淡定和温婉。几百年的风吹雨打，几百年的寒来暑往，梅列古城门始终都静静地矗立在邻水的一隅，就像一位饱经沧桑的老人，默默地注视着三明这座山城的日新月异，旧貌换新颜。

过去列东通往列西的唯一途径是依靠舟船的来往，后来主要是借助列西浮桥的通行。直到20世纪的中叶，才有了一座钢筋水泥建造的列东大桥。又是几十个年头过去了，如今的沙溪河上不仅有东新铁路大桥、城关大桥、梅列大桥，还有下洋悬索桥和台江悬索桥。就在不久前，又新近落成了造型优美，供游人观赏徜徉的如意桥。相信随着城市建设的快速发展，在梅列古城门的默默注视下，将来一定会有更多造型优美的大桥从沙溪河上空跨越而过，为两岸百姓提供更方便的来往。

作为一个缓慢时代的古老遗存，如今的梅列古城门早已不见了昔日的喧闹和旧时的繁荣。行人稀少，门道空寂，落叶满地，满目旧日时光的痕迹，让它停留在了另一个遥远的年代里。就像三位安静的历史老人，这三座古城门在时光的流逝中渐渐地隐退出了人们的记忆。在常人的眼里，这三座古城门所流露出的也许是一种农耕文明简单而本质的气味，所保存的也许是一种往昔岁月的时间碎片，所珍藏的也许是一种早已被现代城市发展速度所丢弃的生存方式。然而在我的心目中，这三座古城门却有着非同寻常的意义与难以估量的价值。作为现代城市以外的另一种生存方式，或许在梅列古城门平凡而寻常的物象中，储存着的却恰好是我们对这座城市的深刻记忆。我们这一代人乃至以后的人们，一旦在伸直疲惫的腰杆想回望自己所走过的路时，注定只有依靠类似古城门这些残存的物象，才有可能让往日的场景得以在自己的脑海里慢慢复苏，也才有可能唤醒对这座城市遥远历史的美好回忆。

徐碧岁月

◎王长达

岁月流沙，时光烙印，总能留下永久的回声。

三明城北，沙溪之滨，徐碧新城，屋宇连片，徐锦家园，12幢新楼耸立，阳光洒在中庭，砖石照壁、木屏风长廊，浮现出古村风貌；徐碧文化长廊里，《徐坊乡图》《徐碧时光》石雕、《徐碧姓氏》鲁班锁，还有诸姓宗祠，流动着悠长的徐碧记忆……

步履声声

徐碧，是徐坊、碧口各取一字合成。徐坊，也叫徐锦坊，因徐姓最早来此定居而得名。后来陆姓、庄姓、姜姓、黄姓、曹姓迁入，还有邓、罗、魏、李、吴等姓氏。现有村民800余人，实际居民1500余人。

徐坊的历史可以追溯到宋代。翻阅《三明姓氏考略》及当地各姓族谱，我看到了一串串迁徙的步履，看到了徐坊成长的身影。

姜氏，源自甘肃天水。"宋入闽十一世分祖少保府君"从熊荆山（今永安市贡川镇张荆村）迁来徐坊开基。

庄氏发自河南光州固始。元末，庄泰益从泉州青阳避战迁到沙县善峡团碧溪口，生十三子，千十三迁徐坊，千十公居碧口，其三房迁徐坊，故徐坊有"上庄、下庄"之说。

清康熙年间，黄氏迁来徐坊。

碧口有庄氏家庙、邓氏宗祠，庄氏家庙始建于明永乐年间，泰益公墓也是同时期修的，墓后就是鹰厦铁路。

姜氏、黄氏，旧有宗祠，祠前立有科举时代石旗杆。

姜氏宗祠未拆除前，祠前立着一对石旗杆，是三元城区仅存的石旗杆，杆脚注明"同治六年冬月　日，附贡生姜裔联立"。

黄氏宗祠叫汪顷居。黄氏先祖黄宪，字叔度，汉安帝时人。当时，外戚、宦官专权，朝政日非，黄度被称为当世颜回，决绝不仕，当时名士郭林宗称赞："叔度汪汪若千顷波，澄之不清，淆之不浊，不可量也。"清康熙年间，黄奇略来徐坊白手起创筑此室，起名"汪顷居"，正是为了倡导叔度遗风。汪顷居历经劫难，只剩下了砖石门楼，2017年被列为三明市历史建筑。

旧城改造后，众姓祠堂集中一厝，宗祠翻新，"汪顷居"门楼嵌在正门，门额描金，两侧石刻、砖雕图案依旧，上方砖饰斗拱、刷白的新脊顶，神采奕奕，成为徐碧的象征。

坊堡圩市

诸姓汇聚，徐坊变成一座小城，建起了城堡。

据《剑沙黄氏族谱》记载，黄维藩于清咸丰八年（1858）倡筑城墙。当年，庄承明、黄占鳌、姜时雨、陆定山等四人倡修徐坊堡。

徐坊堡，长约500米，宽约200米，东、西、南、北四个城门，门呈拱形，门洞仅2米高，宽1.5米，城沟有2米多宽。

西门门内文昌宫，通向沙溪河。北门通往沙县，门内有景福宫，也就是太保庙，1982年原址建成徐碧村部。

东门外山坡田野，偏东北有土地亭、永安堂。南门在现在三元区第二医院的位置。

主街连通南、北两门，宽3米，两旁小巷小弄仅容一人通行，连通着前街、后街。当年主街是圩市，非常热闹。

南门外有牛市，交易耕牛。北门外不远是糖厂，也叫锦里坊，当时甘蔗地一直连到徐碧铁路桥处。徐碧村民姜源祥说，经营糖厂的是曹氏，长汀来的，有 200 年历史。糖厂两个大石磨榨糖，两头牛拉，熬制红糖，连列东的甘蔗也到这榨。榨糖时节，空气中飘动着甜蜜的味道。红糖搓成圆圆的，用竹篓挑回去。小孩看到筐里有点糖底，就从缝里抠来吃。

北门太保宫曾有一株大榕树，树冠 20 多米，直伸到城外。小孩常去捡榕树籽解馋。河边也有百年古树，最大那株大榕树要七八个人才能合抱，古树不是被大风刮倒，就是因修路枯死了。现在北头还有一株大樟树，树龄 132 年。

旧时，徐坊去沙县有驿道，宽 1 米多。徐坊人好客。一百多年前，莘口人迎神去沙县取火，经过徐坊，下大雨，小路无法通行，村民立即把路修好，让莘口人顺利过去接回神火接。此后，两地情谊深厚。莘口村做庙会，都请徐坊村民参加宴席。

水渠淙淙

东新五路原有一条水渠，源自虎头山。

2013 年，徐坊姜氏宗亲在虎头山洋山村洋山桥下，发现一块清代水渠源头碑石，上刻"乾隆五十四年造，捐首姜德隆、林子恒全立，各田主捐用仝立"。

姜德隆是姜时雨的父亲、姜裔联的爷爷。他"好善乐施，每逢年饥，谷必减价……龙安桥坏，奋力倡首捐重金……躬膺九品"。1789 年，姜德隆倡修此渠。

姜源祥说："这渠叫花坪渠，从虎头山引水，蜿蜒几公里，通到东新五路口，供给列东与徐坊作为灌溉、生活用水使用，以前村里每年都会安排人疏通。"

过去，徐碧村有 3000 多亩田地，大多种水稻，还种点小麦。花坪渠沿线有两辆大水车，一辆位于现在的时代锦园处，属于黄家，一辆在现在的东新五路，是姜家的；村民挑着稻谷、麦子去碾米磨面，一辆水车可舂十多臼米，水碓直到 20 世纪 60 年代用电了才停用。

徐碧村民用竹管从花坪渠引水到村里，村中两口井，叫"水柜"，一口在南门西侧，另一口在主街边，家家户户到水柜挑水饮用。主街水柜地处水岭，有直坡通向河边西门。渠水不够用，村民就顺着水岭，从文昌宫旁通过城门，下到沙溪河边挑水。

1981 年，徐碧村安装了自来水，饮用水不再用花坪渠水，但三明重机厂部分生活用水还引自花坪渠，后来三明重机厂整体搬迁，水渠停用荒废。

泪洒龙舟

徐坊依山傍水，古代却没有渡口。上下游各村都有渡船，靠水发家，列西、列东、碧口都有商贾人家，碧口是码头，莘口、碧溪下来的木头在这里装排放向福州，当地人做木头生意，成了巨富，过去建了多座深院大宅，现存"凤栖居"，是市区近郊现存较完好的古民居。

旧时，徐坊人家偶尔到碧口放排，大多靠种田为生，最远的到洋溪、城关租田种。

陆家原先人口不少，田产很多，当年还卖地给外姓。陆姓先人号称三代不要"斗笠、蓑衣"，但后来败落，现在余两户。

姜家曾有不少田，因一场变故田产尽失。

建堡那年，正值端午，河边停着别人的龙舟，天气闷热，姜家两名长工划龙舟解乏，不小心把龙骨碰伤。姜时雨提出拿钱赔、或赔一条龙舟，龙舟主人不依不饶，一定要拿长工祭天。姜时雨要用土地来抵，对方就是不答应。姜时雨在县里做点小官，气不过，就把田全部卖掉打官司。徐碧离沙县五十里，花钱请轿子将县太爷抬来断案，姜家赢了，却没了田。姜时雨对天发誓，后世子孙永远不能划龙舟。

三元流传着"龙船歌"，沿河乡村端午都赛龙舟，徐坊、碧口却不划龙舟。相传，旧时碧口划船好手多，有一年沙县赛龙舟，碧口龙舟队赛前发誓，拿到头名就给龙王当水手。于是，那龙舟"一路吃着龙草"直下沙县，夺得冠军，回来时敲锣打鼓，快到村口，风雨大作，打翻了船，水手们葬身水底，只有掌舵船夫因穿着不一样的衣服，竟然生还。遭此大难，划龙舟成了碧口的禁忌。当地人说，碧口"龙船洲端午节能作鼓声"。

龙船洲在沙溪河中。1998年斑竹电站建成，沙洲消失。碧口利用库区移民资金建新村，2001年成为省首批村镇住宅优秀小区。

壬子灾变

汪顷居门坊、功名旗杆、糖厂石磨、大榕树，有人称之为"徐碧四宝"。现在，"徐碧四宝"仅存汪顷居门坊，门坊背面黑乎乎的，那是1912年壬子大火焚毁徐坊的遗迹。

那时已是民国，兵匪横行，商贸不畅，经济萧条，百业凋零，民不聊生。当时沙县县令刘俊复除了征收原有的粮捐、贾捐、铺捐、酒捐外，下令开征契尾捐、膏捐、警察捐、田亩捐、烟苗捐等新"五捐"。县差坐镇列西村催收捐税，对不缴者轻则责骂污辱，重则棍棒相加。

这年3月，列西村民黄炳相等人奋起抗捐，杀死县差，联络洋溪、徐坊等各村穷苦民众，组成"童子军"以自保。7月，省里委袁世凯系地方军官邹云标为司令，率一个团兵力进剿，"童子军"退守徐坊，并急告梅列各坊堡自卫队在徐坊阻止官兵过境。官兵就先拿徐碧开刀，邹云标下令官兵围困徐坊村纵火焚烧民宅，并以铁砂炮和枪弹轰击村落，大火烧了一天一夜，徐坊顿时变成人间地狱，"全村180余家民房尽焚，30多人丧生，600多人流离失所"，最早开垦徐坊的徐姓家族几乎灭绝。

官兵长驱直入，扬言要继续纵火焚烧历西城堡，列西各族在梅列门前跪迎官兵，两次筹集大量光洋犒军，官兵才没有在列西放火。

"当时，列东、列西共赔了军费开支十万大洋，官兵住了两个月才走，那时我父亲才五六岁。这事我们当地人一直传下来。"姜源祥说。

训导营斗争

在黎明前黑暗的日子里，在徐坊古堡的残垣断壁间，一群革命志士洒下过抗争的热血。

抗战时期，省政府内迁永安，省保安处进驻三元列西，军法科羁押所、谍报股秘密监狱设在三元城关、白沙和长安堡（原火车站）。1941年1月，国民党制造"皖南事变"，掀起第二次反共高潮，5月，在徐坊创办福建战时青年训导营，省保安处和羁押所即迁徐坊。这就是所谓的"梅列集中营"。1942年4月，训导营关押人员移送建阳集中营，训导营名义上宣告结束。但事实上到40年代后期还在使用。

训导营初建时，迫使村民全部迁走。村外修筑栅栏，不准外人进来，民房除了用作营部及守卫部队住宅外，都改建成禁闭室。在押的共有120多名，其中女性20多人，都被囚禁在简陋的屋子里。他们中不少是共产党员、进步民主人士、抗日士兵和爱国青年。

被关押的革命志士不屈不挠坚持斗争，留下了许多可歌可泣的故事。根据史料，郭文焕（闽东特委领导人）、郑挺（福州市工委主要成员）、卢茅居（改进出版社编辑）、余维新（南沙尤特支书记）等人在三元梅列集中营遇难。

姜源祥的祖房壬子灾变中烧毁，只剩6米多高砖墙、石门。院角有石仓，是放稻谷的，五六十平方米，被训导营占据用来关押犯人。

抗战时期，徐坊家家户户住满了外乡人，古老乡音夹杂着他乡方言。不少福州人逃难来此安生，理发师、厨师、篾匠……五行八作，肉燕、芝麻饼丰富着徐坊的味道，还有两个闽清篾匠上门，成了徐碧人。

工业开发

1950年1月28日，三元解放，徐坊迎来了曙光。

1958 年，三明重工业基地建设拉开大幕，三明冶金机械厂（重机厂）破土动工。这年 10 月，数千名建设者进入徐碧乡工地。

住草棚、睡通铺、蹲着吃、撑雨伞办公……艰苦创业，历经两年多，金工装配车间、总仓库、铁路大桥基础、集体宿舍楼、家属宿舍楼等设施建成，三明重机厂初具雏形。后来，碧岩铺建起三明农药厂、三明翻胎厂等企业，徐碧外围成了工业区，处处机声隆隆。

三明重机厂初建时，徐坊人民无偿提供了大量土地，1000 多平方米的永安堂也拆除，成了厂区。20 世纪 80 年代起，村民在后山重建永安堂。现在这里集中了村里的庙宇。每年农历三月初七，永安堂祖师爷生日巡游，非常热闹。

三明重机厂的建设者来自五湖四海，徐坊人把这些外乡人当成自家人。职工的小孩从襁褓到长成十七八岁，有不少是徐坊"婶婶"带大的，孩子们兄弟姊妹相称，格外亲密。

人来人往，徐坊的道路越走越宽。1934 年延沙永公路通车，仅有单车道。1958 年公路拓到 6 米宽，后来填基筑路，河边有了宽敞大道。205 国道、列东街、新市北路三条大道连通南北，徐碧大地车流滚滚。

1971 年，三明重机厂厂区完成 4 公里多铁路专用线铺轨，260 米长的铁路大桥，在三明东站与鹰厦铁路干线接轨，一台台压路机坐着火车奔向全国各地。

1987 年，梅列大桥开始建设，1991 年通车，列西浮桥移至徐碧到三明水泥厂之间河面上。2009 年，东新五路大桥通车，浮桥完成了历史使命。

万人"城中村"

天堑变通途，徐碧四通八达。20 世纪八九十年代，南来北往的人们来三明，多选择在徐碧落脚，打工、做买卖，村民纷纷将低矮木屋改建成砖混楼房出租，大多三五层，也有六七层的，住满了外地人，最多时有 1.2 万人。

徐碧就像一块神奇的息壤，不断生长。1984年建筑面积仅4万多平方米，到2004年实际建筑面积达35万平方米，增长七八倍。

"城中村"方寸之地，五脏俱全。除了老式木屋，小楼密密麻麻，楼上租户，楼下商铺，小炒店、食品作坊、杂货店、音像店、电器维修店、诊所……应有尽有，南腔北调不绝于耳。租客摩肩接踵，通常是上午一腾空，下午就有人住进来。一间小屋，最初租金50元，后来有了卫生间，也就350—400元。

徐碧人厚道包容关爱外乡来客，外地租户直把此乡当故乡。三十多年，租客鱼龙混杂，但从未发生过打架事件。

租户大多空手而来，在此起家。有位将乐女理发师来到徐碧开店，最初理个头2元，后来涨到8元，她手脚利索，飞剪快理，5分钟就让客人容光焕发，店里顾客不断。靠着这"顶上功夫"，她在三明买了房。徐碧就像一个码头，迎接四面八方船客上岸歇脚，满怀憧憬，在此谋生发展置业，成了"新三明人"。有不少拖儿带女，父母只顾谋生，孩子却很上进，一个个考上了大学。姜源祥说，有个尤溪八字桥人自己卖鸡鸭，儿子瘦瘦的，2005年考上了北京大学。

新村新城

租房营生虽然红火，但不少住房"土法上马"，有的危旧残破，遇到汛期常常水漫街巷，要是着火，后果不堪设想。

"安得广厦千万间，大庇天下寒士俱欢颜"，二十多年来，徐碧村民渴望改造旧村，住上新家。1997年起，四次启动旧城改造都流产。

"汪汪千顷波"，徐碧人牢记古训，胸怀大局。六十多年间，徐碧村拿出上万亩土地支持三明建设。2008年，三明徐碧新城开发启动，徐碧村毅然放弃易地重建计划，把2000亩土地出让，支持徐碧新城建设，一亩地出让价仅5万元。

随着徐碧新城建设推进，三明重机厂、三明农药厂相继"退城入园"，三明体育场、三明博物馆、三明规划馆、三明会议中心崛起；2013年贵溪洋开发，万达广场、碧桂园等楼盘如雨后春笋般成长，路网建设、湿地公园……贵溪洋与徐碧新城构筑起繁荣的北部新城宜居综合区。

周边的变化，村民看在眼里，急在心里。

2019年9月，徐碧旧城改造工程重新启动，市委、市政府主要领导多次入村调研，协调推动。"政府主导、国企运作、群众参与、公益定位、安置优先、公平公正"，坚持这一原则，遵循"三让"，1000多条群众意见被充分吸收，房屋征收补偿安置方案多次调整优化，得到了各方认可。2020年8月5日，征迁动迁启动。征迁小组加班加点，入户上门走访，宣讲征迁政策，做好贴心服务，疏导各种难题，动迁工作迅速推进。徐碧旧城改造征收总占地约108亩，涉及368户。到8月24日签约359户。次日，户主开始腾房。9月25日，所有征迁户全部签约，历时52天，和谐征迁，创造了"徐碧样板"。紧邻的三明重机厂职工宿舍楼也拆除改造。

征迁安置齐头并进。9月4日，甲头安置地块平整土地开始。9月19日徐碧房屋拆除工作开始，11旬中旬全部拆除。

2021年、2022年，疫情反复，徐碧旧改建设一刻也没有放松。历时两年半，徐锦家园、锦里家园、徐锦新城，共38幢二三十层的高楼分别在徐坊、糖厂、甲头耸起，徐碧人有了新家园。

入夜，徐锦家园灯光璀璨，"汪顷居"新姿俊逸；徜徉河边，大榕树已逝去，东新五路桥下乐音袅袅，舞姿翩翩，徐碧铁路桥早已变成了步行桥，又连上天桥长廊，通向六路商圈，通向无数万家灯火。灯河摇曳，波光千顷，沙溪河流光溢彩，带着徐碧新故事，奔向远方……

城关印记

◎纪任才

新市南路88幢

新市南路88幢是一幢老式居民楼。20世纪90年代，有好几年时间，我家就住在这里。

它坐落在三元区城关老海关旁边，依山而建，进楼只能登台阶，车子是开不进去的。在城关，有大片居民楼建在山上，密密匝匝的，覆盖了整面山坡，颇有山城的格局与味道。

也许是建造时间早，我搬进去时，看到的已是一副破落的样子，地板是空心楼板，不够硬朗，稍微一踩重了就会影响到楼下，卫生间里的天花板渗水。地基也不够扎实，面前一块平地有开裂的痕迹。那时，城关这一片正在进行旧城改造。楼里的人家寄希望于拆迁，可是它并不是临街的，与新市南路之间还隔着一幢楼，没有什么开发的价值，有人无望地搬走了，也有人认为位置好而搬进来的，有些人也许住习惯了，坚持住下来。这其中就有老李一家。

我家搬到老李家对门居住时，老李夫妇已退休多年。本来单位要给他分配一套新房子，他却没要，一直住这老房子，又是一楼，靠山，潮湿，光线不好。单位来人看望和慰问他，见他这种居住条件，心里也是过意不去，可是老李不愿意搬，家人也奈何不了。

老李叫李桂欣，老伴庞艳儒，我们叫她阿婆。他们都是河北省保定市蠡县人，南下工作和生活几十年了，仍旧喜欢吃面食。我们下班迟了，刚要煮饭，他们就端一碗包子、饺子或馒头过来，有时还帮我们多煮一份饭菜，等于一回家就有饭吃。阿婆长得胖，一看就像北方的老大娘，慈祥和蔼。我儿子就是在这里出生的。在他成长的过程中，阿婆经常抱他，给他吃好吃的，待他如同自己的孙子。老李却是急性子。也许是他的听力不好，跟他说话要说得大声一点，他跟别人也是大声说话。一急起来，说话有点结巴。看不惯的事情，便要骂人。

老李有两儿一女，女儿在香港，两个儿子也不跟他住在一起。他家安装了电话，用得多的却是我。但是老李不喜欢在夜间听到电话铃响。他习惯早睡早起，若在睡着后突然被吵醒，这一夜，他便失眠了。夜间打搅老李的，都是我的那些不知内情的亲人。老李接了电话，就不客气地对着电话说了几句气头话，在过来叫我接上电话后，又在我面前很恼火地责怪了他们一遍。我觉得对不住老李，三番五次告诉亲人不要麻烦老李，但总有人没放在心上。每逢老家来电话，老李必急切唤我。面对穿着睡衣睡裤的老李，愧疚之情油然而生，我同老家人草草说了几句，便要挂上，站在一旁的老李大概看出我的不安，连忙对我说："慢慢说，慢慢说。"我老家的亲人来了，必定被老李夫妇邀去小坐。

老李家不用煤气，仍在烧煤、烧柴。柴火间堆满了他从四处捡来的杂碎木片。每天我下班回来，不是见他在制作煤球或整理木片，就是见他打扫卫生。居民中有人从楼上扔垃圾，有人把垃圾袋放在一楼楼梯口，地面常可见到纸团、果皮、菜叶等杂物。老李看到这些，气上心头，总要开骂的，但他骂过了，就把垃圾扫了，好像户外的环境是他自己的，有一天不干净，他的心里就不舒服。他一天到晚都闲不住，总要忙这忙那，夏天就穿个背心，谁也看不出他是个老干部。

其实，老李的脾气跟他的伤病有关系。老李出生于1925年，十八岁之前就参加了儿童团，参加过抗日战争、解放战争、抗美援朝。为支援福建建设，1958 年，他从北京空军地勤部队转业到福建，被安排到三明工作，先后在三明钢铁厂保卫科、城关公社、三元区文明委等单位任职。他在部队时是有线电兵，一次爬电线杆拉线，遭遇敌机轰炸，从上面摔了下来，造成脑震荡，留下后遗症，天气一变化就难受，忍不住要发脾气。好在阿婆温和的性格，与他作了互补。我们从未看见阿婆对老李责怪过什么，也从来没见过她发脾气，对谁都是客客气气的。

阿婆比老李小十岁，跟老李来到三明，在城关照相馆和三钢被服厂、食堂工作过。他们的两个儿子都是在三明出生的。大儿子取名冀闽。冀是河北，闽是福建。一看也知晓这两者间的亲密关系。小儿子取名聚闽。出生的时候，河北老家亲人，包括老李的父亲、姐姐等人，都来到三明看望。一家人相聚在福建，也许是很难得的吧，就以聚闽起名，显然是为了纪念这样的相聚。老李自从来了三明，再也没有回过河北，却一直照顾着老家的亲人，每月工资拿到手，都要寄回去一部分，给父亲一点，给姐姐家一点，也给岳母家一点。他们自己一家的生活，全靠阿婆勤俭节约着过。每天，阿婆跟老李一样早早起床，去菜市场买菜，一个上午就在厨房里忙碌。吃饭的时候，儿子、儿媳和孙子都会过来一起吃。天气一热，阿婆经常拿一把扇子，搬一张凳子坐在外面乘凉。

2000 年，我家从城关搬到列东来居住。周末的时候，有时回城关，主要是去看望老李和阿婆，也特地请他们来列东做客。老李没来，阿婆来了。我们新家在九楼，没电梯，阿婆走了几步就停下来休息。就来过这一次。老李和阿婆，就是我们在城关的亲戚。遗憾的是，老李于 2011 年去世，我们过了好久才知道。赶过去看望阿婆，妻子眼泪汪汪。2015 年阿婆去世，他们家人也没有告诉我们。妻子知悉后，哭了好久。老李是离休干部，一生简朴，从未对组织提过任何要求。大儿子做过知青，在三明钢铁厂当工人。小儿子当过兵，在冷冻厂工作，下岗后在公交公司开了几年公交车，退休后在社区做义工，担任东霞新村小区党支部书记。我不知道，在城关这一片，住了多少像老李这样无私奉献的革命干部。

我跟冀闽、聚闽偶有电话联系。听聚闽讲，他父母的那套房，现在还空着。按父母的意愿，是留给在香港的姐姐的，使她回来有个落脚的地方。老李和阿婆走后，我们再也没有去过新市南路88幢楼。城关还有一些这样的老建筑，比如火车站、城关大桥、粮贸大厦、红旗影剧院、人民影剧院、市少儿图书馆……是我们念起城关就能想起来的老印记。

直　达　车

乘坐直达车的多是一些在机关上班的人，多是家住城关而单位在列东的人。

直达车是一辆老车，规范的称呼是铰接车，而人们都习惯叫作通道车。它比一般的公交车长了一倍，可以看作是两辆一般车的连接。这种车，在当时的许多城市都很常见。到了20世纪90年代初，便逐渐不见了。只有这辆作为直达车的，仍在运营，不过也仅仅作为直达车使用。这是三明最后一辆通道车了。看上去，它非常陈旧，油漆大片脱落，锈色可见，行动不能灵活也无法快速，好像一个年迈的老人。

每天，直达车在列东和城关之间来回四趟，在上班之前，准时把乘客从城关拉到单位，又在下班之后，及时把乘客从列东送回家。直达车只在城关的城门口、城关派出所和列东的市委、市政府、市邮政局等几处固定的地点停车，不设停靠牌，经常乘坐的人都会自觉地在此等候上车。直达车与乘客之间形成了一种默契。若有发生意外的，那是直达车路途中碰到故障或堵车了。在既定的时间里不见直达车，乘客们便知趣地散了，纷纷改乘其他车子。不过，这种情况很少出现。比较起来，直达车还是最可信赖的朋友。

直达车的驾驶员是男的，五十岁左右。或许是职业习惯，他很少说话。为了不影响他的工作，也很少有乘客同他讲话。直达车上还跟着两个售票员，女的，一胖一瘦，都有了一定的年纪，同样少言寡语的。乘坐直达车的，一般都持有月票，却很少出示。因为他们都是直达车相对固定的乘客，与司机和售票员见面多了，便熟了。彼此之间就有了信任感。必须出示月票的，大概有两种时候，一是月初或季初刚换新月票的时候，二是公交公司派人来查票的时候。后一种是突然袭击，有的乘客会疏忽忘带了，售票员也会帮助解释。如果查票的铁面无私，那就只好自认倒霉了，依法缴了罚款。有了这样的教训，从此，月票一定是随身携带了。

列东与城关之间，有十几分钟的路程。路旁有新盖的楼房，也有不少旧房子，红砖构造，木制窗门，两边斜的屋顶，使城市多了几分历史。从直达车往窗外看，视野中始终都有行道树，一种叫红花紫荆的树，花期长，花朵繁多，一树的灿烂。花是娇贵的，往往脆弱。一经大风大雨，这种树便疯狂起舞，花叶飘零，枝干折断，甚至连根拔起，叫人百般怜惜。

下了雨，直达车也无法阻挡，那窗户上的玻璃早已掉了，空洞洞的。若是夏天，风满车厢地灌，倒也舒服。遇着雨天，雨就不客气地涌进来，窗下的座位只得腾空了，任雨痛快地淋着。雨中的街景是零乱的，公交站点、店门口、墙壁下都挤着躲雨的人，撑伞行走的人脚步匆匆的，骑单车的低着头一直往前冲，人们的心情都流露出焦急的神色。同样一条线路，有时还有雨天晴天两重天的经历。这中间好像有一个分水点，一方倾盆大雨，另一方却不见雨迹或只是零星雨滴。这种时候差不多是在夏天的午后，常坐直达车的人更能领略到。因为省去了追赶其他公交车的急切和烦躁，就能安详地感受这个奇妙的境地。同样，在下班时候，他们也看到了远方的夕阳，以及夕阳下剪影一般的厂房、烟囱和青山，安详地欣赏着如诗如画的风景。

乘坐直达车的，一般都是机关里的小职员，论起职务，最大的莫过于科长了。这当中，不乏几近退休的人，可能坐了一辈子直达车，表情平静，很少议论，微笑地接受他人的招呼或让位。车上总有喜欢说话的人，有时会因一些偏激的观点而争论不休，有时也会为在单位的不公平待遇发点牢骚。他们说了就说了，其他的人并不在意，也不感兴趣，沉默的依然沉默，人人都表现出漠不关心的样子。但是，人们对于谁谁不再乘坐直达车却有隐约的感觉，便会不由自主地猜想，搬列东住了？自己买车了？还是调往外地了？有的人甚至会问起来。对于新的乘客，人们也会有意无意地多看一眼。见面的次数多了，也就熟视无睹了。

　　有直达车的日子，平静如水。没有直达车的日子，照样平淡无奇。若干年之后，城市的公交线路增多了，直达车就被撤去了，可人们还是情愿相信，是这辆铰接车老得不能再老，必须得退役了。这时，人们对直达车突然有了一种深深的依恋。人们开始挤乘其他的公交车。有时，也会碰上一张熟悉的面孔，就是想不起来是谁。过后，才猛然记起，原来是过去同乘直达车的乘友。

三明城关的小吃

◎百越山

我是小学五年级的下学期，才从乡下转学到三明城关，就读于朝阳小学。

那是 1979 年的春季，朝阳小学坐落在城关的中心位置，西面靠近市第三医院，东面与市机关宿舍楼相邻，北边是城关密集的旧民居，南边是城关通往富兴堡的公路。

那时候，城关旧城墙残留的西门，就在朝阳小学南边通往富兴堡的道路上，我年纪小，并没有西门的多少记忆，如今看资料，才知道西门叫"荣禄"门，门楣石刻至今仍存在三明市博物馆。另有东、南、北三座门，分别叫"泰安""养孚""聚庆"，则早已无存。

朝阳小学这个名称，是典型的时代风格，就像曾经的列东小学，当时叫红星小学，师范附小叫东方红小学。如今朝阳小学早已改名陈景润实验小学，同样远去的，还有我这一代人的童年，只有童年时馋嘴的零食和小吃，还在记忆深处鲜活地存留着，冷不丁从脑海里冒出来，令人不胜感叹。

在物资匮乏的 20 世纪 70 年代，孩子们的零食与如今截然不同，唯一相同的是，售卖的地点都在学校门口，只是 70 年代是挑担的小摊，如今已换成校门附近固定的小店。我印象最深的零食有两种，酸枣糕和炒椎子。

酸枣糕在我们孩子口中还有个不雅的别名，叫鼻涕糕。此名的由来，颇令人啼笑皆非，大约是孩子们的家长嫌酸枣糕不干净，吓唬孩子说，做酸枣糕的人不讲卫生，把鼻涕都揉到酸枣糕里了。结果是，孩子们照吃不误，还把酸枣糕叫成鼻涕糕。

三明市区地处亚热带，沙溪河谷盆地两边都是连绵的群山，野生酸枣树众多，成为制作酸枣糕的廉价原料。其实三明人口中的酸枣树，学名叫南酸枣，在植物学上，酸枣树指的是北酸枣。

简单来说，南酸枣是乔木，与人们熟知的红枣、大枣毫无关系，只是果实形状相似而已。北酸枣是灌木，与红枣、大枣是近亲。

南酸枣树干笔直挺拔，大树高可达 20 米以上，每到秋季酸枣成熟，如何采摘呢？三明人有个形象的说法，我们不叫"采酸枣"，而叫"捡酸枣"。酸枣树太高，又往往生长在山坡上，人们大都是在树下捡拾掉落的酸枣，每当夜间下雨，第二天早晨就是捡酸枣的好时机。

20 世纪 70 年代的酸枣糕，完全是原汁原味，鲜酸枣用水煮开后，很容易就能去皮，然后用筷子搅拌，使果肉与果核脱离，最后把果肉均匀地摊在竹篾上，晾晒干后，就成了酸枣糕。其间不添加任何东西，更不用说那个年代短缺的食糖了。能成为那个年代孩子们零食的主力，酸枣糕凭的不是几乎要酸掉牙的口感，而是绝对的廉价，一分钱就可买一大片。

同样以廉价占据那个年代零食另一王座的，是炒椎子。

椎子树和南酸枣树一样，都是高大的乔木，树高也可达 20 米以上。野生的椎子树遍布三明周边的山上，每年的冬季，就是捡拾椎子的好时机。椎子个小，只有板栗十分之一左右，在铁锅里炒熟后，薄薄的果壳会开裂，轻轻一掰，便可将白色的果仁剥出，吃起来又香又脆。

每到冬季，城关的大街小巷，都可见挑着担子，卖炒椎子的流动小贩，各个学校门口，更是卖椎子的黄金地段。我记得在朝阳小学门口卖椎子的摊贩，用一小截竹筒做量杯，一分钱就可买一杯，放在衣服口袋里，边走边吃，宛若今天的人嗑瓜子一般。如今椎子早已在市场上彻底消失，流行的是更大更甜的板栗和椎栗，虽然这是时代进步，物质丰富的结果，但我还是会怀念，伴随我童年的小小的椎子。

酸枣糕和炒椎子，是那时的孩子们用零花钱就可自主买到，但是要买城关的街头小吃，大多数孩子的零花钱就无能为力了。

当年和现在一样，油炸食品都是孩子们的最爱。只不过20世纪70年代，品种远没有现在丰富，我们一帮孩子们念念不忘的，是城关街头的油饼、油条和芋粿，其中又以油饼和芋粿尤具地方特色。

三明的油饼，和北方用面粉制作的油饼不同，是用浸泡的大米磨成米浆，掺入葱花和盐，用一个小铁勺舀满米浆，放入油锅中炸，待米浆结壳鼓起后，形成的油饼会从勺子自然脱落，继续炸至两面金黄就可食了。

这种用米浆炸制的油饼，是福建特有的小吃，在福建各地因食材的不同，还衍化出萝卜丝饼、海蛎饼等。不过在我成年后游历省外，发现南方以大米为主食的省份，不少地方也有类似的油饼，不知其中的传承如何，不过我记忆中福建特有的观念被打破了。

芋粿则和油饼不同，我在外省从未见过有相同的，可以算是一种独特的地方小吃。更有趣的是，据说芋粿的起源，还和邓茂七有关。

据三元地方民间传说，明正统十二年（1447），从江西流落到三元附近黄竹坑（今属三元区中村乡）当佃农的邓茂七，为反抗当地官绅强收"冬牲"，聚众造反，短短数月，就席卷沙县、延平府等地。

由于队伍发展很快，人数众多，给养匮乏，在一次与进剿官兵战斗胜利后，邓茂七要犒赏部下，却苦于无粮无肉，只好用山区盛产的芋头捣成芋泥，掺入红酒糟调味，再放入油锅里烹炸，起锅后居然香酥可口，大受部下的欢迎。大家给这种食品取名芋头粿，以后每一次打胜仗，都炸芋头粿庆祝。

五百年后的20世纪70年代，芋头粿早已简称芋粿，做法也精细了许多，大致是用三元当地产的菜芋，与米浆混合制成糊状，掺入陈年的红酒糟和盐，盛入三角形的模具中成形，再放入油锅中炸熟。由于芋粿比油饼大得多，买一块芋粿的钱，可以买四五个油饼，在我童年的记忆中，是高大上的小吃，轻易吃不上。

说到如今三明的小吃，沙县小吃无疑名声最大。尽管品种繁多，沙县小吃的经典仍然是二件套，拌面加扁肉。其实早在沙县小吃崛起前的20世纪70年代，三元城关也有两样经典的小吃，阳春面和扁肉。

在我童年的记忆中，城关街上的国营饮食店，最大众的品种就是阳春面。按今天的眼光看，阳春面其实就是清汤面，面条烫熟后捞起，舀入一大勺猪骨头熬制的高汤，再撒一把葱花，调味后就成一碗面。

即使是人们在家里煮面条，虽然没有饮食店的骨头汤，也叫煮阳春面。以至于我们这些住在城关的小孩，以为煮面条都叫阳春面，没有其他叫法。很多年以后，我才发现，"阳春面"对三元地域而言，其实是个舶来品，并不是本地土生的叫法。

在三明一中高中毕业后，我离开三明到省外上大学，意外发现阳春面居然是江苏的传统面食小吃，只流行在江苏及上海一带，做法与我童年时，三元城关的阳春面一模一样。

阳春面的得名，颇有传奇性。据说清朝乾隆皇帝下江南时，正逢阳春三月，他在江苏淮安城里微服私访，在一个面摊要了一碗面，颇感好吃可口，便问此面何名？店小二说就是平常面食，没有名字。乾隆便给此面取名"阳春面"，自此流传开来，成为江苏著名小吃。

江苏的阳春面，怎么成了三元城关的大众小吃？这个问题困扰了我多年，直到我接触到三元历史变迁的资料后，才恍然大悟。

抗日战争全面爆发后，1928年5月，福建省政府从福州迁到永安，邻近永安的三元镇，也陆续成了内迁的众多省机关和团体的驻地。

1940年7月，三元镇已升格为三元县，迎来了一所特殊的学校，苏皖联立技艺专科学校。

　　这所学校的背景可不简单，前身是苏皖联立临时政治学院，由第三战区司令长官顾祝同在 1940 年创立，并任首任校长。最初的校址在福建崇安县（今武夷山市），生源主要是江苏省的流亡学生。1943 年 8 月，该校改制为江苏省立江苏学院，安徽退出"联办"，校址设在三元城关附近的富兴堡（当年称福兴堡），今为三明一中校址。

　　顾祝同是江苏淮安人，江苏学院的学生主要是他的同乡，而阳春面正是得名于淮安，因此三元当地的阳春面之名，正是源自江苏学院的师生之口。

　　江苏学院在三元办学三年多，抗战胜利后，于 1945 年底暂迁江苏扬州，旋即定址于徐州。虽然在三元的时间不长，除了留下阳春面外，江苏学院还为三元的教育发展起到了重要作用。三明第一所现代中学，即三元县立初级中学，创办于 1945 年 2 月，最初的师资，就是聘请江苏学院的学生。1954 年 7 月，三元县中学从城关的祠堂巷，迁到富兴堡的江苏学院旧址，冥冥之中，似乎有一种神秘的力量，将两所学校的前世今生，紧紧地联系在了一起……

故乡的车站

◎ 王秀明

耳边响起那句耳熟能详的民谣："小小三元县，三家豆腐店，城里磨豆腐，城外听得见……"时过境迁，沧桑巨变，如今的三元迎来机遇和发展，焕发崭新的面貌。而我的家乡就坐落在三元区的一个小镇——荆西镇，镇上的火车站伴随童年足迹久久无法忘怀。

荆西火车站，位于三元区荆西镇（如今改为街道），距离市区 8 公里，建于 1956 年，中心里程位于鹰厦线 370 千米 426 米处，隶属中国铁路南昌局集团有限公司永安车务段管辖。车站边上即是沙溪河畔，20 世纪 50 年代中期，在沙溪河两岸这片绵延 10 公里的热土上，集结了来自全国各地支援鹰厦铁路的建设大军，开启了一段艰辛的基建征程。如今，铁路建设一直没有停歇，速度更快、科技含量更高，百度地图上可以看出，与其平行而驱的便是福建高铁闭环线——南龙铁路。

由于工作就在市区，逢周末闲暇我便回乡探望父母。路过车站，虽然它没有了往日的风采，但是服务了当地人民近 40 年的功勋一直被铭记。20 世纪六七十年代出生的人们一定对这些场景印象深刻，车站开始之初在承办货物运输的同时，主要还是服务当地人民出行，曾经也是客流满满、热闹非凡。推开大门，仿佛回到了 70 年代、轰鸣的蒸汽机车就要进站了。售票处拱形窗口、手写的宣传板报和"旅客须知"，候车大厅里处处都是历史的"符号"。昨日的喧嚣仿佛还停留在车站，大大小小的布袋包、几角一张的车票，和当前的高铁车站形成鲜明的对比。那些尘封的记忆背后，是中国铁路发展的见证。站台上的一份份温情，也随着铁道线的建设，延绵至更加遥远的地方。

这里的时代记忆明显，铁路旁随处可见的红墙老住房，年代感十足，小二层小洋楼，仿佛在诉说20世纪未讲完的故事。岁月斑驳，在车站周边的职工房里，有的早已人去楼空，残留下生活的痕迹，仿佛还能追寻到20世纪的生活点滴。曾经人来人往的旅社、沙县小吃店、工商银行、邮政大楼，而今，只有几位老爷爷在这里休闲下棋……

趁着火车没来时，行走在铁轨上，脚下的枕木，看不到尽头，一边是过去，一边是未来。我的思绪回到了20世纪90年代。父亲在车站从事运输工作，那时的我是一名小学生。母亲为了能让辛苦劳作的父亲按时吃上饭，嘱咐我给父亲送午饭。殊不知，这竟是我人生中第一次"惊险又刺激"的送饭任务。来到铁轨旁，我愣住了，长长的货运车厢绵延数里，根本看不到终点……胆小的我竟然想到了钻火车底，紧张、迅速、恐惧，成功地将午饭送到了父亲的手中。父亲狼吞虎咽地吃着午饭，知道我是钻火车过来的，一再叮嘱我："那是很危险的事，一定要等火车开走了，再回家……"以后的每一次送饭，我都会耐心等待，听火车铿锵回响，看火车呼啸而过。

儿时常在火车站玩耍的我，却从未坐过火车出门。印象中，有一次外公外婆要去沙县买些东西，我央求他们带上我。终于如愿以偿了，第一次坐火车，一种从未有过的欣喜和激动。午饭时间，看到有人在车上叫卖盒饭，记得是5元一盒，里面有带鱼。外公外婆舍不得吃，就买了一盒给我，他们吃着自己带的馒头。就这样，吹着风、吃着鱼，开启幸福的沙县之旅。

随着铁路事业的飞速发展，在很多年前，荆西火车站不再运行旅客业务。火车小站，没有了摩肩接踵的人群，留下了岁月的痕迹。2021年，福建省人民政府公布第五批省级历史文化街区。三元区荆西火车站历史文化街区上榜。作为工业文化遗产，是历史的见证，是人民群众在社会历史实践中创造的具有文化价值的财富遗存。我相信，未来的这里会重现繁荣的景象，一如曾经的客流满满、热闹非凡……

虬城风月无古今

◎罗　辉

　　沙县城之于我就像一座魔力古城，使我永远也无法摆脱它对我的诱惑、沉溺和束缚，以至于我无论受到何种内力和外力的共同作用，终于不肯走出这座具有 1600 多年历史的文化古邑。自东晋义熙年间（405—418）建沙村县以来，虽在境域、名称上有些变化甚或中间曾被省入他县而中断，但至唐武德四年（621）沙县称谓的横空出世，唐永徽六年（655）后沙县以其独特的重要地位再也没有在中国县名中消失过。"唐宋时……沙民富庶，人才蔚起，号为金沙"（康熙志）。于是，金沙县的美名不仅限于在旧时相对闽西北"银建瓯""铜延平""铁邵武"而格外存在，让人向往，而且在当下更以其"不失传统风范，兼具时尚气质"的独特个性而名驰八闽，誉满神州。这或许是我不管遇到风雨、恩怨和青睐，都始终没有离开她的缘故吧！

一

其实，作为军事重镇，沙县的独特地位和重要意义堪称：古已有之，兵家必争。早在东晋太元四年（379），改南平县为延平县时，在南乡地（也就是沙县）设沙戍。东晋义熙年间（405—418）又在沙源地（古县村）设沙村县，从此沙村县（沙县）作为沙溪河流域的政治、经济、文化中心，特别是作为军事重镇，其管辖范围曾经囊括了现今的宁化、清流、明溪、永安、大田、尤溪、三元等县（市、区），境域面积有一万余平方公里。唐末时，在现仙洲半岛设立了崇安镇。

据明嘉靖《沙县志》载：光州固始人邓光布于唐朝乾符初（874）为崇安镇将，他任职沙县时正值唐朝末年，社会板荡。邓光布以为沙源地一面山三面水"易攻难守"，便与汀州司录兼管沙县事曹朋商议，将县治所迁到可据险固守的杨簧坂，以使百姓免遭屠戮。乾符五年（878），邓光布在抵御黄巢起义军时中流箭而死后，曹朋接手完成了迁移县治的任务。邓光布与曹朋因此被称为"开县始祖"。宋宣和五年，邓光布被追封为灵卫侯，现在溪南凤凰山下的邓将军祠，仍悬挂着"武显八闽"匾额。

沙县县治自唐中和四年（884）从古县迁到凤岗山下之后，一直没有城墙。直到明弘治辛亥年汀州温文进荼毒汀漳之间的时候，沙县的民众才害怕其顺流而下侵犯沙县，因而沙县建设城池的问题才突显出来。明弘治四年（1491）在都谏李孟旸上奏朝廷，提出"各地险要地带均应修建城墙以便固守"主张的时刻，沙县县民正好向延平府请愿"要求修筑城墙"。于是，这一年延平知府苏章来到沙县勘察地形圈定范围，并决定由沙县令陈光泰督办，翌年陈光泰调职京城，又决定由顺昌兼沙县令费诚接续监修，经过四年努力，于弘治七年（1494）建成。据载，沙县城墙东起现东大路与东郊路交界处，南临沙溪，西至现府西路与桥北路交界处，北面城墙走向大致与现新城路的走向相同。刚建成时，城墙全长约1084丈即3255米，后因北面城墙崩塌，部分城墙北移，总长增至4600余米；城墙顶有城堞1620多个；城墙高近7米，以花岗岩为墙基，墙体用特制的城墙砖砌成。城墙设有4个正门，东为迎恩，南为延福，西为永安，北为昌乐。为方便居民到沙溪河挑水、洗涤，临溪从西到东依次辟有小水门、师古门、三圣门（庙门）3个小南门。明嘉靖十九年（1540）为便于儒学用水，又在儒学前增辟文昌门。北面城墙临山，北门设在今建国路北端，为方便居民上山砍柴，又在今新城路西端开辟小北门。沙县城墙北借山险，南有沙溪天然沟堑，各城门均有城楼，并设有作战时作为工事的"窝铺"，南面临溪辟有跑马道，称得上易守难攻。徐霞客在闽游日记中说："城南临大溪，雉堞及肩，即溪崖也。"可见沙县城墙给广游博历的地理学家留下了深刻印象。

有城才有关。城墙之于大水之患和贼盗之祸，不仅休戚相关，而且堪称至关重要。如果说从前的沙县无论在军事上何等重要，只能凭借勇猛和才智来葆有一方平安的话，那么明弘治七年有了城池之后，沙县城的安危便系于城池的坚固与圮坏了。比如清咸丰三年（1853）四月二十四日，龙岩黄有使等以红巾为号先踞永安，四月二十日，贼党江水等率兵攻入沙县，"时承平日久，民不知兵；兼之城垣积久多坏，无可为守"，以至城陷，县令邵莘被抓。红巾贼留下刘姓军师守沙县，不久黄有使带领几千人也来沙县，后来攻打延平兵败又窜回沙县。五月十三日，沙县民众借助关帝诞辰日这一天，"祝寿饮福，一时感动，不禁奋勇"，持械纠众杀贼，救出被拘县令，"恍若神助之者"。红巾贼全部惊慌逃出城外，被歼的达到二百余人。五月十九日，红巾贼又从南门攻城，巡道胡应泰带领人马正好来沙县，在水南与红巾贼交战，官军大胜。贼首林俊分别于五月二十二日和二十四日攻东门和西门，皆因有援兵和群众断桥等得力措施的落实，来贼才离开沙县，窜往尤溪、永安。可四年后的1857年林俊亲率兵马攻打沙县，却未能克复。其时县令乃陕西举人严葆铦率乡兵抵抗，兵败郑坑。有一天，有民众在惊慌之下，协力奋击抓获敌军数名送来县衙，严县令居然不能处置。恰好府委王金镛押送火药来到沙县，住在书院，对俘虏进行了审讯。严葆铦于是将政务交于王金镛，王金镛第一件事率民众在洋溪打击贼匪也失败了。这一年闰五月十五日贼又攻城，并围城七日，终在县令王金镛和都司黄理珍的统一指挥下，开东城分兵打击，贼匪退去。无独有偶，在光绪十八年（1892）因害怕红线会、乌线会入城而报匪不实请求援兵引发恐慌的江苏监生沈寿昌县令被降职为县丞。可见守城不仅要有好的城墙，更要有守城护民的胆识、谋略和机遇。

进入民国以来，沙县这一块堪称富庶的宝地，引发了多方的觊觎。先是北洋军占领沙县城，至1918年，南军许崇智之孙本戎部围攻沙县城，当年9月与守城的福建督军李厚基部傅兆祥营长相持50余日，直到11月13日南军方才退去。后来，又有高维岳团长手下的两个营、警务队的郭锦堂旅长、郭凤鸣团长兄弟俩1922年至1926年驻守沙县。1922年8月，卢兴邦经许崇智推荐，广东革命政府委任卢兴邦为东路讨贼军留闽第一师师长。1924年11月，变匪为兵的卢兴邦出兵沙县与当年10月继任其兄郭锦堂的郭凤鸣争夺地盘。但由于北军派来增援部队，卢退回尤溪。1927年春，卢兴邦部黄庆彩团长率张胜高营长进驻沙县，开始了长达10年之久的军阀统治，1935年12月底，卢兴邦部由卢兴荣率领开赴浙江整训，卢兴邦统治沙县的时代才告结束。

富庶的沙县自然也引发中央红军的高度重视。早在1927年，沙县夏茂在福州求学的学生接受了马克思主义，官锦铨、黄可英、姜敢、罗起佑、洪基等人先后加入了中国共产党。并于 1928 年 11 月在夏茂建立组织，后称中共福建省委沙县特别支部。1931 年 7 月，以红三军团某师政治部干部钱益民为领队的工作团，在临时支部的配合下进入沙县夏茂镇，筹款筹粮，为红军吸收新鲜血液。1933 年 4 月，沙县列入中央苏区。中央红军东方军在彭德怀等带领下，于 1933 年 8 月进入沙县；1934 年 1 月，彭德怀率领中国工农红军东方军攻打沙县。经过半个月的苦战，最后采用挖坑道埋炸药的办法，将西门附近的城墙炸开一个缺口，从西门和大北门、小北门攻进城里。在现今的兴国寺设立东方军司令部。据说，现在门口那株郁郁葱葱的橄榄树曾经拴过彭司令的军马呢。1 月 28 日，成立了中华苏维埃共和国沙县革命委员会。2 月 24 日，红军大部和部分地方干部向江西撤退，25 日，最后一批红军和县苏维埃干部 20 余人撤离沙县后，卢兴邦重新盘踞沙县。后来，具有革命传统的沙县便成为中国共产党人的重要活动地，闽西北游击纵队在沙县不断壮大，并于 1949 年 6 月 16 日配合中国人民解放军率先解放了沙县。

如果把城墙作为沙县城关的象征，进入和平时代的城关便失去了关城的意义。新中国成立后，沙县的城墙屡遭拆除，最后在 1992 年沿河的城墙由于建设滨河路而基本损毁。对此文化人是颇为惋惜的，有文章为证。"1984 年，县人民政府将沿河东起东溪和沙溪汇合处、西至沙县大桥的沿河城墙列为首批县级文物保护单位。此段城墙仍保存了 5 个城门及城门楼，其中的小水门城门楼嵌有制于明弘治五年（1492）的'乾坤正气'木匾，为福建省保存最好、最长的明代城墙。可惜 1992 年沿河街道改造时，所有城门楼均拆除，沿河岸砌起挡土墙，有 500 余年悠久历史的沙县城墙，终于在历史上画了个句号。"

（吴家露　绘）

二

　　沙县城位处沙溪河下游，有着自己独特的地理性优势。在以水路为主要交通形态的年代，因沙溪河在城区段呈"十里平流"的天然禀赋，为沙县商埠的产生和形成给出了独一份的纯粹理由。翻开沙县史册便能知晓：早在唐末五代十国时期，沙县崇安镇（仙洲半岛）就有"千家之市""百业之盛"；明朝时沙县"商贾工技之流视他邑为多"，永乐、洪熙、宣德年间，沙县在北京丰台建有沙阳会馆；清道光、同治、光绪年间，县内以制茶、手工造纸、砖瓦和陶瓷制造为主的手工业已具相当规模，木材、笋干、晒烟、香菇等土特产品蜚声东南诸省。清末至民国时期，沙县城内有江西、汀州、兴化、闽南、福州等会馆，可见当时外来经商者众多，甚至出现了相对分工的景况：江西人经营染布、药材、棺材；汀州人经营木材、造纸等；闽南人经营茶业、造纸等；福州人经营"三把刀"（剪刀、剃刀、厨刀）；浙江人经营香菇烘烤业等，不一而足，完全可以证明沙县早已是闽西北重要的商品集散地。从民间谚语、歌谣中也可知沙县光绪年间的繁华。如"有钱冇钱，琅口过年"讲的就是作为沙县城关商埠载体的琅口码头由于商品货运发达，商机颇多，无论钱多钱少，琅口都具有适合不同人群的生存空间。时势造英雄，到了民国时期，沙县出现了像潘伊铭、黄尔康、黄颂慈这样的工商业巨子。譬如潘伊铭从 15 岁开始承父业开始以撑船运货为生，后来通过营销茶叶获得第一桶金，通过经营商业店铺、引进发电机组、投资航运等行业，成为沙县民国时期之巨贾。他十分重视防火、医疗等公共事业，购进防火器材，带头捐款筹建沙县卫生院。此外，诸如试种木薯、引种美国柑橘、引进沙县第一台织袜机、赞助沙县籍人士求学等，都无不显示出潘伊铭关心家乡经济建设和民生事业的满腔热忱以及善于接受新鲜事物的独特眼光。

商业的发达必然带来强大的物流、人流、信息流，也使得各种南北小吃荟萃，丰富多彩的沙县小吃在商埠沙县集结、融合而成型。现在沙县号称有地方风味小吃240余种，其实根本就是一个大约数而不是大数据。有意思的是，沉潜于民间原本用于改善生活的传统风味小吃，却在改革开放春风的吹拂下，由沙县人以"带上吃喝去远方"的漂泊意识和流浪情感，形成了不可阻挡的汹涌之势，并在敏锐的执政者的强力助推下，形成了一个"遍布66个国家和地区、约有8.8万家门店、带动30余万人就业、年营业额超500亿元"的浩荡产业。沙县也因而赢得了"中国小吃之乡""中国小吃文化名城"的赞誉。

都说沙县、沙县人是幸运的，而我要说沙县小吃是天下最幸运的，说沙县小吃是幸福小吃一点儿也不过分，因为没有一种小吃能够得到习近平总书记如此多的关怀！在1999年3月那个阳光明媚的仲春和2000年8月8日那个火热的仲夏，在福建省任职的习近平先后两次为沙县小吃把握定位、指引方向。2021年3月23日，习近平总书记亲临沙县考察，再次对沙县小吃作出了重要指示，寄语沙县小吃在实现乡村振兴中"继续引领风骚"。

沙县人因小吃致富而改变命运，沙县城因沙县人的行走大运而辉煌。如果说长期的商业文化濡染，营造了沙县城独特的商埠文化，也赋予了沙县人独特的诚实守信、谦和礼让、贫富不嫌、童叟无欺的商业文化品格，那么新时代的沙县人依靠沙县小吃已走过肩挑扁肉担、一爿小吃店的创业路程，正走在"标准化、连锁化、产业化、国际化、数字化"的征程上，并在不断适应城市规则和市场经济准则的过程中，实现了从传统小农向个体老板向经营业主向行业精英的华丽转身，沙县人也从城关人蜕变为具有大气博纳宽广胸襟、敢于创业豪迈激情和开放开明宏阔气象的城市人。"实说实干，敢拼敢上"这句响亮的口号也便成了沙县和沙县人的精神凝聚、智慧结晶和时代斩获。

三

毋庸置疑，沙县的民智开化在福建算是较早的县份。在唐武德四年（624），便开始设"儒学"。从此以后，沙县读书风气日盛。现在，走进近年重修的文昌阁，抬头凝视悬于正中的"文魁"巨匾，环视周遭历史文化名人简介，我们不难看到"张确"赫然在目。仔细端详可知南唐李煜最后一科春季考试，沙县人张确荣登榜首独占鳌头，成为三明区域内最早的状元。沙县可考的书院可追溯至宋淳熙十年（1183）位于水南凤凰山下由县人黄颢创建的凤岗书院。著名书院还有位于城西劝忠坊，由陈瓘故居改建而成的了斋书院。据康熙版《沙县志》载：两宋间的沙县"五步一塾，十步一庠，士人皆以诗书相劝""曳金紫，乘朱轮者，不知凡几也"。这是何等美妙的景象啊！也就难怪沙县在两宋间的进士达到149人，并出现了陈瓘、邓驿等两名探花（另清乾隆间罗英笏为武探花）。此外，沙县书院还有建于元至正年间的豫章书院（先后三次重建，入清后荒废）、建于明代号称道南书院的有三处（夏茂中街、夏茂罗坑桃源洞，以上分别建于明正德四年、明正德十三年；另一处在二十二都三元，建于嘉靖年间）、建于清代影响最大的书院为嘉庆二年（1797）由梅子岭义学改建的梅岗书院。明清以降，沙县的进士数量虽然明显减少，但依然以总数184名在三明区域内稳居排名第一，占到三明全市738名进士数的四分之一。两宋间沙县读书人的卓绝表现彰显了沙县在中国文化南移后所绽放出的文化奇葩，涌现出了一批杰出的思想家、文艺家。比如，因"潜思力行""任重诣极"（朱熹语），在闽学的形成和发展中起到了"承杨（时）传李（侗）启朱（熹）"重要作用的罗从彦。

今天我们来到沙县凤岗街道城西南路346号这座简朴而庄严的罗从彦纪念馆，才知它最早（元至正年间）是以豫章贤祠之名建在沙县洞天岩山麓罗从彦故居处的，现存的地址是明洪武时定位的，建筑格局是明崇祯时的，整体面貌却是近年才修缮的。罗从彦（1072—1135），宋南剑州沙县人，字仲素，谥文质，儒称豫章先生。其生平事迹《宋史》有本传，著作《豫章文集》收入《四库全书》。他以"上传洛伊，下授延平，斯文一脉，万古是师"（宋礼部祭文）的先儒地位，于明万历四十一年（1613）从祀孔庙。清康熙四十五年（1706），康熙帝为豫章特祠赐"奥学清节"匾额。站在神情谦和的文质公雕像前，我的心底总为"高山景行"的情绪所激荡，因为我知道：罗从彦作为学界共识的闽学发展第一阶段的关键人物，具有非同凡响的学习热情和坚韧不拔的学习毅力，早年从杨时学，又问学于程颐，尝随杨时、游酢一同"程门立雪"，"严毅清苦，笃志求道"，终于"独得不传之秘"，成为杨时千余名学生中的佼佼者，杨时称赞罗从彦"惟从彦可与言道"，朱熹也说"龟山倡道东南，士之游其门者甚众，然潜思力行，任重诣极，惟仲素一人而已"。罗从彦统接龟山，后得门生李侗和朱松（朱熹之父），再由李侗传给朱熹，最后朱熹集理学之大成。嗣后理学成为至五四运动前 700 多年间的统治思想。

无独有偶，宋代的沙县思想家和学人岂止只有豫章先生，我们还能在《四库全书》中看到陈瓘、邓肃、陈渊这样一些人的名字。譬如文探花陈瓘因才高八斗，文章、诗词、书法为世所重，在朝为官时，因其政治识见和政策建议一直被宋哲宗所器重，自然就被权臣们所嫉妒。他心胸坦荡，正气浩然，素以国家为上，不受权贵拉拢。但忠直耿介的崇高人格终究敌不过圆滑世故的朝廷官场，所以一生坎坷，少有安逸，动辄入狱、流放，被调任 23 次，历经 8 省份 19 个州县。"有的人死了，他却活着。"正因为陈瓘奇伟的大丈夫性格，更因为他爱憎分明、忠于良知的士大夫人格，陈瓘一直被后代的知识分子们所敬仰和崇拜。陈瓘事迹不仅《宋史》有传，南宋大儒朱熹在《三朝名臣录》中为其撰写传记，理学家杨时也撰有《沙县陈谏议祠堂记》。在江苏南通城内文庙、狼山准提庵及如皋定慧寺，陈瓘与岳飞、文天祥等名人一起被供祀。在宋元明的文学作品中，仍然活现着一个立体的陈瓘。明代郑瑄《昨日庵日纂》载有陈瓘《饭后一句话》；明代肖良有编撰传统蒙学读本《龙文鞭影》有载《陈瓘责己》。明代著名作家冯梦龙编写的《智囊》一书，收有《陈瓘料事如神》《陈瓘攻蔡京之恶》两则历史真实故事。施耐庵因慕陈瓘忠直之名，将其写进《水浒传》，足见陈瓘在像施耐庵这样的知识分子心目中所享有的崇高地位。

纵观沙县历史，李纲与沙县的文化渊源也是值得珍视的章节。沙县人早在1936年那样纷扰的时节，就把爱国名相李纲的名讳作为沙县滨河街道的名称而响亮叫起，真是对内忧外患时局的有力反讽，以及对和平安宁天下的深情呼唤。李纲生活在两宋之交，宣和元年六月，因上书议论水灾政事触犯皇帝和权臣，被贬沙县任监莞库，宣和二年六月，官承事郎回京任职。其实，李纲真正到沙县的时候已近年关，离开沙县时，似乎也在九十月份，"一载沙阳信有缘"。如此看来，李纲谪居沙县不过十个月左右不及一年。从李纲的诗文中可知，被贬沙县这个"僻左"之地开始时是颇不情愿又有所担心的。初来乍到，李纲选择兴国寺旁的客房作为住所，取"人生无非大观世界一寓客，不妨随寓而安"意，命名寓轩；后来又取"天生拙于予""不知天之高地之厚，四时之寒暑，万物之生化，而况复是非利害之端乎"意，效仿柳宗元"以愚触罪"而言自己"因拙获罪"，取名"拙轩"。好在到了沙县后不久，李纲见"溪山秀发，食有鱼稻笋蕨之饶，士夫多贤者"（《凝翠阁记》），心情便好了许多。在沙县期间，他不仅深切感到沙县山水佳好，而且与一批士英结成文友知己，如先后任福州、处州、虔州知州的殿撰公罗畸，曾为太学生、左正言的美男子邓肃等，相与游从、参订佛语、歌咏谈笑，探宝栖云寺，题匾寒翠亭，览月凝翠阁，把酒泛碧斋，命名七朵山，作记从桂堂，几乎走遍了沙县城内城外的美山丽水，李纲遭遇贬谪的愤懑之情和报国无门的忧郁之心得到了暂时的抚慰和纾解，其文学才华却以非凡气象井喷而出，在沙期间，居然写下了 350 几首诗，还写不少的赋、序和记（如《凝翠阁记》等），题跋不胜枚举。传说"沙阳八景"（老）命名权也归于李纲的名下。出版于民国（1944）年的《洞天岩志》称李纲对沙县自宋至民国的著名风景区洞天岩具有开山之功，并名列十贤过化之首。近年来，沙县人民为了纪念李纲对沙县文化的卓越贡献，在凝翠阁文化广场建起了李纲塑像，充分彰显了名相李纲的风采。

沙县文化到了清末民国时出现了新的变化，尤其是新旧教育体制的改革，沙县又迎来了一个文化大发展期。从清光绪二十八年（1902）经县令周有基，邑绅官凤棠倡议，改梅岗书院为中西学堂始，特别是在 1905 年沙县教育会成立后，沙县相继成立了"师范传习所"，有了最早的师范教育。至 1935 年，沙县教育已有相当规模。1938 年至 1945 年，福州一批机关、学校内迁沙县，促进了沙县教育事业的发展。尤其是福建医学院、省立福州高级中学、省立沙县师范学校等七所大学、专科学校、中学入驻沙县城关，省立图书馆、省立科技馆也入驻沙县，一时间沙县成为省内的教育文化中心，大批文化人聚集沙县。当然民国时省城文化与沙县文化的交汇、渗透和融合，因为有整整七个年头，可谓进入水乳交融的境地，因此，在我们的父辈不少人能够听懂甚至会说福州话，也有相当部分的男女实现了你情我愿的双向奔赴，沙县小吃的城关支派便显现了与闽菜的甜蜜融合。

四

在我的印象里，沙县城的变化似乎有迹可循。打小生活在乡下的我，大约在小学五年级时进过一趟城。那时我们乘车到位于水南的汽车站，站在西大桥水南桥头朝北放眼一望，在一条稍显深陷的大河边上横亘着一片黑色瓦顶，房子不高，基本不超过两层，有些房屋的柱子宛若吊脚伸向河边或者靠着城墙。过西大桥进城，走在宽约 10 米的府西路、府东路的大街上，零落着一些店面，印象颇深的是有两个电影院，其中一个叫老电影院的正放映电影《东进序曲》，我们几个堂哥堂姐便决定先在虬江饭店吃碗面条后看电影，因此我们还错过了回家的班车。1978 年夏天，我中考上线，必须参加在城里的体检，算是第二次来到沙县城里。其时住在三年级就随父母调入城里的好同学在三官堂家里。说来真巧，及至三年后我从南昌气象学校毕业时所认识的第一个城里人和第一个认识的城里的文学朋友家都住在三官堂。那时的三官堂似乎处于城乡接合部，房屋构造与乡间木质结构的房屋似无不同，因此颇感亲切。1981 年8 月，我开始在沙县气象站做技术工作，由于建于 1957 年的沙县气象站位处城郊的洋坊村，进城还要走 3 公里多的国道。由于喜欢文学、书法，经常在城里的文友、书友家走动，对于城关的印象是深刻的。印象特别深刻的是处在府东路尽头的工商银行和处于府西路中段的饮服公司夏冰厅，因为在那里工作的女孩特别"时尚"被称为"美人窝"，对于荷尔蒙爆棚的 20 岁男孩而言，真可谓充满了神秘而激情的诱惑，所以总是成为我们常去光顾的地方。在我的记忆里，从 1981 年到 1988 年整整七周年的城关，除了城北小区开始建设外，其余的地方基本没有开发，沙县城处在鹰厦铁路以南沙溪以北仅 2 个多平方公里内。1988 年，我进入县机关工作后，沙县城区逐步建成了东门大桥（1989）、府前悬索桥（1994）、明光大桥（2004）和沙县大洲大桥（2012）。现在的沙县城区的规划控制面积为 150 平方公里，已建成面积 30 多平方公里。2019 年夏天在主编《沙县味道》一书时，我用"城市靓兮特沙县"来概括沙县的城市特征，探赜索隐地归纳了沙县作为"小吃名城""公园城市""交通枢纽""创业平台"的独特魅力。

我们不妨来细数一下沙县尚存的古风吧。沙县是一个有着两个城隍庙的县城，究竟为何无法考证，至今香火不断却是事实。沙县城有了斋祠、豫章祠（正在扩建为罗从彦纪念公园）、邓将军祠等历史文化名人遗迹，还有赞化宫、宝严寺、闽王祠等传统宗教遗存。改革开放以来，在淘金山建设了卧佛、定光禅院、舍利塔、能仁讲堂，在廿八曲建设了性天寺。近年，沙县致力提升城市历史文化品位，先后新建了沙村（沙县小吃文化城），重建了凝翠阁、文昌阁、鼓楼、东门历史文化街区，对高楼下的老城区"沙县巷子"进行全面改造，形成了业态，汇聚了人流，集结了乡愁，使沙县这座千年古邑焕发出前所未有的历史传统文化辉芒。如今，在凝翠阁六楼倚栏矗立，不能不为"杰阁凭栏，最难忘一水含幽，七峰叠翠；芳园养志，不辜负八闽兴德，九域扬声"这样的气象和声势而折服。

当然，走进沙县城，人们更不能不感受沙县作为闽中通衢的现代时尚城市的夺人气息。20世纪90年代后，随着县城西北边的莲花新村的开发建设，沙县205国道的改造，建国新村、景山新村等先后开发，特别是进入21世纪之后，随着三明高新技术开发区金沙园的启动建设，沙县城市格局不断扩大，沙县城的北部已完全城市化。水南也因沙县金古空港经济开发区的建设和三明海西物流工贸区的建设，形成了全面开发的态势，特别是近年来随着三明生态新城的建设，一座现代化的康养新城正在巍然崛起。沙县人是时尚的，这完全可以从沙县人说女子漂亮叫"时尚"中窥见沙县人对于时尚的包容、彰显和追逐。沙县城是时尚的，沙县通过多年的建设，不仅拥有了"虹桥凝翠""虬水戏灯"灯光秀、水幕秀等美轮美奂的绚丽华彩，而且以"以路筑城，以绿营城，以水润城，以文铸城"的理念，建成了约5平方千米的开放式公园，一个出门见绿、500米入园的"公园化城市"悄然诞生。

如今的沙县，东有七峰叠翠，栈桥如龙，有水岸星空，霞光优美；西有淘金佛塔，秋烟缭绕，有鼓楼向晚，景色宜人；中有体育公园，活力四射，有铁路公园，老少皆宜；南有海西湿地，田园牧歌，如意湖上，舟行画里；北有龙湖公园，湖山一色，夜欣灯光秀，日赏春景明；再加上凤凰湖、三角湖、畔溪公园、一河两岸景观带以及社区公园、绿化廊道等，真可谓"一出家门可逛公园"，一座宜居宜业宜游的花园城市已然成形。沙县城市是通达的。作为全国百个、福建省三个交通枢纽之一，"水、陆、空"现代交通网络健全，是福建中部交通要素最齐全，对外交通最便捷的城市。境内有三明沙县机场、三明陆地港、沙溪航运码头，还有鹰厦、向莆、南三龙三条铁路，福银、泉三、厦沙、武沙四条高速公路在境内交会。沙县作为山海连接的节点，福银高速公路、向莆铁路两条交通大动脉成为打通湘、鄂、赣等我国内陆腹地至福建出海口的快速通道，使沙县成为内陆腹地至出海口要冲之地。

"近者悦，远者来"，沙县以及沙县城正散发着"不失传统风范，兼具时代气质"的独特魅力吸引着外来客和周边人来旅游定居创业。

虬水悠悠话沙阳

◎罗榕华

沙溪是三明境内的第一大河，也是闽江三大支流（沙溪、建溪、富屯溪）之一，发源于建宁县均口镇严峰山南麓，流经宁化东溪，在宁化县城下游汇入武义溪后称九龙溪，向东流向清流龙津河。九龙溪流至永安西郊10公里处有文川溪汇入，之后注入燕江。通常人们把永安贡川镇以上河段称"九龙江"，贡川镇以下河段称"沙溪"。

追溯历史，沙县历史与沙溪紧密相连，沙溪又与"龙"密不可分。《沙县志》曰："传说沙溪城关河段有一'虬'，故城关又称'虬城'。"意思是沙溪沙县城关河段，传说潜有一无角龙（古语云"有角曰龙，无角曰虬"）。所以此河段又称"虬江"；因而沙县单字简称"虬"，沙县城关则称"虬城"。

沙溪水运：一条黄金水路的千年风范

"东门入了神仙店，南门过溪浮桥头。秧竹西芹花竹幽，车溪水畔上青州。马铺行行上管前，渔溪湾到水如盘。一路来到高砂宿，镇头琅口慢慢摇。沙县南门双凤桥，双凤衔书好逍遥。叠叠排楼金沙路，定光佛祖浮云桥。"这首《水路歌》唱出了船工在县域内沙溪水路行船的情景，从城西大洲村到青州镇，直达延平沙溪口西芹镇，分别要途经浮云桥、双凤桥、浮桥头、神仙店、镇头集镇、琅口商埠、高砂客栈、马铺水路等若干标志地点。

这首《水路歌》是"行船歌谣"的一种，它是沙溪水运衍生的沙县本土民歌，也是沙县船民在生产劳动时的智慧结晶，与沙溪通航息息相关。

沙溪通航始于元末，元至正二十六年（1366），福建省平章政事陈有定效忠于元朝廷，为了向被各地起义军围困的元大都运送物资，派人"凿石去障，以运汀粮，舟始得通"。在那公路、铁路交通欠发达的时代，沙溪航运促进了下游两岸乡镇的繁荣，成为地方经济繁荣发展的重要纽带，乃是闽江水运开辟出一条辉煌的"黄金水道"。

当年，在这条"黄金水道"行走的有大货船（五舱船）、小货船（四舱船）、小渡船、护排船和沙溪支流里的"两头翘"（无舵，船体半圆中间宽大，头尾一样尖翘，轻便灵活），以及节庆里"赛龙舟"用的龙舟船。船民们长时间待在船上，一为排除寂寞、一为鼓劲劳作，他们糅合乡音土语，创作出了丰富多彩的水路歌谣和拉纤号子。

"春季放排雨纷纷，衣湿水冷汗津津。手握长钩木头放，脚立水中不知冷。夏季赶洋太阳熏，洪水汹涌多险情。为着多把木材运，急流险滩也敢行。秋季赶洋蚊虫叮，砂石刺脚血淋淋。一步险滩一身汗，一门心思把材运。冬季赶洋水更冰，身寒脚冻手不停。不怕溪弯多险阻，根根木材山外行。"这首《四季放排歌》把沙溪"放排工"的艰辛和劳累刻画得淋漓尽致。四季放排四季苦！对放排工来说，每一季都不易。

20世纪六七十年代，"放排"依然是沙溪水运的一种重要方式，其主任务是"货运"。只要有货源，一年四季都放排。一个排两个人，一个师傅，一个徒弟，师傅撑排头，徒弟在排尾。放排人员组合是临时的，没有固定的组合，师徒也是临时的，没有固定的师徒关系。出工记工分，每月按工分取酬。放排期间，艄公吃住都在排上，生活非常艰苦。在排上用钢精锅蒸饭，菜各人自带，大多是咸菜，或是一点带鱼、咸肉之类的。早晨从沙县出发，第一天在涌溪（冬天）或青州（夏天）过夜。第二天吃早饭后继续放排，在延平（南平）过夜。一般不上街，有上街也只是去买一些青菜、茶叶就回到排上。第三天到南平市的太平镇过夜，夏天则到古田县的三都口过夜。"排艄"四天就到闽清水口。水口到福州水路平缓，每个排上只需一个人。故到水口后，有一半人员返回沙县，另一半把排艄送至福州……

沙溪水运，自古盛矣！沙县是各地重要物资的集散地，唐代就有"八方商贾过往，千里商客云集"的繁荣景象。沙县城南临虬江，开有迎恩门、小水门、师古门、庙门、文昌门，一大四小 5 个城门，均有石阶通往沙溪。清同治七年（1868），按码头的标准改造西门、小水门、师古门、南门码头，主要集散来自永安、三元、延平、福州的货物；庙门、文昌门主要集散来自夏茂方向的物资；师古门、小水门建有物资中转仓和装卸作业场。1928 年，沙县人潘伊铭购置两艘小汽船（各 30 吨位，80 马力）航行于沙县与福州间的航道上，开启了三明机动船的运输史。1935 年，闽沙航运公司和福沙航运公司相继成立，共投放 11 艘 20—30 吨的汽船穿梭于沙县至福州的水域。当时水路是山区运输的主要方式，据 1952 年统计，用木、竹排流放的方式，年运出毛竹 2305 万根，木材 3988 万立方米，用木帆船等运输工具运输的物资年运量高达 2.77 万吨。

虬江上最热闹的是每年端午赛龙舟（扒龙船）——急鼓声中驾驭龙形木舟，竞渡戏水，娱神乐人。龙舟队队名大致以城门、乡镇、村名为单位。每年农历四月中旬左右，人们把龙舟抬出来，补漏、上彩、刷漆、试水。端午日午后开始"扒龙船"，观看龙舟赛的人们密密麻麻地沿着沙溪两岸分列排站。河面上，各色龙舟一字排开，每条龙舟 24 名队员，分两排对坐，光膀子握桨，船首坐一鼓手，配一面小鼓和一方口哨，船尾立一稳重的船长兼舵手。口哨响起，鼓手敲击出铿锵悦耳的鼓声，水手们踩着鼓点的节奏奋力划桨，喊声如雷，助威声震天，群情激奋。沙县人过端午有"乡下人不识字过初四，城里人不知苦过初五"的习俗，其实，乡下人提前一天（初四）过端午节，主目的是为了初五能有时间进城看"扒龙船"。

十里平流：一个南宋名相的山水情怀

"十一日舟曲随山西南行，乱石峥嵘，奔流悬迅。二十里，舟为石触，榜人以竹丝绵纸包片木掩而钉之，止涌而已。又十里，溪右一山，瞰溪如伏狮，额有崖两重，阁临其上，崖下圆石高数丈，突立溪中。于是折而东，又十里，月下上一滩，泊于旧县……十二日山稍开，西北二十里，抵沙县。"这是明代著名旅行家徐霞客《闽游日记后》的一段文字，写的是明崇祯三年（1630），他第四次入闽，途经沙县两天的亲身经历。徐霞客"十一日"遭遇了涌溪到古县的河流险滩，而"十二日山稍开，西北二十里，抵沙县"中的"西北二十里"则主要指沙溪河沙县段的"十里平流"。

"十里平流"是南宋名相李纲下放沙县时命名的"沙阳八景"之一。即指沙溪虬江河段，西起大洲东至琅口约10里的河道。沙溪河沙县段水域多为山区地貌，河道窄、弯道多，礁石棋布，水流湍急，险滩众多，自上游而下蜿蜒曲折。但流经大洲至琅口这一河段时，河道骤然开阔，水势平缓，两岸青山叠翠，楼宇临江，沉影如黛，摇曳多姿，萦回十里。在多礁滩险阻的腹地山区，堪称闽水一奇。正因此，才常会吸引一种叫"虬"的无角小龙前来游玩戏水。旧时虬江南北有廊桥相连，若立于城东"二十八曲"远眺，南北两山与廊桥一体，酷似两只凤凰衔着一本书，名曰"双凤衔书"。相传沙县进京赶考的举子，出发前必先到孔庙上香，然后再登"二十八曲"性天寺拜佛，再出门远眺虬江。如果看到"双凤"衔着书册展翅起飞，此行必中进士，仕途亨通。若能见到虬（小龙）在沙溪里跃动，殿试必中"一甲"（前三）……遥想宋元丰二年（1079），沙县城西人陈瓘进京赶考，在其"探花及第"前，一定是见过小龙在虬江里跃动的。

沙溪河发源于建宁闽江源，一路奔腾而下，到沙县后突然从"沙溪河"摇身变成"虬江"，蕴涵神奇的魅力，且因有了小龙的参与，巧妙地赋予了虬江更神秘的外衣。

北宋宣和元年（1119）六月，京师大水，李纲上书陈政见，朝廷恶其言，谪监南剑州沙县税务，寓居虬江左岸兴国寺。后值定光佛经沙县，幻身为老僧，自沙溪南面，步虚而渡。李纲恰在溪边行走，为其所见，知为异人，尾随其后至洞天岩。老僧横卧假寐，李纲以前程问卜，老僧援笔作偈曰："青着立，米去皮，那时节，再光辉。"李纲乃寄情山水，静候佳音，及靖康改元，诏征还朝，擢升宰相……为纪念李纲的这段佛缘，后人凭借淘金山山形雕塑了"卧佛"石像供奉于山中，并在沙溪大洲段的洞天岩建造一座步云桥（平步青云之意）。步云桥不复在，沙溪河里犹存一块"沉浮石"，相传此是当年定光佛过河时的踏脚之石，因石有了灵性，会随着河水的涨涨落落而沉沉浮浮。

李纲对"十里平流"情有独钟，赞其曰："七峰倒影蘸晴碧，十里平津流向东。"当年他寄情山水，月夜载酒泛舟时亦题诗云："平溪绿净见游鱼，十里无声若画图。但道曾经太史爱，不须淤染自为愚。"他常邀友至沙溪水南的七朵山（七座小山）宴游，七朵山直傍沙溪而立，形如屏风，翠色相连，李纲不但给"七朵山"命名为"七峰叠翠"，还由西向东依次命名七朵山为碧云峰、桂花峰、凝翠西峰、凝翠东峰、真隐峰、妙高峰和朝阳峰。谪沙前李纲曾任国史编修，人称太史，因此"十里平流"又被人称作"太史溪"。

旧时，十里平流西段有猪母石，势极狰狞；大洲北岸峭壁原有"光风霁月"巨型勒石，1957年修建鹰厦铁路时被炸毁一半，剩"风月"二字；东段有幞头石，形如冠帻；再往东以下便是"溢滩""大夷""小夷""秤钩湾"等险滩。

如今，古景展新姿，1969 年兴建的沙县城西大桥和 1989 年兴建的东门大桥以及 1994 年建成的府前悬索桥（2013 年新设悬索桥一座紧邻其下，现两桥合为一座双向桥），犹如几道长龙飞跨沙溪两岸，雄伟壮观。1995 年，下游高砂水电站蓄水发电，硬是把"十里平流"扩展成了"二十里平流"。2017 年，依托"七峰叠翠"，建成临溪栈道虬龙桥。近观，栈桥如灵虬，畅游沙溪，景灯初亮，倩影入水，微风轻拂，波光粼粼；远观，栈桥如盘龙，时弯时曲，蜿蜒向东，渐入七峰翠微间，绿波荡漾。

虬水映灯：一座魅力小城的时代气息

虬城一邑，自古繁华。沙县这座拥有 1600 多年历史的县城，文化底蕴深厚。2017 年 8 月 21 日，经中国地名文化遗产保护专家委员会专家鉴定，确认她为"中国地名文化遗产千年古县"。

发展总是超乎想象。近几年，沙县对沙溪河两岸景观进行大手笔改造，植树种花，亭台楼榭，小道曲曲，垂柳依依。江畔高楼鳞次栉比，园里闲人自在悠然，近水远山，四季不同，车水马龙，井然有序，好一派文明景象。尤其是夜幕降临，华灯初上，沙溪两岸色彩缤纷，凤凰山杂树生花，新楼、古建、画舫融为一体，在灯光辉映下上演着虬邑一出出"风韵千般、风情万种、风月无边"的情景剧。

虬水之北旧有文昌阁。文昌阁者，祀文昌帝君之所也！也就是邑人祈福求禄，学子祷告有成之地！沙县文昌阁原建于沿沙溪城墙文昌门上方，始建年份不详。据志载，明嘉靖十九年（1540）始设文昌门于县学之前，由此可以推断文昌阁始建年应与其同。后因旧城改造，文昌阁与门均不存矣。2017 年，沙县县委、县政府重建文昌阁列为"在历史遗迹恢复古建筑"民生项目，择址在沙县城隍庙侧，重建文昌阁，倡导崇文重教之风。文昌新阁 2018 年秋竣工，占地 108 平方米，镶嵌十里平流，辉映七峰叠翠，古朴大方，蔚为一景。2018—2019 年，以文昌新阁为主体，在其正前方的沙溪设置"最美沙县"灯光秀和"印象沙县"水幕秀，很快成为网红打卡地。2020 年，在文昌阁后面规划建设"文昌美食街"，打造"爱上沙县的夜"文旅品牌，集食、购、游、娱一体，今已发展成为沙县夜景的一颗璀璨明珠。2022 年，三明市沙县区委、区政府在"文昌美食街"后方打造沙县东门历史文化街区，重点展现沙县小吃、酿酒等民间技艺，依托东门历史遗留的文化资源，融合沙县茶文化、商埠文化和民间信仰，一条极具地方文化特色的传统活力街区"横空出世"。

　　一个城市有一个城市的脉搏，一个城市有一个城市的气息，一个城市有一个城市的气质。"全国文明城市""中国特色魅力百强县""中国最具投资潜力特色示范县 200 强""国家级园林县城""全国优秀旅游县""全国文化先进县""全国百佳深呼吸小城"……在不胜枚举的荣誉和光环背后，沙县人秉承富有时代特征的"实说实干、敢拼敢上"的沙县精神，将一个山区小城，打造成为一个走遍神州、走向世界的品牌城市，缔造了一个又一个的沙县传奇。

东门的古意

◎洪华高

在沙县城区的东面，原沙县一中校内的兴国寺往东有一大片的老房子。这片老房子的最东边曾有个城门——东门，是沙县沿河而建的六个城门之一，因此，沙县人称这一片区为东门。这里曾是沙县最繁华的区域，只是近些年居民相继迁到新城区，它逐渐从繁盛归于平实，仿佛洗去岁月铅华素颜朝天，但只要你从这条街上走一走，你仍然可以感受到它深厚的文化底蕴和浓郁的古意。

我曾于20世纪80年代末到90年代初在沙县一中当老师，曾住在与兴国寺紧邻的单身汉宿舍楼七号楼。兴国寺的后门与东门片区的大街相连，我常在课后从兴国寺的后门走进这条东门街道。这条街道呈东西向，长约一公里，街道两边全部是百年以上的老房子。当你站立在街头往东看，带有古代建筑特色的门面以及马头墙依次在你面前展开，你会有一种豁然开朗的感觉。穿行在这条街上，你仿佛走进了百年前的时光。街道两边的店铺有小吃店、食杂店、米面店、炸油条油饼店、修车店、衣服店、文具店、裁缝店、租小人书店，也有租录音录像等店铺，如同一个微缩的县城。

街道头右手边是一家很有名的拌面店，店主长得五大三粗，长一副铜铃牛眼，但他的拌面和扁肉却挺好吃。那时大学刚毕业，放暑假学校食堂没煮饭菜，街上也没有像现在到处都有快餐。中午常顶着烈日，穿过兴国寺的后门，带一搪瓷杯去他那儿买点扁肉汤配饭吃。店主舀汤手法总是那么娴熟，手上一抖，勺子舀的汤不多不少盛到你的杯子里，你想让他多舀点，他会一边斜眼看着你，一边心不甘情不愿地多舀上半勺。现在那家扁肉店也早已关门了。街头左边，是老张理发店，老张是残疾人。刚参加工作图方便理的都是短头发。老张五十多岁，他理发时动作干脆利落，理发刀在头顶上旋转，剃刀在脖子上飞舞，不一会儿就把你的头发整清楚，让你精神抖擞。

街道正中的南边是城二小学，也是个百年老校。城二小学的大门紧靠街道边朝北开，里面有一座教学楼，一间平房。每天，随着上课铃声学校里传出朗朗的读书声，这铃声和读书声传遍了整个东门片区，一时这一老街区焕发出活力，充满了现代气息，一股书卷气弥漫在东门老城区的上空，老城区似乎被赋予了新的灵魂。放学了，穿着各色衣服的孩子冲出课堂，大呼小叫，脸上满是快乐和天真的笑容，这呼喊声一时也传遍了东门老街区，孩子们把天真和温暖传递给每一位住户。一时接孩子的家长堵在大门口，自行车声、摩托车的喇叭声交织在一起，街道顿时变得嘈杂而拥堵了起来。东门有了城二小学就有了活力，有了热度，东门也因此变得年轻起来。

城二小学门口的左侧有一口古井，井口围栏用五块巨大的花岗岩石卯合在一起。仔细观察朝街那块岩石可见"隆庆丁卯年重立"的字样。经查史料，"隆庆"是明朝第十二个皇帝朱载坖的年号，"隆庆丁卯年"是1567年。该井栏重立至今有五百多年的历史。几百年来这口井以它的博大胸怀，哺育了一代又一代的东门人，伴随太阳升起和日落的黄昏，东门人在这口井旁担水，洗衣，洗菜，一派热闹和繁忙。这口井是东门人的生命之源，几百年来它一直默默地守在这里，从未干涸，始终如一地呈现一泓清水，而东门人也始终喝着和几百年前古人喝的同样清甜的井水，喝一口井水你也仿佛回到几百年前，在瞬间完成一次穿越。如今这口古井如同一只眼睛默默地关注着一代代在这里生活的子子孙孙。

沿着这条街道走到底，最东端有一古渡口——"沙阳古渡"。它的附近有一个单位叫水运队。史料记载，沙县建县于东晋，治所在古县村，派有军队驻防称"沙戍"，后迁到现在沙县凤岗村，即现在县城所在地。在唐武德四年（626）正式称沙县，名称使用至今，为千年古县。而凤岗村最早建房聚族而居的地方就是现在的东门片区，因为这里有一个渡口，这是一个地道的千年古渡，东门因这个古渡成了历朝历代最繁盛的区域。

古代以来，除一些驿道连接各地外，最便捷的恐怕是水路了。位于东门这个重要的渡口，也是沙溪河与从夏茂流出的茂溪河交汇处。茂溪河由西向东从夏茂流出，流经梨树、高桥、际口，在这里流进沙溪河。在流进沙溪河前，它沿二十八曲的山下仙舟半岛拐了一个弯，折而向西，汇入沙溪河。如果你现在沿着滨河路往东散步，走到滨河路与仙舟半岛相连的仙舟大桥头的北侧，往下看仍然还可以看到那个古渡口。古时这里商贾云集，各式山货、烟叶、土纸、大米、木材等在这里装运，从船上卸下瓷器、布料、食盐等货物。一些商人、旅客、官人、求取功名的秀才各自怀着梦想在这里上岸或坐船奔向远方，演绎着一代代人的活剧。呈现出一派熙熙攘攘的热闹场面。唐朝时著名的诗人韩偓、南宋抗金名相李纲曾旅居沙县，他们应是从这里上岸的，也许看到东门的繁华让他们暂时忘却了郁郁不得志的烦闷，从他们在沙县留下的诗篇里可以看出他们的心情是欢喜而愉悦的。

随着铁路、公路的修建，古渡的功能日渐消去，但到20世纪70年代末，仍然从这个渡口往福州方向放木排，放木排的人就是水运队的队员。水运队队员个个都是游泳好手，他们皮肤晒成古铜色，油黑发亮。每到春夏雨水季节，他们就把需运往福州一带的松木或杉木浮放在水上，然后把一根根的木头用大的卯合铁钉钉紧，形成二十多个木排，顺着沙溪往下游放，木排如同一只只无篷的船顺着沙溪河流向闽江，运到福州等地。那时你站在东门古渡口，常会看到一排排木头在此起伏彼的"启排啰"呼声中顺流而下。水运队队员每人拿一根竹篙仿佛是一个个出征的战士站在木排头，挥舞着竹篙闪展腾挪，撑着木排顺流而下。

改革开放后，交通运输日益便捷，放木排已失去了价值，水运队也失去了存在的意义，单位也改制了，成员有的重操旧业，下河打鱼；有的做起了运输；有的转岗做起小本生意。水运队的老房子还在，只是时光久远，早已没有了往日繁忙的景象。你如果沿街往东走，水运队老宿舍附近的街道两旁常可以看到好几个老人安静地坐在那儿，沧桑的脸上依然带着古铜色。如今古渡口旁的河上仍停泊着十多条船。船是那种乌篷船，静静地泊在那里，仿佛几百年，上千年，从古时就停在那里。

在东门这个不大的区域居然有各式庙宇祠堂十几座。从街头到街尾，依次可以看到的寺庙有土地公祠、民主公祠、康元帅府、吕祖庙、太保庙、城隍庙、宝严寺，还有一座天主堂以及郑氏祠堂等。在城二小学东侧建有南方最大的城隍庙，已有上百年历史，它占地面积约二十亩。城隍庙分两个厅，后厅供城隍爷，城隍爷身着黄色龙袍端坐在高高的台座上，俯瞰着芸芸众生。两厅中间一长天井，对称放置翁仲像、石马石羊。两侧是厢房，供有各路道教神仙。城隍庙门上的牌楼造型精致，门口呈八字形朝南边开，它的对面就是沙县名景"七峰叠翠"。如今这里仍每日香火不断，鞭炮声阵阵。沿着滨河路从城隍庙继续往东走，在东大桥下是宝严寺。这是一个地道的佛教寺庙，占地不大，但形制与福州鼓山涌泉寺一致，供奉弥勒佛，西方三圣，两边建有钟鼓楼，全是女尼，现在福建省佛教协会副主席心亮师父是寺庙住持。寺庙大门进去的天井上种一棵大的茶花树，树龄有四五十年。每当开春时节，太阳从东门下的二十八曲山上升起，阳光可以直接越过宽阔的沙溪河照进宝严寺大门内这棵大茶花树上。红红的茶花如同一团火，让路过的人精神为之一振。

这些庙宇的建立彰显了这里具有深厚的文化底蕴和历史积淀，正如"罗马不可能一天造成"的一样，这里的庙宇也不可能一天建好，而且各种宗教信仰也完美和谐地相处一域，让人感叹中国人所具有包容并蓄和宽广胸怀。中国人当然也一定喜欢所有的神都来保佑自己，他们朴素善良，希望的不是大富大贵，只求平平安安过平头百姓的安稳日子，他们心目中只要是神都崇拜，所以，他们拜完土地公，又拜民主公康元帅、吕祖庙、太保庙、观音菩萨。

如今东门人陆续搬出这世代聚居之地，东门显得更加冷清，东门片南面隔河的"七峰叠翠"景区修建了虹龙桥步行栈道，建起了壮观气派的凝翠阁，每晚灯光秀和水幕电影也在这里播放，文昌美食街人来人往，五彩的灯光辉映沙县，一派欢乐祥和的景象。东门静静地留在城市的角落里，任由风尘铺陈，仿佛这里的时光停留了下来，也仿佛是在时间的背面，人们在这里聚散来去，而东门依旧。

街巷里的烟火气

◎李若兰

　　每一座城市，都有一段关于街巷的记忆，它们是最市井、最生气勃发的存在。每一条街巷，都有一段关于美食的记忆，它们是最地道、最抚慰人心的味道。我对沙县的最初记忆也来自街巷和街巷中的地道小吃。

　　人们习惯于把自己的出生地称为第一故乡，把迁徙后居住时间最长的地方称作第二故乡，沙县便是我的第二故乡。转眼我来沙县已十一年，逐渐爱上这座小城，习惯这里的山水、人文和饮食，亦慢慢融入其中，成为新沙县人。

　　大学毕业那年，我通过公务员招录考试来到沙县，之所以选择沙县的岗位，是结缘于声名远播的沙县小吃。通过公务员笔试后，我送材料到沙县审核，在街边巷口的一家小吃店吃了一份烧卖，完全是凭着追寻美食的原始本能，来到位于巷子口的那家烧卖店，小小的店面，门口摆放着若干小方桌，并不起眼，不是饭点却依然有很多食客，让人不禁好奇它有什么过人之处。那是我第一次来沙县，也是第一次吃沙县的水晶烧卖，晶莹剔透、松软可口。

　　到沙县工作后，在朝夕相处中，发现它是一座温婉包容的小城，一千六百多年的历史孕育出丰富深厚的人文底蕴，也孕育出包罗万象的小吃文化。这里的小吃美食，来自民间、藏在街巷，它们用味道吸引人，以品质感动人，似乎能治愈一切不美好。

　　与同事们日渐熟悉，本地的同事带着我穿街走巷，寻味美食。第一次吃到状元饼是在班崎巷，又名"烧饼巷"，巷内集萃多家老字号烧饼铺子。步入巷子，未见饼家先闻香，一家没有门面的烧饼铺，饼香四溢，让人惊讶于如此美味的烧饼竟藏身于这样一间不起眼的小屋子、这样一条狭窄的小巷子。虽说饼香不怕巷子深，可巷内环境委实差了些，狭小、杂乱，一眼就能看见像蜘蛛网一样盘根错节的电线。

那时我在乡镇工作，周末到城区，常常会徜徉在这些巷子，品尝巷子里的美味小吃，感受斑驳老墙经历的风霜，想象深宅大院里的历史过往。沙县街巷的历史可以追溯到唐中和四年（884），城区被命名的巷子有30多条，班厝巷、池尾巷、曲巷、文昌巷……每一条巷子的记忆大概都离不开"世俗"二字，"世"为百姓大众，"俗"是人间烟火，青砖之上，灰瓦之下，承载的便是升斗小民的朴素愿望：甘其食，美其服，安其居，乐其俗。这些老旧街巷，沉淀着沙县老城的烟火气，将那些世俗百姓最平凡的生活过往记录在一砖一瓦中。

在清水巷，我有幸认识一位摄影人，殷实人家、四方小院，他在这条巷子居住了几十年，是沙县老街巷变迁的亲历者、见证者、记录者。"欣赏者心中有朝霞"，六十多年来，他以欣赏的眼光，追光逐影，用相机收集流年，记录沙县老城区的风雨变迁，从府前六巷到东门古街，从黑白照片到彩色照片，细心记录、妥善收藏，出版影集《新光旧影》。老先生娓娓讲述这些照片的故事，推荐隐藏在小巷中的老字号美食，老照片以一种穿越时空的方式，细细诉说着微波过往，让我探寻到沙县城区街巷变迁融合的脉络。

2017年，沙县一河两岸景观改造，我有幸参与撰写《最美沙县》灯光秀脚本。灯光秀以一句沙县方言"喜粿烧烧，豆豉油麻椒"开场，每每听到这句，我的脑海中便会浮现一幅画面：晨雾蒙蒙，一位挑着小吃担子的老人，缓缓从老巷子里走来，沿路吆喝，声音浑厚悠远，在巷子中久久回荡。在沙县，这是一首街知巷闻的童谣，唱的是沙县特色小吃——喜粿，一道立夏时令小吃，老人们说"夏天到来，百种落地，喜粿米冻，丰收有梦"。立夏，万物蓬勃，人们吃喜粿，不仅只是品尝美食，还寄予着丰收的希望。一方水土养一方人，食物的气质，有时候就代表人的气质，这些气质串联起来就是这座城市的韵味，沙县人的人生态度就如同这道立夏时节的小吃一样，充满朝气、充满希望、充满无限可能性。

路过这些小巷，人们大都会被熟悉的美味吸引，走进这些巷子就如同进入时光隧道，逼仄的环境或多或少给巷子里的文化和美食带来缺憾，明明和外面的街道近在咫尺，却仿佛是两个时空。巷子外的街道是一个城市的繁华之地，而巷子里，晾衣竿横架南北两侧的屋檐，抬头是横七竖八的衣架、电线，低头是坑坑洼洼的路面、水沟。也许还有窘迫的民生折叠在巷子的褶皱里，一家几口人，挤在一间老旧低矮的屋子里，土墙斑驳裸露，做饭的炉子摆放在门口，屋子门面黢黑，看不出原本的颜色。

什么时候才能改变呢？时间来到 2018 年，那一年，生活在老旧巷子中的沙县人怀着对美好生活的向往和期待，迎来老旧街巷改造。沙县党委、政府，摈弃大拆大建，用渐进式微改造，尽可能保留历史印迹和文化根基，水磨的功夫，绣花的耐心，终于让风格各异的街巷文化得以"活"起来、传下去。至 2020 年，相继完成罗家巷、曲巷、清水巷、池尾巷、班厝巷、田公巷等 6 条老旧巷子改造，紧接着又开启东门历史街区老旧巷子的提升改造。

长街两端是繁华，短巷里头有钩沉。古老的巷子隐匿在城市的车水马龙之后，隐匿在周遭百姓茶余饭后遛弯的时光中，它们缓缓从岁月深处走来，又乘势换上了新装，仿古牌坊、青砖灰瓦、文化植入，老旧巷子涅槃新生、重焕活力。变的是环境，不变的是味道，提升改造既让巷中居民乐享新环境、新便利、新生活，又留住了巷子的历史风貌、时代记忆和地道美味。老故事和新魅力在这里交织融合，让人们可以在巷子里触摸到沙县这座千年古城的文化肌理。

2020年，我有幸陪同沙县小吃题材电视连续剧编剧团队采风，寻访那些蛰居在大街小巷的小吃技艺传承人。做烧饼的师傅手法娴熟，揉面、裹馅、擀皮、涂油、撒芝麻、贴饼，动作连贯，一气呵成；手工制作的面干劲道爽滑，和面、揉面、压面、切面、盘面、上面、晒面、收面，每一道工序都马虎不得……每一道小吃，背后都藏着至繁至简的手艺。凡尘俗世的袅袅炊烟依然在这些焕新的巷子里延续，而沙县味道也恰恰藏在这千年时光里传承下来的人间烟火气中。

如果说老街巷的历史文化是大海，散落其中的美味小吃便是其中的水珠，每一滴水珠都是无价之宝。走进这些新颜值的老巷子，内涵在升级、文明在提升，但老手艺的原汁原味一直未曾断绝。专门打造的池尾小院，将从前散落街头巷尾的烟火美味都汇集于此，铁门豆干、阿明春卷、巧云喜粿、阿狗烧卖……每一个摊位都氤氲着烟火气息，我想，这就是人间最深刻而绵长的滋味。白天的熙攘慢下来，我常会在傍晚，坐在池尾小院中点上几味小吃，一手从碟子里拈豆干，蘸着豆豉油，细细咀嚼，一手端着甜水酒，呷上一口，慢慢品呷，其中滋味，唯有舌尖懂得。一分怡然，二分闲情，带着一些微醺，望着夕阳，此刻那些烦恼俗事都不那么重要了，再难的事，也且等等再说。

小吃早已融入沙县人的日常。晨光疏影，在锅碗瓢盆的碰撞中，巷陌里的缕缕炊烟唤醒了沉睡的味蕾，清晨的第一餐该是从老巷子的小吃开始，热腾腾的豆浆出锅，金黄色的油条散发着香气，锅边、米粿、芋头粿、米冻皮等都在等着开启一天的味蕾，这些弥漫在晨雾中的小吃味道，正是这座小城恒久不变的人间至味。

白天是热闹的市井，夜晚是静谧的小巷。天一黑，灯一亮，借着天边的月亮，溜达到僻静的巷子里，品着清茶咖啡或啜着啤酒饮料，撸两串烧烤，那些老式的吃喝，是烟火气，也是红尘戏。隐藏在巷子中古色古香的民俗小店、独具风味的特色餐吧，已然成为老巷子市井烟火里的新时尚。若是得了闲暇，在巷子内的民宿住上一晚，让自己暂时隐居于街巷俗世中，且做个闲人吧，静听岁月的雨，慢煮年华的茶。

岁月不居、春秋代序，沙县的老街巷早已不是旧时模样，它们在暖暖的时光里，迎来新的生机，历史文脉在这里延续，文明风尚在这里升华，而生活里的烟火气依然在这里升腾，小吃的传统风味仍旧在这里传承。

经过30多年的蝶变，沙县的人间烟火——小吃至味早已走出街巷，走向全国、走向世界。2021年3月，习近平总书记莅临沙县夏茂镇俞邦村考察，他勉励沙县小吃再接再厉，继续引领风骚！相信沙县小吃必将走进更高远、更广阔的天地，而沙县的这些巷子依然会安稳、踏实、笃定、心平气和地静候在城市一隅，犹如一座座"街头博物馆"，承载着沙县独有的味道和底蕴，成为沙县小吃永远的根。

老街、旧巷和索桥

◎林晓雪

　　每个周末，我都会从邻县回到故乡沙县，待上五十多个小时。除去陪伴家人和休息的时间，我和故乡独处的光阴，寥寥无几。如果你看到我行走、拍摄或者发呆时，都别喊我，我在与故乡窃窃私语。

　　一千多年前，我的祖先选择了沙县，在此撒下一颗种子，落地，生根，发芽，长成枝繁叶茂的参天大树。林姓是福建的第二大姓氏，在沙县也是大姓之一，是明代以来的名门望族。我的曾祖父在东门老街有套江南式的别院，含花园、池塘以及菜地。后来家道变故，别院典租又典当。等到父亲出生，祖父一家早已搬迁到庙门路1号，那套别院被祖父挤到记忆中不起眼的角落，带着一声叹息，随着他生命的终结，退出了家族记忆。

　　三十年前，祖父旧居拆迁，成了滨河路和建国路的交会点。我隐隐记得，这条路面只有现在一半宽，由小石板砖铺成。两旁是木质自建房，祖父家对面是粮站，旁边是沿河的小水门。每年端午前后，赛龙舟的划手从小水门入河，河岸边聚集着黑压压的人群观望，连沿街叫卖的商贩也挑着担子围观。担子一头是木制灶台，靠炭盆加热，另一头挑着矮柜，柜面摆放调料，下面两三个抽屉，有未入锅的扁肉、面条等食材。这是沙县小吃在城区最早的经营方式，谁也没有想到，这些不起眼的担上之物可以遍布全国，走向世界。

　　儿子在我的母校——沙县第一幼儿园就读。他盼望我在周五的傍晚出现在校门口，我惬意看着他展开双臂，像小鸟一样扑奔而来。

一年前，我牵着他，一高一低地行走。如今，我喜欢将手臂搭在他的肩上，穿过通往滨河路的清水巷。清水巷与周边的池尾巷、田公巷相比，更加宽阔明亮，巷子中间还有基督教堂——福音堂。儿子还不能理解宗教信仰，只对这栋特别的建筑颇为好奇，几次驻足张望，又急着一路小跑，追逐我的步伐。有时，我会带他行走池尾巷，这是自然形成的小吃一条街，经营着沙县最地道、最多品种的小吃。四方桌一张挨一张，填满巷口，迂回穿过，像是误入王母娘娘御花园里鲜花盛开的小道，盛着各种小吃的碟子、碗盆如百花争艳，争先恐后绽放着。田公巷，行走次数最少，我却一路滔滔不绝。

"巷头有个修鞋摊，师傅原是鞋厂工人，手艺极好，下岗后在此创业，生意一度红火，经常修双鞋子要排上好几天。

"那户刷着鹅黄色外墙的人家住着一位女老师，长得秀气俊俏。她结婚的那天，小巷一地红火，脚下这暗沟铺面水泥块的下水孔都塞满了鞭炮屑。

"你见到墙缝里的芒萁吗？侏罗纪时代就有的植物，至今依然生长在阴暗潮湿的林地角落。你喜欢的蜿龙、雷龙、三角龙肯定记得它的滋味……你别摘它，或许幼年的我曾在这躲避擦肩而过的自行车，它还伸手护过我，免我撞上锋利的角石。

"这户人家门前曾放置着一个残缺的水缸。1994年5月，县城遭遇特大洪灾，水涨得很高，淹没我的膝盖。你姥爷是抗洪救灾队队员，就此经过，撞上被淹没的水缸缺口，血流不止，送到医院缝针。后来，又伤口发炎，两个多月后才能正常行走。

"这是巷尾了，你眼前的这栋房子，之前是'滨河路14栋'，如今改为'李纲中路35栋'。第四层是我小时候的家。那间装有三角形护栏是我当年的房间，窗台上摆放着几盆多肉植物，窗下是我的学习桌。我也会贪玩，丢下功课，摆弄着这些花草，看着巷子里行人来往。行人如蚁，渺小脆弱，而我更是微不足道。"

我很自然地搂着他，家长里短娓娓叙来。出生时只有五十公分的小人儿，现在个头快抵达我的胸前了。我后知后觉，愧为人母。然而，我并不觉得自己是母亲，也不认为他是孩子。他是独立的，拥有无比美好的生命，充满着无限朝气和活力。他刚毅的容颜，天马行空的想象力，他的执着，他的勇敢，他的善良，他的细腻……他拥有一切在我看来，男孩应该有的美好品质。他笔挺的身姿渴望突破，如我当年一心想要离开这里的迫切。我没有后悔，离开故乡后，这里的一草一木都成为乡愁，魂牵梦萦。

踏上索桥，横跨沙溪，儿子遇到同学，嬉笑迎上，我在他身后一路跟随。沙溪河，作为沙县的母亲河，在很长的一段时间里，城区只有座建于北宋绍圣四年（1097）的木质桥梁连接南北，史料记载为"翔凤桥"，当地居民习惯称之为"浮桥"。浮桥几毁又建，到父亲儿时桥面大约一米宽，是由两块木板并排铺设，刚好供来往的行人擦肩而过。20世纪60年代末，浮桥消失了，东大桥、西大桥、索桥以及大洲大桥陆续浮出河面，成了它的后来人。

我是看着索桥建成的，最初只建有中间的桥墩，随后在南北岸搭建工程台、吊装铁索、铺设桥面、装饰夜景。索桥中间有茶吧、酒吧、观景台，登到火箭头造型的观景台最高处，还需收取门票费一元，我只去过两三次。索桥通车的那天，是暑假期间，我趴在窗口听闻一串长达五分钟的鞭炮声，又见几十辆戴着红花的小轿车排成了上百米的长队，像迎亲的队伍，从北至南，缓慢通行。此后，索桥正式开始履行它连接南北两岸的使命。那个夏天，索桥是县城居民散步纳凉的最佳去处，没有海边的浪花和贝壳，也没有田间蝉鸣和蛙声，只有如同女子长发一般飘逸、顺滑的河风。我在桥上享受清风拂面，意外发现满载啤酒的小型货车从桥上经过，桥面疼痛地颤抖。我即将步入四年级，担忧超载通行影响桥梁的寿命，带着初生牛犊不怕虎的劲儿，给当时的县委领导写信提出建议。没过多久，建议被采纳，桥的两端多了四个铁柱守卫着……我与这座桥一同成长。后来，它拓宽改造，在紧靠旧桥下游新建同桥型的索桥，新旧两桥在中间相连，实现双向通行。那一年，我成了母亲，对生命的广度和深度有了新的认知和思考。

行至桥中，夕阳没有朝霞的光芒万丈，也没有月夜的冷艳清晖，如烁金岁月，又似斑斓年华，熔铸某一片刻辉煌不朽的记忆。山林依然保留着星星点点的春意，凝翠阁在绿意盎然中愈发恢宏壮丽。被贬到沙县的宋抗金名臣李纲所作的《凝翠阁》："登临缥缈出尘寰，疑是蟾宫昼不关。宴乐樽垒在天半，嬉游歌吹落人间。棋枰万井东西郭，画轴千屏远近山。贤尹风流占仙籍，青云随步隐跻攀。"我更喜欢他离开沙县回首南望，心意茫茫时写下的《望江南·过分水岭》："征骑远，千里别沙阳。泛碧斋傍凝翠阁，栖云寺里印心堂。回首意茫茫。"许是后者恰好映了我的心境，词风沉雄劲健，笔调豪情万丈，一根心弦，被不经意间拨动，几声旋律道尽人世间的情思与哀怨、忧郁与明亮、繁华与孤寂。

我和儿子走到沙溪南岸，凤凰山旁，夕阳以从容淡定的姿态退于淘金山之巅，残存的血火如芦苇细微扬起绒毛，构成另一道悠远深邃的风景。离家近了，耳边是车辆来往的喧哗，这是县城的气息，车辆驰过的风声微妙且富有流动感，带有些许撕裂的疼痛。

儿子早已和同学分手道别，回到我身边，我们默契地一言不发。木心曾在诗中写道："万头攒动火树银花之处不必找我。如欲相见，我在各种悲喜交集处，能做的只是长途跋涉的归真返璞。"此刻，如果你看到我，别打破这片沉默，我正神思悠远。

永安·燕城

群燕腾飞

◎罗联浔

　　永安古名浮流，别名燕城。

　　永安市区开阔，分为东南西北四个街道，最中心的是大榕树、南门广场一带，那里楼房林立、街道纵横，一派繁华。

　　"爸爸，你看那棵巨大的西兰花。"大女儿上幼儿园后，一次路过大榕树，大声疾呼。乍一看，的确有几分相似。大榕树树头四周砌了1米多高的石台、中间培了厚厚的土，树干散成了几支，向四周撑开墨绿的树冠，最长的直径有30余米。

　　处在道路中间的大榕树成了天然环岛，道路在这里分流。向南是繁华的步行街、南门广场；向西是新西路，走百余米，就是昂首挺立的市标"群燕腾飞"，再过去便是燕西街道；向北是北门小学、宴公街、龟山公园；向东是大同路、解放路和汽车站、火车站一带。

现在我每次路过大榕树，看着熙熙攘攘的人群，看着车来车往，总会勾起在这里工作、生活的美好记忆。虽然永安离三明很近，但是家不在永安，人就成了过客，来得再多、来得再久都是过客。好在那些美好的时光在记忆里酝酿，已越来越醇厚。

开　县

我第一次到永安，是 1995 年 8 月。父亲带着我，早早地从槐南坐班车，颠簸近 3 个小时，到了永安我脸色铁青，至今都记得一路吐了 17 次。

到了永安，父亲带我到三角街（现在的步行街）一带，告诉我这是永安最热闹的地方。在那附近我们吃了午餐，饭是吃不下的，因为吐得太伤。我只是喝了点花蛤汤，毕竟那是第一次喝花蛤汤，充满了好奇。

后来，我到永安实习，再到永安工作，最后家安在永安。安家后，在永安的时间就宽裕了，便时常到处走走看看，对永安的古建筑、大街小巷渐渐地熟悉起来。

我最爱去的是文庙，那是永安开县的标志之一。

"立碑、建塔、设儒学，是永安开县标志的三件事。"曾担任永安市文化局局长的余尔茂先生说，开县后先建县衙再建儒学，儒学就是现在的文庙。

文庙毗邻大榕树，是永安市内仅存的明代木建筑。文庙始建于永安开县后第三年明景泰六年（1455），弘治十六年（1503）重建，万历二十一年（1593）全面修葺。

走进文庙大成门，一片开阔的庭院呈现在眼前，浓厚的文化气息扑面而来。大成殿是明代木建筑，坐北朝南，面阔三间，进深四间，面积 307 平方米。大成殿为重檐歇山顶式土木结构，梁架简洁，重檐之间木饰件为如意斗拱和象鼻昂。明间开间跨度为 8 米，较合理地采用榫卯连接。殿内柱础式样繁多而古朴,有鼓镜式、覆盆式等,上面雕有莲花纹、龙纹、如意云纹等。殿前有台基,双踏步之间有一石雕大盘龙,造型生动,鳞爪分明。

《重修永安文庙碑记》记载,自清康熙五十八年（1719）第七次重修之后,一直未曾修葺。2003 年 5 月,永安市人民政府进行第八次重修,共拆除周边不协调建筑十幢,重建后的文庙面积达 6000 余平方米,重修了大成殿、重建大成门、戟门、东西庑和泮池等。

"文庙,毗邻永安县衙。"永安市博物馆馆长罗旌灌说,据县志记载"永安县治在儒学西,旧为浮流司"。儒学（文庙）留下来了,县衙早已改建,现为仿古街、大同路、大榕树一带。

现在的文庙,是永安市博物馆之所在,收藏有各类石碑。这些石碑,大多嵌在文庙西侧高大的白墙里,有黑色的、黄色的,有完整的、半截的、残缺的……在墙体里依次排开,让原本简单的围墙成为古朴的碑廊。开县碑,是碑廊里的第一块。可惜的是,因年代久远,早已风化成一方石头,没有了文字。

明代黄仲昭修纂的《八闽通志》记载,永安县本沙、尤溪二县地。明朝正统十四年（1449）,逆贼邓茂七平,镇守福建都督范雄、刑部右侍郎薛希琏、巡按监察御史陈员韬以其地险远,难于控制,遂会三司奏请置县于此。景泰三年（1452）,始析沙县新岭以南、尤溪县宝山以西地,置永安县。

"在邓茂七起义之前,福建农民对统治者的不满已经达到一个极点。"徐晓望先生在《福建通史·明清》中介绍,明代中叶福建吏治腐败、赋税加重,商人地主不断发展壮大,寺院地主极为发达,这些都对老百姓造成了相当严重的压迫。

邓茂七起义,是中国历史上头一次由租佃关系直接引起的农民起义。他的起义犹如在堆满干柴的福建大地点了一把火,各地农民纷纷响应,起义军先后占领了福建省 20 余座县城,还波及粤赣两省。

大规模的农民起义震撼了朝廷，两次调兵入闽镇压。明正统十四年（1449）二月，邓茂七率领 4000 起义军再次攻打延平府城，因遭遇官军埋伏失败，他中流矢阵亡。失败后，起义军退回沙县，集结于陈山寨一带，拥其侄邓伯孙为主继续战斗。然而，在朝廷招抚、镇压两手并行的策略下，起义军最终失败。

邓茂七起义，对福建影响深远。最直接的影响，就是朝廷增设山区县，加强对山区的统治。在他起义之后的景泰二年（1451）十月辛卯，朝廷就同意"以福建沙县地广民稠，设永安县于沙县浮流"，希望这块土地"永久安定"。此后，相继在成化六年（1470）开设漳平县，成化七年（1471）设归化县（今明溪县），成化十四年（1478）设永定县。

永安开县的第二年景泰四年（1453）冬天，首任县令韩隆风尘仆仆来到永安。他的第一件事，就是改建县衙。紧接着，他在县衙的东边修建儒学，冀以教化百姓，直到天顺元年（1457）方才建成，内有大成殿、明伦堂等。

站在古老的大成殿里，遥想韩隆赴任后的场景，似乎看到了他勤勉工作、日夜操劳的身影。在他带领下，永安一点一点地开化、一点一点地发展。

永安开县时，只有 8240 户 29640 人。几经朝代更迭、历尽沧桑，今天的永安已达到 35 万人，也从动荡不安的山区小县发展成了繁荣昌盛的县级市，经济社会发展走在三明市的前列。

省　会

永安曾是福建省的省会，这是永安人引以为傲的事。

"1938 年 5 月至 1945 年 10 月，福建省省会内迁永安，成为全省的政治、经济、文化中心。"罗旌灌说，当年省政府就设在文庙，省主席公馆设在上吉山村的"春谷山庄"。

一开始我只是从文字资料中得知一二，并未深入地了解。第一次比较深入的接触，当是 2003 年夏天的那个周末。

那天，时任永安市文联秘书长的张如腾先生约我一起去吉山走走，我们先到北陵参观，之后再到吉山。一天下来，他带我参观了许多地方，如曾是省高等法院的上新厝、省高等检察署的团和厝、省教育厅的刘氏宗祠……他边走边介绍，印象最深的是下吉山村的"翠园"。

"翠园"在文川溪西岸南侧。文川溪开阔，临岸的水清浅，溪中则深而不急。连接东西两岸的是一座浮桥，由十余艘木船构成，木板铺在木船之间离水面很近，靠船的浮力支撑，人一走便摇摇晃晃。

"翠园"，是吉山人刘奇才在清顺治四年（1647）所建，其后裔刘元晖考中进士后重修。走进小院，一池翠绿的荷扑面而来，让小院充满了生机。这座小院坐西朝东，总占地面积 891 平方米，主体建筑为二进五开间，有庭院、走廊、厢房，屋内雕梁画栋，屋后有建园时种植的柏树、罗汉松等古树。

"这里曾是省政府卫生处所在地。"张如腾先生告诉我，抗日战争爆发后，省政府内迁永安，省主席公馆、省高等法院、省教育厅、省水利局等 40 多个单位搬到了吉山，一时间吉山热闹非凡。

省会为何内迁永安？

永安抗战文化陈列馆记录了民国二十七年（1938）四月二十五日时任省政府主席陈仪，在省政府纪念周训话时列出的三个理由：

一、行政效率：为使全省各县能平均发展，各项政令能同时推行，把施政中心移至一个可以照顾各方的适中地点，永安是适宜之地。

二、文化经济：省府的内迁，可带动和开发闽西、闽北文化的发展，从而促进当地经济的发展，使全省的文化经济有平衡的进步。迁治永安不仅是需要，更为必要。

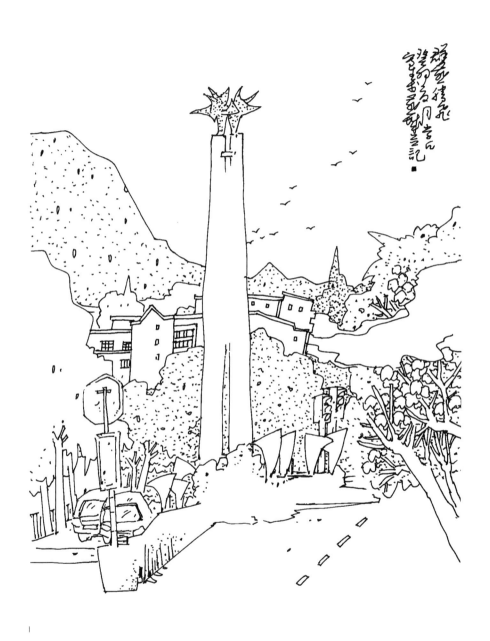

（薛学凡　绘）

三、国防军事：福州位处沿海，若发生战争，作为全省行政枢纽的省政府无法正常运转，移至受军事影响较小的永安，是保证军事达到运用自如的最佳场所。

陈仪从政治、文化、经济、国防等方面作了分析，明确指出"永安是适宜之地""迁治永安不仅是需要，更为必要""是保证军事达到运用自如的最佳场所"。可见，内迁永安是经过对比的，是经过深思熟虑的决定。

"当年拟作为省会的地点有三个：建瓯、长汀、永安。"罗旌灌说，当年永安与建瓯、长汀相比，军事更加安全、自然条件更加优越、政治环境更加可控。

当年，建瓯土地广阔、农产品丰富，是战略要地，先后被日军飞机轰炸了几十次，而永安境内崇山峻岭，地势险要，到处山高林密。长汀是中央苏区的核心区，而永安虽是中央革命根据地的边缘地区，但更是国民党统治的闽中中心城市，省政府在这里开展工作基础更好、条件更加便利。

省会内迁永安，人口一下子增加两万多人，让原本宁静的小城沸腾了起来。一方面是日军的侵扰不断，先后遭遇日机 12 次轰炸，造成了人民生命财产重大损失。更重要的一方面，是省会给永安的政治、经济、文化、教育等方面注入了大量的新鲜血液，使之发生翻天覆地的变化。这种变化是全方位的，影响是深远的，其中最知名的当属文化的变化。

在党的抗日民族统一战线旗帜下，一大批以中共地下党员为核心的文化人相继来到永安。那段时间永安有大小出版社 30 家、编辑单位 20 个、新闻通讯机构 4 家、学术团体 40 个、大小印刷所 20 家，设立了省立农学院、省立（国立）音乐专科学校、省立永安师范学校等各类学校 16 所。

一时间，永安聚集了著名军事评论家杨潮（羊枣）、经济学家王亚南、作家章靳以等一大批共产党人和爱国知识分子，他们以笔代枪、共同战斗，涉及政治、经济、军事、文学、新闻、教育等各个领域，开展了各种形式的抗战进步文化活动，使永安成为东南抗战文化名城。

抗日战争胜利后，省会迁回了福州，永安恢复了平静。但毕竟"见过世面"，永安不再是过去的山城。就像开水，即便冷却了也不再是生水，毕竟被火煮过了。经过战火洗礼的永安，比之过去更加成熟更加厚重，这种厚重对永安人民的成长，对永安后来的发展，都产生了直接的或间接的影响，永远挥之不去。

2013年5月，永安抗战旧址群被国务院公布为第七批国家重点文物保护单位。当我得知这一消息后，心里为之高兴。不久之后，我便再次到吉山参观，再一次走进翠园、上新厝、团和厝……追寻那段光辉而艰难的历史，每到一处都心潮澎湃。

腾　飞

永安人不喜欢离开永安，这是三明各地对永安人的印象之一。在我到三明工作后，好多人和我提起，有甚者直接问我为什么离开永安？

由于长期在永安工作、生活，我一开始也不理解永安人为何给人留下这样的印象。后来专门请教了一些走南闯北的永安人，他们大多认为：永安条件好，太远的地方不方便，大家就不爱去。当然，现在很多地方发展起来了，交通方便了，很多永安人也都走出去。

查阅《永安市志》（永安市地方志编纂委员会编，1994年4月第一版），不难发现，过去永安人不愿意离开永安，是有其社会背景和经济实力作支撑的。

1950年1月28日，中国人民解放军29军87师261团从大田县桃源出发，中午到达永安西洋镇，当晚8时分三路总攻永安县，11时攻占永安城，永安宣告解放。

永安解放后，福建省人民政府在永安设置第七行政专员公署，下辖7个县。1956年6月撤销该署，永安县划归龙岩专员公署。1960年5月成立省辖三明市，永安县划归三明市。1984年9月，永安撤县改市（县级），仍归三明市管辖。

几十年来，在共产党的领导下，永安充分发挥优越的自然条件和人文优势，搭乘时代的春风，抢抓机遇、大胆发展，取得了辉煌成就，不仅成为全三明的领头雁，而且连续二十多年成为全省县域经济发展"十强"县。

1955年9月，鹰厦铁路永安境内工程动工兴建。1957年，鹰厦铁路全线通车后，永安成为闽西南的交通枢纽和闽赣2省4个地区10个县市的物资集散地。

1968年开始，国家把永安作为福建省"小三线"建设的重点地区，获得国家建设投资4.39亿元。永安利用这些资金陆续建成了水泥厂、火电厂、机械厂、汽车修造厂、农械厂、福建维尼纶厂（永安化纤化工厂的前身）、加福煤矿、安砂水电站、造纸厂、合成氨厂等一大批重点项目，境内省属企业达到30多家。

1979年7月，国务院制定出台关于发展社队企业若干问题的规定，对社队企业出台了一个免税政策。1980年，永安抢抓这一机遇，确定以能源、建材（水泥）、采矿等"三小"工业为社队企业的主攻方向，逐年兴办一批"三小"骨干企业，到1985年，全市共有乡镇企业3074个。

1989年，是永安最辉煌的一年。当年永安财政收入首次突破亿元，达到1.15亿元，在全国2553个县（市）中位列第73位，在全省60个县和县级市中排名第2位；人均国民生产总值3330元，居全省县级第1位；工业总产值17.7亿元，居全省县级第2位。

经济是基础。在强有力的经济推动下，永安城市建设不断发展壮大。

将原来狭小、破旧的山区小城，建设成现代化的城市，城镇化率高达72%，城区人口近20万人。

在永安城市建设众多项目中，我最喜欢的是公园。与三明其他县城相比，永安市区的公园是最多的，给我的印象是到处都有公园，给生活增添了许多乐趣。熟悉的公园就有龟山公园、南山公园、南塔公园、北塔公园、莲花山公园、将军山公园、虎形山公园……广场，比如南门广场、人民广场、豪门御景广场、林业要素市场广场等，这些广场也大多具有公园的功能。还有很多住宅小区，也设置了各色大小不一的公园。

在这众多公园中，位于北门的龟山公园，原为四面环水之沙洲，1978年10月始建，历经多次改建扩建，如今公园连着沙溪，面积达30万平方米。

我第一次去龟山公园是1998年夏天，那时在永安实习。周末和同学专门买了门票，走进公园，发现公园非常大，不仅有人工湖、寺庙，还有假山、盆景园、游乐园等。2002年，公园升级改造后免费开放。一年春节，我带表弟荣盛到公园走走，他是园林专业的研究生，他说在山区有这样的公园实属不易，公园的设计布局合理科学，当出自名家之手。

大女儿会出去玩后，我们最爱带她去公园，去的最多的自然是龟山公园。因为公园大、游玩项目多，可以在那里玩上一整天。她最喜欢的是喂鸽子。几百只的鸽子供人喂养、观赏，与人近距离接触。鸽食一杯3元，去多了服务员就很熟悉，偶尔会送一杯给女儿，让女儿乐开了花。喂久了，鸽子就和女儿亲近，从吃了就跑，到走近，最后直接飞到手上啄食。每当有鸽子飞到手上，女儿就兴奋不已，咯咯地笑个不停。喂鸽子的人多，特别是孩子多，笑声此起彼伏，整个公园充满了纯真的欢乐。

女儿到三明后，每次回永安，都要去龟山公园喂鸽子。后来，不知是何原因，公园取消了喂鸽子项目。当我把这个消息告诉女儿，她好生失望。

除了龟山公园，我最爱去南塔、北塔。《永安县志》（清代道光本）记载："永安创邑以来，有南北二塔。其南者，据形胜，揽收景象，足以壮伟观；北者，当三水之交，关锁镇重，为邑治屏障。"

两塔一南一北，遥相对峙，是永安的标志性建筑，均于明弘治十八年（1505）相继建成，明、清时期多次重修。南塔名登云塔，在城区岭南山上，高28米，石砌七层八角。最近一次维修是2004年底，投入50万元，历时两个多月，将其拓展成南塔公园。北塔名凌霄塔，在城北郊燕江左岸山头，高32米，七层六角。北塔所处地势险要，站在塔前可以临江远眺整个城区，塔下是沙溪、南溪、后溪三水交会处，溪水在这里打了个弯，折向东北向三明流去。

永安市标"群燕腾飞"，位于新西路口、西门桥头，占地260平方米，总高度28.75米（加基座35米），市标建筑分基础和主体两个部分，基础部分由圆形水池和5组屹立于水池的静态群燕组成。主体部分为钢筋混凝土构筑的"H"形立柱，柱高二十五米，顶端有一组飘逸展翅的飞燕。上、下两组群燕动静结合、张弛有度，塑材均由玻璃钢制成，呈鲜红色的几何图形。

永安，因沙溪和巴溪在城区西门双流汇合形成半岛、状如燕尾，故名"燕城"。"群燕腾飞"的创意，与永安别名"燕城"息息相关。这座市标，是1986年11月1日永安市十届人大常委会决定建立，1988年春落成。

"群燕腾飞"不是简单地由政府出资建设，而是凝聚社会各界的力量建成的。福建水泥厂、永安矿务局、安砂水电厂、永安火电厂等六十五个单位提供赞助，全市超过万名干部、工人、农民、学生等踊跃捐资。

从设计到建设，"群燕腾飞"都让我感受到这是一座凝聚人心的市标，是一个催人奋进的号角，是一个带领永安腾飞的希望。

小　吃

永安小吃，是永安城区民众抹不去的记忆。

据《永安县志》（明代万历本）、《永安商业志》和《永安名产志》等记载，永安建县起就有了当地特色小吃，1944年就成立了糕饼、菜点、豆腐等商业公会，对小吃产业进行规范管理。

参加工作之前，我对永安小吃是陌生的，因为很少去永安，更没吃过永安小吃。我老家是在永安槐南，离永安市区远，加之古属尤溪，以致我们不会讲永安话，生活习俗也和市区大不一样，我们更接近上尤溪，和大田的建设、广平同属"后路"文化圈。

对永安小吃记忆最深的，是1999年暑假的那个早餐。那年暑假到永安参加培训，一天早上和同学黄吉日去吃早餐，看着玻璃橱后面花样繁多的菜品，学着人家点，加上好奇心，我们点了粿条、活肉、猪耳朵、鸭胗、青菜，吃完一算账高达28元。当下，我吓了一跳，毕竟那时月工资才500元，一天不到20元，我们竟吃了一天多的工资。至今，我们两人还会时常想起这餐奢侈的早餐。

在三明，人们往往把永安小吃与沙县小吃作对比。相对而言，永安小吃煮法比较复杂、肉类较多，主食类的有：烫粿条（高汤粿条）、粿条筒（叉叉粿）、饭勺粿、磨浆粿、大肠糯米、米冻蜂、糯米糍粑、猪肠糕等，配菜类的主要有：煨豆腐（烫嘴豆腐）、猪头肉、猪肠、猪肺、鸭肠、鸭肝、鸭血、鸭胗等。

在这众多小吃中，永安人早餐最喜欢的是粿条配猪头肉。因此，粿条成了永安小吃的代表，很多小吃店直接命名为××粿条，分散在永安的大街小巷。

"粿条看似简朴，实则选料讲究、制作烦琐。"曾担任永安市餐饮协会秘书长的李祖仁先生说，制作粿条之米要选用早稻，经泡洗、磨浆、蒸熟、冷却、切条，烦琐的制作工艺成就了粿条细腻、爽滑。食用之时，将切好的粿条以沸水烫过，浇上猪头肉长时熬出的高汤，再佐以芝麻、葱花和胡椒粉，一碗清润鲜爽的粿条才可以上桌。

猪头肉，在很多地方不受待见，在永安则备受青睐。美味的早餐离不开猪头肉的陪伴。那碗香浓的高汤，就选用鲜味足、异味小、血污少、新鲜的猪头与大骨头文火慢熬而成。熬完高汤的猪头，再被拆解成十几道菜，如猪脸肉、猪耳朵、猪鼻子、猪下巴、猪舌头、天梯（上腭）等，其中最著名的是"活肉"。"活肉"是猪的腮帮肉，因常年咀嚼活动，所以肉质鲜嫩、有嚼劲。爱吃辣的人，往往直接在猪头肉上淋上黄椒泡制的作料，黄椒是永安的特产，不仅辣，还有独特的香味，深受人们的喜爱。

近二十多年来，在永安市区比较知名的小吃店有燕江楼、阿兰粿条、添宝粿条、阿歪粿条等，但他们不是同时出名，而是各领风骚好几年。燕江楼是百年老店，店面大，小吃品种齐全，除了粿条活肉外，还有许多小店煮不出来的蕨粉包（芋包）、金包银、米冻蜂、籼米圆子、糯米糍粑、珍珠丸、萝卜粿、煨豆腐（烫嘴豆腐）、酱糕、官丸、九重粿、芋粉丝、南瓜饼、韭菜盒、金元包、吴米球等。其他几家体量就小多了，品种也没有那么全，主要在早餐上下功夫，往往靠用料、工艺上高人一筹获得市民的喜欢。

当下比较出名的是阿歪粿条，在永安市贮木场附近，是一家从1997年开店至今的夫妻店，直到2008年左右才小有名气，近两年先后上过中央、省电视台，去年还获得了"中国绿都·全宴三明"全市地方特色美食宴烹饪大赛"明味特色奖"。"你看，我们的活肉胶汁多、有黏性、会弹跳，有嚼劲。"阿歪（李祖正，因名字中有"正"字，被人戏称"阿歪"）顺手拿起一片刚切下的活肉展示给我看。看着渗汁的活肉，我就有了食欲。

近年来，为推动永安小吃产业发展，永安市委市政府通过举办活动、政策扶持等给予大力支持。永安小吃美誉度和影响力不断扩大，如：永安含笑餐饮有限公司研发的"笋竹宴"被中国烹饪协会认定为中国名宴；生扒八宝甲鱼、扒烧竹鼠、麒麟送子被中国烹饪协会和第十四届中国厨师节暨中国海峡两岸美食节认定为中国名菜；含笑馅饼、蛋黄莲蓉月饼、绿茶月饼获福建名点；菜头饼、淮山餐包、获福建省第三届"绿剑杯"烹饪大赛铜牌；桃姐靓汤、明月龙锅鱼获"中国药膳烹饪技艺大赛金牌菜"。2021年10月底举办的"全宴三明"美食大赛，永安"全笋宴"荣获全市总得分第二名。

除了永安小吃，永安还有许多其他美食。比如：笋干、黄椒、安砂淮山、安砂有机鱼、槐南粉干、西洋芙蓉李等。"永安笋干""永安黄椒""永安莴苣"等被国家商标局认定为地理标志证明商标，"安砂淮山"获准成为国家地理标志保护产品。

在这众多美食中，不得不提"永安笋干"。传说，有永安人去上海大饭店请客，看到菜单上有玉兰片，觉得名字好听就点了，结果菜上来时却发现是永安笋干。

永安是笋竹之乡，早在明末清初，永安笋干就已在河南、江苏、浙江、上海颇负盛名。抗战前夕，永安笋干年产量达15000担。1937年秋，为了阻止日寇战舰侵入福州，有人建议闽笋填海。这个建议很快得到了在福州的永安笋商们的响应，大家倾其全力，在马尾入海口，毅然投下了30船近30万斤的闽笋，从而达到延缓日寇顺利侵占福州的目的。

作为笋竹之乡，永安市在2002年设立了笋竹节，每年10月18日举办大型展销活动，后来因与海峡两岸（三明）林业博览会举办时间接近，并入林业博览会，作为其中的一个子项目、分会场。

2014年5月26日，全省规模最大的闽笋交易中心——永安闽笋交易市场一期项目投入运营。2019 年 7 月，闽笋交易市场成为全省笋竹产品交易的主要平台，首批出口泰国 30 吨笋干，笋竹产品销售市场范围也已从国内覆盖到国外东南亚市场。

时光如梭，从 2014 年 8 月举家到三明，一晃八年过去了。随着生活的变迁，永安回得少了，但永安留给我的美好时光越来越浓烈，我对永安的眷恋也愈来愈深。

每当路过三明市区为数不多的永安粿条店，就会想起永安小吃，就会不自觉地多看几眼。嘴馋了，就会进去坐坐，然而总觉得缺点什么——或许是永安的水、永安的风，抑或是熟悉的永安味。

燕城怀旧

◎李国梁

一

在我髫龄时，祖父就经常带我走街串巷散步，家在西门的马巷，离街也就 20 多米。出家门右行是西门街，尽头北向是中山路，南向是中华路（今西门路）。中华路中有五层阶，三岔路口，南接旧街、新街至南门头（今南门广场）出城。

永安旧城区面积不大，儿时与小伙伴常到郊外玩耍。后来才知道城里的东、南、西、北门是古城墙的德化、通漳、清流、延平四大门旧址。再后来，我从永安旧县志中知道，明景泰三年（1452）九月置县后即修筑城墙，至弘治十八年（1505）才竣工，城墙周长只有五里十三步（1333 丈）。因九龙溪与巴溪汇流于城西，潺潺向北流去，形如燕尾，故名燕江，永安城也因此称为燕城。

永安县衙在城关中心，即现在的大榕树至大同路口。明景泰四年（1453），永安首任县令韩隆到任，建正堂、后堂三间为县公署，衙门前有空阔地，俗称衙门坪。这里一直是县政府行政部门的办公场所，大榕树在围墙内，直到 1958 年拆除为大街，即今燕江中路。

昔时，城内街道分军街（头百街至十百街）和民街，凡主街一十有五，巷道则纵横交错。据老一辈说，清末城内人口大增，新开了许多街巷，繁华区也由东门移向西门，延展南北。

那年月，永安人多以农耕为业，交通不便，好在地域自然资源丰厚，民风淳朴，人勤物阜，城区有了模样。斗转星移了，一切都时过境迁，只能从尘封的汗青中翻出残缺的一简，模糊地认出身影，领略她的气质。

风云突变，抗日战争的霜天晓角划破安宁，山城忧愤，激怒万家。听老父亲说，日本飞机侵入永安，在屋顶上低旋，行人驻足，居民出屋观看，不知何物，可见到机上的飞行员。待到机枪扫射，弹响血溅残墙时，才夺路而跑。

自从省政府内迁永安后，形势造就了小小山城的新仪。先是拆除城墙以扩展城区，修整街道，用城墙砖铺设路面，同时取直改建了许多巷道，接着修整路边建筑物，街容大为改观。其时，省府机关、行业办事单位散布于街巷，商铺排排，集市景象繁华。

雄风扫残云，曙光流山郭。1950年1月永安解放，从此新生活在新的道路上起步。我记得1951年，大街小巷响起"雄赳赳，气昂昂，跨过鸭绿江……""嘿啦啦，嘿啦啦，天空出彩霞，地上开红花……"的歌声。

随之，各行各业掀起社会主义建设高潮。我印象最深的是县里成立市政工程队，有十多人，队部在巴溪东岸民房内，后迁伍师路。他们修整路面、水沟、公共场所四周绿地等生活基础设施。我住在西门，路边两条砖砌水沟常淤塞，是他们疏通修砌并铺上木盖板。当时工具落后，劳动量大，又脏又累，还常加班加点，这种敬业精神令人感动。

1956年，在公私合营改造中，小店铺、小作坊整合成大店面，同时拆旧建新，增盖了新华百货商场、供销社、旅社、饮服公司等楼房，商业区愈显华美气派。

为迎接新中国成立十周年，永安城区先后建成一批三层高的砖木结构大楼，甚是醒目。此后，各项任务得到落实，1958年"大跃进"成果尤为显著，全面规划城区主干道的拓宽和路面改造。拆除旧县署，新华路与新街直通。虽然遇三年困难时期，县城基础设施建设仍循序而行，开始铺设柏油路面。我亲眼看到路边架起大铁桶，下面烧木头熔化柏油块，地上堆着砂石和一张大铁皮，工人们顶着烈日挥铲，把柏油砂石拌匀后倒在路面上，再用人力压路机（大石轮）碾平。

由于工程设备和技术条件有限，城关许多街巷还是砖石路面。那是1964年，我骑着自行车载着几本拷贝，从燕江影院跑片到人民影院，旧街路窄灯昏，不小心撞痛了横穿的嬉闹儿童，单位赔了几角钱的红药水。

1984年9月，永安撤县设市，群燕腾飞，预示着新兴工业城市，绿都生活的美好未来。1957年鹰厦铁路建成后，永安成为交通枢纽。接着，小三线建设又让一批大中型企业在这展现雄姿，人口大增，给市政基础建设带来新要求。于是，扩城规划应运而行，经过多年的努力，向东西南北拓展。进入新世纪，巴溪湾、尼葛、开辉等规模开发，以及竹博园、抗战文化遗址、汽车园、地质园博等特色景观落筹亮节。新街道、新建筑、新社区审时而兴，燕城不再是昔日那般纤弱的身姿，正殷勤养护，树起丰美的形象。

二

儿时常随祖父到夫人宫郊游进香，抗战阵亡将士纪念碑就挺立在宫的左边岩下，旧址在今日的燕江南路同心向上雕塑对面东边，省煤炭公司大楼地段，也就是过去的复兴路末端靠马路的山坡上。

疮痍的复兴路横卧在碑的前方，往南就是三十落岭，这里南接省会内迁永安时拓建的公路，砂石路面。遥想当年，声嘶力竭的汽车蠕动着笨拙的身躯，从西营坂进城，沿燕江东岸的后溪、浮桥头、公正路、建国路、旧街到南门头，再经复兴路、三十落岭出城，分道往西洋、小陶方向驶去。

碑前马路西面三角形地带民房次第，民房后是窄窄的伍师路，再前是一片柔绿如茵的菜地；巴溪水在这里绕个弯低吟着忧郁，也浅唱着希望，朝西北方向缓缓流去。

仰望纪念碑，高约 4 米，主体造型独特，如青锋宝剑，线条简约、刚劲、正直、沉稳。

杂树岩下，离离芳草披在半坡。沿坡拾级数层，便到碑前小平台，纪念碑呈灰色。碑正面镌刻着"抗战阵亡将士纪念碑"九个黑色大字，边款为"中华民国三十年七月"，下款为"陈仪"。这是时任福建省政府主席陈仪 1941 年 9 月离闽（永安）调重庆前的手书，行楷字体，苍劲稳健。

回首当年，闽省抗战形势严峻，无数救亡义勇将士浴血沙场，何等壮烈！省府内迁永安，为悼念烈士，发扬精神，激励后人，矢志复兴，陈仪倡建了这座碑，借以正义必胜的信念。

"文革"中，碑铁链栏杆被毁，再后来，随着市政建设事业的发展，扩建燕江南路，道旁崛起高楼。从此纪念碑的身影，就存进人们记忆匣子里了。

1997 年我搬到江滨花园居住，楼立东岸，帘卷西风；纵目榕荫溪桥，神情怡悦。江滨花园在江边路东侧，是城区的"外滩"，是我市首批引进外资进行旧城改造的建设项目。

这里的旧房屋始建于清嘉庆年间，由 12 座四合院式的大宅和一庙一祠组成，古属水门忠义坊。抗日战争时期，征用这里不少民房作为省民政厅宿舍、省宪兵分队部、中国农业银行、省立医院门诊部及难民收容等场所。

现在江滨花园小区的晏公街就是抗战进步刊物《老百姓》的创刊地。《老百姓》由陈培光主编、章振乾发行的宣传抗日救亡的报纸，社会影响大。晏公街北连抚沟街，而抚沟街 23 号就是黎烈文创办的改进出版社社址，发行部在民权路 26 号（今新府路）。改进出版社出版发行了大量的进步报刊书籍，战斗力强。

永安的抗战文化活动，风起云涌，除了改进出版社、中华书局，在中华路后迁新街；胜利出版社，在旧街；文明书店，在大同路；商务印书馆、三联书店，在伍师路；中央日报社编辑部、印刷厂在桥尾，营业部在新街；省政府印刷所，在民权路；风行印刷社，在桥尾……另有地方出版印刷发行机构，繁盛一时。

三

西门桥，永安开县不久由李仁、黄琦、赖宗杰募众建，为石墩木桥，原名"广宁桥"。址在今桥北边约 20 米处，是"上通汀漳，下达郡省"的交通要道。明嘉靖年间遭火遇水两度重建。隆庆三年（1569）乡绅王仙佑"余有资积，遂施所积以建之"，改名"翔燕桥"，至万历，清康熙、雍正、乾隆、光绪年间，因木朽因水因火，屡废屡兴。1943 年，省建设厅筹款法币 35 万元，改建成桁架木面公路桥，长 69.6 米，宽 4.25 米，用国民政府主席林森之名，改名为"林森桥"。

1960 年，西门桥重建为水泥两墩三孔木框架桥身，沥青路面宽 7 米。后因路面破损，木结构桥体存在安全隐患，于 1972 年 3 月改建为双曲拱水泥桥；1988 年扩改为 T 形梁水泥桥，后又改扩建，在桥中设绿化分隔带，左右行车道各 7 米。如今，巴溪两岸往来十分便利，除西门桥外，还有五一人行桥、巴溪吊桥、永安桥、茅坪桥、新华桥、石门桥等。

现在大溪桥的位置上，原本没有桥。明万历十四至十七年（1586—1589）由知县傅大智倡建步虹桥，用 36 条船锁以铁链铺木板连接，枕于水门仔至大溪江上。后来，多次为洪水所漂，屡次毁兴，至 1960 年建大溪桥后拆除。

1960 年，燕江（大溪）桥与西门桥同期修建，结构形体与西门桥一样，木质桥身漆为蓝灰色。1968 年 6 月 18 日上午，燕江雨后水涨，忽然大溪桥北边（靠临江阁）的两节木护栏及人行道折断，看洪水的群众 110 多人落水，24 人遇难，90 人生还。遂对大溪桥和西门桥重新设计建造桥体。加宽砼墩上部，1973 年建成通车。2001 年 2 月至 2002 年 4 月进行扩建，全桥净宽 19.5 米，桥长 202.4 米。

四

在步虹桥不远处，有一小岛，是九龙溪与巴溪汇流时，泥沙堆积而成的，四面环水，形如龟背。相传能随潮升落，浮而不淹，有神龟之灵。

龟山在永安置县前就有一百多户姓官的居民，故称官巷，从县城北门通往龟山有一座独木桥，叫官巷桥。后来，传说明崇祯年间，有壮士姓阙名叶，流浪歇宿于南门唐王庙，见庙碑上记载了唐朝李肃将军入闽平定叛贼，战死于浮流寨口，尸流巴溪，为蔗农詹纠捞起，殓而祀之的事迹，便用木炭在墙壁上题对联：

> 敬慕你将军有福为神，剥忠义皮，露金石骨，真痛快耳；
> 可怜我化纸无钱奠地，执春秋笔，洒英雄泪，不悲伤哉？

有乡绅见此对联而怜之，便请阙叶到北门的养济院去住。清顺治二年（1645）的一天，阙叶从龟山养济院走过官巷桥时，听到有人议论清兵已占延平，将犯永安的事态，就放声哭诉："我无能报国救大明，但绝不做顺民！"言毕，从官巷桥头投水自尽。后来，人们把独木桥改为两节石板桥，为纪念义烈的乞儿阙叶，人们将官巷桥，称为乞丐桥，乞丐永安方言与阙叶音同。

昔时龟山清幽娴丽，"种竹千竿留月影，栽蕉百本受风声"。洲中有

"见山亭"，亭左为射圃，是武生员考试之处。还有观音阁，而龟山庙是主要神坛，一度改作"英烈庙"，祀康公、唐田王李肃、晏公。

抗战时期，省农业改进社兽医事务所设于龟山庙内，省有线广播电台，也在这里开展抗战宣传活动。

1978年10月始建龟山公园，动员全县职工群众参加义务劳动，我参加了人工湖挖土劳动。1982年11月3日，建园工程全面动工，1983年元旦，占地400多亩的龟山公园建成开放。

后来，三明市文物管理部门认定公园内龟山庙具有一定文物价值，1994年10月，经永安市政府批准，在龟山庙旧址上修建龟山寺。1995年底，龟山寺开始兴建，此后多次进行翻修、增建，环境日臻完美，不仅是修行者和信众开展宗教活动的佳境，也为公园增添了古韵悠悠的人文景观。

2002年，龟山公园在创建省级园林城市活动中，升级改造，面积达3万多平方米。2019年又辟北端游道、园内新景区，步道栈桥北延至北大桥，南与江滨公园相连。

江边路旧称公正路，抗战时期，拆除城墙改小道为公路，临江这一边，为商住吊脚楼式木屋。新中国成立初期，路两边有客栈、食杂铺、饮食店、竹篾坊、搬运码头、粮仓、各姓深宅、晏公庙及群乐戏院等。1960年1月18日，公正路发生火灾，烧毁糖烟酒仓库等单位11处，烧毁民房271间，拆毁民房150间，受灾居民168户。我家距火场仅百余米，亲眼看到救火队用大棕绳将对面刘国均的木屋拉倒，以隔断火路。火灾后，灾民宅基地收为国有，后来砌石修防洪堤。

五

桥尾，我少年时负笈、青年时寄居的地方。从西门过桥左转是上桥尾，鹅卵石夹石板的小路旁，一排傍山的木屋相依，另有一条小道通阳顶山，中有半山亭，立于亭中东览城关之繁昌，西眺燕溪分流、龟山北塔之俊秀。

下桥尾也是石路，从观音阁左边下石阶就是下街，弯曲的小路旁是民房，往西行是码头。从九龙溪上游清流、安砂穿过险滩而来的生意人、艄公在这里装卸大米、香菇、笋干等土特产品。这里有客栈、小吃店、小食杂铺等，人来人往，很是热闹。

下街末处的临江阁与阳顶山半山亭上下呼应，有对联题曰：

临江阁，阁临江，临江阁下鱼游阁；
半山亭，亭半山，半山亭上鸟穿亭。

朝曦初拂溪云时分，船工们吆喝着安桨待航，岸边浣女捣衣声溅起，惊飞水鸟；黄昏，少妇汲水，儿童游泳，榕荫外，野鸟归飞仆仆……这样美的水村画面，在燕江大桥通车，水运业日渐萧条后，渐渐收卷了。

2000年，西门水电站开建，拆迁下桥尾民房，只保留观音阁。

观音阁在西门广宁桥尾（今西门桥西北侧），明隆庆三年（1569），由乡绅王仙佑创建，已有550多年历史。王仙佑热衷公益事业，他在建观音阁的同时又重建西门桥，改广宁桥名为翔燕桥。观音阁所处风水形胜为金星山，即今址。旧县志记载："金星山，县西，兑位，形如圆金，关两溪水口。"观音阁内"刻祀观音佛五尊"，观音阁屡经火灾，历有重修。

抗战初期，省府内迁永安，大批机关单位、学校、行业机构和大量人员涌入山城。为解决照明用电问题，省建设厅先已勘察水资源，选定在桂口建水电站，因资金、技术条件有限，一时难建成，只好择观音阁建发电厂，安装从福州运来的柴油机和两台32千瓦发电机，以应急需，于1938年7月1日开始送电，这就是所谓的"桥尾火电厂"。抗战胜利后，物归原主，观音阁又恢复宗教活动至新中国成立后。

20世纪80年代初，观音阁恢复活动时，我就应邀为其写对联，2010年又应邀为新建的观音阁写铭文、碑记和柱联，一直过从到现在，对观音阁的旧貌新颜，略知一二。如今，庄严美丽的观音阁玉立在繁华的巴溪西岸，迎旭映水，娴仪别具；古香古色的传统建筑与现代风貌相衬，别有风韵。

上桥尾旧道也是石路面，后段为沙土路，南达东坡转往吉山、洪田、小陶出县，可达连城、长汀。所以桥尾的客家人较多，主要从事小商小贩、种菜栽禾、艄排打鱼、搬运帮工、饮食小卖等职业，而口碑最好的是"桥尾豆腐"。豆腐作坊、摊点七八处，制品细微洁白，口感极佳。永安盛产黄豆，质优价低，水质又好，加上讲究工艺，所出的豆腐或浆或皮或干都为食者青睐。

我旧宅隔壁的刘家就是耕"白字田"（做豆腐）的，夫妻俩半夜起床推"车心子"（石磨）磨浆，几道工序后，到凌晨就把一板板腾着热气、飘着清香的豆腐摆到门前的摊位上了。

上桥尾是育才之地，这里排列着永师附小（今西门小学）、永安师范（三明学院前身）和永安一中。

当我走进上桥尾，旧事不时地萦怀，慨叹驹光逝川。曾经，年少的我，在这里做课间操，在禾边圳上摸蝌蚪，在溪畔采桑叶，在西校场放纸鸢，还在晚自习课后小立岸边，看竹筏渔郎一篙撑破波心月。

西门小学右邻的留守处，抗战时期是高射炮部队的驻地。学校附近的风行印刷社，也是抗战时期从厦门迁来的机构，主人罗丹是书法家，工诗喜交游。南社宿将朱剑芒擅诗书画，常耽吟于罗丹寓所燕尾楼，组织"南社闽集"。

西门小学门前不远处是西校场，昔为演武之地，抗战时期修为省体育场，曾降落过飞机。1956年，我和同学在这里弹射自制的航空模型小飞机，现在这里成了中山大道了。

六

清晨，背上书包，走出马巷的家门，沿中华路、国民路到山边小学读书。1953 年，山边小学（今实验小学）有两百多学生，校舍不够用，借对面的福音堂上课。山边小学历史很久，清光绪三十四年（1908）教会在此创办育才小学，1916 年又办淑德女校，1942 年合并为卫理小学。1951 年由县工商联接办，易名为新民小学，1951 年 8 月，由县人民政府接管，命名为山边小学。1966 年 11 月改名反帝小学，至 1978 年复名，1980 年正式命名为实验小学。

福音堂左边有砖砌台阶，山顶是永安地委办公处，境幽景美，杂树交荫，时鸟和鸣。山边街左行左转弯可上东山，抗战时期辟为中山公园，上有海岳楼、紫阳书院、魁星阁、中山纪念堂等，下有长春水井，井边有一石，凿亚字形沟槽，供骚客"曲水流觞"雅聚吟诗。

我沉吟着明朝知县邑人林孜的《燕江十景》中的"东山朝旭"，诗是这样写的：

> 高原雄据邑城东，上有清轩曲磴通。
> 近市晨烟凝欲散，平林宿雾淡还浓。
> 东皇专主长分绿，白晕微浮已射红。
> 日上海云同紫翠，楼台鼓角几千重。

1958 年 7 月，福建水利电力学校由莆田迁址永安东门路，鳌山、东山辟为校园。学校门前的东门路保留有一段古城墙，后来在改造东门路，筹建美食街时，被拆除。现在，福建水利电力职业技术学院又迁址巴溪大道 2199 号。

从东门路往南走就是南门头了。南门头是"老永安"对城南商住区的俗称，是新街、旧街、复兴路、伍师路、牺和路多条道路的交会地（今南门广场）。

南门头西下的伍师路，因国民党军第五师曾驻此而得名（今五四路）。砂土路面，两边是菜地，有零星的几栋民房，与建国路（今爱国路）接连处有锯板厂，还有水井和菜地。儿时我曾在此捉青蛙和蜻蜓玩。后来，这里建了市政工程队队部（后搬旧街）、皮革厂（后改羽绒厂）和建筑队等单位。伍师路南段靠西边，有少量民房，大多是田地，东边住家较多。

旧街（步行街）与中华路、爱国路连接处有三角亭，建有三角形地基的菜市场（现为佳洁地下超市电梯道口）。中华路是抗战时期命名的，历来是城关最繁华的商业区。新中国成立初期是各行业店铺的荟萃地，从业人员还带有地方帮的色彩。开布匹、药材、染坊、裁缝店的多为江西人，开京果鱼货店的多是仙游人，开菜馆、糕饼店的多是福州人，百货店多为龙岩、漳平人开，永安人则开酒、纸品、小吃食杂以及金银首饰的铺子，大多是一二层的木屋。公私合营后，改建修缮成不少时尚的商店，陆续兴建了新华书店、医药公司、红旗照相馆、中华商店、中华澡堂、饮食店等砖木结构的新楼房。

1986年动工修筑新西路，横穿中华路，中华路长度仅剩150米。新西路开通后，陆续拆除两边的民房，建起大厦，成为市区最繁华的大街。

群燕腾飞市标在新西路西端十字路口中点，这里原是菜市场，是一大栋的木屋，中山居委会、江西会馆在马巷南边路口（今八角楼前），现在马巷没有了。

从新西路到燕江中路，从大榕树北行到三岔路口，这里就是昔日的"分司前"，是我儿时常临之地，因为这里有座人民礼堂（后改称人民会堂），有文艺演出活动，可看热闹。礼堂邻民权路（今新府路），唐朝时，这里建有香火旺盛的高飞寺，后废。抗战时期修建县公共体育场。人民会堂后改为永安剧场，"文革"改名工农兵剧场，之后又更名为北门影剧院，终以永安影剧院之名，被拆除建商品房（今宏发大厦），"文革"期间，在剧场边上（新府路口）建一露天舞台，俗称"司令台"，供批判、宣判、动员等群众性集会和文艺演出使用，"文革"结束后拆除。

1983年3月27日，新建的永安县群艺招待所正式营业。群艺招待所初建时，由我按建筑图纸绘制巨幅外观效果图，悬立街道旁。原拟称文化宾馆，因各项条件不具备，未获批准。文化局领导要我取名，我以"群艺招待所"的名称被确定。后来，在旧城改造中，群艺招待所被拆除。

新府路原先是城墙砖铺路面，中段拱起南北斜坡，西边有建校于1942年的北门小学，初名燕江第二中心国民学校，1950年改为永安县立第三小学，1951年改今名。

1958年进行路面改造，路旁的永安展览馆，县委新楼（县人委在文庙）及招待所，县粮食局、公检法办公楼、防疫站等新场所相继建成。后又建起新华书店、文化馆新楼。最后，成片开发，建起名流公馆、燕江国际大酒店等高层建筑群。

"分司前"往东行（今燕江东路）原是砖路至后溪桥，小木桥过后是大陌，两边是田，尽头是南北向大陌，当时没有解放路，是一绕山的小路。1957年鹰厦铁路建成，公路顺坡直上到火车站，公路两边先后建起人民影院、专二医院、森工局、永安旅社、二级站、汽车站、后溪商场等楼房，并拓改解放路。

随着经济建设发展的需要，解放路两边先后建起运输公司、市广播电视台、桃园新城、闽运车站、仙泉社区等新楼群。

东　坡

◎洪顺发

　　说起东坡，许多人立马就会想到诗文太守苏东坡。永安的东坡是一个地名，我在这里工作且住家 20 多年了，了解它的前世今生，知道它与文化关联密切。

　　旧时出了永安南门，到三十下岭，过永安第一桥就到城外。这一带有一小片开阔地，是农田，住户不多，原来的地名叫车坡。大概源于西南方向山势渐起，路随山背，坡度大了，车行困难，推车人感叹，日久便被叫作车坡。当年使用繁体字，路牌写着"車坡"，"車"字的下面一横本来是直的，书写的人可能那会儿兴致正浓，落笔的时候往下顿再向右提起，横到右边，又向下回笔，像一条负重的扁担，两端沉沉下弯，看起来就像"東"字。平时本地人谁去注意路牌呢？抗战时期，省教育厅和省主席公馆住在吉山，每天打这儿经过的政府官员和文化人不少，他们都不约而同地看成"東坡"，而且津津乐道。东坡这个地名，就这样被文化认同并定格下来。

　　省政府从福州迁永安是 1938 年 5 月，东坡的历史从那时候开始翻开了新的文化的篇章。

　　当时陈仪主政福建，他重视科学文化知识的传播和运用，在他手上创办福建音专和福建农学院（他原拟建福建大学的），开办许多新闻单位和出版社，还在全国率先成立了省级的科学研究院。1939 年成立自然科学研究所，1940 年 1 月，扩充并改称福建省科学研究院，汪德耀为首任院长。1945 年，他出任厦门大学校长。其中社会科学研究所驻地在东坡，即今天的福维花园门口一带。1944年，王亚南教授在这里担任研究所所长，他被誉为中国的"资本论"之作《中国经济学原论》，就是在这里工作期间创作完成的。在此期间，王亚南创办了研究所学报《社会科学》季刊，1945年3月出版创刊号。在他的带动下，社会科学研究所成为研究、宣传马列主义的阵地。到1945年9月，《社会科学》在东坡编辑刊行了3期，后迁福州。1950年，王亚南担任厦门大学校长。陈仪的继任刘建绪也是比较开明的人士，不少进步文化人来永安，多被安排在社会科学研究所，羊枣就是其中之一。通过行政手段，把有文化、有研究能力的人集中在一起，推动学术的研究。"以学术贡献国家"，是陈仪当初的愿景。回头细数，这里也确实是藏龙卧虎之地。

中间隔一条马路，在社会科学研究所的西北斜对面，就是美国新闻处。羊枣在这两个单位兼职。那时，清静的东坡定然常常出现他往来的身影：身材颀长，衣履整洁，面目清秀，明额宽阔，一副黑框眼镜更衬托出儒雅的书生气息。

1944年6月，著名记者、国际时事评论家羊枣被推荐到永安，刘建绪聘他为省政府顾问，具体在社会科学研究所工作。研究所内设经济、政治、文史三个组，王亚南任所长后，让羊枣兼任政治组组长。

美国新闻处全称是美国新闻处东南分处，原有南平和永安两个办事点，后合并到永安，驻地在今永安一中南校门附近，主体是一座两层的木楼，20世纪90年代，那座房子还在。克里斯托弗·兰德是处长。该处拥有先进的电讯设备，可以及时获得世界各大通讯社的英文电讯，主要是新闻和评论资料。同时，还有从重庆通过美国空军飞机捎带来的美国出版的报刊。也就是说，当年寂寂无闻的东坡，实际上是国际新闻的集散地，汇集整理后，又从这里辐射全国乃至海外。

羊枣以新闻工作者的身份和杰出的才华，被兰德聘为顾问和中文部主任。据我所知，当年在吉山复兴堡国民党台湾党部担任宣传科长的谢东闵也在这里兼职，主要是因为他精通日语。他是每天下班后到东坡来，深夜再返回吉山。著名木刻家萨一佛也在美国新闻处工作，兰德的中文印章就是他制作的。羊枣在研究所是政治组组长，在美国新闻处是中文部主任。他充分利用这些条件，开展创造性的工作，这就是创办轰动一时、流传久远的《国际时事研究》周刊。

经由省政府秘书长程星龄牵线，刘建绪为《国际时事研究》周刊题写了刊名。1944年9月1日，16开本的第一期周刊面世，主编羊枣，李达仁和谢怀丹为编辑。显然，"米"从美国新闻处来，"厨房"在社会科学研究所。

在当时的永安，读过羊枣文章的人不多，近几个月听闻他大名的人不少。现在名人就在东坡，在离我们不远的地方，用毛笔写大块文章，这事令人关注，更令人振奋。首期刊登羊枣2篇时事评论《解放浪潮在欧洲》和《罗斯福访问夏威夷后的太平洋战场》，洋洋洒洒，大气磅礴，一下子打开山区人民的视野，大快朵颐的精神大餐。一周后，9月7日第2期刊登羊枣4篇文章《震撼欧洲的一周》《德军失败的原因》《倔强的波兰人》和《芬兰终于明白了》，都是新视角，大视野，更加令人兴奋，读来大有拨开云雾耳清目明的爽朗。此后，周刊上的文章和军事地图，大部分出自羊枣之手。其创作激情和一丝不苟，可见一斑。他身在东坡，却仿佛站在云端之上，西看欧洲局势，东观太平洋战争，资料翔实，逻辑清晰，文笔流畅，评论画龙点睛，读来痛快淋漓。

当时，研究所政治组共5位同仁，羊枣的写作水平最高，大家都有自知之明，不敢贸然为周刊写稿，创作的任务几乎完全压在他一人肩上，包括那些精心绘制的战地形势图。那时永安的物质条件很差，生活十分清苦，羊枣每天都工作到深夜，甚至通宵达旦。从秋至冬，再到次年的春天、夏天，每周一期，到他被捕入狱总共连续出刊39期，羊枣文章54篇，40多万字。有几篇篇幅大，连载。他又编又写，与此同时，羊枣还在《民主报》发表评论文章 76 篇，前后不满 11 个月，多的月份一个月 11 篇，还不包括在《改进》《新福建》刊登的作品。他的盖世才华和创作态势，令我景仰之至！我住在东坡小区，与当年的美国新闻处近在咫尺。每当夜深人静时分，伏案长了，从书房走向阳台放松，仿佛就能瞥见羊枣窗前那昏黄的灯光，特别是自去年加了他的孙子杨南征的微信之后，这种感觉尤为强烈。

社会科学研究所在东坡山脚下，**东坡路南侧**。美国新闻处在半山坡，东坡路北侧。原来东坡路是之字形上升，到三里亭时即近坡顶。三里亭，意思是此处离城中心三里路程。经过**两次拓宽**、改道和降坡，三里亭早已不见，之字形的路变成宽敞的大道，几乎不见什么"坡"了。

2000 年，永安六中在三里亭附近兴建。当时这里是两口池塘，几块农田和荒山。经过开创者的努力拼搏，2004 年，永安六中一跃成为省级示范初中校，声名鹊起。十几年间，周边楼房林立，荒郊变为城区，到去年，学生数翻了一番，发展迅猛。每天每天，这里莘莘学子，来来往往；春夏秋冬，这里墨香弥漫，书声琅琅。

为了活跃文化艺术氛围，学校设立一个独立于图书馆之外的教工阅览活动场所，在我的建议下，取名为东坡书社。课余时间，老师们在这里备课、阅读或写字画画，配有轻音乐，免费提供咖啡，别有洞天，十分优雅。2003 年，学校开办中华诗词进校园兴趣小组，成立东坡诗社，我们还编辑《东坡诗讯》和"东坡小诗人"。今年 3 月，U 字形敏学楼落成，我依嘱拟了 3 副对联，其一为："日暖东坡，照耀鲲鹏晾羽；风红一帜，催发龙马超尘。"这些都与东坡有关，都与文化结缘。

是不是得到苏东坡的点化？是不是当年播下的文化科学的种子已经开花？

2019 年和 2020 年，福建省高考文科状元詹艺和理科状元罗开荣，都是在永安六中筑基，升入对面的永安一中铸就夺魁本领的。省级高中一级达标校永安一中校区比较大，一部分校区在东坡范围。

过了三里亭，原来还有一所学校，是永安市技工学校，前几年并校，迁址，旧址在现在的建发永郡靠近新六路一侧。

如今的东坡路从永安桥到虎形山路口，全程约 1.5 公里。永安桥不在当年的永安第一桥位置，木构的永安第一桥在国民党败退时被炸毁，它的图案曾上过当年发行的一元纸币。现在的电业大楼、税务大楼一带，原是 103 医院。那是部队医院，1979 年对越还击战前迁往广西前线，后来是 703 医院，没几年也搬走了。毗邻就是新安小区，火电厂职工宿舍，建于 20 世纪 90 年代，原是农田、菜地。接着就到了东坡的坡底。北面加油站位置原是一片民房，据说抗战时期福建体专校长、著名武术家万籁声曾在那里居住。这里是旧时东坡最热闹的地方了。南面就是社会科学研究所的大致方位，我二十多岁时进去过，可叹当时对历史毫无知觉，只记得里边有一个很大的坪，是林业部门一个汽车培训场所。沿大路上到半坡，南边是地质队，沿路原来是机修厂房，十几年前改建成两栋住宿楼，它的对面就是永安一中教师公寓及南校门，美国新闻处旧址所在地。当年羊枣就在这里工作，也是在这里寻求庇护，美国新闻处迫于压力，最后无奈交人。地质队与永安六中隔一座小山丘。旧路基比六中校门口略高，从校门内那棵樟树位置蜿蜒而过。校门口另一侧就是三里亭，三里亭后面的山坳，原是桥西村的一个村民小组，多为长汀、上杭的移民，现在划为东坡小区，我就住在东坡小区 1 幢。旁边后来建了一个吉祥花园小区。6 年前，紧邻六中的一个废弃的自来水厂占据的山头被铲平，连同迁走的技校地盘，建起了三十几层的高楼群，那就是建发永郡。它的对面半山腰，原是永安车辆检测站，邻近大路是一片菜地，也被建起了学区房，名叫翠林苑。文化品牌的六中，加快了东坡一带的变化速度。

有一天，我去上班，在吉祥花园门口，一个中年人弱弱地问三里亭在哪里？我告诉他，就在这里，他一脸惶惑。我猛然觉得，犹如整容一般，新颜强势攻陷旧貌，平房巷陌、菜地水沟的褶皱全部消失，别说鼻子眼睛的轮廓，就连背影都没有了，游子再难以找到回家的路。

上学、放学时段，东坡路上人声嘈杂，车满为患，交通不畅，是这个时代的一个缩影。

步虹桥边下渡情

◎一 苇

永安俗名燕城，如今西门桥和大溪桥之间两水汇合处即是"燕尾"，著名书法家罗丹曾在此客居，燕尾下游不远处，是古渡口，渡口边后来修建一座浮桥，取名步虹桥，由36艘木船相连而成，漂在宽阔的水面上，晃晃悠悠。我曾见过老照片，平静的江面上一道弧线，倒影水中，富有诗情画意。古时村庄位于渡口下方，故名下渡村。时光流转，现在早已成为城中村，陈年旧事，层层积淀，值得娓娓说道。

情缘的产生，大致有两种情形，一是惊艳，双眼发亮，一见钟情，终生铭记；二是汇聚，涓涓滴滴，日久生情，愈来愈浓。我对永安市燕西下渡的情愫，依属于后者，层层累积，历久弥深。

关注下渡，缘起诗友邹邦旺。十几年前，在一次诗会上认识他，他说平时练书法，把《毛泽东选集》一到四卷都抄过一遍。当时，我大为惊讶，连连表示敬佩。一个其貌不扬的退休老人，居然修炼成这等定力！他说，还想继续练，就是没有找到毛选第五卷。我心中暗喜，告诉他，家里正有此书，很愿意成人之美。互留通联时，知道他家住下渡。我原来知道下渡村在龟山公园对面，在北塔边上，西出永安，那里是必经要道，经过必有若干次，直到认识邹邦旺诗友，下渡人才给我留下第一个具体且深刻的印象：那里的人纯朴、执着，有文化追求。

喜欢下渡，源于卢前营造的诗画情意。也是十几年前，我研究永安抗战文化，专门收集了有关卢前的资料。我的文学导师、著名作家裴耀松赠我卢前在永安创作的《上吉山典乐记》和后人著述《卢冀野评传》。

1942 年 11 月，"江南才子"卢前，从重庆来永安担任国立福建音乐专科学校校长，一个月后，创作了流传久远的著名歌曲《永安之夜》，开头一段是：

> 燕溪水，
> 缓缓流，
> 永安城外十分秋。
> 月如钩，
> 钩起心头多少愁？
> 潮生又潮落，
> 下渡照孤舟。

国难当头，多少人异乡漂泊，无依无靠，如钩弦月，冷冷清清，正照孤舟一叶。此情此景，在游子眼中，愁情恨绪，岂止万斗千斛？冷月孤舟塔影的诗情画意，被才子准确捕捉并定格在特定的历史时空，成为绝唱。这首歌由当时在音专执教的世界著名小提琴演奏家尼哥罗夫谱曲，词为东方情调，曲具西洋色彩，乃东西合璧之作。永安的音乐老师乐开丰四处查证，整理出这一支经典的歌曲，尤为难得。这就是下渡给我的第二个印象，依山傍水，风光如画，诗意盎然。

亲近下渡，因为这里是邹韬奋故里。十八年前，在研究航空先驱李宝焌时，得到文史专家安孝义先生支持，赠我一份李宝焌兄长李宝镛的资料，资料中刊印他的科举文章，首页标明李宝镛的授知师："晓村邹夫子印舒宇，前任永安县知县。"邹舒宇是著名新闻工作者邹韬奋的祖父。这是一个意外的惊喜！不过，如果仅凭此据，还不足以采信邹韬奋出生于永安。

机缘有时候会相继莅临。教学改革，教材改革，语文科首当其冲，全国出现五套以上初中语文教材。2005年，苏教版八年级上期语文课本编录邹韬奋的一篇散文《我的母亲》，排在第三单元"至爱亲情"中，课下注解赫然写着："邹韬奋（1895—1944），新闻记者、政论家、出版家，出生于福建永安下渡。"上课时，我很自豪地对学生说："班上有没有下渡村的同学？了不起啊！我教了20年语文，这是唯一一篇永安人写的课文，大家可以从文中读出永安风味，也希望大家课后到下渡村去走访走访。"众所周知，教材文本具有严肃性，它做这样的注释，必然有其充分的依据。联系上面提到的资料，邹韬奋出生于永安下渡村，便确凿无疑了。就这样，下渡村必然曾经有过邹知县居所，那里是新闻巨子邹韬奋先生出生地。邹韬奋因病去世后，毛泽东、朱德、周恩来分别题词，高度赞誉他从事的伟大事业。据邹邦旺诗友考证，邹韬奋出生地在邹家大院内。《我的母亲》中有一段描述这里元宵灯会的情景，先生把我们的灯会带给全国各地的语文老师和千千万万的初中学生。这是我们永安的光荣，也是我们永安人的骄傲。

研究下渡，始于它是"工合"故地。我研究永安抗战文化，从几个大人物、大事件着手，如郑贞文和笠剑学风、卢前与音乐专科学校、黎列文和《改进》杂志、羊枣事件、复兴堡与收复台湾等。在梳理羊枣事件时，偶然发现被捕16人中，4人与"工合"有关联：连城"工合"的毕平非，永安"工合"的霍劲波、陈耀民2人，另一个是曾在永安"工合"担任领导的桂畹兰。可见永安"工合"是共产党人活跃的阵地之一。

"工合"是中国工业合作协会的简称，来源于二战时期为保证供给而兴起的生产合作运动，由《红星照耀中国》作者美国记者埃德加·斯诺和新西兰友人路易·艾黎倡议发起，1938年8月正式成立，国民政府拨款500万作为基金，在国统区和解放区都得到迅猛发展。总部在重庆，下设四个办事处：川康区办事处、西北办事处、西南区办事处和东南区办事处。东南区办事处在江西赣县，由艾黎指导建立。1939 年 5 月，永安成立工合事务所，最初开办 9 个手工合作社，其中雨具生产合作社和皮鞋生产合作社在下渡开办，后来又有所发展，下渡成为永安工合的主要基地。时势推波助澜，当时福建省会在永安，下渡就成为福建工合甚至东南工合的重要基地。

据说路易·艾黎曾在下渡生活 3 个月，在这指导建起了福建工合大本营，曾有一座独特的圆形建筑，像炮楼，被称为"小钢炮"，就是工合的生产基地。在那里，艾黎带领技术工人生产钢锉、雨伞、肥皂、皮鞋等战时民生物资。他还对连城、永安一带的毛边纸进行改良，造出的新闻纸，远近闻名，当时永安印刷出版大量深受欢迎的抗战文化书刊，他功不可没。

小小村庄，见证并参与抵御日寇封锁，发展生产的伟大运动，涓滴细浪，汇成时代洪流中潮头绚丽的一朵。当时全国的目标是："设立十万所工业合作社，解决数百万难民生活，增加抗战经济力量。"这样看来，下渡既是手工业生产基地，也曾是共产党人活跃的地方，这片红色的土地，曾为抗日战争的胜利做出巨大的贡献。

喝彩下渡，是因为这里有一支奋勇争先的龙舟队。2019 年 6 月 7 日，我应邀参加下渡村举办的端午系列活动，最夺人视听的就是龙舟竞渡。巍巍北塔岩下，燕江泱泱，两叶修长的龙舟，粉墨登场，分着红黄队服的两个阵营，摩拳擦掌，蓄势待发。一声哨响，鼓点咚咚，水花飞溅，龙舟奋进，引发两岸此起彼伏的欢呼喝彩。

眼福之中，赞叹之余，了解到下渡有一支南征北战的常胜龙舟队，历史悠久，声名远播：1990 年，三明市端午龙舟赛第二名，莆田市妈祖杯龙舟赛冠军；1992 年，岳阳国际龙舟赛第五名，北京全国龙舟赛第三名……传承龙舟文化，弘扬我中华龙舟精神，已经值得大书特书，况且能征善战，蝉联如此高级别的奖项，真是藏龙卧虎，怎不令人刮目相看！

作为浮桥的步虹桥早就消失在历史深处，不过，在原址上，新的步行桥正在修建。不由得想起，1943 年 11 月 4 日近午，日寇飞机对永安城进行最惨烈的一次轰炸，许多人逃难出城，步虹桥上多少惊惶的身影！据说一个中年妇女背着孩子飞奔过桥，到了对岸，躲进树林，连气都不敢大声喘。过了好久，感觉背上孩子有点异常，放下来一看，惊呆了——不知何时孩子的小脑袋已被弹片削飞……不忘历史，才能更好地展望未来。

古老的北塔，清寂的云岩寺，都值得流连，都值得描述，新的还有新农村建设，还有邹韬奋研究会和纪念馆，更有规划中的广场和公园。心有千千结，情有万万缕，在我的眼里，姿色一天天丰美的下渡，在我的心中，文化一天天深厚的下渡，谁说不是一个地灵人杰的好地方呢？

四座城门今何在

◎林汉基

永安是一座美丽的小城，于明景泰三年（1452）置县。共筑城墙五里三十二步，四座城门楼飞檐斗拱巍峨壮观。

东门曰德化门，城楼谓星聚楼，城墙逶迤跨山，倚山有"魁星阁"架构奇巧，层楼叠叠曲栏凌空，凡永邑历代考取功名之士尽录金匾之上以示标榜。可惜今已无存片瓦，"魁星阁"成了地名及居民门牌号。

南门曰通漳门，城楼谓纵目楼，掘地引东门洋大梅溪水注成护城河。南门外"唐王庙"气势恢宏，乃唐时田王李肃征寇殁于浮流后，朝廷封赏的庙享。庙门雕塑就尉迟恭、秦叔宝左右两尊门神。大殿森严肃穆，石雕栏层阶下中庭的那株巨大的千年香柏树身曲扭，枝杈如爪像神龙般带着一身翠绿腾跃在空中。庙毁于"文革"，新庙重建于南塔五村。唐王忠烈，吾年年正月往祀。

南门外，接近三十下岭的山崖下，矗立着一座铁链围栏的"抗战阵亡将士纪念碑"，碑体斑驳，苍苔爬满基座，台阶上厚积着没脚的枯叶。几株大树枝叶密密交叉，格外阴凉，时而风来，树冠涌动，窸窣作响。

三十下岭边上，现在新辟的荣康路一带叫"大窑坑"，早年间是锦鸡扑扑鹧鸪争鸣的荒山野岭红土山坡。名为大窑坑却不见残瓷一片，或许不是瓷窑是砖窑。有可能当年永安的城墙砖就在此地烧造，产量巨大方称得上"大窑"。可想当年民夫满山，窑炉座座，火光冲天，蔚为壮观。

西门曰清流门，城楼谓来爽楼，下临巴溪、燕江两水交汇处，登临高高城楼，极目浩浩大江，河风拂面千愁顿解，好个心旷神怡。码头舟船密聚，江渚木排无边，商铺作坊参差毗连，忙人如蚁嘈嘈喧喧，当年徐霞客入闽，游桃源洞夜归，亦寄寓西门客栈。

观音阁在桥头，灰方砖墙面的飞檐门楼内的庭院里有数丛婆娑的紫竹，墙边的瑶草奇花与玲珑怪石交杂成趣。荷花小池绿叶田田，细茎才努出两三骨朵的嫩嫩粉白分外妖娆。楼阁三层，层层藏经。佛堂简洁清净，善财童子童真童趣，观音立像慈祥飘逸，佛身都是印度紫檀。边厢仍客官施主俸茶雅室，明窗净几，清风嫋嫋。20世纪50年代后的几十年间，竟成了民居大杂院。幸亏改革开放后，政府落实了宗教政策，新建的观音阁飞檐彩绘，丹碧辉煌。殿内大士法相及诸佛镀彩镏金极尽华丽，令人叹为观止。

桥尾建成了西门电站，几十年前这里有一座历史悠久的"临江阁"，历代无数文人墨客在此登临，饱览旖旎的燕江景致，抒发怀古抚今的无限感慨与幽思，在粉墙上留下了许多诗篇与精美的壁画。

临江阁旁危崖上的大榕树根如游蟒，树冠遮天与阁楼相映相衬得美不胜收。崖下是飞泻如箭冲击着崖壁的咆哮河水，顺水行船时，船工们须要撑住崖壁让竹篙弯弯如弓方才得以通过。临江阁下的石缝中汩出一眼泉水，清冽无比谓之"甘泉"。或烹茶，或磨墨可谓极佳。

电站的大坝横断了大溪，水面宽阔的平湖延伸到九龙湾直至霞鹤村以上，微风拂动的涟漪在阳光下粼粼闪闪。

北门曰延平门，城楼谓拱极楼，城基沿深堑浸入龟山内河，后溪河岸如削，两水环绕北门再行交汇，仰望城楼更显得岌岌可危。或是永安隶属延平府，故称延平门。拱极拱北斗或是遥望北方中原故土之意。

永安别名"燕城"，县志载：大江之水被龟山岛隔为两派左右流之，至北塔下重新交融，登高远望如同开叉燕尾，故名"燕江"。

龟山岛看似低矮，自古以来哪怕洪水滔天从未被淹没，岛屿如龟似浮似流漂耸在波涛之上。永安古称"浮流村"因此得名也未可知。可惜的是，龟山公园改造时将内侧河流两头填平，构作清清止水内湖。原先优雅古旧的石板桥与巨大河卵石砌就的花草摇曳的长堤全都埋没。

建县五百多年的永安，燕江的称谓也许传承了上千年，这是永安的历史和文化的根源与精髓所在。

我记得横街神龛，新街水井，湿漉漉的井栏上的绳索沟痕。记得牺和路民宅晒衣竹竿一头架在残留的城墙上。防火巷、五层阶、大巷、分司前，还有金黄色的桉树花飘落满地的晏公街，穿过窄窄的民主巷去到水门仔便是燕江长长的像蜈蚣般的浮桥，粗粗的索链，急速的流水，桥板晃动着我儿时的晕眩。

浮桥曰步虹，下游蝶泉湾楼群的河岸正在建筑一座跨河至龟山的步行悬索桥，听说也叫"步虹桥"，浮桥已没，新桥沿用其名也有纪念意义。

五百多年的城市，五百多年的变迁，人海茫茫熙熙攘攘，犹如白驹过隙。每日路过江边见那株占道的大榕树从清明前的嫩绿直到今天幽幽的深绿，真是感叹树木旺盛的生命力。

从树龄看，应是康熙年间与对岸客家华园的那两株榕树同时种植，作为两岸码头的景观对应。几百年来临江伫立，栉风沐雨阅尽了世间沧桑依然枝繁叶茂，青青翠翠。此树原是两枝并生，1943年11月4日被日本飞机炸掉一枝，如今一面斜长，另一面巨大的疤痕犹在。细看更觉神奇，此树断枝失重为了避免倾倒，几十年来竟长出几枝笔直如箭的新枝，用以调整平衡，树虽无语仿佛也有心智。大榕树见证着历史，是永安人的活祖宗，值得我们尊重与保护，但愿人人安好，树木长青。

永安城内共设七坊，有太平、龙兴、里仁、安仁、仁义、进贤、忠义。

记得20世纪五六十年代仍有太平街、仁义街、忠义街存在，可见坊名沿用历史久远。永安北门抚沟街是抗战时期编辑、印刷、出版进步报刊书籍的集散地，原先是江西抚州籍人的集中居住地，称为"抚州街"。后来叫岔了渐渐变成了"抚沟街"。

永安因平邓茂七而置县，恐寇反复而多驻军。营兵七百曰"七百街"，八百则"八百街"。另有大本营驻城不便，遂驻北门外今贮木场一带，原叫"新营坂"，后叫"西营坂"。

永安城郭稳固宏伟，1934 年县长林家木率部守城，红军久攻不下，最终在北门现在的燕江国际掘地道，用装满火药的棺材爆破城墙，解放了永安。

1938 年省政府内迁永安后，据说美军航空队击落了日本的轰炸机，飞机残骸无法进入西门便拆毁了城门。后来为了方便汽车交通，三座城门相继拆毁。同时从南门至大同路口工商行用城墙砖铺一条路是为"新街"。

那架轰炸机藏在永安二建公司的山洞中，小时候曾进洞摸走银白的小片残块与小伙伴换叮叮糖吃。

永安的旧厝老宅已拆除净尽，那些几进的厅房，山水、福禄寿和关公读春秋的中堂画轴，花瓶与明镜是台案上的必然配置。天井里石槽储水，盆栽茉莉，鸡冠花开得通红。

如今，永安城区扩大，东南方向至开辉新城，建成了现代化的体育馆。夜间霓虹闪烁，广场上满满的夜市小摊热闹非凡，煎、炸、蒸、煮，各色小吃，新疆买买提的烧烤弥漫着刺鼻的浓香。向南直抵当年陈仪准备建飞机场后建成省立农学院的黄历，面积已是城墙四门之内的数十倍矣。

永安气候宜人，更是宜居城市。山川地貌宛如仙境，像一颗镶嵌在闽中熠熠生辉的明珠。曾被评选为全国的魅力城市。小城真美，我爱永安。

明溪·珩城

多福多彩话珩城

◎黄明生

一

　　国家出版的地图上把流经石珩段的溪流标示为"珩溪"，当年明溪县培英中学和明伦小学的校歌称之为"珩水"，其中歌词有："雪峰苍苍，珩水漾漾，此系大贤兮故乡……"这里的珩水绕城而过，县城称为"珩城"，顺理成章。又，民国以来，有人在文章中以"珩城"作为明溪的别称或雅称。1928年，在长汀省立第七中学读书的邱文澜、黄孔嘉等归化（今明溪）青年创办的进步刊物名《珩声》，"珩"即代表归化县。珩，本义是佩玉上面的横玉，寓意珍贵、高雅，多用于地名、人名，是个好字眼。明溪地名中带"珩"字的有石珩、小珩、小石珩、珩溪，明溪又是中国四大蓝宝石产地之一，称玽城未尝不可。至于县名变更，1933年5月，因与绥远城和云南紫云县同名归化，又因以境内的渔塘溪将城区分成大小阜，两阜相对如"明"字，故更名明溪县。

追溯过去，明溪是在附近几个县的交界处建立，由驿站升格，于明成化六年（1470）置归化县。城区建有四个城门《民国县志》载：然邑城门有"东乐""西清""南安""北泰"之号……特为考正，以明一邑幅员所由来。

自古以来，这里人少地广，地多为梯田，"田尽而地，地尽而山，土浅水寒，山岚蔽日"，耕作困难，收获无多。县城又小，时流传着这般诙谐的顺口溜"小小明溪县，两家豆腐店，东门磨豆腐，西门听得见"，故有"县城似古寨"之说。然而，明溪是客家县，属客家文化（闽西）生态保护实验区，是一个开放包容、兼容并蓄的地方，500多年来，来自江西、浙江、长汀、上杭、武平、连城等客家先民陆续迁徙到此，主客和睦相处，共同建造家园。

二

明溪是中央苏区早期21县之一，是中央苏区东部战略要地之一，是东方军入闽作战的主要集结地之一，毛泽东、朱德、彭德怀、杨尚昆、滕代远等老一辈无产阶级革命家在这块红色土地上战斗和生活过，毛泽东曾吟咏气壮山河的辞章《如梦令·元旦》记录下了这段光辉岁月。

1931年7月初，红一方面军大部队陆续进驻归化城。毛泽东、朱德等同志亲临归化指导新区域的革命工作，帮助地方组织贫农团、赤卫队，建立"归化县工农革委会"。毛泽东住在归化城北郊渔塘溪畔的"四贤祠"，朱德住在城东郊坪埠谢厝湾村吴家大厝靠水井的右厢房。这个非同寻常的"四贤祠"，先前是文庙，时为县培英中学，祀杨时、罗从彦、李侗、朱熹四贤，他们留下的足迹众多而深厚。清雍正十一年（1733），归化知县马纶华在城北峨嵋山下建起规模宏大的"四贤祠"。如今，明溪成了"好人城"，中国好人、福建好人比例为全省之冠，这与"闽学四贤"的过化和遗风熏陶、精神传承可以说不无关系。再说毛泽东到归化当天就向县通俗图书馆借阅《归化县志》，了解归化县情和乡风民俗，并在四贤祠召开贫苦工人、农民座谈会，了解村情民意。毛泽东还在坪埠村的万春桥上召开农民调查会，进行有关归化造纸业、商业政策的调查，了解归化城乡"二五"减租和取消苛捐杂税情况，高度评价归化农民运动的蓬勃兴起，还询问明溪肉脯干制作和价格情况。

1931年7月，红军首次解放明溪（归化）后，利用缴获的布匹，创办了西廓村红军被服厂，保障军需民用。1933年7月，按照中共临时中央的战略部署，彭德怀、滕代远率领以红三军团为基干的东方军进入宁清归苏区作战。东方军进入明溪后，在县城内设政治部和司令部，又在西廓村蔡家大厝设被服厂（旧址原为雪峰镇蔡家祖房，清代建筑，坐南朝北，平面呈长方形），在西门李家大厝设兵站，并在儒学街李家大厝、东门城内杨家大厝、西门外蔡家大厝设红军临时医院，收治伤病员300余人。1934年1月，红三军团奉命再次东征入闽作战，军团主力到达明溪城，在城区设立司令部、兵站、医院、电台等指挥机关和后勤保障系统，再次在蔡家大厝设被服厂，以明溪为大后方，攻克沙县城。

为传承红色基因，赓续红色精神，铭记先辈们用鲜血凝成的不朽印记，这些年有关部门对古旧建筑上的红军标语、壁画等进行加固、保护和还原工作，重新让其焕发出历史的魅力和价值。

三

十里寒涛拥白沙，一川晴雪洒蒹葭。

圯头黄石谁遗履，岸上青苔或浣纱。

题柱当年成感慨，吹箫明月想豪华。

鱼龙寂寞渔矶冷，好拟西风泛远槎。

　　夏夜，漫步在这座历史底蕴深厚的古桥边道上，细心品味刻在石雕护栏上的"白沙夜月"，感知明代诗人陈喆对古桥的诗意与珍爱，感受百年水利遗址的美丽嬗变，微风拂过，令人心旷神怡。是的，始建于明成化八年（1472）的白沙桥，她横亘在流水潺潺的渔塘溪上，昼似一张巨大之弯弓，夜如一轮皎洁之眉月，其神韵和魅力始终让人们无法割舍和遗忘；无论命运如何安排，她都默默地接受，迎来送往，泰然自若，功德无量；她承载着一方的历史记忆，也照亮着游子回家的路，寄托着人们的乡愁，熟悉而又亲切，辽远却又切近。

　　渔塘溪畔，矗立着"明溪八杰"雕像：陈汝捷、妙莲法师、杨时、谢英辅、谢赐荣、陈友定、揭鸿、陈启韬。

　　陈汝捷（1720—1790），号瑞元，武生，城关南门人，归化人称陈总兵。清乾隆十四年任江南宣州卫千总，后继任直隶昌平守备，福建闽安协左营守备，台湾淡水营都司、提标、石营游击，广东海营参将，龙门香江春江副将，广东碣石镇总兵，福建海坛总兵，署福建陆路提督，为保国保家乡作出了贡献，诰封振武将军。著有《宦游记》《水师辑要》等书。

　　妙莲法师（1844—1907），俗名冯地华，城关西门人，18岁到南平开平寺出家，赐号妙莲，后至福州涌泉寺拜住持奇量为师。清光绪九年（1883）任涌泉寺住持。光绪三十年（1904），慈禧太后、光绪皇帝，特召妙莲法师进京，御赐《龙藏》（经藏、律藏、论藏）三部10969卷，銮驾半幅。妙莲和尚是福建省佛教界中受到朝廷最高荣誉表彰的高僧，因此称为"钦命方丈"。

　　杨时（1053—1135），字中立，号龟山，瀚仙镇龙湖村人。宋代著名思想家、教育家，被誉为"程氏正宗""闽学鼻祖"。谢英辅（1312—1368），号古溪，夏坊乡李沂村沂州人。历任御史、兵部侍郎、枢密院副使、福建行省左丞等职。为人豁达正直。协助陈友定决战福建，谋划锦江战役，大获全胜。清雍正五年（1727），奉旨旌表"忠义"，入祠崇祀。谢赐荣（1326—1379），号古峰，少时从长兄英辅习兵法，膂力过人，精通韬略。曾向朱元璋献《太平十策》，智勇兼备，屡立军功，北伐蒙元战功卓著，封镇国上将兼枢密院事。陈友定（1329—1368），又名有定，字永卿、安国，瀚仙镇大焦村人。历任元明溪寨巡检、清流县尉、延平路总管、汀州路总管、福建行省参知政事、福建行省平章政事。明太祖朱元璋御赐柱联"名宦乡贤第，忠臣孝子门"。《明史》有传。揭鸿（1517—1600），字于渐，号文冈，瀚仙镇瀚溪村人。明代抗倭英雄。为人刚毅，博览群书，胆略超群。任广东潮州通判时，以文官行武将之事，率众抗倭剿匪护民。陈启韬（1661—1742），又名希韬，字于龙，瀚仙镇洋龙村洋坊人，华侨先驱。漂落至暹罗（今泰国）后，以聪明睿智被国王赏识，招为驸马，后升任丞相。有其题赠家乡的自撰联，可谓传奇际遇："先君遗体，天各一方，生西颖而老他乡，遂使禴祠失祀；小子远游，心怀两地，相暹罗而思故国，顿教寝食难忘。"

除了"八杰"，还有流传和影响甚广众所周知的文天祥与莘七娘。1276年，文天祥随帝御驾南征，由南剑州赴汀州，路过时住在明溪驿落的西门路口处（后称皇帝殿），拜谒显应庙，题诗留壁。诗曰："百万貔貅扫犬狼，家山万里受封疆。男儿若不平妖虏，惭愧明溪圣七娘。"文天祥的题诗扩大了一个地方小县神灵的影响力，使莘夫人成为闽西诸县，直至江西赣州的跨地区之神，成为家喻户晓流传千年的客家女英雄。那么，之所以对莘七娘着力与人们所熟悉的花木兰、梁红玉相喻，只因她生前聪慧、勤劳、刚强、朴实，施医救人。仁义待人，有善根，去世成神后济世、爱民、护民、助民的品德，深受民众爱戴而流芳千古。

（张新仁　绘）

四

明溪名特物产众多，宝石、宝剑、宝扇和微雕被誉为明溪"三宝一绝"。

明溪是中国四大蓝宝石产地之一，与山东昌乐、海南文昌、江苏六合齐名。明溪蓝宝石系 1965 年原福建省地质队在开展金刚石原生矿普查时首次发现。1979 年探明这是个大型蓝宝石砂矿区，具有分布面积广、品位高、储藏量大、质量好、品种多等得天独厚的资源优势。消息传开之后，曾引来国内外数十家媒体前来采访。记得 20 世纪 80 年代初，盖洋企业办率先对蓝宝石矿进行了试开采、加工、销售，不仅有效地开发利用了本地这一资源，而且也为后来创办明溪县第一家宝石加工企业、成立全国第二个县级宝玉石协会，以及初具规模的宝石业成为国内外珠宝市场的集散地之一无疑起到促进作用。由于开采、加工、研发、销售宝石的行业悄然兴起，天然蓝宝石的各式饰品和石榴红宝石、辉晶石、锆石、紫晶石、橄榄石等宝石耳坠、戒指、手镯、手链、胸坠等等琳琅满目。明溪宝石及宝石饰品多次参加广交会、展销会等，一些产品获得国家轻工部珠宝产品金奖。

长期以来，明溪人对"剑"有一种崇拜和亲切感。随着时光的流逝和时代变迁，古代的铸剑技术已失传，剑不再是勇武的象征，而是健身、镇宅、摆设、装饰、收藏之珍品，而闽王宝剑堪称明溪之宝。20 世纪 80 年代，一批明溪人开始把目光投向了宝剑铸造。他们聘请铸剑世家柳明六大师执铸，以雪峰山上的清泉水，选上等钢材冶炼，采用现代技术，反复试铸，最终成功地铸出了"闽王龙凤神剑"，使失传多年的瑰宝再现人间，闽王宝剑重放异彩。如今，明溪生产的宝剑有众多系列数十个品种，如明溪县雪峰宝剑厂，除铸有名扬八闽的"闽王龙凤神剑"外，还有重剑系列、花剑系列、软剑系列、双剑系列、短剑系列以及佩刀系列等，每个系列又有多个品种款式。其剑头剑柄均用红木、花梨木、鸡翅木、榉木等名贵用材制作，或刻雕蛇皮花纹，或雕刻传统装饰，加以镀金镀银，镶嵌或玉石、水晶球等。品种多样，款式新颖，备受青睐，产品多次获得各类展销会、博览会金奖，"明溪宝剑锻造技艺"被确定为福建省非物质文化遗产名录。

明溪出产的扇子独具一格，最著名的是檀香扇、香木扇、壁挂大扇、白玉香扇以及红木香扇。明溪工艺扇全为手工制作，整个扇面皆精雕细刻而成，每片薄薄的扇骨都要透雕各种花纹。扇面上或画上人物、动物、花卉、喜果，或题联题诗。扇子气息清香，款式特异，图文并茂，意境高雅，具有实用、装饰、收藏价值。

微雕是我国传统工艺美术品中最为精细微小的一种工艺品，源远流长。最耳熟能详的大概要属明代魏学洢著的《核舟记》中的记载。相传中的王叔远能够用直径一寸细小果核，雕刻出宫殿、器具、人物，以及鸟兽、树木、石头，手艺精细，栩栩如生。明溪微雕技艺从清朝中后期传承至今近200年。2019年2月入选福建省第六批非物质文化遗产名录。毛新华是明溪微雕技艺第六代代表性传承人、中国立姿蒙眼微雕第一人，擅长平面数字微雕，先后创作了《福星高照 福佑中华》等优秀微雕艺术作品，饮誉四方。

五

明溪特色食品弥漫着特有的客家文化气息，如肉脯干、客秋包等。

明溪肉脯干是始于明朝客家风味食品，距今已有700多年历史，驰名海内外，被誉为"闽西八大干之首"。由于淡黄疏松宛如淡巴菰，入口则芳香甘甜，为佐餐佳肴，清代时列为上京贡品。其中"荣兴"字号系罗林希先生于民国 1939 年创始，至今已 80 余年。现由第三代传承人罗显光（罗林希长孙）于 1978 年传承了肉脯干的传统制作工艺秘方。2008 年荣兴牌肉脯干获"福建省省级非物质文化遗产保护项目"，2011 年荣获"中华老字号"注册商标。明溪肉铺干用精瘦猪肉浸腌于自制的酱油中，使用由肉桂、八角、丁香、花椒、南姜、香叶、小茴、胡椒等多种天然香料和陈年红酒精心调制，色、香、味俱佳，为筵席上的上等佳肴和馈赠亲朋好友的高级礼品。

客秋包也称蕨须包，是当地群众逢年过节及宴客必备的佳肴，也是游子心中的乡愁。它是将煮熟的芋子去皮后捣烂，揉入碾碎的蕨粉，以不粘手为度，捏成薄片为皮；以精肉、虾肉、香菇、笋干、豆干、葱、蒜等为馅，包成菱状或水饺状。蒸煮皆宜，皮极滑溜，馅则香脆，味道鲜美。

六

改革开放以来，明溪县先后实施城区道路、街区拓宽延伸、住宅新区建设、桥梁改造、供水管网更换铺设、公厕改造新建及实施了综合市场、绿色家园广场、垃圾无害化处理场等公益性基础设施建设项目，进一步完善城市功能，拓展了城市空间；规划落实廉租房、公租房、限价商品房等保障性住房建设，位于沿街两边、河滨南北岸沿街等中心区域均有楼群建筑。尤其是，由侨商投资建设的"欧侨广场"是具有欧式建筑风格的文化广场，一座欧式标志性钟楼耸立其间，集购物、餐饮、休闲、娱乐、文化为一体，成为明溪县城地标性广场；位于城区中心的"时代广场"建成，成为明溪商业显著地标，还有包括明溪侨乡体育中心等在内的兼具现代感和实用性的诸多新型基础设施与高大楼宇，把县城的面容雕刻得更加立体生动亮丽，使一座座建筑成为人们日常生活中"凝固的音乐"。

不可忽视的是，一些老楼也进行修葺，和城区的花园式环境浑然一体，把老城区的味道融入新城区的时光里。

生态文明是明溪最闪亮的名片，也是最宝贵的资源，素有"绿海明珠"之美誉。全县森林覆盖率达 81.18%，被命名为国家生态县、全国绿化模范县、全国唯一的"中国红豆杉之乡"。近年来，践行"两山"理念深入人心，保护生态湿地，建设生态绿心，实施鸟类资源保护与发展，打造形成了全省十大观鸟旅游线路之一。在城区内有红豆杉、柳杉、花榈木、金桂、楠木、喜树等珍贵树种，园林绿地面积人均 12.2 平方米，城区道路绿化普及率达 95% 以上，绿化覆盖率达 43.49%。总之，所到之处，空气清新，满眼都是诱人的绿意——书香和花香交融，文化与美景共生。

1994 年，红豆杉被我国定为一级珍稀濒危保护植物，是名副其实的"植物大熊猫"，对于约有原生红豆杉 50 余万株的山区小县来说，可谓得天独厚。2014 年，"明溪红豆杉"获得国家地理标志注册商标，作为南方红豆杉分布丰富集中的地区和南方红豆杉的中心产区之一，当年已建成全国最大的南方红豆杉短周期速生丰产种植基地。2005 年 11 月，明溪县政府与三明市政府联合举办中国红豆杉产业可持续发展国际论坛，美国、加拿大等国外专家在此期间，到明溪红豆杉种植基地进行实地考察。

经过多年努力，明溪县已培育了福建南方制药股份有限公司、紫杉园生物技术有限公司等从事紫杉醇提纯加工的产业化龙头企业，紫杉醇产品在国内市场占有份额达 70% 以上，占国际市场份额达 40%，南方制药股份有限公司成为国家高新技术企业和福建省创新型企业，承担了国家、省、部级科技攻关多个项目。那么，说到明溪红豆杉，就不能不提到余能健老先生，他是明溪南方红豆杉种子繁育大面积推广第一人，红豆杉产业的奠基人，被誉为"红豆杉之父"。2000 年，对红豆杉情有独钟的余老，经过几年反复实验试种，在红豆杉种苗培育上获得突破，使育苗发芽及扶持扦插育苗成活率，从起初的 20% 提高到 85%，最终攻克了红豆杉人工繁育的世界性难题。

明溪城北的变迁

◎廖康标

一段时间来，在明溪城北井窠与原县水泥厂之间的小山头上，一台台推土机在紧张推土作业。这里是明溪一中的新校址，这块原来杂草丛生的荒芜之地，即将蝶变成一座崭新、美丽、充满现代气息的校园，明溪城北也将更加热闹繁荣。

我住在明溪城北一个名万乘华府的小区，小区名称高大上，可是9年前刚入住时，小区名不副实，那条通往小区的主路——金家路还是砂土路，附近居民占地种菜、养鸡鸭现象相当严重，环境脏乱差。当然，如今这些状况已经改变。

明溪是一个人口小县，县城不大，原来就更小了。我在明溪县城生活总共25年了。从乡下初次到县城生活，是1980年到明溪一中读初一。当年刚下班车见到县城时的感受，至今仍印在心头，就是感觉明溪汽车站十分高大气派。汽车站只有三层，今天还在使用，毫不起眼，但在40年前却是明溪全县最高最好的建筑。

中学时期，感觉县城变化很小。印象中，县政府大门降低、进入县政府不用再上坡也是一大变化了。印象最深的是，流经县城的那条最大的河流（现在叫渔塘溪，本应叫明溪），又小又弯，又脏又臭。当年县造纸厂的污水直排到溪中，造成严重污染。我在溪流南面的一幢民房里租房住了一年，面溪的窗户一般是不开的，因为溪水黑如酱油，水面上浮着无数泡沫，风一吹，泡沫就可能飘到房间来。那时还没有装自来水，饮用的是井水，卫生状况可想而知。而邻居就是县长的家，他们也未能免受其苦。

明溪县城最特别之处，即是长期以来县城建于溪流南面并且县政府坐南朝北，"衙门朝北开"据说全国罕见。今天看来，衙门朝向无关紧要，只是县城局限于南面，后来随着人口的增加，变得越来越拥挤。溪流的北面，先前基本是山地、农田，较大的建筑只有四贤祠、李氏祠堂，后来就是养猪场、化工厂、火柴厂。城南与城北，只有简易的小桥连接，交通不便，去城北走动的人很少。

直至 1993 年，县委、县政府更新城市建设观念，把新区开发与旧城改造结合起来，提出"五纵贯五横，新城促旧城，开发河滨路，繁荣明溪城"的城建战略任务，开始河滨路新区开发建设。县里先后投入资金 3000 万元，在关闭县造纸厂、拔掉污染源的基础上，在渔塘溪 2 公里河段建成 5 个宽 25—30 米的梯级水坝，两岸石砌堤岸，形成各长 1.8 公里、宽 15 米的河滨南路和河滨北路。两岸由改建的白沙桥、拓宽的北门桥、新建的石拱桥和紫岭桥相连接。记得新建石拱桥时，作为机关干部，我也参加了开工仪式，并捐了款。河滨路工程完工后，明溪县城和许多县城一样很快形成了"一河（江）两岸"的格局。一批机关和企事业单位，如法院、检察院、地税局、环保局、财政局、邮政局、国土局、农村信用联社、林业局、财保公司、农业局、公安局、烟草公司、福建烽林机器厂等，陆续在河滨北路兴建办公楼或宿舍楼。同时，在北岸兴建长达 2 公里多的带状河滨公园，后来又继续提升改造，并在公园中竖立"明溪八杰"（明溪八位历史名人）雕像。河滨公园绿树成荫，四季有花，夜景迷人，成为市民散步休闲的首选场所。21 世纪初，县里投资 2625 万元，对位于城北的城关中学进行标准化改造建设，特别是 2010 年，又在城北建起新的县第二实验小学，总建筑面积 13277 平方米，总投资 3500 万元。如此一来，城北的学校和学生数超过了城南，城北迅速热闹起来、繁荣起来。

在城北新区开发过程中，早些年，允许个人在规划地内建房，于是自西向东，紫岭坪、红岗小区、溪明新村、金家路、绿缘新村、福溪小区，一幢幢洋楼、别墅如雨后春笋般冒出。后来，在城北陆续进行商品房开发建设，开发了福溪小区、万乘华府、紫云佳苑、时代广场、紫云台等住宅小区，一幢幢高楼拔地而起，明溪城北人气更旺了。目前，明溪县商品房价格最高的小区就是位于城北的时代广场，每平方米价格已破万。时代广场原先是县养猪场和水田，县里曾经计划用于建设县委、县政府办公楼，由于政策不允许，闲置了好几年，最后用于商品房建设。这个结果，群众自然更满意。此外，明溪县的公租房、廉租房、限价房几乎都建在城北。

明溪县目前唯一AAAA景区、明溪"八景"之首的玉虚洞（滴水岩）位于县城北5里，唯一全国重点文物保护单位南山遗址也地处渔塘溪的北面。近年来，县委、县政府把滴水岩红色景区和南山田园综合体作为重中之重的项目来抓，投入巨资开发建设。2019年，在滴水岩景区建成了明溪县革命纪念园，2022年，连接溪南溪北的最宽道路坪埠东路建成通车，规模大、档次高的南山田园综合体正在加紧建设。过去，明溪人观看湿地公园需要去三明，相信不久的将来，三明肯定会有许许多多游客来明溪游览南山田园综合体。

近年来，明溪县持续实施"北扩东进中提升"的县城建设战略，力度不断加大，同时，在规划建设中注重突出"福建内陆新侨乡"特色，彰显"简欧"风格，使明溪县城拉开了框架，提升了档次，越变越大，越变越高，越变越新，越变越美，像一只丑小鸭变成了一只白天鹅，又像一个灰丫头变成了一个大美女。"明溪大马路，一百零八步"的时代早已成为历史，一去不复返了。如今，明溪县城道路纵横，而且湄渝高速公路从城东、城北穿过。每次站在家中阳台，望着穿山越壑的高速公路上车辆在奔驰，就感觉明溪变大了、世界变小了。

应该说，我们这一代人是历史上最幸运的一代，我们看到了经历了世界最大的变化、国家最大的变化、家乡最大的变化。突然想起明代成化年间明溪建县之初，归化县（明溪县旧称）训导、广东人张恂描写明溪县城的两句诗"山环紫翠偏堪画，水似之玄岂浪传"。500多年过去了，如今明溪县城依旧是"山环紫翠偏堪画"，但"水似之玄"（溪流弯弯曲曲似"之"字又似"玄"字）已完全改观，城中的溪流已取直加宽，县城比明代不知扩大了多少倍。假如张恂先生看到今日景象，不知他对此诗会如何修改。

西 门 街

◎李燕萍

明溪城区的西门街是一条有历史韵味的古街。明清时期，西门街这里称"西清街"，又称"西街"，西街这里有个大阳庙，再走过去一点就是西城门称"西清门"（名称源自西出此门可通向清流县），当时西门街非常窄小，只能过三辆板车宽，街两边都是两层的木房，沿街有卖肉脯干、各种小吃及生活用品的店铺，人来人往，非常热闹。

明清时期这里还有夫人上庙（祭祀客家女神惠利夫人），到20世纪60年代庙宇已毁没了，后来一对石狮也在"文革""破四旧"时不见踪影。据《归化县志》中《显应庙碑记》记载："明溪据汀、延接境之要道，人烟辏集，官使往来，必庚止焉。旧设巡司、驿传具存。驿左畔，五代时有莘氏圣七娘墓在。"宋朝时设明溪驿（后增设明溪镇巡检司），归属清流县。莘氏圣七娘古墓就建在明溪驿站附近（现城关乡政府办公楼所在地），当时穿城西南——东北的南关溪上的廊式木桥就命名为惠利桥，今天已见不到桥了，这一处地名依旧沿用惠利桥。明溪人对惠利夫人自古非常爱戴。惠利夫人，原名莘七娘，五代十国时秀州华亭（今甘肃华亭县）人。她少时知书达理，且通医术，女扮男装代父应征入伍，后随夫转战至明溪，她为民众治病，死后亦葬于明溪。当地老百姓集资为莘七娘建造一座庙，朝廷赐"显应"庙号。几经变迁，现在的显应庙坐落于明溪县雪峰镇北郊。

自明溪建县以后，西清街成为城区最重要的街道，向东经东乐街（今三元巷）、东乐门可至将乐、南平、福州，向西可至清流、宁化、汀州

（今长汀）及赣、粤。明朝时在这里设有许多重要机构和设施，如布政司、按察司（漳南道）、汀州府的办事机构和接官亭、社学、玄坛庙、弼教坊等。可以说明溪是在西门明溪驿基础上建县，从这里繁荣发展起来的，西门街与东乐街是明溪城区现存的最古老街巷，也是明溪城区最有人文底蕴的街巷。西门街因宋朝建驿站而形成，比因建县而形成的东乐街历史更悠久，因此说它是千年老街不足为怪。

写到西清街，不能不说明溪特有的风味美食——明溪肉脯干，它也源自这条古老的西门街。明溪肉脯干，典出民族英雄文天祥。传说在南宋末年，文天祥率军前往汀州，路经明溪募兵，明溪不少百姓前来参军。在队伍出发前，亲友们都要送些礼物。有人受到给老师送肉干的启发，于是便将瘦肉切成薄片，然后用天然香料腌制，精烤成肉脯干送给亲人，方便在行军中携带，且不需再加工可随时食用。据说，文天祥亲自品尝肉脯干后，大为称赞。文天祥一行离开明溪后，负责制作肉脯干的当地西清街住户就将其制作工艺及配方向其家人传授并小规模制作，逐渐地明溪西清街一带陆续出现了赖、罗、李、陈等十余家肉脯干专业作坊并一直延续至今。明溪肉脯干被评为"闽西八大干"之一，成为明溪美食的一张亮丽名片。

说到西清街，自然会说到乡愁。古代明溪地处"汀之孔道，闽广通衢"，这里一直是政治、商贸往来的重要通道，建有明溪驿，后设明溪镇巡检司（当时隶属清流），常年驿马奔驰，行客匆匆。每至冬日，寒风瑟瑟，驿道两边芦苇随风飘荡，可以想象出一幅"古道西风瘦马，夕阳西下，断肠人在天涯"的画面。有了驿站就有了孤旅，就有了乡愁，乡愁就得以物来寄托，或诗词，或美食……聪明的南迁明溪客家人自有办法，想念北方的面食水饺了，就用本地特有的芋子煮熟揉捏成泥，和上蕨粉（后来用木薯粉）揉成类似面皮，再以香菇、肉丝、笋干、葱蒜等切碎炒熟成馅，包好后蒸煮均可，一道美食既让味觉苏醒，又抚慰了缕缕乡愁，

"客秋包"名称也因此蕴意而生。如今，客秋包和淮山羹、金钩蛋、目鱼笋已成为明溪人逢年过节或招待客人的饭桌上必不可少的四道特色菜。

讲到西清街，一定要讲到明溪的革命历史。可以想象得到，当年毛泽东率领红军挺进闽西开辟革命根据地时途经宁清归，红军整齐列队走过西清街，红军意气风发的精神风貌令西清街群众称羡不已。1931年7月，红军首次解放明溪，在西廓村创办红军被服厂。1933年7月，彭德怀、滕代远领导的东方军进入明溪后，又在西廓村蔡家大厝设被服厂，在西门李家大厝设兵站，在西门外蔡家大厝设红军临时医院收治伤病员。1934年1月，红三军团奉命再次东征入闽作战，再次在蔡家大厝设被服厂，以归化为大后方，攻克沙县城。西清街的辉煌历史载入明溪红色史册。

20世纪70年代末至90年代初期，西清街这一带还成为明溪县重要的国企集中地，如造纸厂、酒厂、无线电厂等企业，生产的产品从这里走向全国，有的还成为知名品牌。但企业造成的污染严重影响了百姓生活，最后县委、县政府下决心将这些企业进行关闭或搬迁，终于还西清街原有的清朗和干净。这里还建有西门小学（后迁建至紫云坪阶梯处）、影剧院、文化馆等公共设施，每到夜晚这里文化生活丰富多彩，一派热闹繁荣景象。

西清街曾经走过荒草凄凉，没过驿马飞尘，沉寂在风云变幻中，热腾在车马喧嚣里，官兵走过，流寇掠过，红军迈过，安静也罢，热闹也罢，在历史洪流中随波走过千百年，随着归化县城的城墙湮没而更名"西门街"。经历岁月的沉淀，形成这里的一方人文，在西门街百姓的日常生活里演绎和传承。来自北方的南迁客家人，经过数十代传承，中原文化与本土文化在这里相互交融，他们也成了地地道道的明溪人，同时也形成明溪特色的客家文化。西门街现还保存了许多富有客家特色的两层式木质小楼，门店不大但可经营小生意，"前屋开店，后房住家"已成为西门人的生活方式。在 20 世纪 80 年代末沙溪乡第一个出国淘金人胡志明的带动下，明溪涌现一股"出国潮"，许多西门人纷纷加入这支队伍，客家人的精神特质再一次激励着他们走出国门，在异国他乡敢拼敢闯，成就一番事业。

随着时代变迁，西门街的内城（原县城墙西清门以内）这段基本改造完成，这段西门街成为现城区民主路的中段，一条沥青路宽阔大气；城外延伸的尚未全部改造。西门街耸立着中国工商银行、公共卫生服务中心、宣传文化中心等许多高楼，现代生活日益丰富多彩。但不变的是西门人特有的情怀，"城静人销夏，开轩纳微凉"，他们和邻里和睦相处，互相帮衬，白天忙小生意，夜晚喜欢开着屋门，围坐在一起聊天，或三三两两下着棋，其乐融融。这里是城区最富有生活气息的小商业街道，古朴与现代相互交融，仿佛一脚踩在乡间，一脚跨进城市。

明溪县城圩市古今谈

◎揭世谦

　　圩市（圩，过去作墟），是定期在固定地点设摊买卖贸易的市场，是农民、商贩等百姓农副产品、日常生活用品买卖交易的场所。如今，大多数乡镇和较大的村仍有圩市，而随着市场经济的迅速发展和城市化进程的迅速推进，绝大多数县城的圩市已不复存在，变成了天天都是圩日。明溪县由于县城人口不多，迄今仍保留着每三四天一次圩市的传统。尽管如此，县城圩市的繁荣程度也今非昔比，发生了巨大变化。

　　明溪在明成化年间建县后（时称归化县，1933年更名明溪县），县城圩场设在济川桥北即今岭干。并在县治西街设有六月市，两广、江浙等地客商都会来此交易，至七八月止。而惠利桥上则为固定贸易市场。明万历年间，县城圩场在县治东济川桥至五舍岭（济川桥，在原三元街尾西侧；五舍岭，在原县农科所办公楼一带），每月农历三、六、九聚货交易。六月市在县治前，每年六月十一日惠利夫人华诞，四方商旅辐辏，列肆交易，至十八日始散。惠利桥上为固定贸易市场。清康熙年间，明溪圩在东门街（城内）至坪埠周公祠（大概在今安养中心处），每月三、六、九日商贾贸易，百货骈集。又有五月市，在县治右侧。康熙十八年（1679）七月七日城隍庙毁，康熙二十年（1681）知县王国脉捐资重建落成，召集客商，从五月初六至十六日集货贸易，俗称城隍庙会。六月市，仍在县治前。惠利桥上为固定贸易市场。到民国间，明溪圩分上圩、下圩。上圩在西清街，每逢三、六、九日午前贸易。下圩在东门外（即三元街）至坪埠岗周公祠边，每逢三、六、九日午后贸易。五月市、六月市废。惠利桥、前街（俗称卖樵街）、后街（俗称粜米街）为固定贸易市场。

新中国成立后，明溪圩市与全国各地的圩市一样曾因"割资本主义尾巴"两次被取缔。第一次是在1958年的人民公社化运动时期。人民公社化将原合作社的集体财产和社员的全部自留地及私有房屋、牲畜、林木等，统归公社所有。推行"供给制""全民食堂"，吃饭不要钱，养殖、家庭副业、集市贸易作为"资本主义尾巴"被取缔。1959年，贯彻国务院《关于组织集市贸易的指示》恢复圩市，三类产品允许自由购销。1962年，贯彻《农村人民公社工作条例修正草案》，允许社员经营自留地、饲养家禽家畜，家庭副业始得发展。集市贸易也得以恢复并趋活跃，农村经济逐渐得以发展。

笔者记忆中最早的县城圩市，是20世纪60年代恢复集市贸易后的圩市。那时，每隔3—4天一圩（农历逢三、六、九日为圩日）。圩场在今县邮政储蓄银行那一片地，由砖柱、木三架搭建的简易房作为圩场。当时管理市场的机构是"市场管理委员会"，百姓都称"市管会"（工商行政管理局前身）。在那个物资匮乏的年代，圩日拿到圩市贸易的产品，都是一些百姓日常生活的简单用品和农业生产的简单工具，相对比较原始。日常生活用品如木锅盖、木水桶、木饭甑、木水盆、木洗衣盆、搓衣板、切菜板、竹锅刷、芦苇扫帚、竹扫帚、畚斗、竹尾叉、竹竿、竹椅、竹凳、竹筛、竹篓、竹笽、竹篮、竹席、草席、柴火、菜刀、柴刀、铁制火钳、竹火钳、火筒管等，农业生产工具如大小土箕、大小谷箩、棕绳、竹扁担、木扁担、晒谷席、锄头柄、耙子柄、草帽、斗笠、蓑衣、犁耙、镰刀、柴刀、塝刀、锄头、耙子等。此外，在圩市交易的还有小鸡苗、小鸭苗、小猪苗、竹鸡笼、竹猪笼等。每到圩日，圩场人声鼎沸，小鸡、小鸭、小猪的叫声百米之外都能听到。

20世纪60年代恢复集市贸易后的固定菜市场，在西惠利桥头北（即前街）。那时，一般都是卖些季节性的时令蔬菜。那个年代，农村家家养猪。养猪除了能提供农业种植用的农家肥外，还是计划经济时代农村猪肉自给自足的保障。所以，农民的自留地除了种淮山、芋子外，只有少量种蔬菜。部分蔬菜要留作饲料，上市卖的蔬菜品种单一，量少，少则几摊，多则二十几摊。几摊时，一般在西惠利桥头前街街头上摆摊卖；多时，则在惠利桥两侧摆摊卖。明溪有句口头禅形象地描述了当年蔬菜市场品种单一状况："南无阿弥陀，罐菜豆荚茄（明溪方言称空心菜为罐菜）。"笔者七八岁时，家里在北城门的废墟中有块菜地，种有韭菜、四季葱等。周末，有时家里会让我用小土箕提着些韭菜、四季葱或者窝菜到惠利桥头去卖。当时的杆秤是十六两一斤，我年纪小不会算，母亲就称好让我按"把"卖。那时，没有什么工厂、单位及外来人口，农村又家家有自留地种菜，因此，很少人买菜。这也许是市场上很少卖蔬菜的原因之一吧。

1966 年 5 月，"文化大革命"开始。1967 年至 1976 年 10 年间，不准私人经商，个体商贩作为"资本主义尾巴"割除，私营商业被取缔。集市贸易被当作滋长资本主义的土壤，开放集市贸易被当作"保护资本主义"，曾一度禁止农民赶圩，关闭圩场集市。1970 年，圩场恢复，初改为 5 天一圩，即以农历每月初五、初十、十五、二十、二十五、三十日为圩日。后又改为 10 天一圩，统一以农历每月初一、十一、二十一日为圩日，集市贸易进入低潮。这个时期的圩场是露天市场，沿惠利桥街两边摆摊，从县政府门口左侧街摆摊至今工商银行门口，人多时摊位摆至原印刷厂（枭米街街口）。这个时期，市场上很少有家禽、家畜、鱼类买卖。城镇居民按月凭票买猪肉，待节日才能凭票供应冰带鱼或黄瓜鱼等。农村猪肉、鱼类，按生产小队自养自给。

1978 年 12 月，中国开始对内改革对外开放。对内改革，从农村经济体制开始，推行土地承包制度，所有农副产品在完成国家收购任务后均可上市交易。上市品种不断增加，圩场集市购销两旺。1979年，邓小平同志提出"让一部分人先富起来"。此后，国家对农村和城市政策作了较大调整。随之，涌现出各种专业户。一大批勤劳、懂技术、懂经营的农民、城镇居民、企业"下海"职工从事个体工商业。1980年，县城恢复农历三、六、九日为圩日。

20世纪80年代初，国家对个体经济实行大力扶持，使一些专业户、个体户先富起来，涌现出一大批"万元户"。随着改革开放的深入，农村经济、工业生产得到迅速发展，城乡经济得到振兴，人民生活水平不断提高。1984年，县政府在惠利桥南侧投资建成城区集贸的"日溪市场"，市场占地面积2000平方米，建筑面积3000平方米，为三层砖混结构。第一层，销售农副产品；第二层，销售百货、布匹；第三层，用于工商市场管理、个体协会办公。平日市场流动人口不如圩日，第一层有空余摊位，布匹摊也会摆在第一层。随着市场经济的发展，市场内摊点变得拥挤起来，于是又把惠利桥南河面上端全部浇成水泥地面作菜市场，以玻璃钢瓦搭盖，设100多个瓷砖固定摊位，供食杂、干货、鱼肉、家禽、蔬菜瓜果、海鲜、土特产、小吃等个体户营业。

随着市场经济不断繁荣和群众购买力不断增强，原有市场已无法适应。1991年，在县一中对面北侧新建一个更大的集贸市场，称城北农贸市场，占地面积8000平方米，建筑面积7500平方米。市场由许多砖柱、木三架、瓦片构建的简易房组成，大部分简易房内，设有用水泥预制板搭建的摊位，另在进入市场通道侧，设有露天摊位。闽南、莆田等地商贩和本地农民纷纷进入市场摆摊设点，使农贸市场成为县城的主要商品集散地和居民购销商品的主要市场。1993年，投资19万元在雪峰镇民生路新建一个小商品市场。该市场占地面积1800平方米，建筑面积1500平方米，次年关闭并拆除。1996年，扩建城北农贸市场。扩建面积620平方米，新增摊位110个，市场内新开设商用店面34间，520平方米。1999 年，因原城北农贸市场将改建为明溪综合市场工程施工，在河滨北路（今时代广场）建设过渡性集贸市场，同时，农化路（原人寿保险公司对面）作为过渡性菜市场。2000 年 11 月，明溪综合市场建成投入使用。该市场为集商贸、农贸为一体的县级大型市场。占地面积 2.35 万平方米，建筑面积 3.65 万平方米，主体楼层 7 层，设有商用店面 188 间、铺位 110 个、固定摊位 511 个、临时摊位 75 个。是年底，拆除了日溪市场和河滨北路临时集贸市场。

　　如今，明溪综合市场内所有摊位、店面都无空位，就连市场北门的露天市场都摆满了各式各样的摊位。于是，市场北门露天市场搭建了 2 个钢架棚。北门西侧（靠溪边）活禽交易改到坪埠村后，又搭建了一个钢架棚。综合市场各类产品应有尽有、琳琅满目，每到圩日、节假日都是人山人海，一派繁荣景象。

记忆中的美食

◎ 黄奕丽

1963 年，仙游县组织 76 名知识青年到明溪县支援山区建设。父亲被安排在明溪粮食局做科员，跟大多支援三线建设的建设者一样，父亲扎根在这座山区小城，我在这里出生，在这里成长。

粮食局处在老城关的主干道民主路上，在这条路上机关企事业单位林立，领工资的人员多，提着篮子挨家挨户兜售米包子、炸豆腐的小贩也多。少时压岁钱是留不住的，卖冰糖葫芦的人扛着的草把子上一串串的山楂果鲜亮，油甘酸爽。北左路上的供销社是我最常去的地方，那里有 1 毛钱 10 颗的水果味硬糖，放进口里是不舍得咬的，含着它、让它在嘴里慢慢融化的感觉好享受。就连糖果包装纸也不舍得丢，一张张平整地保存起来。

"冰棒、冰棒、花生冰棒、绿豆冰棒……"在盛夏时节，我跟着姐姐坐在电影院外的台阶上卖冰棒挣学费的情景历历在目，酷热难耐，冰棒桶里冰丝丝的甜味缭绕在鼻翼，直至按捺不住，姐姐取出半化的冰棍给我，也别想滋溜的吸，只轻轻一嘬，一坨软融掉落，入喉透心凉爽……

晨曦微露，从城郊挑担而来，摆摊赶早市的农人，挎着篮子买菜的主妇们把惠利桥农贸市场挤得熙熙攘攘。沿街人家，在门口支上一口油锅，就着一盏漫漶昏黄灯光的白炽灯，制面坯，拉长后放入滚烫的油锅，少顷，金黄的油条翻着身浮起来。圆圆的扁勺，摊上一层薄薄的米浆炸油饼，油饼有两种，一种只加葱花。另一种里头填入包菜、韭菜和肉。神奇的是麻蛋，一小个剂子，在热油里滚动着，如吹气球似的膨胀开来，外皮酥脆内里绵软，咬一口，芝麻香随之溢满口腔。一个煤球炉子，一口锅，一张小桌子，一盏白炽灯在家门口一挂，几张小木板凳，简简单单的生意即可开张，他们大多做早餐生意，也兼营夜宵，东西卖完了，将家什移进屋子，就是收摊。千层粿、炸芋子糕就着豆浆或花生汤；稀饭就着咸菜、萝卜干、花生米；油饼就着锅边糊；细细的葱花、薄如蝉翼的扁肉皮包上剁好的瘦肉糜、搭上切得细碎的酸菜。每一种搭配都是妥妥的人间烟火气息。这样的摊贩在老城关的8条巷、6条胡同及5条大路上隐藏着。

"豆腐花、豆腐脑……"不经意间迎面撞上个挑摊，中年妇女亢长的拖腔，余音在巷子里久久回绕。她的担子，一头挑着豆腐花、豆腐脑，一头是一桶清水和几块粗瓷大碗。一角钱一碗，淋上一些蜂蜜，站着或蹲在街边，女孩的矜持早忘二里地去了。不期然遇见的，还有那个挑着麦芽糖担子的老人，穿行在窄窄巷弄、胡同里，由远及近又由近及远地"叮叮当，叮叮当……"铁器打击的清脆声，那甜得能黏住嘴唇的带着蜂窝孔的糖块，吸引来一群孩子拿来家里的破塑料拖鞋、牙膏壳等以物换糖。老人接过孩子手中之物，掂量一下，再用小铁锤击打小铁片，小心地敲下一块薄薄的糖块来。孩子们吞着口水，视线始终不离糖块。临近年关，新大路旁的树荫下总有一位黑黑的老汉，摇着一个黑乎乎的铁葫芦，铁葫芦下火舌活跃，10分钟左右，黑葫芦下火架，用麻袋套着铁葫芦头，脚一踩，一声巨响后，一堆白雪出现在眼前。少时一直想不明白，一竹筒大米，加上一丁点的糖精，怎么会神奇地变成半箩筐白花花的甜甜的爆米花，就那么点大的铁葫芦怎么会有那么大的容积？

走在中山路，耳畔总萦绕着"吱呀吱呀……"石磨欢歌的声音，那是住在中山路17号的卖米包子的老婆婆，凌晨3点起来磨米浆，每天6点准时端出一簸箩新鲜的米包子。白糯糯的米粿皮，内里填满笋干、萝卜干等馅料，回味无穷。在春天时节，她会应景地端出一簸箩"绿绿粿"——鼠曲草米包子。还有一对老夫妻，他们一辈子只卖茶叶蛋，每天推着三轮车游走在街上，车上置个煤球炉子，一口大铁锅，褐色发黑的茶叶水里挤挤挨挨着热气腾腾的茶叶蛋，碰到有人买时，老头子拿铁勺子捞蛋，老太太包装、收钱，老头子推车，老太太扶车，他们相濡以沫的背影是老城关美丽的风景线。

嫂子说："小时候我走 30 里的山路，就为了去吃城关的米糖和米包子……"现在县幼儿园的位置就是城关米糖的手工作坊，一块四四方方，几近透光的米糖，软软的、甜甜的、糯糯的，QQ 弹弹的，多少年的梦牵魂萦。哥哥说，武装部斜对面的县宾馆餐厅里的红烧肉烧得特别好！戴白帽子白袖套的餐厅大师傅面对客人的夸赞，将手在围裙上擦了擦，腼腆地笑一笑又绕回后厨忙开了。解放路上的罗氏糕饼铺生产香糕、雪片糕、寿糕、寿带、喜饼、百子饼、三角饼、杨梅红、到口酥、雪花豆、兰花根、肉脯干等品种，我最喜欢的是上头画着寿星公的红白色相间的寿糕和肉脯干。肉脯干在当时极为稀缺，要接单才生产，一天的产量不超过 3 斤。它的来历与宋朝名相文天祥有关。县宾馆预定的多用来接待贵宾，农家预定的多是婚嫁办酒席。而我也是在奶奶的寿宴上有幸吃到，那是吃一次就忘不了的客家美味。

明溪宴席四大菜：客秋包、薯子羹（淮山羹）、目鱼笋、金钩蛋，从只闻其名到亲口品尝，到后来，学会自己烹煮，我知道这座小城的烟火味早已在不知不觉间融入我的血脉。

清流·城关

时光深处的清流印迹

◎张 华

寻找，客家古邑的千年记忆

清流城小，历史却古远绵长。

翻开明清古县志，清晰记录着，清流古属黄连，宋元符元年（1098）提刑王祖道行郡至此，见此地群山峻秀，溪河曲折，水流湍急，清澈见底，爱其山水明秀，遂奏书朝廷，置县清流。

千年光阴，悄悄改变着一座县城的容颜，也积淀着一座县城日渐深沉的古韵。

去访南寨山，它逶迤于小城半岛之南，那里残存着一段明清时期的古城墙，见证着古邑的风雨春秋。

有城即有防御，清流县城墙防御始筑于元末，据民国《清流县志》

记载："元末邑人陈有定因南山之险，垒石为城，城仅弹丸。"至明代，沿河城墙几经重修加固增高，东起"东隘"，西至"山河雄镇门"，计沿河四百四十丈、寨城四百二十余丈，运石增高六尺，成为守护县城的坚强壁垒。南寨是清流县城防御的紧要之地，与环河古城墙相连，形成拱卫清流县邑的天然屏障。南寨又名"南隘"，民国《清流县志》描述其"后依城，前俯县治，左设锐台，右倚巨石，四面皆堪瞭望。每遇寇警，守御者恃此为建瓴之地，全城所要紧者"。历史上，清流县邑凭此防御，据城为守，多次抵挡流寇入袭，保障了一方平安。土地革命时期，这里更成为守卫清流苏维埃的坚强壁垒，发生了多次攻防战斗。1934年11月26日，主力红军北上长征后，清流县委、县苏维埃以此为屏障，抵抗十倍于己的敌人，打响了惨烈的"清流保卫战"，但终因寡不敌众，县城沦陷。此仗，使土地革命以来清流培养起来的革命力量几乎丧失殆尽，其损失之重，为同时期周围几个县城失守时所罕有。

时光流逝，烽火远去，而历史永存。今天，当我们沿着县武警大队后山一条小道上山，行数百米，清流古邑的旧台阶、古城墙逐步显现，它们掩映在南寨的密林深处，被层层青苔覆盖，而往高处攀行，视野逐渐开拓，小城半岛尽收眼底。经过多轮城市建设，作为曾经守卫清流重要屏障的老城墙已被拆除，仅在南山残留着一段古老的南寨老城墙和瞭望台、屯兵遗迹，巍巍山巅处，莽莽林野间，成为见证清流这座千年客家古邑的珍贵历史遗痕。

去观"古八景"。沿龙津河行至西门，凤翔桥跨大溪西，如笛声横弄，名为"西桥横笛"，明翰林编修赖世隆诗云"一曲吹成太平调，牧童樵子两忘疲"，描绘了西桥两岸百姓的生活场景。往东，行至东门，过去这里曾有一座雁塔，每年春秋鸿雁迁徙，多从塔顶飞越，与晨钟相映，名为"雁塔晓钟"。"卓立最高名雁塔，钟声报晓又昏黄"，在古人诗词中，岁月不居，时节如流，历史的光阴便在这日复一日的晓钟声中匆匆流去。夏秋之夜，于龙津倚桥望月，皓月当空时，水中同一轮明月，名为"龙津夜月"。而溪河两岸，群山高耸，月华琅琅，波光清粼，正如古人诗云"山高错讶玉盘小，波静方知银镜圆"。在小城之北，古时设有渡口，明清时期曾造浮桥，后漂建不一，清乾隆年间设渡以济，古称"北渡孤舟"。"闲却清溪好风月，暂烦酌酒听渔歌"，孤舟且慢，却是闲渡正好。行至东华山，翠嶂如屏，薄雨初霁后的九龙溪水向龙津峡潺潺而去，山水辉映，云水相依，正如赖世隆诗"林雨初晴眉黛湿，岭云乍过画屏开"。此外，南极白云、三港清流、半溪残雪等古景，从不同的角度映照着清流这座千年之城的古邑风姿。

明嘉靖《清流县志》中，记载了一段关于"清流八景"的佳话。明永乐二年（1404）清流进士张永隆任鲁府纪善时，曾向鲁靖王朱肇辉进献"清流八景"图，并作了这样的介绍："邑南有山曰南极，则白云之缥缈也；东曰东华，则翠嶂之嶙峋也；笛横弄于西桥，舟往来于北渡；雁塔晓钟声断续，龙津夜月影澄清；水流三港外，雪霁半溪边。是八景者，名著清流，古今称美。"鲁靖王细细浏览"清流八景图"，赞赏张永隆知乎山水之乐的精神，随后援笔题书"清流八景"四字，并赐古诗一章，"清流八景"也由此扬名八闽之外。

水南街头，一座古风门楼庄穆肃立，这是经重新修整后的明代南京吏部尚书裴应章府第门楼，门楼上额题"宫保尚书"四字，下镌"隆庆戊辰科进士裴应章"小字，斗拱飞檐，再配以龙鱼花鸟、神话人物等雕刻，彰显其曾经荣耀一方的华彩。

裴应章（1536—1609），清流县城关人，其一生爱国、清廉、公正，颇得地方民众的尊崇敬仰。他曾提出屯甲砺兵、修明政治、爱护百姓、防备敌国入侵的主张，深获当朝嘉纳；他曾驰赴郧阳平乱，整治军纪，巩固边防；任吏部尚书后，他力持正义，直陈政见，不惧权势。裴应章去世后，神宗追赠其为"太子少保"，谥号"恭靖"。现存的尚书第门楼，经数百年风雨飘摇，而今整葺一新，于古朴庄穆之中透出厚重的历史沧桑感，成为人们了解清流历史文化的一座标志性建筑。

水南街过去又称为"生产街"，得名于这里曾经繁华一时的剪钻生产业。相传，明朝时，城关青年王忠明赴杭州拜张小泉为师，掌握了一手精湛的剪钻手艺后回到清流，剪钻业逐渐在清流兴盛起来。至清朝，在城南门繁衍出剪钻一条街，街道两侧打铁店、剪钻店林立，鼎盛时，这条街上同时有 20 余家剪钻店。做工精湛的清流剪钻当时声誉远播，广东，江西的石城、瑞金、宁都及闽西北部地区的缝衣艺人、妇女居家日用，选用的都是清流剪刀。

不过，随着时代发展，清流剪钻业逐渐没落。20 世纪 90 年代初，县城还留有唯一一家剪钻店"协利号"，但最后也消失了。今天生产街（水南街）再也难觅剪钻打制的踪影，那些锻铁铸打的"叮当"之音和风箱燃火的"呼哧"之声，都一起消逝在了时光深远处，成为一个时代的记忆。

往水南街更深处走去，古老的客家乡风从一间间老店里飘出，在街巷中穿梭流连。热气腾腾、汤稠浓郁的"兜汤"，馅香味美、皮薄耐嚼的蕨糍包（又称"地瓜包"），还有卷蒸、米冻、仙草冻等取材于自然的美食，在舌尖上一次次唤醒人们关于清流古邑的久远记忆。

聆听，太极之城的时光清音

一座县城，总有一曲清音，随时光微波，浅浅轻吟。

清流，被称为"太极之城"。从空中俯瞰县城，青山绵延，S 形河道在县城两个半岛之间蜿蜒而行，恰似一幅"龙行太极、阴阳相生、碧水环绕、天人合一"的太极之图。这座太极之城在与时代共行中，将山的峻秀、水的柔和，与老城记忆和谐相融，塑造了清流慢而不息、容而不纵、谦和有礼的"太极之韵"。

留住一缕老城记忆，这曲"太极之音"在新城建设与旧城改造的交叠中悠扬轻唱。

可否还记得"清苑"？旧时又被称作"县衙前"，位于现在县政府对面的龙津广场。历史上，这里一直为县署所在地。据老一辈人讲述，民国时期，县政府门前有块屏风，新中国成立后，屏风上书有毛泽东诗词《如梦令·元旦》"宁化、清流、归化，路隘林深苔滑。今日向何方，直指武夷山下。山下山下，风展红旗如画。"这首诗词是在古田会议后，1930年1月毛泽东率红四军第二纵队从闽西转战赣南时所写，在行军宁化、清流、归化（今明溪）途中，虽"路隘林深苔滑"，但毛泽看到如火如荼的革命形势，产生了更加坚定的革命信念和豪迈胸襟。1972年，这里建起了街心公园，市民们于此相聚闲聊，节庆之日，老少童叟于此赏灯猜谜、嬉戏游乐。2003年7月，清流县与泉州鲤城区共建，开展山海协作，将街心公园改建成了龙津广场。2022年8月，龙津广场再次进行改造提升。

时光荏苒，小城最繁华的记忆穿梭于此，从清苑，至公园、至广场的变迁中，这里几易其颜，而古樟、桂花树始终依在。街心公园里追逐嬉闹、赏灯猜谜的记忆已渐渐远去，市民们或于此晨练，或浅叙，静享着清流小城悠悠时光的闲适与安静。

可否还记得"坳上"（也称"凹上"、雁塔巷）？那里留存着许多老清流人的童年记忆。那拾级而上的老文化艺术中心，虽已老旧，但珍藏了一部部老电影的岁月情怀和曾经文化繁荣的痕迹。冗深的团结巷，走进那道拱形铁门，所有老时光的记忆会随着狭窄的巷弄、低矮的楼房、门前堆垛的柴火、吱呀作响的门窗、蛛网般密结的电线而被一一唤醒。巷子在深坳里穿行，终在一个时光节点处转弯，随着巷里人家灶间的袅袅热气，随着邻里乡亲的家长里短，随着巷深处孩童的追逐嬉闹声，而渐行渐远。

（伊贤斌　绘）

但老"坳上"确实老了，街巷老了，排水不畅，下雨时一路湿泞，污水横流；屋宅老了，青砖瓦房经年失修，散养的家禽在巷口悠闲踱步，攀满乱草的老墙静默地伫立在岁月的街角；文艺中心老了，除了承接全县性会议和文艺演出，越来越少人到剧院看电影；就连文化街边那一幢幢红砖白墙的老供销、老粮油商铺也渐渐老了，显现出与时代发展越来越不相融的滞后气息。

从 2001 年开始，清流城关人的记忆开始出现了拐点。这一年，县委、县政府将雁塔巷划入旧城改造重点，以"太极之城"为设计思路，分期推进，至 2011 年完成了整体建设。曾经老旧的"坳上"时光，从此消失在了岁月转角处。今天，建成后的雁塔新天地已成为清流最为繁华的商业中心，它的中心建筑为客家围屋建筑，其他楼栋呈圆环状向外辐射排列，体现了客家人聚族而居的民俗风情，从空中俯瞰，极似"太极之眼"，"太极之城"的神韵从这里向外辐射传播。

守护一座老城神韵，这曲"太极之音"在龙津水美的承续与建设中萦绕回旋。

"依傍青山一水绕，玲珑半岛巧自成"，清流之所以被称为"太极之城"，与蜿蜒行于两个半岛间的 S 形龙津河道密不可分，它沿两个半岛迂回流淌，赋予了清流"太极之城"的灵动神韵。

老一辈人记忆中的"龙津水美"，是曾经水门下往来喧嚣的画面。旧时，清流沿龙津河城墙曾建有数座圆拱形的水门，厚厚的青石砖墙，散发着古老的岁月气息，沿着老石板铺成的台阶直通往龙津河畔。每日朝起，渔民已早早出了水门，驾着小舟，在龙津河面撒下渔网。沿河百姓踏过青石板的台阶，来这里取水，扁挑在肩头上起起伏伏，水溅落在石板上，落下一道道回家的痕迹。夜幕渐至，打鱼人收网归航，各家妇娘也来这里浣衣浆洗，相互叨唠着家长里短。平凡中琐碎，恬静中又安然，一幅水乡人家的画卷在这里徐徐铺陈。遗憾的是在新一轮城市建设中，这些水门都被拆除了，仅在坪背、原吊桥头新建了两处仿古式的亲水平台，保留了人们对老城水门的记忆。

老一辈人记忆中的"龙津水美"，还有龙津河上"端午竞渡"的激燃时刻。自古，清流就有端午龙舟竞渡的习俗。据明清《清流县志》记载，县西九龙驿左有关帝庙，五月端午常竞渡于此地。每逢端午，粽叶飘香，龙津河上，锣鼓擂响，舟楫奋进，客家人以一种传统的形式祭先祖、祈新福、送瘟神。但近数十年来，受汛期洪灾等影响，龙舟竞渡活动一度中断。2021年，清流县恢复举办端午"龙舟竞渡·福满清流"活动，成功入选第七批市级非物质文化遗产名录。地方传统文化在传承中，方显其凝聚人心的力量。当端午节至，沿河两岸早已人头攒动，一双双炙热的目光中，饱含着对龙舟开赛的久违和期盼。当发令枪响一瞬，数支龙舟争相竞发，鼓点声由慢至快，桨拍急浪，河岸上加油呐喊声沸腾一片，久违的龙舟竞渡、众志齐心的震撼画面重新再现。

当时光穿行至21世纪，"龙津水美"以一幅如画风光在12公里沿河两岸绵延。过去的龙津河，荒草浅滩，易受水患。从2006年开始，龙津河沿岸景观出现了根本的改变，防洪堤建起来了，沿河低洼地段得到了整治，并在12公里沿河两岸先后建设了8个公园，拓宽改造了4座桥梁，完成景观建设30万平方米，打造了一道行走的人文景观与文化长廊。化水患为水利，变荒滩为美景，今日的龙津河沿岸，公园如星点缀，绿荫成廊。沿河而行，步步为景，可于九龙公园品读"九龙赋"，于龙津桥下端看书法景观墙，也可至尚书公园，循迹裴应章求学之路，至儿童公园、世纪公园，细悟节气文化来源，品读廉孝故事，弘扬传统孝道精神。

夜幕降临，龙津河沿岸灯火璀璨，满池琉璃，行人信步，谦和自信。今日的龙津水美，正如一曲时光清音，将太极之城包容和谐、柔和中正的文化气韵与精神悄悄融入小城人们生活的各个方面。

时光悄悄改变一切，不变的始终是这座城市根深处的精神灵魂。

探访，愚公移山的时代印痕

清流城，因山而秀，也因山而书写传说。

山是景，亦是屏障。旧志形容清流"山大弯，水大曲""万山之中地少平旷"，县城内，来龙山起伏如龙，鹅峰髻、屏山、铜锣山等众山环布，拱卫清流半岛，恍然一幅"山在城中，城在山中"之景。新中国成立后，这里演绎了数次新时代的"愚公移山"，一次次突破了山的屏障，拓展了城市发展的视野。

时光回溯，重返 70 多年前。在新中国成立之初，清流县城仅是一座依山傍水的小半岛，局限在沿河四百四十丈的老城墙内。当时，城内只有文化街和生产街两条街道，街巷两旁是挤挤挨挨的瓦顶房。窄小的石板路承载了城里百姓所有的营生和烟火气，街道最窄的地方，两旁商铺的遮阳布挂出来就可以连在一起，坊间也由此笑言"左手买香烟，右手买火柴。东门磨豆腐，西门听得到"。

小城百姓们"日出而作，日入而息"，生活简单而枯燥，也期盼着有一天越过老城墙，去半岛之外寻找新的天地。

从 20 世纪 60 年代开始，清流迎来了新中国成立后的第一轮"愚公移山"。重修了西门桥，新建了南门大桥，打通了半岛的内外交通。在半岛对面，新建了电影院、医院，清流县城范围第一次跨过了河界。与此同时，在岛内劈山通路，挖掉了一座小山头，新建的龙城街从西向东贯通了小城半岛。沿龙城街，又逐步建设了旅社、百货、医药公司等，城市商贸、文教、医药等多业迅速发展，市民生活日渐丰富起来。

随着时光前行，来到改革开放之初，百业待兴，清流发展迎来了新一轮的愚公移山——"西山工程"的建设。

出小城半岛，过西门桥，一条宽敞的街道向西绵延而行。而过去，这里被称为"西山岭"（又称西山口），在 20 世纪 80 年代之前，还是一片横亘的山脉，如一道屏障，阻碍了清流西区的发展。

1983 年，清流"西山工程"启动，劈山开路，辟新建城。经过数年建设，打通了横亘于西门的屏障，开发建设了凤翔街、凤翔公园。一条全长 640 米、宽 20 米的西山街道，如一条蓬勃的生命线，点亮了一座城市新区，工会、科技、劳动、人行、保险、财政等部门先后落地于此。凤翔公园建于西山最高处，小巧精致，如一含翠之凤，翔于西山之巅，又如一颗明珠点缀着西山风景。公园内绿荫如盖，燕语莺鸣，染净无尘，在这里可俯瞰小城半岛之景，也可穿行于城市森林，享受绿野深处的清新呼吸。

1983 年，时任省委书记项南来到清流，看到清流青山碧水之景，也看到正在火热建设中的西山工程，十分感慨，说道："清流这个城镇，是个花园式的城镇，你们要下功夫把它建设成名副其实的'清流'，成为内陆'鼓浪屿'，到那时，'清流、清流，誉满全球'。"也正是从这时开始，清流县开始组织编制城区总体规划，城区规划控制面积为 3.218 平方公里，并按照项南书记的指示，全力建设花园式城镇，清流逐渐以"山区明珠""内陆鼓浪屿"的独特形象呈现在人们面前。

光阴汲汲而行，转瞬十年而逝，清流县城逐步向北区拓展，迎来了第三轮的"愚公移山"。

过去，从三明行省道岭文线（原 204 线）往清流，须经一条狭窄崎岖的山道，弯急坡陡，车行至坡顶时，虽可见清流县城，但路途弯曲，车辆难行，交通事故多发，近在眼前的清流县城仿佛永远在下一个转弯处。

随着 1993 年公路"先行工程"的启动，该坡段实行截弯取直，降坡下挖，拓宽改造。改建后，原路全部废弃，新建了一条宽 15 米、长 2.4 公里的大路，直通县城，这条大道被称为北大路。从此，县城北边门户结束了蜿蜒崎岖、车辆难行的历史。

今天，车行于北大路，曾经山高路远的记忆已被渐渐淡去，清流古八景之一"东华翠嶂"正沿大路一侧绵延而行，青峰翠峦之下，大道通衢之侧，酒店、商贸、文化、住宅、物流等建筑逐渐林立，曾经偏远僻静的城市一隅日益兴盛，成为县城北部的新兴之区。

时光荏苒，再一个十年、二十年匆匆而行。这期间，第四轮"愚公移山"——"北山工程"正式启动，并持续推进。

北山，位于县城半岛北面，过去又称为北寨山、屏山，海拔411米，气势如屏。1997年8月，一场暴雨持续不断冲刷，北山出现严重的山体滑坡。泥石流轰然而下，堵塞了省道204线，交通中断，塌方若再持续，将阻塞河道，严重影响县城安全，对北山滑坡进行治理，刻不容缓。之后十年，北山治理持续推进，但没有得到根治。

高耸的北山，因与县城一河之隔，又成为城市建设的一重障碍。北山屏障要突破，地质灾害要根治，县委、县政府决定采取地质灾害治理与土地开发利用并举的办法，立项对北山地质灾害危险区进行治理，并开发建设"北山新城"。

2006年12月，一幅巨型广告"北山，再造一座城"出现在了北山脚下，引起了全城的瞩目围观。当人们读到"一千亩磅礴大盘，未来之城、梦想之城，清流千年史上亘古未有的穿越"广告语时，感到了前所未有的思想冲击，而这也标志着北山地质灾害整治及新城建设项目的正式启动。

与以往的劈山开路不同，这次完全是要改造一座山，建设一座新城，于是无数个疑问在清流市民当中提出："这么庞大的山体如何开发？""山体高程降至多少？""新城如何布局建设？"对于当时的清流人而言，这的确是一种无法想象的大气魄，是新时代的愚公移山之笔，掀开了清流"做大城区"建设的新篇章。

经整治后的北山，山体高程从 411 米降至 340 米，根治了地质灾害隐患，同时开挖新增用地面积 1027 亩，相当于再造一座城。此后十余年，北山之上，筑堤建渠，拓路清淤，建楼兴区，于北山之巅拔起数十幢新楼，同时，新建了县体育活动中心、苏区人民广场及小学、幼儿园等，日益丰富的新区功能，使"北山新城"成为小城人们栖息的美好家园。

今日，立于北山之巅，城市新姿尽收眼底。清流，已不再是初识的那座固守半岛的小城。经过数轮"愚公移山"，一次次突破了山的屏障，开放了城市建设的视角和眼界，将城区面积从 1983 年规划的 3.2 平方公里扩大到现在的 8 平方公里，在时代前行中书写着城市建设新的美丽传说。

走进时光深处，寻找岁月更迭中的清流城市记忆。它如一沓故纸，散发着陈年的墨香，泛起古老的涟漪，旧时的人文风物跃然纸上；它如一幅长卷，记录着城市的变迁，描绘着市井的喜乐，述说着渐渐遥远的小城故事；它如一曲清歌，用音符记录变革，用鼓乐讴歌时代，唤醒着根植于人们心底深处永恒的乡愁情怀。

凹上之忆

◎李新旺

凹上吹来的风古老而喧闹。

这里是清流城最原始的居民区，一条被称为"团结巷"的狭小街道贯穿东西，巷头连着文化街，巷尾通向龙城街。不足一千米的巷道，挤挤挨挨的人间烟火，长长短短的笑语欢歌，承载了清流人太多往事和惦念。仿佛清流城一千多年的历史跫音从未远去，在团结巷的入口，一道陈旧而结实的拱形铁门打开尘封的记忆。

据《清流县志》载：凹上，在塔前，即龙门坊。又载：永乐十四年毁于寇，弘治元年，知县冕率耆民伍文海、吴中等重建。其"塔前"之塔，指的是雁塔，位于城区半岛东侧山顶，为六角形砖木结构宝塔，高约20米，占地面积约30平方米。因塔峰高耸，每年春秋鸿雁迁徙时多从塔顶飞跃，名曰"雁塔"。万寿寺与雁塔相邻，建于南宋淳祐五年（1245），四周花木葱茏，清静幽雅，读书人常来此攻读诗书。晨钟暮鼓与琅琅书声构成一幅和谐的画面，故称"雁塔晓钟"，为清流古八景之一。明代吏部尚书、邑人裴应章在铭记中云：马家山昔有姓马者居其下，山顶有万寿寺。某日，裴尚书游览至此，登高远眺，山川城郭，秀美风光一览无遗，不禁心情大悦，欣然在塔壁上题写"雄凌五岳，秀孕三元"八个大字。清流的灵巧秀丽亦由此可见。而凹上原称"坳上"，因城南南极山脉沿龙津河逶迤行进，其末端随起起伏伏的小山包落下来，在城区半岛东侧形成山坳，得名"坳上"。穿行在凹上，团结巷宛如一根纽带，连接起大大小小的房屋，也维系着居民之间的情感和往来。

"依傍青山一水绕，玲珑半岛巧自成。"清流城小而精致，在民间自古以来就流传着一句顺口溜："左手买香烟，右手买火柴。东门磨豆腐，西门听得到。"这句话用来形容团结巷最恰当了。1985年，我到县一中读高中，寄住在县教师进修学校上班的四叔家，正好是凹上，每天进进出出，团结巷是必经之路，不知不觉地体验着凹上的生活与变迁。那时，凹上仍是老模样，低矮破旧的房屋，鸡鸣犬吠的祥和生活，青砖灰瓦和木屋棚户交错相连，开窗或关门，吱吱呀呀的响声回荡在小巷上空，迎来每一轮日出，也送走每一个黄昏。没有考证过凹上住过多少人，王姓、李姓、吴姓、龚姓、杨姓、马姓……他们都是凹上的原住民，大都是农户，都有各自的先祖和源流。收割时节，居民们把稻谷晒满巷子，从街头到巷尾，遍地金黄。路人不忍践踏，总是紧贴墙根行走，小心翼翼地迈出每一步。老龚叔住在街头，在自家木板平房里开了小店铺，卖些油盐酱醋等日常食杂，邻居缺啥，喊一声货就到了。汗水浸透的夜晚，居民们聚集到小店门前，男人们光膀子，女人们摇蒲扇，围坐一团，你一言我一语，不厌其烦地叙说着闲情逸事，嬉戏打闹，不时发出快意的欢笑，间或夹杂着假意的责骂，一日辛劳已然挥释。遥想古人，徜徉在雁塔晓钟的清幽里，日出而作，日入而息，该是怎样一幅惬意的情景。忙完农事，鸡鸭就该出笼了，偶尔还有破圈而出的大猪小猪，呼哧呼哧喘着粗气，在街巷里走走停停，随地排泄粪便，团结巷便生出一股骚臭味，一阵暴雨冲洗过后，恢复原貌，又都干干净净了。

凹上地势略高于清流城其他街区，从团结巷俯瞰文化街，俨然有王者般的威仪。虽然文化街的繁华远不是团结巷可以媲美的，短坡下的铁门两侧却沾了文化街的不少好处。一些头脑灵活的妇女搬来简易炉灶，架起铁锅，就地做起了小摊生意。油条、油饼、馒头、包子、米糕、豆浆……各式各样的早点和小吃，边做边卖，香喷喷的热气弥漫在四周，诱惑着人们的胃口。团结巷的居民倒是方便了，出门走几步就能买上早点，省了许多气力。少不更事的年纪，我们都在长身体，容易饥饿，时常趁课间操时间，约上三五个同学，偷偷从学校边门溜出来，买上一个两个，在被老师发现前，迅速填充了肚子赶回教室去上课。

作为清流文化及商业中心，凹上的文化生活丰富多彩，商业气氛绵长浓厚，其中包括建于1987年的龙城影剧院。学校毗邻闹市，走完团结巷就到了，听着崔健的《一无所有》，哼着《让世界充满爱》，尘世喧嚣难免让不安分的心躁动起来。电影的吸引力尚不够强大，设在龙城影剧院一楼小厅的录像放映室却不时撩拨着年轻的心绪。然而，学习依旧是主业，逃课危险，只能在晚自习下课后，与隔壁班的"青马"心照不宣，悄悄潜入放映室，先扫视一遍，竟然发现有不少同年级的学友，彼此心照不宣，管它什么剧，看完一片又一片，迷迷蒙蒙中天已破晓。至于第二天上课时在教室里瞌睡，老师还以为是我们读书太用功了。电影确实看过几场，那是毕业后，只选择自己感兴趣的看。逐渐地，交谊舞开始流行，影剧院的二楼有个中厅，文化部门特地改造成了免费公共舞厅，一套音响，几盏迷彩灯，吸引了县城许多不甘寂寞的少男少女前往。伴随时代进步的浪潮，2007年，龙城影剧院再次改造成县文化艺术中心，文学、书法、美术、舞蹈……各种才艺频繁在这里展示和交流，却再也没有闲暇光顾。一段热情燃烧的岁月，一段青春的舞曲，一场无言的咏叹，多少年过去了，与年龄相仿的朋友聊起当年，恍如眼前又相距甚远。

20多年前，杨老师曾邀我到他位于团结巷的老房子参观。左拐右拐，终于在巷子的逼仄处找见了老宅，与多数客家普通民居相似，上下厅，砖木结构，数根粗壮的木柱支撑起百余年光阴。大概是长期缺少维修的缘故，绿幽幽的青苔漫过了地面，又爬上墙壁，昏暗的光线下，老宅欲倾未倾，满是沧桑。那天正下着细雨，雨水滴滴答答地落在天井，一股凉意袭来，溅起层层涟漪。其实，凹上的老宅大体都这样，人去屋空，破败已久。乃至想起陪儿时放牛的伙伴到团结巷相亲的事儿，去时内心忐忑，归时略感神伤，只因缘分未到，那家人住的可是五层钢筋水泥的小楼，妥妥的富足人家。前些日子，低我两个年级的小霞问我，还记得张阿姨吗？当年在县教师进修学校食堂做饭的厨师。怎么会忘记呢，她可是一个热心肠的好阿姨，有时放学迟了，她就把饭菜热在锅里，把热水打在桶里，等我们回来，有热饭吃，有热水洗澡。小霞说，张阿姨十多年前回了惠安老家，几天前通过电话，除了腿脚有些不便，身体尚健，这算是好消息吧。在这里生活、成长的一代人，罗芸、罗俊、江红云、王如平……几十年不联系了，无论身处何方，愿他们都安好。记得一起去登马家山的时候，我们还是十七八岁的青春少年，面对万寿寺和雁塔的残基，不禁暗自感慨，是为古建的瞬间消殒，也为时光的无情流逝。

关于雁塔晓钟，明代翰林院编修、邑人赖世隆曾赋诗赞叹："早鸡声里听钟鸣，映起当年野老情。林外月斜敲正急，山中露冷韵偏清。客船夜泊愁惊梦，官署辰衙喜报晴。我有新诗寄僧壁，纱笼却笑宋人赓。"美妙的景象宜留存于梦境，如今，当我们走进焕然一新的雁塔小区，高楼林立，街巷秩序井然，再难觅凹上的旧时踪迹。几张发黄的老照片，几丝模糊的青涩记忆，几个朦胧的熟悉身影，悄悄萦绕在脑海，时隐时现。团结巷老了，凹上老了，我们两鬓霜花。改造老旧小区是为了更好地发展，自2001年启动实施的雁塔片区拆迁改造工程，分期分批开发，历时10年，至2011年完全竣工，一座雁塔新城巍然矗立。"建设宜居宜业幸福新清流""把城区当景区来管理"，现代化的城市建设和管理理念，融合了商场、超市、银行、书店、饮食等多种类经营，主建筑不仅保留了客家土楼的建筑风格，更彰显了客家人团结向上的优良传统，从而形成清流城最繁华的商业中心。凹上以华丽的转身完成了蜕变。

"众里寻他千百度。蓦然回首，那人却在，灯火阑珊处。"团结巷渐行渐远，红土地熠熠生辉。沐浴着新时代的风采，凹上在提速，清流在提速。

悠悠龙津河

◎王宜峻

龙津河发源于武夷山脉南段建宁县台田村，经宁化、清流、永安等县（市），汇入九龙溪，在清流长约20公里，因流经城关龙津镇，人们习惯称之为龙津河。清流建邑自宋元符元年（1098），旧属宁化麻仓里，因清溪萦绕得名，一如她那美丽的名字。龙津河穿过丘陵山地和田野，逶迤至清流城北南岐村，地势忽然明亮开朗起来，两岸篁竹密密匝匝绵延数公里，河水在礁石间拍起层层浪花，成群的白鹭轻盈地在水面上飞翔觅食，一会儿停留在礁石上，一会儿又飞入山上的树梢栖息。

城南三角尾，过去叫作三港尾，意即三河交汇之处，半溪合白石桥溪与郑家坑溪于此通于大溪。溪中白石错落，远望如未消残雪，故清流古八景中有了"半溪残雪"。而"三港合流，澄清如练"，成为八景中的"三港清流"。龙津河缓缓地绕城转过两个大弯，由西向东，由南向北，由北向东，形成一个巨大的"S"形，奋力冲开北郊滚岭和屏山障碍，在南山左支赤山与东寨鹅峰髻间切开一道峡谷，在清流城关留下几片生机勃勃的沙坝后，继续向东南奔流而去。出了城，龙津河两岸奇峰陡立、峭壁对峙，依次青龙峡、崆峡、象背峡，长约12.5公里，形成壮丽、险峻、迷人的龙津河"小三峡"风光。其上是崆峡岭，山势临水，崒崒岘岩，有小道至岭绝高。元末，陈有定曾垒石为关，建楼于上，集兵以御东南之寇。

桥梁以济陆，舟楫以济川，龙津河上桥梁、津渡历来都是要务。"或建于官，或作于民，或捐己资，或衰众力，功成而利溥矣。"东门龙津桥，因东山月出如镜悬于桥之阁道，故清流古八景中有"龙津夜月"。在西为凤翔桥，时夏秋夜，人多倚阑吹笛，故八景中有"西桥横笛"。早年，浅水时节，龙津河左岸城西、城北和右岸城东均出现很大的沙坝，干净的河沙、河卵石，间或有几株被河水冲得东倒西歪仍顽强生长的植物，还有岸边的水草，构成龙津河上亮丽的风景，如水墨画般粗犷简约。如果沙坝上的坑洼里有积水，多会有小鱼小虾在悠闲而机灵地游弋，人一旦靠近便突地四散逃开。用土箕作网，轻轻扣下再小心提起，多半会有惊喜的收获。若是遇见了样子好看的鱼儿，用陶罐或玻璃瓶盛清水养着，可以观赏好几天呢。在小城之北，古时设有渡口，明清时期曾造浮桥，后漂建不一，清乾隆年间设渡以济，为清流城关古八景之一的"北渡孤舟"。"闲却清溪好风月，暂烦酌酒听渔歌"，这里是小城最热闹的去处。天气炎热时，胆大顽皮的男孩还会蹚进溪流中嬉戏。

清流建县之初城关很小，"止有子城，周二百丈"，至 20 世纪七八十年代城关居民仍以"岛内"居住为主，面积不足 1 平方公里。旧志称："城池之设，所以保障人民，防御盗寇也……元末红巾军之乱，邑人陈有定因南山之险，垒石为城。城仅弹丸，而山尚占其半，形肖荷包，东西两桥如左右带。"清流城关被崇山峻岭怀抱，龙津河绕城而过，水宽流急，险滩巨石散布河中，为天然护城河，只要固守南边山隘，阻断东、西两桥与外界联系，重点控制北门渡口，清流城便难以攻下。若要保存实力，则可退入南山，重整旗鼓，以待援军。

千百年来，龙津河与小城居民和平共处，任由孩子们在它怀里肆意撒欢，善意地拥抱着每一位泳者。一年之中的大多时光，龙津河是清澈的、透亮的，即便在雨季有些泛黄，这不影响小城居民的生活质量，人们照样挑河水饮用，妇女们在河边平整的黄蜡石上边洗衣净菜，边闲谈坊间趣事，年年如是。大雨滂沱的日子，虽然河水汹涌，让人觉得些许害怕和焦虑，但这样的情形一般不会持续太长，雨季结束后龙津河很快又恢复平静。清早或傍晚，龙津河上弥漫起白色的氤氲，缥缥缈缈，这时一叶扁舟穿行其间，撒网捕鱼，渔人吆喝与水鸟鸣叫构成美妙的乐章，"津河渔舟"便成为龙津河最美丽的图景。龙津河就是以这样一种方式，涨落盈亏，包容忍让，和小城的居民交流着绵绵感情。

有人说，乡愁是思念和牵挂，更是一种记忆。在龙津河庇护下，人民世代安居乐业。街坊里的袅袅炊烟，许许多多的美好故事，感动总在心间弥漫，乡愁或许就是如此。

东门外渔沧潭，旧志称："潭有三，相连如贯珠，清莹渟泓，山影倒入水中，如山阴道上行，令人应接不暇。其深叵测，两岩崒崒，虹奔龙跃，若关隘然。下有石门横锁，潭上崖有亭二，一名渔沧亭，一名赋诗亭。"相传，潭两岸有向河中相向突出两块巨岩，为"神象交牙"，每晚九点巨岩会悄悄合拢，于是河水涨起，九龙会聚，次日凌晨三四点巨岩缩回，水退龙归。渔沧潭即樊公潭，渔沧亭俗称樊公庙。樊公，俗名樊令，松江华亭县人，唐末官至银青光禄大夫，奉命入闽剿寇，战死于清流的罗城之凹，"乡人义其死节，立祠祀之"。新中国成立前，"樊公会"是清流城关规模最大、人数最多、历时最长的庙会，明嘉靖《清流县志》称："七月二十日至八月朔，阖县祭渔沧庙樊福首，三十余案牛酒大会。"

龙津河上最盛大的活动莫过于每年一次的端午赛龙舟，活动由来已久，明邵有道《汀州府志》称："是日，汀人以三板船斗诸河中，钲鼓喧阗，老少毕集观玩，日暮而归。"清道光《清流县志》载："关帝庙在县西九龙驿左，小浮桥岸侧，原文武朔望致祭，五月端午常竞渡于此地。因神十三诞辰，居民设其仪卫，游于街衢，谓之关王会，遂留竞渡至是日，以增坛会之盛！"最近从龙津河中发掘出来的《清流城关坪背水口碑记》，也有关于这方面的记载：为给庙会增添盛况，每年农历五月十一日、十二日、十三日关帝庙会期，坪背举合村之力开展龙船竞渡活动。

如今这一盛事得到恢复，龙津镇已连续两年举办龙舟赛事，观者如云，盛况空前。

面对龙津河，静静地聆听和诉说，她所哺育的仍是这座小城以及小城的居民，如诗如画般的美丽和清纯，我在心里默默为她祝福，它的明天必将更加美好。

儒　学　前

◎邓煌生

　　每当走在各种车辆川流不息的清流县城沥青街道上，我常会想起小时候生活过的老街——儒学前。

　　儒学前，是旧时清流城关的一条主街，因地处县儒学（孔庙）前方而得名。古称明伦坊、儒学前，民国时期称中正路，新中国成立后取名进步街，进步街名沿用了半个世纪后称龙城街，现在又改名为文化街。

　　老街在我儿时记忆中是清流最繁华的圩街，位于县城中心，街市呈南北走向，长约300米，宽约3米左右，街面两边砌鹅卵石，中间大块青石铺就，有民谣"左手买香烟，右手买火柴"，是老街的真实写照。青石铺就的街道两旁，是清一色的屋瓦房兼商铺。街尽头是北门渡头浮桥，那是十里八乡村民每日进城赶圩的必经之路，因而老街的商业地理优势独特，城关圩市设在老街。每到赶圩的日子，老街的儒学前是人气最旺最热闹的地方，整条圩街犹如一副浓缩版的《清明上河图》。

　　圩街聚集了伍绍荣的"荣记布面"、曾家祥的"祥顺号布匹"、汤日铭的"恒丰盛杂菜"、陈洪吉的"荣厚昌号"、王彬的"恒泰号"、高瑞源的"瑞记土纸烟加工"、王介卿的"福庆堂国药"、黄德寿的"德寿堂膏药外科"、饶南丰的"公顺堂中药"等多家商号。圩上，龙津河的鱼鲜闪着银光，上堡硐的大柴、稻草床垫、四时果蔬、家禽家畜、野味山货应有尽有。商店油、盐、酱、醋、烟酒、果品琳琅满目。大众理发店生意兴隆，理发要等候，十几个理发师傅大多是省城福州人，手艺精湛，就连原福州军区司令员皮定均视察清流也曾关顾此店。凹口岭的伍氏炒馆店厨师是清流城关的名厨，蛏干墨鱼、酸辣肉皮汤是这里的特色菜，是客官点菜小酌的首选之处。招娣姐、瑞佬哥的合作饮食店水酒、胖糕、碗糕、扁食、碗面更是清流特色小吃。捞面是手擀的薄面，稍烫即熟，浇入高汤，面上盖上几片卤肉点缀葱花即可，价廉物美很得百姓喜欢。不知何时，现在有招牌变成了"老头面"，成了县级非遗，一直传承至今。

街圩最难忘的舌尖美味当属"兜汤"，街旁巷口就有生意人用炭火炉上架好一个直径两尺，深五寸的陶土锅，煨着一锅热气腾腾、香气袭人、呈琥珀色的兜汤。常有四方乡民用席草编成的饭箪带饭进城卖米、卖柴、卖菜等农副产品。冬季日短天寒地冻，时至中午饭箪子饭已冷，乡民纷纷来到小食摊前围着炉火，花上一两角钱，舀上一碗热气腾腾的兜汤，或站、或蹲、或端着吃，既能当汤做菜，又能热饭解馋。有人吃着吃着额头上会渗出细细的汗珠，身上暖和多了。也有人烫熟一碗粉干再浇上一勺兜汤，吃起来鲜香爽滑胃口大开。也有不常进城的村民不惜走几十里山路进城，就是为了吃上一碗兜汤。

最为热闹的是每年农历八月二十八日的樊公庙会，衍生出跨越几省的物资交流会，吸引了福建、浙江、江西、广东各处客商带来大量商品贸易，日宰杀猪、牛上百头，圩街人头攒动热闹非凡，集市的贸易长达十日之久，商品交易量之大可想而知。

记忆中这条老街保留了大量客家历史建筑，如文庙、进士第、祠堂、门楼、牌坊。这些古建筑，设计精巧，布局严谨，古朴典雅，独具韵致。余氏宗祠后来改为缝衣社，宗祠上下厅、左右厢房摆满几十架缝纫机长年嗒嗒作响，为穿蓝、着黑衣裳的种田汉与穿花衣的村姑缝纫衣裳。雷氏宗祠门前竖立一对石旗杆，是朝廷为表彰雷氏族人而竖。县工商联在雷氏宗祠办公，对百货、水果、纸业、铁业、药材、酒业、屠宰业等同业公会进行监督管理。1954 年，清流县政府从永安调来 3 名电工，在县城北门伍氏家庙安装 16 马力煤气机配 10 千瓦发电机，建成了"地方国营清流县电厂"。邓氏家庙建成了人民旅社。欧阳氏祠改为县文化馆，图书室里书架上摆满了几千册各种图书，只要办张借书证，就能借书回家看。图书室的各种报纸、杂志、画报常常被一大群的学生围住阅览。

令我印象最深的是位于老街上的清流县实验小学，我在那里读完小学。还记得小学曾是孔庙，校内青砖铺地，苍松翠柏，古树参天。大成门多为石牌坊、石门楼，是祭祀孔子的场所，大成殿是学校的大礼堂。清流县实验小学前身为清光绪三十二年（1906）在孔庙创办的县立敦本小学堂，后改称丰山小学堂，1963 年命名为"清流县实验小学"。

民国时期，老街成为当时的商贾文化金融中心。由此带动照相馆、修钟表、补鞋、削木屐、刻章、印字、画像、印染、酿酒、棕棉加工、粮食、面粉、糕饼食品、烟草加工、中医药材、防保院等手工业主在街市带徒开店。

新中国成立后，老街云集了医药公司、信用社、粮油门市部、新华书店、糖烟酒店、土产杂货、总工会、城关派出所、电影院、实验小学、水电厂、人民旅社、供销社等先后在此街设立机构。

经过百年岁月的洗礼，当年位于古街上的儒学、孔庙、牌楼、旗杆、祠堂、商铺、老树、宅院等老建筑早已不复存在。成了我们这一代人收藏岁月的记忆。如今，我每日接送孙辈去小学读书，经过文化街都会感受着它独特的人文气息。时光深处，总有些恒久不变的东西，让清流人在阔步前行时，仍然牵挂，回味，留恋……

南　寨

◎江天德

清流历史上有"八景",亦称"清流古八景",即:东华翠嶂、西桥横笛、南极白云、北渡孤舟、雁塔晓钟、龙津望月、瀺涌金莲、半溪残雪,这些成为清流人挥之不去的记忆。然而,清流还有一处鲜为人知的人文古迹,即南寨。南寨之下称后龙山,位于县武警大队后山一带;南寨古称南寨楼,或南薰楼。

《嘉庆·道光清流县志》清知县汤传榘《重扩后龙山记》记载:后龙山在城内南寨之下,清邑来脉自龙山入城,峰峦耸拔,至此跌下,稍平旷,可数十亩许,迤而北再起一小峰,曰赤峰,下为平地……造河路总戎王公议清流为三邑要领,添设兵驻扎清邑,欲以此地建造营房。

2014年冬,我和县政协办公室原主任、退休干部刘建煌老师,雇请当地三人当向导劈山寻古迹,登临南寨。2018年5月22日,为了配合拍摄《清流紫流》专题纪录片,我再次登上了南寨。

我们从县粮食仓库边上绕道,沿武警大队围墙外,顺着山脊而上山。行走约200米后,往右翼一条上山小道蜿蜒而上。沿路尽是残垣断壁掩映在绿树之中,石砌台阶时而可见时而埋入泥土中。继续往上可攀登约100米,映入眼帘的是绵延古城墙、战壕和残垣处处,这处地平坦开阔,登高眺望,清风徐来,令人心旷神怡。

向导曾绍生说:"往南面看到的山岭,当地人称上鹅岭,现在叫南极山;南寨也称下鹅岭,武警大队位置本地人称是簸箕岭;簸箕岭上方靠近南寨一点叫作天子地,以前有战壕。新中国成立前,被飞机炸毁。以前的人不识飞机，有青年看到飞机飞来，站在战壕上向飞机指手画脚打招呼，结果飞机扔下炸弹，炸死好多人。后来过了好久，才知道是国民党的飞机。"如今的南寨，东面以樟树为多，还有人在树枝上系上红绸，有人许愿还愿的；山脚下就是有许多传奇故事的樊公潭，也就是城区水口位置；南面以杂树、灌木为主，西面以低矮杂树为主，北面以低矮松树为多。

刘建煌老师介绍："南寨山古有建筑，为兵家镇守隘口所以叫南隘。清流古城筑有城墙，自岛内三面傍水环城外，后山亦依山而筑与岛内城墙相接，东接'东隘'（今金鼎大厦后，通横口路段），西连'山河雄镇门'（今龙津市场后面路段），后山巅峰处筑有'南隘'（也称南顾、南薰）。清知县陈桂芳著诗文《登南顾楼》，诗曰：足蹑危楼数千尺，一时平步上青天，可提赤手扶明月，下视群山仅一拳。"由此可见，当年的南寨景色之美和壮观。

"这里的城墙和战壕被飞机炸毁，还有就是 20 世纪 50 年代县里建电影院，有居民拆城墙挑城砖去卖，二分钱一块；还有本地人在南门一带建房子上来拆城墙，一块城墙 18 斤，一侧刻着'城'，另一侧刻着'典史曾监造'的字样。"62 岁的余建新说。此刻，让人遐想。以前的衙役，即如现在县有关部门的干部一样，对制造城砖的一种敬畏，这里有一种责任追究终身制的标示和警示。当几位向导把杂树、杂草清理开来，面向龙津河一侧的城墙全都呈现出来；这一刻，让孙继峰导演和几位摄影师大呼过瘾。孙导说："这些城墙、这些战壕，真的是清流历史的见证，是清流曾经辉煌的诉说，是清流千年古县的印证，今天，我们一行人收获太大了。清流我爱您！"

下山来，我站在东门桥上回望南寨。从站东门桥这个角度来仰望，南寨极像传说中的弥勒佛！

大佛面朝龙津河，坐南朝北。山峰是佛那肥硕的大脑，左右两座小山峰却似大佛的两条粗壮的胳膊，中间一座小山峰俨然就像是大佛挺起的大肚，大山峰下的山坳里平添一处开阔地犹如那大佛开怀大笑的大嘴。

查阅民国《清流县志·形胜》记载："南隘，峻峙山巅，原设古楼一座，后依城，前俯县治，左设锐台，右倚巨石，四面皆堪瞭望。每遇寇警，守御者恃此为建瓴之地，全城所要紧者。隆庆六年，知县桑大协改先年通判戴旦所建，名曰'南顾'者曰'南薰'。后因火灾，知县邓应韬奉知府唐世涵重修。康熙年间，知县汤传榘增置敌楼，其后复废。嘉庆十外年，知县邓万皆又置小楼，年余复毁。民国初年重建，今废。"足见当时清流后龙山以及南寨之险之重要。

县博物馆馆长刘光军介绍说："清流后龙山以及南寨，还是清流县城保卫战期间的一道重要屏障和军事要隘。曾绍生老先生介绍的飞机炸毁战壕一事，应该是清流县城保卫战的前奏，说明当时的清流已经进入非常危急时刻。"

清流县政协文史资料《清流革命遗址遗迹通览》载：1934年10月，主力红军开始长征。11月26日，敌52师卢兴荣部兵力5000余分两路由嵩溪、大路口、牛屎塘及嵩溪、岭下、供坊进犯清流城。清流县委、县苏维埃政府执行闽赣军区关于"备足粮食、坚师城池"的指示，指挥游击队等600多武装人员坚守县城。激战一天，清流县城失守，除保卫局长梁国斌率部分游击队、少先队突出重围，由安乐、洋坊撤往宁化之外，其余人员均被围城内。此役，县委书记林圣才、宣传部部长兰汝洪、嵩溪区委书记余梓才等60多人壮烈牺牲，这一仗，使土地革命以来清流培养起来的革命力量几乎丧失殆尽。县城失陷，史称"清流县城保卫战"。清流苏区在失去主力红军依托的情况下，依然坚持斗争了近两个月，成为中央苏区最为巩固的战斗堡垒。

今天，沿着县武警大队后山一路向上攀登后龙山，沿路隐约有条小道，小道边密林下，青苔覆盖着旧城墙的残垣断壁，显示出它的历史感，述说着它曾经的壮烈与辉煌。站在南寨，远眺清流城区风景怡人，近观森林幽静环境优美，是市民观景休闲游玩的好地方，更是游客缅古鉴今的好去处。

宁靖归化

◎鸿　琳

一座城市的厚重，一定会和她的名字有关，她承载着悠久的历史，记录着蹉跎的岁月，渗透着漫漫风情。宁化，应该就是这样一座城市。黄连峒、黄连镇、宁化县，构成了千年古县的脉络，将她筚路蓝缕的艰辛展现在我们面前。沧海桑田，时光荏苒，今天，当我们翻开她的历史，将目光穿越时空的隧道，蓦然回首，宁化建县已达1297年。

一

宁化早在新石器时期就有人类活动。清康熙年间李世熊编纂的《宁化县志》称宁化"初称黄连峒，隋陈以前，名不见于史"。其最早的原居民主要是畲、瑶等少数民族。他们峒居岩汲，随山而居，靠渔猎为生，被称之为"山都木客"。宋《太平寰宇记》就曾记载，古代汀州"境五百里，山深林木秀茂""地多瘴疠，山都木客，丛萃其中"。曾几何时，山都木客湮没在历史长河中，取而代之的是以蛇为图腾的闽越族群。他们在苍茫的翠水流域刀耕火种，日出而作，日入而息，蛮林间闪动着他们欢快而缥缈的身影。汉武帝时期因闽越王余善谋反，以闽越地"狭多阻，闽越悍，数反覆"为由，下令毁尽闽越国城池，并将大量闽越人强行迁徙至江淮地区，生活在黄连峒的古越族人概莫能外，黄连峒一度荒芜数百年。

西晋末年"永嘉之乱"中原板荡，南北朝时期"侯景之乱"东境饥馑，南迁难民开始陆续进入黄连峒这片荒芜地域避难居住。东晋末年，五胡乱华，中原百姓大举南迁，在滚滚难民潮里，有一位来自山西平阳郡夏县（今山西临汾市）的巫暹举家迁到山东兖州，后又一路南下迁至福建南平。隋大业年间（605—617），巫暹后裔巫罗俊随父再辗转迁居黄连峒，结束了举族漂泊的历史。

其时的黄连峒因地理偏僻，官府鞭长莫及，版籍疏脱，土寇蜂起，打家劫舍。清康熙《宁化县志》称："黄连人巫罗俊者，年少负殊勇，就峒筑堡卫众，寇不敢犯，远近争附之。"巫罗俊不仅有勇有谋，而且很有经济头脑，他充分发挥当地丰富的林木资源优势，组织民众开山伐木，将杉木大材沿着境内西部的米子迳溪，转横江，经琴江，过赣江，一路漂运进入长江，最终到达吴地（今扬州一带）销售，开辟了一条闽西至赣、浙地区的水运贸易通道。商品流通带来丰厚利润，为进一步开发黄连峒奠定了基础。巫罗俊以此为契机，组织乡民大规模辟地垦殖，使黄连峒物阜民丰、人丁兴旺，成为移民向往之地。唐贞观三年（629），巫罗俊自告奋勇，千里迢迢赴长安面觐唐太宗，"自诣行在上状，言黄连土旷齿繁，宜可授田定税。朝廷嘉之，因授巫罗俊一职，令归剪荒以自效"。经过近20年的开发，黄连峒的规模不断扩大，所辟疆域东至桐头岭（今福建省清流县境内），西至站岭（今宁化县石壁镇境），南至沙木堆（今宁化县曹坊镇境），北至乌泥坑（今福建省明溪县境内），包括现今宁化全境和明溪、清流、建宁的一部分，面积达四千多平方公里。唐乾封二年（657），朝廷始置黄连峒为黄连镇，隶江南道建州，结束了"版籍疏脱"的历史。据《巫氏族谱》记载，唐太宗曾先后敕封巫罗俊为黄连镇将、镇国威武侯，赐尚方宝剑，荫袭三代。

唐麟德元年（664），巫罗俊与世长辞，享年83岁，连同其柴、纪二夫人合葬于镇西天兴观竹筱窝（今宁化县政府驻地）。唐皇降旨在此兴建"青州公祠"，祠内塑巫罗俊及柴、纪夫人神像。宋代丞相文天祥为塑像撰文曰："世以谱传，而不以像传，巫氏谱像灿烂，可历千百世而不替，子孙瞻前人之遗像，而不兴仰止之心者，未知有也。"后唐同光二年（924），竹筱窝改建县治所，祠被拆除，改在县衙前左侧建立土地祠，而将其墓迁往嵩溪黄沙渡（今清流县嵩溪镇）。同时在城西南小溪边重建一座"青州公祠"，供当地百姓奉祀和各地群众朝拜。

巫罗俊去世24年后的垂拱四年（688），另一个对宁化发展作出卓越贡献的人诞生了，他就是罗令纪。罗令纪系汉相国大司农罗珠的25世裔孙。其曾祖父罗万发，于隋开皇年间（580—600），由沙县迁入黄连峒，是开发黄连峒的先驱。黄连峒经数代人的开发及黄连镇的建立，及至罗令纪这一代，已是人丁兴旺，日渐繁荣，形成百姓"出入相友、守望相助"的良好局面。

唐开元十三年（725），时年37岁的罗令纪奏请朝廷，要求升黄连镇为县。旧志记载，因罗令纪所奏"经略得宜"，朝廷许之，并委派他掌管一切建县事务。黄连是古汀州八县中建县最早的一个县，比汀州建县还早11年。罗令纪建县功绩令人景仰，后人赞曰："升镇为县，民赖以安；度地为城，国可以守。一朝之建策非常，千古之流芳未泯。"清乾隆十六年（1751），罗令纪被旌为"义士"。

唐开元二十六年（738），汀州置于新罗城，黄连改属汀州，隶江南东道福州观察使。天宝元年（742），因置县在置州之先，黄连县取"宁靖归化"之义，更名为宁化县，属江南东道临汀郡。县署设于黄连冈（今宁化县城郊镇高堑村江下）。后唐同光二年（924），县令王云将县治迁建于黄连冈西部5华里的竹筱窝（今宁化县政府所在地）。因县治北二里处有邑之镇山翠华顶，故宁化号称"翠华"，县城亦称"翠城"，且因县治在翠华山之南，西溪水之北，谓山之南，水之北，故宁化又有"宁阳"之别称。

二

自古凡为身家谈者，皆能举"重门御暴，设险守国"以为训，守土安民自然是一方吏治之责。竹筱窝自后唐同光二年（924）辟作县治后，翠城随着历史的演变范围不断扩大，旧时城区以西溪为界，溪北为城内，溪南为城外，城内在宋代就建有土城垣，周围280步（一步为五市尺），设有四门，东门连冈，西门通赣，南门道爱，北门朝宗。明正德九年（1514）知县何鉴为防潮寇，将原城墙"砻石陶砖，通城包砌"，城垣长812丈余，除原东西南北四座城门外，加建水门四座，背靠山，南沿溪，东临民塘，西南临溪而即籍为濠，自是"寇患少息也"。数百年来，城池几经修、毁，在20世纪六七十年代，因县城建设，城墙基本被拆除，而今仅剩下寿宁桥北端沿溪片段作防洪堤。

对于县邑的建置与治理，唐以前没有记载，至宋"则以乡统团，团统里"，明代"改诸团悉称里"，至清康熙年间，全县有12个"里"。县城的中心叫"在城里"，共有6坊、22街、11巷。清康熙《宁化县志·疆界志》载："城内为坊者四：曰永福，在县治西并西城外。曰仁和，在县治东，太平巷至城隍巷。曰兴贤，在县治东，城隍巷至东城外。曰文星，在县治北。城外为坊者二：曰上进贤，在县治西南。曰下进贤，在县治南。"

城内的"永福坊"有两条街，叫县前街和郭头街；"文星坊"有三街一巷，即十字街、五通庙前街、大塘街和买鸡巷；"仁和坊"有两街六巷，即南门直街、濠里横街和太平巷、赖家巷、张家巷、黄家巷、城隍巷、沙塘里巷；"兴贤坊"有一街两巷，即东街和宦家巷、阴家巷。城外有三条街，即郭背街、下马亭前街、龙门桥街。"上进贤坊"有五街两巷，包括金刚脚下街、龙水坊街、窑上街和伍家巷、举子巷；"下进贤坊"有六条街，即乌矶石前街、桥岭下街、观口街、小溪边街、塔下街和夫人庙前街。

县治所在地的城内，自西向东有六条主要老巷，分别为郭头街、卖鸡巷、太平巷、赖家巷、水门巷、城隍巷，六巷中除郭头街是东西走向外，其余的五条巷皆为南北走向。

郭头街沿西溪而建，与县前街相连起于县衙西侧，止于西门，苦力、挑夫、小本生意、卜卦算命、种田卖菜者杂居期间。每天清早，到河边洗衣的妇人一排排蹲在麻条石上，噼噼啪啪的捣衣声在河面上荡漾；挑水的汉子站在岸边，水桶也不下肩，左一弯腰汲上一桶水，右一弯腰再汲上一桶水，一较劲，直了腰，挑着一担水就上了石阶，滴滴答答洒下一路水声。

热闹的卖鸡巷是家禽交易之处，位于县衙东侧。该巷最有名的是位于中段的伊秉绶故居。伊秉绶故居建于明末，是典型的客家民居。清代，伊氏家族出了三位进士，一位解元，一跃成为宁化最显赫的书香门第。号"墨卿"的伊秉绶，清乾隆十九年（1754）在此出生，作为清代书法的顶尖人物，其独创的"伊体"汉隶，直逼秦汉，独步千秋，"世推为隶书正宗"。此外，伊秉绶还是个全才式人物，除了书法，其绘画、诗文、治印也颇有成就，为世所重。在惠州和扬州知府任上，均有德惠名声，以"廉吏善政"著称。后人评价其"心精敏，能任事"，问民疾苦，裁汰陋规，行法不避豪右。传说在惠州时还发明了一种即时面食，味道鲜美，食用方便，岭南才子宋湘将它命名为"伊府面"。

伊秉绶在清嘉庆年间曾在县治之东（即现在的宁化一中）建有秋水园，该院参照扬州园林叠山理水，院内亭台楼阁，水榭桥廊，广植松竹荷梅，一步一景。据伊秉绶族弟伊襄甲《秋水园记》记载，园内有读有用书斋、梅花书屋、留春草堂、宛在舟、贞松馆、调鹤轩、观鱼水榭、小琅玕馆、小山亭、留客处、浮青阁、芙蓉桥、文杏亭、碧云廊、寿香亭、冠云楼等十六景致，是当时翠城最著名的园林宅第。而今秋水园早已不在，我们只能从古籍中寻找它曾经有过的辉煌。

与伊秉绶故居隔着花心街就是文庙，宁化人俗称为"圣天里"。文庙高大巍峨、重檐飞甍、斗拱交错、雕梁画栋，庙内古柏参天，枝繁叶茂。过去每当有蒙童发蒙时一定要前来举行仪式，祭拜孔圣人。

而今，买鸡巷早已更名为五星弄，伊秉绶的故居还在，但已是破旧不堪，成了一家打铁店，从早到晚"叮叮当当"的敲打声经久不息，唯有那风雨剥蚀的马头墙上依稀可见的浮雕似乎还在向行人诉说这里曾经有过的辉煌。文庙20世纪六七十年代"破四旧"时被拆毁，现在是武装部的驻地。

买鸡巷过去就是太平巷，也就是现在的北大街，往北一直蜿蜒到翠华山脚。这条巷子多为大户人家，封火屋、大宅第鳞次栉比，大门口的灯笼彻夜通明，巷子里的青石板印着深深的车辙，可以想象车如流水马如龙的景象。20世纪五六十年代，在巷口一幢祠堂门前还卧着两门清朝遗存的火炮，成为休憩纳凉人的坐凳。巷子入口处有一口水井。巷中拐角处有座大宅叫"大联号"，几代木商，家道殷实。太平巷与社公弄连接，常被统称为太平巷。太平巷与花心街相交成十字。花心街往县学方向的路口有一座花岗岩节孝牌坊，这是"扬州八怪"之一的黄慎在清乾隆年间为其母曾氏所立，20世纪50年代还在，后来因城市建设被拆除。黄慎康熙二十六年（1687）出生在太平巷北端翠华山下的黄家坪，黄家坪当时是宁化黄氏在县城聚族而居之地。黄慎幼时家贫，遂学画，擅长人物、山水、花鸟。他的人物画题材十分广泛和丰富，它不仅画神仙佛道和历史名人，也擅长从民间生活中取材，塑造了纤夫、乞丐、流氓、渔民等下层人民的形象，这在古代的画家当中是十分难得的。黄慎擅草书，后以狂草笔法作画，亦能诗，有《蛟湖诗钞》传世，是中国清代杰出的书画家。

再过去就是赖家巷，这条巷子是一条长长的深巷，一直通到县学。

水门巷老宅双开大门那些铜质门扣，风过时发出"叮叮当当"悦耳的脆响。一条大壕圳和一块块青石板铺就的巷道，不足两米宽，夹在两旁古色古香的老屋中间，因为转角而望不到尽头，显得逼仄和绵长。2021年，县政府为打造千年古县，对水门巷进行了改造，修旧如旧，恢复了许多损毁的亭台楼榭，古宅檐廊，一时水门巷成了城关记忆的一个网红景点。当你徜徉在宋制明韵的水门巷，清风徐来，皎月如水，不经意间就邂逅了千年的历史沉香。

与水门巷并排的是城隍巷，城隍庙里祀奉的城隍神是开疆始祖巫罗俊。旧时凡官员来宁化任职，必先祭祀城隍神。沧海桑田，许多遗迹虽然湮没在历史的风尘里，但城隍巷依旧处处充满了人间烟火，市井味十足。

再往东，就是著名理学家雷鋐的故宅。民国黎景曾修纂的《宁化县志》称："在东关外百步，东西溪为其襟带，汇注于此。前面南山，慈恩、金山、青云三塔环峙，若列卫然。"雷鋐雍正时中进士，乾隆年间直上书房，官浙江、江苏学政等职。所至倡导程朱理学尤力，强调践履实践，知行并行，学用结合。《清史稿》评价雷鋐："和易诚笃，论学宗程、朱。督学政，以小学及陆陇其年谱教士。与方苞友，为文简约冲夷得体要。"建宁著名古文家朱仕琇为雷鋐的《经笥堂文集》作序时，说："道德文章为天下所崇。"雷鋐为人笃忠，穷究义理，亲力躬行的优秀品德备受后人推崇，成为宁化客家人中优秀代表的一个典范。出生于清康熙三十五年（1697）的雷鋐虽然比黄慎小九岁，但与黄慎交情笃厚，曾为黄慎的《蛟湖诗钞》作序，赞扬黄慎"画与字可数百年物，诗且传之不朽"。

都说文脉是一座城市的灵魂，旧志称宁化"其田多腴，其民多读多耕，工商杂处，其俗称淳朴"。正因为民多耕读，重视诗书传家，因此宁化的历史文化名人灿若繁星，他们点缀在中华民族浩瀚的文化星河里，熠熠生辉。从唐至清，宁化考取举人的有152人、进士50名、状元1名。宋至清140余人著书立说300余部，其中郑文宝的《江表志》、罗登标的《易学阐微》、雷鋐的《读书偶记》等著作被收入《四库全书》。唐代伍正己为汀州的第一位进士。宋代郑文宝，登太平兴国进士，潜力诗、史，擅长篆书，其篆刻《峄山石刻》被誉为后学楷模。明代张显宗，洪武年间中状元，治学严谨。明末清初李世熊著述丰富，志节高尚，其《物感》被誉为中国第一部伊索式的寓言集，所纂的《宁化县志》被誉为天下名志。他们与黄慎、伊秉绶、雷鋐一道，在客家史上写出了浓墨重彩的一笔。近代上杭诗人丘复曾言："予尝论吾汀人文，近三百年来独萃于宁化，如寒之（李世熊）之文章、节气，翠庭（雷鋐）之理学，墨卿（伊秉绶）之书，山人（黄慎）之画而兼诗，皆可卓然而传万世。"

三

翠城依山傍水，临河而居。

发源于方田泗坑的西溪，与发源于建宁均口台田村严峰山的东溪，在县城东南侧的合水口汇合后，称为翠江。她环丹霞、绕奇峰，百转千回，浩浩汤汤，望南而流，为倚水而建的翠城带来了生机和灵气。翠江是宁化最大的河流，亦称宁化的"母亲河"，她是一幅流动的风景，一幅酣畅淋漓的水墨丹青。所有的文化现象和人文景观，大多都与她有关。

好山好水自然出好景，翠城的"宁阳八景"之说由来已久。明代阴维标修纂的《宁化县志》里，记载了众多描写"宁阳八景"的诗文，其八景依次为翠华春晓、寿宁夜月、南岭清秋、龙门长桥、草仓古迹、东山古渡、西溪返照、圣水清泉。

"翠华春晓"描绘了翠华顶的春天景色。翠华顶位于县城北门二里许。清李世熊《宁化县志》记："苍然端秀，展护邑后。是则邑之镇山矣。是山四时苍翠，春夏之交，佳禽唱和，翁蓊而菲郁。"立于山顶，翠城风光尽收眼底。邑人黄槐开曾有诗赞曰："城上青山展翠华，郁葱佳气望中赊。绿因阑英消残雪，红出扶桑绚彩霞。秀色渐吞千佛寺，晴光初映葛人家。况当债蹂开黄道，乐事年来未有涯。"

"寿宁夜月"是寿宁桥的夜景的写照。寿宁桥始建于宋元丰年间，几经水毁，清康熙二年（1663）重建，全长 28 丈，三孔四墩，其中，河中两墩采用"睡木沉基"的方法，最底层平排列放大口径松木，上面以花岗岩条石砌成上游尖、下游平、尖处上翘的老鸦嘴船形墩。北岸靠城墙一侧第一孔为单曲石拱桥，宽约 2 丈，旁设防护石栏，中间以条石砌磴。第二孔和第三孔为石墩木梁桥。桥面建瓦屋，头尾两端的牌楼屋顶为五脊顶，飞檐翘角，蔚为壮观。每到月圆之夜，立于北岸第一孔石拱桥下，天空一轮明月皎洁动人，水中一个月亮波光粼粼，而倒映在拱桥穹底的圆月，则随着溪流碧波荡漾。一眼观三月，相映成趣。

"南岭清秋"记录的是翠城南山美景。清李世熊《宁化县志》描述南山："中峰特耸，旁峰小锐，若笔架然。下有流水，萦带琮琮。"山上有始建于北宋天圣年间的南山寺，四时香火不断，信众络绎不绝。明万历二十七年（1599），知县唐世济曾作诗赞曰："凌空如御五云车，叠翠纷纷拥岫斜。日落半含西岭树，飞泉时带武陵花。平川大陆连千顷，独倚孤城俯万家。何处梵钟催早旭，分明帜树赤城霞。"

（伊贤斌　绘）

"龙门长桥"盛赞龙门桥胜景。始建于宋代的龙门桥跨西溪南北两岸，在县治东南2里许，历史上因水患曾七建七毁。明万历三十一年（1603），知县唐世济主持重建屋桥。共有石砌桥墩13座、上建屋桥84间、长72丈，是古代宁化最长的屋桥。唐世济曾作《龙门桥略记》，赞曰："晴则朝阳暮霞，金紫相射；雨则溪云山霭，苍翠交驰。使近而凭栏，远而凝眸者，恍惚五城十二楼。而回瞻城郭，郁郁葱葱，俨然雄峙其上。"

"草仓古迹"位于县治西3里许，有草仓祠，祀"草仓神"长孙将军。南宋绍兴二年（1132），抗金名相李纲受贬路过翠城，借宿草仓祠。是夜，李纲想到去国离乡，心忧社稷，满怀悲愤在庙壁上题诗："不愁芒屦长南谪，满怨灵祈助北征，酹将一杯揩泪眼，烟雨何处是三京。"充分表达了李纲讨贼复仇、忠君忧国的心情。后来宁化乡民敬重李纲，将其诗以碑刻之，因诗中有"揩泪"两字，因此诗碑又被称作"揩泪碑"。明嘉靖年间，时任宁化知县潘时宜移"草仓神"于后堂，专祀一代名相李纲于中堂，改祠额"大忠"，更名为"大忠祠"。明嘉靖三十一年（1552），时任宁化知县陈统复于中堂前扩建"大忠祠"三间，专祀李纲。清嘉庆年间时任汀州知府刘国光、宁化知县姚嘉植在"大忠祠"前再建新祠专祀李纲。后世许多职官、文人学子纷纷前往"大忠祠"凭吊一代名相英灵，并为之赋诗作记，刻碑纪念，历史文化底蕴十分厚重。

"东山古渡"，指东溪上的渡口，古称"东山渡"，位于县治东偏北五里许（今城郊镇高堑村）。渡口有明永乐年间始建的万寿寺，是宁化名刹之一。此处水流平缓，碧波荡漾，樯橹声声，景色宜人。邑人黄槐开诗云："溪流远抱邑之东，溪上犹存旧绀宫。僧出晓船常载月，樵归晚渡递分风。障泥屡惜嘶骄马，遗迹都忘散落鸿。因忆故人从此去，鱼书珍重碧波通。"

"西溪返照"描绘的是西溪黄昏落日美景。西山在县治北偏西1里许，古木葱茏，绿草如茵，山上有始建于南宋建炎年间的"西山庵"。每当夕阳西下，满天晚霞倒映在西溪之中，返照在古寺和苍松翠柏之上，粼光闪烁，美轮美奂。邑人黄槐开诗云："与客闲行出郭西，寻僧随喜人招提。诸天阒寂空龙藏，一水回环即虎溪。佛法说余花作雨，禅心定后絮沾泥。庭前柏子师来意，此日何人再指迷。"

"圣水清泉"亦称"圣水金钱"，位于县治东3里许（今城郊镇高堑村江背）。后梁开平二年（908）在该地始建佛寺，因一股泉水清澈，甘甜爽口，被当地誉为"圣水"，故佛寺取名"圣水庵"。相传此泉常年不枯不溢，站在泉边，可见井底似有一枚金钱闪闪发亮。泉东山冈起伏，泉西一衣带水，广济桥横跨河上，四时景色各异，美不胜收。邑人黄槐开诗云："石桥斜畔即祇林，林下灵泉近可寻。异派定知分佛界，一泓真喜沁禅心。净瓶汲去山云冷，优钵盛来涧雪深。不是西方功德水，众僧加得涤烦襟。"

遗憾的是，这些迷人景观大多不再，今人也尝试着再评选出新的"宁阳八景"，但无论世事如何变迁，对于历史，我们除了怀念，还有珍惜。

四

唐宋时期，随着佛教的进一步传播，作为佛教标志的塔建筑也广为应用，不仅佛门净地建塔，都市红尘也建塔，甚至许多地方用来作州县标志，故有"无塔不成州县"之说，对翠城而言，亦然，自唐以来，先后建有慈恩、青云、允升三塔。

慈恩塔最为古老，位于城南塔下街，原名水南塔，与县治隔西溪相望，为七层密檐八角砖塔，内有木梯沿壁旋转而上。据《宁化县志》记载，该塔始建于后唐同光年间，几经修整。明万历二十一年（1591）八月，"塔遭雷击，倾首一级"，远观如观音坐莲。慈恩塔历经千年，阅尽人间沧桑，虽饱经风霜剥蚀，雷电袭击，仍古貌苍苍，屹然如故。作为名塔被收录进福建侯官（今福州）人陈梦雷编纂的《古今图书集成》。每到春和景明，油菜花盛开的季节，登上慈恩塔远眺，只见苍山逶迤，翠水如带，炊烟与飞鹰，彩霞同黄花斗艳，一幅绚丽多彩的春景画，令人心旷神怡。

关于慈恩古塔，至今翠城民间还流传很多传说，其中有一个建塔之说很有意思，说是在很早以前，空中出现三朵祥云，原来是造塔祖师率领弟子经过翠城上空。突然，一道瑞气岚光拦住云路，祖师拨开云头一看，连呼翠城是个好地方，有建州建府的地数。于是，他们按落云头，决心在此建塔以应吉象。祖师吩咐二徒，一人到西山运土，一人到北山取石，自己随即动手建塔。为了不惊动世间凡人，祖师脱下长衫遮住了日月星辰，顿时天昏地暗了七天七夜。到了第八天早晨，一城百姓发现各家灶头上少了一块青砖，抬头一看，一座瑞气氤氲的青砖高塔耸立在眼前。同时，人们还发现城西多了一座土山，后人称之为五灵山；城北多了一座乱石山，后人称之为石子嵊。这是因为造塔祖师等不及二徒把土石取来就动手造塔了，一阵风从各家各户的灶头取走了一块砖，待二徒运到土石时，高塔已拔地而起青光闪闪了。没用上的土石搁在一旁，变成了那两座小山。

建于明万历年间的青云塔，原在县治东南二里龙水坊金山寺，故又称金山塔。明代阴维标编纂的《宁化县志》里称："金山据两水之冲，为全邑砥柱，形家谓宜建塔镇其上。"与慈恩塔一样，同为七级八角形砖塔。清雍正十三年（1735），青云塔由金山寺移江背。邑人彭士望有诗赞曰："上指苍穹下碧芜，随阳归雁日边孤。标颠直破云怀出，磴道盘疑鬼力无。星汉河流声荡潏，曜灵华木影扶疏。高天有耳应还近，欲问鸿蒙据稿梧。"

允升塔，位于县治东南二里龙水坊金山寺原青云塔旧址，建于清乾隆四十年（1775）。雍正年间，青云塔迁移江背后，"术者以此地空旷，谓于风水为气散",由邑人伊挺萃、阴文达筹资兴建。

以上三塔,1958 年 4 月 19 日经福建省人民委员会颁布列为省级文物保护单位,20 世纪 60 年代末至 70 年代初相继被以"战备"之名全部拆毁。

对千年古县客家祖地的宁化来说,巍巍古塔承载了多少历史的记忆。特别是慈恩塔,更是唐宋时期客家先民辗转南迁,把繁盛的中原文化带入闽、粤、赣边区的历史见证。改革开放,盛世昇平,国泰民安。翠城众多有识之士,建议重建宝塔,以恢复故园历史人文景观,重树宁化古城文明标志。1998 年 5 月择址在城南福林山开工新建慈恩塔,2005 年 9 月 30 日竣工。新建慈恩塔仿唐代建筑风格,七级浮屠,八面临风,雄姿英发,凌空而立,成为宁化县一大景观。

"连唱碧水闲,日落青山静",伫立慈恩塔顶远眺,远山如黛,翠水苍茫,清风徐来,心旷神怡。尽管时间的脚步匆匆,但人类的承接,原是错综纠缠的脉络,沿着这些脉络寻到源头,它让我们知道历史还有个名字叫厚重。

"小溪边"往事

◎马玉良

一

在宁化县城老人们的记忆里，"小溪边"是城外标志性地名，每一个地名的背后，每每都蕴含好些故事，承载着独特的乡愁。据清康熙《宁化县志》（卷一疆界志）记载，宁化城外有两坊十街，两坊分别为上进贤和下进贤坊，十条小街道其中之一叫"小溪边"。"边"者，旁边、边缘也，指的就是那条与"小溪河"平行，相依相伴，有着浓郁烟火气的小街小路。应该说，有了"小溪河"，才有"小溪边"。

逐水而居是农耕时代重要特征。作为城外居民主要水源地之一，小溪河发源于城郊西南的寨头里、杜家、都寮和巫高一带，涓涓细流，积水成渊，行远不怠，一路蜿蜒向东，穿过"老佛庵"（崇福庵）到双虹桥，继续前行，于"通安桥"（新桥）前汇入西溪。不知何故，早些时候的县志对小溪河未有任何文字介绍，只有民国版的县志说到"崇福庵"时，小字标注，其方位"在城西南小河边"。

小溪河全长900多米，大致分为上、中、下三段，灯盏寨、杉岭以下，至伍家山下的西大路口为上游，溪流到此，渐成规模。早些年，出"磨子山"不远（现宁化六中大门附近），有一杨姓广东人，在河溪中截流筑坝，建了一座水车磨坊，替人垄谷碓米，整天轰隆哗啦，阵阵作响，好不热闹。往下走，溪流靠西，一片绵延的山坡，是宁化最早的奶牛场，铁门围墙内散养着十几头从外地引进的荷斯坦奶牛，体形匀称，毛色黑白相间。每天清晨，天空中弥漫着淡淡的薄雾和奶香，人影憧憧，有人赶早去送新挤出来的牛奶，三轮车毂在石板路上碾过，装满鲜奶的玻璃瓶相互碰撞，咣咣作响，形成一道独特的风景。瓶装牛奶大都往城里送，那里有"红砖楼"，有机关幼儿园，外地干部多。送奶师傅我见过，30多岁，是我小学同学的爸爸，女同学，学名叫"月云"，一个很好听的名字。有一首儿歌，"月亮在白莲花般的云朵里穿行"，歌名好像叫《听妈妈讲那过去的事情》。

二

伍家山下有座"老佛庵"，有些年头了，从这一直到双虹桥，属小溪河的中游，也是"小溪边"街道的主要地段。溪流两岸大都是木屋，相互间紧紧挨着，单层的居多，老杉木栋梁，夯土墙隔断，本真、醇厚、积淀、沧桑，小巷深处，偶见"封火墙"和"吊角檐"探头，若隐若现，不经意间走进去，墙楼上斑驳的砖雕、木雕，可能带你穿越回到过去的时光。

这一片人口比较稠密，路面也比较规整，与城内的中山街一样，由长短不一的花岗岩条石和砾石铺就，近 3 米宽，大致呈南北走向，走的人多了，条石路面透亮光洁，青黛如镜。旁边的溪涧水面比路面稍宽一些，浅显处清澈见底，水草飘曳，砂砾可数；水深处，一潭澄碧，清亮可鉴，时有三两光溜溜孩童在水中嬉闹玩耍。聊起往事，保哥兄弟依然心有余悸，俏丽的鲤鱼精多情，虾兵蟹将水草牵绊，当年差点在水里就上不来了。

塔下街大火之前，"小溪边"一带基本都是民房，厂房商铺比较少见，最有名的地方应该是离大路口不远的"电厂"。县里第一家，"以80

匹马力木炭内燃机带动50千瓦发电机发电，年供电量3万度"。当年，这里只供城关照明用电，真正在线运行时间不长，但只要聊起"小溪边"的"火电厂"，好些上年纪的人就会想起厂房大门上方，铆焊着巨幅厂名的大铁架，想起门口的石板桥，记忆深处，似乎还回响着发电机组的阵阵轰鸣。

顺着小溪前行200米左右，一大石板桥横跨溪面，连通两岸。往左，经悠长的道士观小巷，可通横街，或上三两级台阶，过邱医师府宅门口，绕过曲曲弯弯的小弄，就是土产公司的边门，直通大街。石板桥往右，旁边有一所幼儿园，地势比路面稍高，很早之前据说是天主教堂，后来成为灯光球场。

石板桥头往回走几步，有一间豆腐铺，老板姓许，对外零售的同时，也代客加工豆腐。一般六斤豆子一板豆腐，用现在的行话来说，属于半自助购买服务，自行退好豆皮，泡好豆瓣，磨好豆浆，倒进沸腾的大锅，后面的技术活就都交给大师傅了。春节前的一段时间，来这里加工豆腐的特别多，需要排队预约。天还未大亮，母亲就带上我和大姐，点上火把，挑着担子，一脚深一脚浅地顺着实验小学后门的小路往小溪边赶，一头木桶一头畚箕，晃晃荡荡，木桶装的是经退皮处理，浸湿泡透的豆瓣，畚箕装的是烧煮豆浆的木柴，尽量挑大块松木，据说，火旺，出豆浆才多。豆腐压板成型前，母亲每次都会给我们来一小碗热气腾腾的豆腐脑，浇上半勺酱油，清爽滑腻、入口即化，别说有多好吃了。那些年，多沾裹些辣椒和红曲粉，一板豆腐可做七八陶罐的豆腐乳，作为家常小菜，够一家子吃上大半年。

双虹桥是小溪河和塔下街的交通节点。史载：明嘉靖中，施贤杰出金数百两，墩梁并石，行者德之，称杰为双桥公云。

那些年，双虹桥头一带就是商贾宝地，附近有影剧院、日杂土产店、照相馆、书店、牙科诊所和邮电局，人气非常旺。中午时分，好些四乡进城的都在道路两旁摆摊设点，人来人往，熙熙攘攘，好不热闹。挤在人群中的我也悄悄去过两次，一次卖鸡，一次卖柴火。鸡是一只小母鸡，乡下亲戚给的，送来时神情就不大对，有点蔫。柴火是我上七里圳砍的，全是硬木"铁屎楮"，为了有个好的卖相，装柴架时精心挑选和排列，头是头，尾是尾，前花后尖，特别整齐。小母鸡后来有没有卖成记不得了，但记得那担柴火卖了三角五分钱，买家住横街，靠近薛家坊，按照卖柴火之行规，送货到家，那一刻，好有成就感，全忘了站在双虹桥头叫卖时的尴尬和窘态。

三

过了双虹桥，小溪河的走向显得比较随意，河道形成好几个S弯，河边的道路也崎岖不平，影剧院边门到雷家院落的大门前还是鹅卵石路面，再往前走，基本都是沙石路，好些地方还有大小不一的水坑。

沿着坑坑洼洼的小路前行不远，有一十字路口，往右，过石板桥和"担水弄"，就是热闹的塔下街。桥头左首有一家公家的"敬老院"，占地不大，三两平房，住着十几个孤身老人，由县民政部门管理。

路口往左，是当年的县第二中心小学，后来的东风小学，我们都叫它"二小"，"二小"搬走后，在大门右侧建了一座宽大的平房，排列着十几张油腻腻的案板，食品公司每天在那设点卖猪肉，城镇户口的居民每人每月半市斤，凭票供应。还记得，大孩子们被指派提前用破旧竹篮去排队，早八点开窗营业，肥嘟嘟的腰板肉最受欢迎，每斤0.69元。还记得，固定五个窗口，五个营业员，年龄不大，但个个感觉极好，说话粗声粗气，在那物资匮乏的年代，"一嘟嘟、二杀猪、三大夫"，社会地位排名在那，不服不行。那些年，日本电影《追捕》非常火爆，有人给他们起了个外号，是影片中一人物的名字，叫"横路（横肉）敬二"。

石板桥下的上游，有一处热闹的"水墩"，顺台阶而下，一圈青石环绕，光滑的石板与清澈的小溪水面几乎平行，上游迎水处担水取水，下游浣衣洗刷，乡规民俗，自然养成。

秋冬时节，天还没大亮，有人赶早在"水墩"洗"洁瑕"（淘洗制作地瓜粉）。工具简单，一只大桶榾，一具木支架，再加上一个宽口的麻纱布袋，就成了。工序也不复杂，有力气就行。将机器捣碎的地瓜浆渣倒进麻纱布袋，冲水、搅拌、拧挤，再冲水、再搅拌、再拧挤，过滤后的地瓜渣拿去喂猪，桶榾里的地瓜浆水沉淀后晒干，就成为雪白的地瓜粉了。那些年我们家在城南牛星坝有一块菜地，种了好些白皮地瓜，伺候不到位，产量一般，最好的年份收成过十几斤的地瓜粉。

"担水弄"的右边是商业大楼，左边是食品和日杂仓库，长途运输，水果容易腐烂变质，挑拣剩下的仓管员都让人就近倒在"水墩"上方一角，赶巧碰上，捡些带回家，挖挖削削，吃得有滋有味。水果基本就两种，苹果或雪梨，看标签，大都来自山东莱阳或烟台。为补贴家用，母亲在日杂仓库做临时工，有一次，带回一小袋饼干碎末，牛奶味特别浓，是隔壁食品仓库婶婆给的，应该是工作福利，第一次吃这么好吃的东西，含在嘴里，舍不得下咽。

十字路口右前方，是一大片连绵的水田河网，走过生产队的牛栏，左拐10余米，进入县商业系统的家属生活区，姑妈住在里面，有阵子常去。生活区分布着十多栋平房，一色青砖到顶，东西排列，南北走向，每间约20平方米见方，子女较多的人家，将其隔成前后两小间，走廊对面，每户还配套了一间小厨房。在那个年代，这种住宿条件比较少见，让好些人羡慕不已。

走出宿舍区的东门，不远，停下脚步，眼前是一片标准的"棚户区"，当地人称作"船厂"的地方。棚屋框架基本是废旧木料或竹片，上面压盖着厚重乌黑的沥青纸板，破旧低矮，拥挤杂乱，很长一段时间，早先从闽清过来撑木排、竹排的船工、艄公们就在这干活和歇息。他们搬走后，县里招收了一批留城待分配的年轻人，在这里建起了木器社和铁器社。再往前走，就是小溪河与西溪（翠江）的交汇处了。

那几年，我还在农村插队，去过铁器社几次，明面上是替公社水电站联系加工水轮机叶片，实则还有其他想法，很早就听说县里铁器社铸造车间有一女孩长得非常漂亮，特想去看看。走进车间，煤烟味扑面而来，到处都是形态各异的铸件、芯盒和砂箱，造型、制芯、熔化、浇注，各就各位，紧张有序。车间里有一"发小"，小名叫"佬仔"，为人热情豪气，经他指点，远远认真瞄了一眼，确实好看，眼都直了。记忆里，女孩身材匀称，眉清目秀，在铁水的映照下，小脸红扑扑的，乌黑的小辫扎着鲜艳的红头绳，红得特别耀眼，特别撩人。

老城旧事

◎伍开祯

老家宁化自古人烟稠密、物阜民丰，"四乡有市，无日不圩"，清道光年间人口就达近 38 万。史载，"清康熙至道光百余年间，不闻兵革，商业鼎盛，著名商号几十家，货物沿街衔接不断，致一时通行不便"。每年的元宵赏灯、城隍神出巡和天妃出游，各种神像遍游坊境，装饰华丽美观的故事台、仪仗队、音乐队随行，所经街坊商店住户均列香案迎接，沿途鸣炮，鼓乐喧天；全城狂欢，观者如堵，彻夜不眠。

一

蜿蜒向东的西溪翠江把老城一分为二。据载，历史上县城有 22 条街，12 条巷子，其中城内有"一街五巷"，排列有序，纵横交错。"一街"西起西门，东至下东门，由郭头街、县前街、中山街三部分组成，大致呈东西走向。"五巷"为南北均衡排列，由西向东，依次分别为卖鸡巷、太平巷、赖家巷、水门巷和城隍弄。

古香古色的寿宁桥是宁化老城的标志性建筑。桥头往西为县前街和郭头街，往东为中山街。

县前街是桥头至县衙那一段，长三四百米，县衙至西门为郭头街。记忆中，郭头街的风韵是质朴的，它沿河而建，道路不太宽，四米左右，整条街道是弯弯的，像个大弧形。小街的两旁，高低错落地排列着木结构的房子，有新有旧，间杂着一些封火屋和少量的土墙屋。木屋是褐色的,封火屋是青灰色的,夯土屋是土黄色的,瓦片在木头桷子板上有序地排列着,色彩和线条既不单调又不乏味。墙脊上爬满了南瓜藤、匏瓜藤、丝瓜藤、薜荔等绿色植物,盛开着黄色和白色的花朵,花间蜂蝶流连。

郭头街是一条平民街巷,繁忙的街巷,街口是几家加工粉皮粉条的作坊,街内住着一些挖沙卖沙的体力劳动者,门前摆放着板车和捞沙的工具。一些做泥水、木工、小生意、卜卦算命、种田的以及企事业单位的普通员工散居在街内,构成了街内的居民主体。郭头街的生活气息很浓郁、很热闹,茶余饭后,人们聊着家常,三两老人,在巷中阴凉处摆出躺椅,摇着蒲扇,驱走午后的闷热,用乡音讲着如小巷一样曲折的故事。言谈中,有着历尽世事沧桑后的宁静与淡远。傍晚以后,街坊邻居都坐在自己家门口,倚在门框上,或吃晚饭、或无所顾忌地大声说笑,声音传得极远,回荡在小街上空。夜晚的星空下,那些勤劳手巧的女人,即便是已经劳作了一天,也不肯歇息,扯一张竹凳坐在门前为自己的丈夫和孩子补衣服、纳鞋底,脸上总挂着温和的笑靥,针线的穿梭里把日子过得有滋有味。

中山街是城内主要的商业街,旧称南门直街。路宽四五米,以青石板和鹅卵石铺面,房屋以木结构居多,沿河一侧建在城墙上,街两侧各类商铺作坊林立,前店后宅商住合一,汇集了百货公司、钟表店、文印社、饮食店、日杂店、食杂店、豆腐店、园木店、打面店、工商联、粮食店、银行、戏院、医院,还有加工洋铁皮的、打金银的、做裁缝的、理发的、制作胡琴箫管乐器的等各色行当,百业兴旺。据统计,新中国成立前夕,宁化城关有私营商业三百余家,而中山街的坐地商户林林总总恐有上百家,尚有众多街边摊贩不计其内。中山街天天人流如织,喧嚣夜以继日。

城内长长短短的巷子犹如蛛网般纵横交错,巷中有巷,巷巷相通。

从西往东，最西处叫卖鸡巷，其位于县衙东侧，正对浮桥头，顾名思义，这条巷子以前是家禽交易之处。巷子里的房屋基本上是木结构建筑，散布着一些小店铺、小作坊。这条巷子是西门外乡民众进城的主要通道，人来人往，成群结队，很是热闹。有卖柴火的、卖松脂的、卖鸡鸭肉蛋的、卖地瓜芋子的、卖大米豆子的。最亮眼的是那些爱漂亮的卖柴火姑娘、少妇，戴着金银首饰，穿着花花绿绿的新衣服，惹得城里的大妈大婶啧啧咂舌：哎哟！这些女客仔好舍得哟，挑柴火还着新衫子！

巷子中部有一栋刘家大屋，占地很大，是用青砖砌的封火屋，前厅后堂，两侧厢房，好几进的院落，相当宏伟宽敞，屋后有一个上千平方米的大院子，种了四五株枣树，树很高大，应该有些年头了，每年都硕果累累，很是诱人。相邻处即为清代大书法家伊秉绶的故居。伊秉绶，乾隆年间中的进士，曾知扬州和惠州，当地士民将他与欧阳修、苏轼、王士禛并祀，其书法造诣流芳百世，与邓石如并称"南伊北邓"。他的故居建于明末，是典型的客家民居，由左右两列房屋组成，有前厅、后堂、门厅、花厅、天井、厢房等。整体建筑举架高，用材大，梁宽，柱子特别粗。据记载，屋内曾高悬过"卿大夫之家"等牌匾，有五六块之多。伊秉绶一家为宁化名门望族、官宦人家、书香门第，名人辈出，其中伊朝栋、伊念曾、伊立勋均是其中翘楚。

往里走，隔着花心街是县武装部，对面是宁化第一小学和县政府的小礼堂，后面是一座规模宏大，气势雄伟的宫殿式建筑，就是县文庙即孔庙，宁化人习惯称为圣天里（或许是圣殿里）。文庙是祭祀孔子和尊崇儒教的地方，与全国其他地方一样，其规制都遵循同一个标准：建筑格局基本上都是三进院落，中轴分明，左右对称。都建有万仞宫墙、棂星门、泮池、大成门、大成殿、东西庑房、明伦堂、尊经阁等。时光久远，记忆中对泮池和大成殿的印象特别深。院中古柏参天，枝繁叶茂，映阶碧草自春色，隔叶黄鹂空好音。进入大门是一个院子和通道，用条石砌的泮池，约篮球场大小，池内一泓绿水，天光云影共徘徊，上架一孔石拱桥，为进殿通道，大成殿是祭孔典礼的地方，高大巍峨、重檐飞甍、斗拱交错、雕梁画栋。殿中供奉着孔子的塑像，四贤十二哲及儒家的历代先贤塑像分侍左右，肃穆凝重，洋溢着浓郁的儒家文化氛围。小时候听老人说过，以前每当有蒙童发蒙时都要到孔庙来举行仪式，祭拜孔圣人。

20世纪五六十年代，大成殿被作为法庭使用，人们常看到开庭时高高的审判桌台后坐着好几个法官和人民陪审员，不苟言笑，庄严肃穆。"文革"时期这里成了附近停课在家儿童的乐园，大门敞开，孩子们在宽敞的院内和殿中捉迷藏，爬树掏鸟窝，或赶着鸭鹅到园中觅食，到池中戏水浴波。出文庙后门对面就是县公安局和看守所，往前几十米与郭头街相交处军号嘹亮的地方就是县武警中队的驻地。

太平巷正对着寿宁桥，是一条青石板路小巷，各式各样的石板被自然的拼放在了一起，高高低低、曲曲折折的石板路把人们引到了北山脚下，顺此上山，可以瞻仰光严寺、药王庙，或者进三官庙叩拜三官大帝。巷子口上，正南坐落着一幢祠堂式的古建筑，曾是县文化馆，其大厅与左厢是阅览处，右厢是借书处，门前还平卧着两门清朝遗存的铁铸火炮，平时成为游人的休憩坐凳。巷子入口处有一口水井，井水清冽，用大青石凿成的井栏光滑可鉴，体现了它的年深日久。巷子里有藤椅厂、豆腐坊、杂货店、红卫居委会、红卫大队部等。20世纪60年代，县电影院位于此巷内，每晚要放映两场电影，从夜幕降临直到深夜，巷子里常常人流如潮、摩肩接踵。从电影院往前走不远拐角处有座大宅，人称"大联号"，原主人据说是做木材生意的，从房子的规模可看出是个有钱的主，这里后来成为机关幼儿园。

太平巷与社公弄相连接，二者融为一体。后段与花心街相交，形成了十字街巷，十字交叉点的地面上用大青石砌了一朵硕大的六瓣花朵形状图案，比普通圆桌更大些，由此后人称此为花心街，老人告诉我们，花心下面埋了县胆，县胆是什么，没说。五十多年前的花心街往宁化一中方向的路口还矗立着一座节孝牌坊，是用花岗岩建造的，这座牌坊毁于"破四旧"运动中。在"文革"停课期间，大街上非常动乱危险，大人只允许小孩子在巷内玩耍。这些孩子整天在巷道里疯玩，男孩子们喜欢打纸啪啪、掷弹壳、滚铁环；女孩子们踢毽子、跳格子、捉迷藏，从早玩到晚，乐此不疲。饭熟了，妈妈们站在家门外吆喝一声，一个个疯癫的孩子带着一身的尘土往各自的家里跑，饭碗一撂又跑出来黏到一起，巷子里从早到晚都有孩子们的欢声笑语。如今巷子里当年的孩子有很多已经离开，小巷的旧貌也已改了，青石板路变成了水泥路，混凝土楼房替换了布满青苔的封火老屋，只有小巷依然还在那么固执地守候着。

赖家巷两旁挨挨挤挤着大片的老屋，不宽，但很长很长，一直通到宁化一中。百年学府，春华秋实，到底有多少莘莘学子在这条古巷的石板路留下过脚印，无人能计。这些脚印磨亮了石板，照耀出年轮的影子，一代又一代，一年又一年。不管他们如今飞得多高，走得多远，身在何方，年纪几许，赖家巷里那些柔柔地漾着暗香绵长寂寞的青石板，旧色斑驳陆离的砖墙，缝隙中细细瑟缩的野草，以及从巷中或匆匆穿过，或雨中缓缓前行的情景，肯定还镌刻在他们的心底，永难忘记。

水门巷是一条悠长曲折的巷子，因其巷口有座老水门而得名。巷子里是清一色的封火墙大宅，青砖黛瓦鳞次栉比，墙角墙根布满了青灰色的苔藓，斑驳的墙面，留下一年又一年的印记。有的墙上还设置了窗棂，有圆形的、方形的、菱形的、扇形的、花瓣形的，砖雕祥云、鲤鱼、蝙蝠等吉祥图案作为窗框。偶尔还有一些桂花树、薜荔藤等绿植透过窗洞或从院墙上面探出，在巷中摇曳，开花时节，空气中弥漫着浓郁的桂花香味，沁人心脾好闻极了。

城里的老房子绝大部分建于明清之际，典型的客家民居，多姿多彩，散发着浓郁的客家人的文化和生活气息。老宅子大都为双开大门，门上有着沉重的铜质或铁质的门扣，推开厚实的大门，映入眼帘的是青砖铺地，明亮的天井和富丽堂皇的大厅，粗大的梁柱、漂亮的雕饰，或奢华或朴实，曲折幽深，若隐若现，更显得韵味悠长。

进入巷子两百米左右，向东一段巷道，石板色彩斑斓，光滑如砥，特别让人喜爱。小时候，在一次小雨润如酥的时节，经过此地，惊喜地发现，雨水洒在石板上好像抹了一层油，无论是青石板还是黄光石（黄蜡石）都顿时变得晶莹剔透、油得发亮，焕发出玉石一样的光泽。无怪乎有人说石要水养，摄影人在晴天拍摄石板路时都要先泼上几桶水。可能是受戴望舒《雨巷》影响，近些年特想去水门巷拍摄一组"雨巷风光"，在一条悠深的雨巷中，石板路泛着油亮的色彩，一个像丁香花一样的纤丽姑娘背影，走在如玉石一般的石板路上，撑着油纸伞在烟云雨色中袅袅前行……

城隍巷的风格与水门巷相似，是一条由封火墙、石板路构成，充满古朴气息的老巷。往里走可以通夷家塘、九井十三厅大屋等所在，进而可到宁化一中和武圣庙。巷子里有一座城隍庙，占地几十亩，是仿中原宫殿式飞檐斗拱风格的宗祠建筑。城隍神是中国民间和道教信奉守护城池之神，是冥界的地方官，职权相当于阳界的县长。宁化百姓祀奉的城隍神是巫罗俊，他与地方官一起共同管理这一片土地及子民，凡守土官员来宁化任职，必先祭祀城隍神后才上任。凡是祈求苍天解决水旱自然灾害也必须先具牒文烧化于城隍神前。

二

老城每天的喧嚣和热闹起于西溪翠江边湿漉漉的"水岭"码头，大都集中在寿宁桥头和中山街一带。

晨曦初现，挑水的、洗衣的、卖菜的络绎不绝。早饭后，商店卸下门板，敞开大门，开始揽客营业。

　　中山街口是一家百货公司，一层，两三百平方米，在当时算是小城百姓的购物天堂，日用百货一应俱全，整天都是人来人往，扯布的、买鞋袜的、买针头线脑的、购置嫁妆的，熙熙攘攘。对面是钟表店、食杂店和文印社，文印社有十多号人，打字排版的声音清脆而有节奏，不时飘出阵阵墨香。最热闹的是隔壁的乐器店，门面不大，只有十几平方，既是商店又是作坊，只此一家别无分号。老板姓刘，特别和气，手艺精湛，自产自销。店内墙上挂着、台上摆着笛箫琴瑟，品种繁多、满目琳琅。周边县乡的文艺团体、乡村戏班、爱好者不时前来光顾，或顾客试吹试拉，或朋友吹拉弹唱，悦耳悠扬的笛声、琴声引得过往行人纷纷驻足聚拢、聆听欣赏。旁边相邻的是几家杂货店，他们的价格标签和记账方式非常奇特，是一种古老的数字符号——丨 丨丨 丨丨丨 乂 丂 亠 二 亖 夊 0（1—10），记账或写价格标签，把 4 角 5 分，写成乂 丂，在"乂"的下面画个▲。2 元 1 角 8 分写成丨丨 丨 亖，在"丨丨"的下面画个●。●代表"元"，▲代表"角"。估计如今没几个人认识。杂货店隔壁是洋铁皮工场和服装社，对面一排是补雨伞的、制杆秤的、做圆桶的、做豆腐的以及一家冰棒厂。

　　豆腐店里有一架石磨在咿呀旋转，永不疲倦。磨边汩汩流淌出洁白的豆浆，灶内火势熊熊，锅中豆浆翻滚。豆腐店生意不错，那年头，豆腐代替肉类成了餐桌上的珍馐。逢年过节更是相当红火，天天爆满。好在短小精悍的猴哥老板精力旺盛，从天没亮忙到晚上鸡叫。请他加工豆腐过年一定要提前一两个月预约，否则到时可能抓瞎，紧俏程度与现在预定年夜饭有得一比。加工豆腐时还要自带柴薪、自磨豆子、自煮豆浆，如果排队靠后，加工到半夜才完成是常有的事，但此时客户的心情是喜悦的、踏实的。在排队等候时，大家会聚在一起聊天讲古打发时间，有个人在说三国：曹操八十二万人马下江南，正在灶前烧火煮豆浆的插话：不对，是八十三万。各不相让。旁人惊呼：火赶快小一点，豆浆扑出来啰！煮豆浆者恨恨然：扑出来就扑出来，我这边人马都少了一万，哪有空管豆浆扑出来。这种执拗让人无语。

赖家巷口有家打面店，门前晒着切面、挂面，当时还是手工制作：一根碗口粗、黄澄澄、有年头的毛竹一头固定，横在面案上方，师傅坐压在毛竹另一端，脚尖轻轻一点地，毛竹就弹起复落碾压面团，好像儿童玩跷跷板，煞是好看，再起便轻微挪移，如此反复循环。

水门巷口有个院落是工商联（今疾控中心所在地），入门是个小院，种了些花花草草，常看到何主任在给花草浇水，再进是花厅。距水门一侧几步是粮店，定量供应居民口粮的地方。粮店过去百来米有一幢西式建筑是基督教堂，新中国成立后辟为城关卫生院，邱成如、刘兴豪、刘兴汉等杏林名医在此悬壶济世。

由此往前直到下东门，除了在临河一侧有一座较大的建筑宁化戏院外，余皆为小店铺与民居间杂相伴。上年纪的老人对戏院印象很深：高高的戏台、高高的长木椅、夜夜笙歌、出将入相，上演着京剧、越剧："三两步走遍天下、六七人百万雄兵"，一个个看得如痴如醉。不时也有外地戏班来借台演出杂剧和马戏。宁化越剧团里的一群莺莺燕燕千娇百媚，衣饰新潮，走在街头绝对是山城的一道亮丽风景。

三

上午时分，东、西方向的农民陆续从东门、西门涌入城内，带来了农产品、家禽家畜、新鲜采摘的红菇、竹笋以及捕捉不久的斑鸠、鹧鸪、山鸡和泥鳅、老鼠干、狐狸等野味。他们在桥头占地为市。最大宗的货物是柴火，几百担的柴火像出征的军队行列分明，占据了桥头市场的半壁河山，卖柴人在烈日下待价而沽伫立其旁，其他货物散落周边，满满当当。太阳逐渐升高、气氛逐渐热烈、喧嚣逐渐达到高潮，讨价还价声此起彼伏、不绝于耳。精明的大婶买菜会夸张地叫着：哎哟！秤杆这么软，秤砣要砸到脚上了，卖金还是卖银啊！也见过晕晕乎乎的妇女买菜：你的菜三分钱一斤太贵了，一毛钱三斤卖不卖？菜农一愣，瞬间就作出一副贱卖的表情：算了！反正是自己种的，就便宜一点卖给你吧。于是买卖成功，双方皆大欢喜。当然这是个例，就像宁化人口头语说的：十年难逢火烧天。

家禽摊点，顾客认真检查喂得是否太饱，是灌塞泥沙还是喂了谷子米糠。肉摊交易很随和，有钱买得手指肉，任你挑肥拣瘦。柴薪交易是斤斤计较，买柴人问价后嫌价高、嫌柴夹码得空洞，欲擒故纵作势离去。卖家连忙挽留：讨的是价，还的是钱，你说个价，合适就卖给你，不要那么会还价。买者再来一句：伊晓得吗？买卖差分毫。然后一方一分一分加，另一方一分一分降，最后达成一致，然后送货上门、帮助堆好、钱货两清。

还有一种热闹是肩挑小贩沿街叫卖，许多人都还记得这样的画面：一个六七十岁的佝偻老人，挑着担子、敲着梆子，走街串巷卖酱菜，有些年幼无知的儿童追着喊着：柚生俚、卖萝卜痞……其实他腌的酱菜很好吃，很开胃、可佐餐、可零食，是许多人的最爱。水生哥的兜汤在城关首屈一指，用猪骨头和目鱼干熬成的汤香飘整条街。功夫独到的薯粉肉丸软茸嫩滑、味道鲜美。吃到一半再添一勺汤，最后剩下的肉汤还能卖三分钱一碗让人解馋。还有老杨古，五六十岁，个头中等略胖，头顶略秃留着几绺小胡须，穿一件西式大氅。他的老婆年岁与他仿佛，却还梳着两条小辫子，刀削脸、瘦骨嶙峋。夫妻搭档在桥头拉洋片（西洋镜），赚着儿童和乡下人的小钱，夫妻各站一边一推一拉，循环往复，男的嘴里不停吆喝：嘛嘛哩嘟哩嘟看啦！来看老杨古的西洋镜啦！洋片架子有五六个张望孔，一排儿童撅着腚、猫着腰、闭着一目往里瞧。在那个年代，像这些生活在社会底层各个行业中的知名人士还很多，虽然已经过去了半个世纪，现在六十多岁以上的老城关都还记得他们，常常聊起他们。

记忆中，还有一位艰辛的老人月生哥，六七十岁挑着一副沉重的担子，无论是寒冬酷暑、刮风下雨，都在桥头钟表店门前屋檐下卖煮粉条。用冬菜煮的没有肉，本小利微三分钱一碗，主要是卖给进城卖菜卖柴的农民充饥，冬天还能驱寒。傍晚时分，老郭挑着鱼丸担子出来了，卖鱼丸和卖乐器一样，当年是宁化县城的独行生意。老郭只卖夜市，他的鱼丸个个洁白圆润如玉，汤由麻油、虾油、葱花调成，色香味俱全，鱼丸很Q弹，咬开里面有很多蜂窝状的小洞，蓄满了汤汁，食客进食很珍惜，小小一口，一粒要咬三五下，细细嚼、慢慢品，无限惬意、无限享受。

大桥头至浮桥头这一段，经常响起当当的锣声，那是撂地卖艺、卖药、变把戏的在开场，场子被围得里三层外三层，铁桶一般。艺人开场抱拳施礼，说道，在家靠父母、出外靠朋友，初来贵方宝地，有钱的帮个钱场、没钱的帮个人场。然后开始表演，胸口拍得通红，拳脚虎虎生风。接着是口若悬河、舌灿莲花推销膏丹丸散。有个艺人卖跌打损伤膏药，妙语连珠宣传功效还带俏皮，说他的药治疗跌打损伤无不灵验，即使是被灯芯打伤、冷水烫伤、豆腐砸伤、棉被压伤、站在楼上不接地皮伤也保证一贴见效，药到病除。惹得众人哄堂大笑。还有个练硬气功的表演刀枪不入，用刀砍手臂毫发无伤，并请观众当场验证，一位仁兄受邀上前用刀砍去并顺手一拖，不料顿时血流如注，艺人怒目圆睁、呆若木鸡："怎么还有这样的人。"其实这人是个屠夫，连砍带拖是他切肉的手势，习惯成自然，但坏就坏在这么一拖，实际上他并非存心砸场子，不过艺人就悲哀了，只能自认倒霉。

夜幕降临，华灯初上时，饭馆酒肆热闹非凡，一碗水酒、几粒花生米、两片卤驼子喝得淋漓酣畅，"五魁首、八匹马"声声高昂。不少钓鱼爱好者在桥上垂钩晚钓，不时传来收获的欢声和惊叹。儿童在月色下追逐嬉戏捕萤寻蝉。桥头文化馆大门洞开、灯光明亮，宽敞的阅览大厅座无虚席。桥上的栏杆或倚或坐着许多汉子乘凉休闲，这些人有城关的农民，更多的是禾口、石壁等西乡的农民。他们收拾完自己的庄稼后到城里帮人割早稻，晚上集聚在桥上一为寻找雇主，一为乘凉聊天，不时有人主动做东，掏出几分钱买上几根经济牌香烟请大家吸，乡民云山雾罩，行人掩口掩鼻。有时随风飘来一串歌声，不是浅吟低唱，而是引吭高歌，那是声乐爱好者小雷在舒展歌喉，边走边唱，旁若无人、自得其乐，这道风景线一直到居民下放后才画上句号。桥头还经常放映露天电影，周围的住户百姓异常兴奋，下午就安排孩子用凳子占好位置，早早吃过晚饭，倾巢而出，看得兴致勃勃，散场意犹未尽，还要恣意点评一番。桥头有时还会举办山歌赛，你方唱罢我登场，时任副县长李名骥是名山歌高手，经常亲自上台与民同乐，精彩的表演常常赢来好些掌声和喝彩。

时光流逝，西溪东去，所承载的老城旧事也渐行渐远，但在游子们的记忆深处，永远温馨依旧，鲜活依旧。

城　隍　巷

◎李文华

　　大凡有点历史的县城都有城隍庙，城隍又称城隍爷、城隍神，是古代中国宗教文化中普遍崇祀的重要神祇之一，大多由有功于地方民众的名臣、英雄充当，是中国民间和道教信奉守护城池之神。从明洪武年开始，城隍神由民间神祇走上了国家政权的祭祀"神坛"，宁化的城隍也应该是这时开始纳入"国家化"。据《宁化县志》记载："庙旧在邑治南，洪武二年，知县蒋原义迁于城内东隅一里许。"显然，宁化城隍巷是因城隍庙而得名。相传宁化城隍庙的城隍神是开县始祖巫罗俊。

　　城隍巷全长约三百米，宽两米多，三曲四折，其间与多条小巷纵横交错，四通八达。路面是由青石板和鹅卵石铺成的，在夜深人静的时候，行走在上面会发出清脆的声音，远远就能听到，让人感到巷子的幽深悠长。

　　从20世纪60年代开始，一批一批的"下放"教师陆续来到宁化一中工作，为解决老师们的住宿问题，学校把他们就近安排在了附近的城隍庙。父亲成了其中的一员，我人生记忆的起点也就从这里开启了。记忆中的城隍庙早已失去了庙宇的功能，不见应有的香火，在岁月风霜的侵蚀下，已显斑驳陈旧。但对于儿时的我而言，庙宇很是宏大，门高且沉重，门槛也很高，尽显大门庄严肃穆；门上的飞檐斗拱横竖交错、互为重叠，美观、大方，富有灵性，使人感到莫名其妙的神秘感；大门两侧摆放着两只大气的石狮和石鼓，体现了庙宇的威严。从大门进入，宽大的前厅是孩子们嬉戏的好场所。尤其是雨天，孩子们便会集中在这里玩耍：跳绳、"跳炕"、打"啪啪子"、滚铁圈……庙宇中间是一个巨大的天井，天井的四周是回廊，其中东西两侧的回廊外侧配有厢房，这些厢房就成了教师们的住房。一到中午时间，回廊上就会奏响锅碗瓢盆交响曲，时而夹杂呼叫孩子们吃饭的吆喝声，场面好不热闹，他们把自己的住处戏称为"酒楼"。在这群教师中，给我留下印象最深的是教俄语的周老师，他一有空，就会穿上"工作服"，挎上气枪，指着其中的一个孩子说："走，跟我捡鸟去。"被叫到的孩子便会一阵欢呼。到了秋冬季节，周老师便会把打回来的鸟晒干，做成腊味，孩子们偶尔也能尝到，那香味，至今让人回味无穷。庙宇的两侧为鱼塘，其中左侧居多，有十几口，间有菜地，但几乎连成一片，宁化人把这称为"花园里"，宁化古八景之一的"南山倒影"就位于此处。当年，宁化一中的学生非常喜欢在这里散步、读书，在夕阳西下的傍晚，灿烂的晚霞、苍翠的南山倒影与漫步、读书的莘莘学子和谐共存，构成了一幅绝美的画卷。

不久，我家搬到了城隍庙的左前方原劳改队办公处。这是一座带有大院的砖木结构建筑，院子的大门朝着城隍巷，建筑共两层，左右对称，走廊宽大。每户住一单元，每单元有前后间，另外配有一间厨房，居住条件得到了很大的改善。当年居住在这里的教师，可谓是宁化一中的精英：留苏归来的福州人林增杰、严星夫妻，林增杰校长后成为中国人民大学教授、博导、土地管理系主任，创办了我国第一个土地管理专业。南下干部杨守田副校长，后调入财政系统工作，成为一位左右手能同时打算盘的财政系统骨干。华侨大学化学系原主任、温文尔雅的贺泽副校长。革命烈士后代，忠厚善良的张长根老师……相似的知识背景、相同的工作环境、相仿的年龄，使得彼此之间有着共同的语言，大家关系融洽。虽说是一群知识分子，但在那物资极其匮乏的年代，他们不得不放下知识分子所谓的清高，显示出农人的身手，在院子的围墙边、厨房的后面开垦出菜地。家家户户养起来鸡、鸭、兔子、鸽子等家禽，一座教师宿舍大院宛如一座农家大院。教师们也会利用夜晚、凌晨时间，去钓鱼、摸虾、捡田螺。当然，在干这些活时，孩子们也不可避免地成了父母的帮手。记得上高中时，来自农村的同学会和我开玩笑，你们这些城里长大的居民户，葱蒜不分、鸡鸭不辨。殊不知，在那些年代，县城与农村并没有真正意义上的区别。

谈到城隍巷，不能不提"大井边"。顾名思义，就是一口老井的位置所在地，它距巷口100米左右，与中心巷交会处。井深十几米，直径约1米，井壁由青石砌成，长满了青苔和小草；井底的泉眼很大，水源很是充足，水质清澈甘甜。在我们眼里，它是永远不会干涸的，源源不断的井水养育了城隍巷及周边几百户人家。我想，这就是这口不大的老井被誉为"大井"的缘由吧。光滑圆润的井沿，是岁月留下的痕迹，是老井悠久历史的见证，更是老巷瓜瓞延绵、生生不息的历史见证。老井养育了城隍巷的百姓，城隍巷的百姓也给老井注入生气，从凌晨开始直至夜晚，井边总是充满了人气。有一边洗衣、洗菜，一边拉家常的妇女；有一边打水、挑水，一边打闹的孩子；有夜晚一边乘凉，一边抽烟、喝茶的老人……每天在同一个"舞台"，同一批的"演员"，上演着一部部不同情节的百姓生活剧，演绎了城隍巷里最鲜活的场景。

在城隍巷及其相交的小巷里，错落有致地布局着罗家、雷家、黄家、伊家、刘家、阴家等十几座老厝。老厝在建筑上继承了中原府第式建筑风格，又结合了南方自然环境和气候特点，植入了人与自然和谐共处的思想理念，形成了独具风格的客家建筑，彰显了客家人的智慧。古朴端庄的大门、高耸的马头墙、布满青苔的灰墙黛瓦，似乎正在诉说着老巷曾经的辉煌和昌盛。老巷与老厝养育出雷鋐、伊朝栋、伊秉绶等一大批的文人士大夫，是古老城隍巷这幅水墨风景画中最浓重的一笔，使这条老巷散发出厚重的文化气息。因与伊家有亲戚关系，从小便能自由出入伊府，对伊府颇为熟悉。伊府占地面积约700平方米，从大门进入，依次为门厅、大厅、后厅、后花园。天井把大厅分为上下两部分，下厅两侧分别为花厅和书房，上厅两侧为厢房；横梁与直梁衔接处的雕花十分精美，花厅、书房的屏风与窗户雕刻着各种各样的图案，做工非常精巧；天井的屋檐下悬挂着朝廷赐予的"进士"匾，其中最醒目的还是中堂上方悬挂的牌匾，"赐研斋"三个大字浑厚大气、苍劲有力。整个大厅给人感觉素雅大方，是一座典型的具有书香门第气质的府邸。伊氏家族系宁化名门望族，自迁入城关后，科举考试的大门开始青睐伊氏家族。明清期间，伊氏家族共出四位进士，一大批举人，其中以城隍巷伊朝栋、伊秉绶父子一系最为显著，父子皆为进士。伊朝栋，儿时师从其邻居、理学家雷鋐。雷鋐系清雍正十一年（1733）进士，曾被授予翰林院编修，入侍皇子讲读，在理学方面有很深的研究，被桐城派散文创始人方苞誉为能成"天下第一流人物"。在雷鋐引导下，伊朝栋通晓程朱理学，"诗尤有高韵逸气"，官至光禄寺卿。在父亲的影响下，伊秉绶从小受教于宁化名儒、教育家阴承方，后潜心学习宋儒理学，深受大学士朱珪、纪晓岚的赏识，又拜刘墉为师学习书法，终成一位博学多识的大家。在绘画、治印、作诗、工书等方面有很高的造诣，"尤精篆隶，超绝古格，使清季书法，放一异彩，自成高古博大之气象"。在扬州任知府期间，伊秉绶以"廉吏善政"著称，深受扬州百姓爱戴，仰慕其遗德，扬州百姓便在"三贤祠"（指：祭祀欧阳修、苏轼、王士祯三贤之祠）中并祀伊秉绶，改名"四贤祠"。在诗书传家家风的熏陶下，随后的一两百年时间里，伊家大放异彩，涌现了一大批文人、学者和书画家，在文学和艺术领域有着较高的成就。

巷口是老巷最喧嚣的地方，它与中山街相接，开着一排店铺，有食杂店、包子店、理发店、西洋镜店、洋铁桶店……但最受孩子们喜欢的是巷口正对面的食杂店，店里有琳琅满目的食品，让人垂涎三尺，其中的"珠珠糖"（形状与跳棋子相似，五颜六色）让我至今不能忘记。记得当年，一分钱能买到五粒大的，十粒小的。如有幸获得一分钱，我便会狂奔三百米，从巷尾跑到巷口，满头大汗，气喘吁吁对店主说："来十粒珠珠糖。"然后细细品味，美美地幸福一天。妻子对我说，她小时候，把这糖称为"北京糖"，这是多么令孩子们渴望获得的一种糖啊！

如今，巷子依在，但青石板不见了，城隍庙拆了，"大井"封埋了，老厝也被水泥钢筋取代或只剩下残垣断壁了，而留在记忆深处的老巷却一刻也不曾忘怀。

寻找秋水园

◎ 惭　江

　　秋水园是一座极具士大夫气质的园林。它的主人是有清一代循吏、隶坛圣手伊秉绶。1809 年，秋水园建成后，伊秉绶曾经两次自绘秋水园图谱，在赴粤、赴苏杭访友途中以及外地契友来访时请他们题咏，品鉴，成为一大佳事。

　　伊秉绶，宁化城关人，字组似，号墨卿，又号默庵，知扬州，有惠政，扬州人将他与欧阳修、苏轼、王士禛并祀于四贤祠，同时开创隶书一代生面，将隶书的艺术成就推向新的顶峰。他为什么会取名秋水园呢？他曾自钤三枚"所谓伊人"印及一枚"伊人"印，从中即可窥见一斑，《诗经·蒹葭》："蒹葭苍苍，白露为霜。所谓伊人，在水一方。"秋水伊人，秋水园，即伊人之宅也。他的好友将攸铦在秋水园图谱的题诗中有这样的句子："劳君东海春风棹，示我南华秋水图。"《南华经》即《庄子》，内有《秋水》一篇，这样秋水园也就有了超然物外的濠濮之乐意味了，伊氏《秋水园答客》中的诗句也印证了这一点："眼前濠濮庄生兴，鱼乐如来肯漫传。"虽然伊氏以儒术为宗，出则名臣，处为善士，但儒心道骨，也是历代文人所慕求的。他的族弟伊襄甲在《秋水园记》中也写道："右曰留春草堂。兄为秋官，谓时义取春生，以题邸舍。"秋官，刑官也，他在京师担任刑官十年，是在位时间最长的职位，在那里成长为一名优秀的刑事专家。秋官，肃杀之气重，故在园内取留春草堂中和之，该园命名恐怕还有这样一层意思在。

　　长期以来，宁化人知道墨庵先生有秋水园，但大多数人止此而已，并未深究，秋水园好像要漫漶在历史的烟尘之中了。有关秋水园，民国版《宁化县志》园林宅第部分的记载非常简陋："在县治之东，城隍右。嘉庆间，进士伊秉绶建。尝读书于此，今废。"所谓"城隍右"之"右"在今天看来是一个相对的概念，但古人的地理方位理念是左青龙右白虎，青龙代表东方，白虎代表西方，"城隍右"即"城隍西"之意，再参照伊襄甲《秋水园记》中"邑志所谓南山倒影者，今无影矣，而北山入焉"记载可知，秋水园的位置大致即今宁化一中操场。根据此线索，2017 年伊氏九世族孙伊士哲于此立伊秉绶铜像一尊，基座标"秋水园"字样。

时间往前推移 210 年，1807 年九月，年已七十九岁的父亲伊朝栋猝然离世，伊秉绶依例去官守制。1808 年丁忧里居，开始营建秋水园供母游憩，园未成而罗太夫人卒，1809 年五月左右园成，他将其一部分改为家塾供伊氏子弟读书，榜其柱曰："未能将母园何用，且望成才塾有灵。"为宁化当时著名的私家园林。据伊襄甲《秋水园记》记载，园有十六景，分别是：读有用书斋、梅花书屋、留春草堂、宛在舟、贞松馆、调鹤轩、观鱼水榭、小琅玕馆、小山亭、留客处、浮青阁、芙蓉桥、文杏亭、碧云廊、寿香亭、冠云楼，园林布局大致分为前后两部分，前部主要用于读书挥翰，后部主要休憩怡情，总面积不下十亩，单六个池沼就达数亩。伊氏宦游京城、惠州、扬州，对皇家园林、江南园林耳濡目染，加之他高超的艺术修为，琴书诗画，样样精通，尤其是在他任扬州太守期间，正是江南园林大兴之时，所以他完全可以在僻地宁化再造上佳的园林艺术杰作。扬州是南北枢纽和盐漕要冲，是万商云集的商业重镇。《扬州画舫录》有"杭州以湖山胜，苏州以市肆胜，扬州以园亭胜，三者鼎峙，不分轩轾"之句，在清乾隆、嘉庆年间，园林最美在扬州，而不在苏州。当时扬州盐商富甲天下，他们有足够的财力来建造美丽精致的园林。像个园、芳圃、冶春园、明月楼都是其中的佼佼者。秋水园具有扬州园林的影子，叠山理水，尤其是大面积的用水，发挥了云水情趣，间以亭台楼阁，植以松竹荷梅，度以舟梁廊桥，饰以书画楹联，朴素淡雅，空灵剔透，四时风景流转，气象万千，极富文人心目中的诗情画意。

从现存的史料可知，墨卿先生活跃于读有用书斋、梅花草堂、贞松馆、小琅玕轩之中。有趣的是，1811 年，他还将父亲光禄寺卿伊朝栋旧居中成材的柏树移植到秋水园中，这段话保留在他给弟弟伊秉徽斋名"生香旧舍"的题额小注中，以此可见他对秋水园的喜爱。读有用书斋非常开阔，"斋之广可布二十客席，藏一万卷书"，伊氏平生喜欢收集各种金石、拓本、古画、名砚等，他的友人梁章钜就曾评价他说"声华满京国，碑版冠当今"。伊氏是个砚痴，他藏有乾隆帝在千叟宴中赐给其父伊朝栋的礼砚，知惠州时，重修苏东坡故居，于墨沼中得"德有邻堂"砚（今藏于宁化博物馆），友人认为是东坡送给贤守的礼物。纪晓岚《阅微草堂砚谱》有一段话："门人伊子墨卿嗜古好奇，守惠州日……随砚工缒入四十余丈，篝火检佳石数片以出。"可见伊氏为砚发烧之程度。伊氏在他的书法作品中常钤一"东阁梅花"印章，他喜爱梅花，擅画梅花，现存不少梅花的画作。在梅花书屋写过不少梅花的诗篇，例如，1811 年五月，感于乡里有一株梅花遇主人居丧则自槁，遇大祥乃花，于此写了《孝梅诗》；次年立春，自粤归家而梅花怒放，喜不自胜，作《梅花四首》寄好友叶梦龙；1813 年三月，作《秋水园梅花八首》并书赠族弟伊襄甲。最令人感慨的是调鹤轩，这里豢养着两只鹤，这两只鹤是伊氏好友两淮盐运使曾燠离任扬州时所赠，伊氏丁忧返家，不远千里，携归宁化。其间曾燠写有忆鹤诗，睹物思人，伊氏也有唱答，眷眷友情溢于纸上。1813 年八月，雄鹤化去，其雌形影单栖，茕茕可悯，60 岁的诗人此时已进入人生暮年的最后两年，知交零落，感而赋诗。然后把雄鹤埋在小山亭下，易其名为"瘗鹤亭"，"只鹤思故侣，水濒头故低……定知羽化者，魂返海峰西"。今天仍一读一怆然。墨卿先生也经常在贞松馆读书写字，因为馆里有一棵节罗松，极为高古，冠于园内，而更妙的是小琅玕馆处有一块倚醉石，为一方约 1 米长、60 厘米宽、50 厘米高的黄蜡巨石，可坐可卧。伊襄甲曾赋诗一首："今来秋水园，昔属蚍园有。若使能点头，何不一回首。顽以人则传，从兹归贤守。秋水共长天，并汝为三寿。"这首诗总体比较简单，但告诉我们一些信息：来自何处——蚍园（今地点不详）；石质坚顽，寿可长久。民国版《宁化县志》主要编纂黎景曾也有一首《伊太守秋水园倚醉石》，写得颇为传神："太守当年曾倚醉，何期古石等残花。伤心惨淡邻书院，回首苍凉守研家。明月清风幽契旧，荒烟蔓草暮云遮。伊人已去宁孤傲，雅近何妨俗士遐。"此石新中国成立后尚存，一度置入县最大的园林——翠园，现不知所踪。

这么美丽的秋水园，现在却荡然无存，是为一大憾事。至于秋水园毁于何时，目前并无确证。可能的原因之一是伊氏直系后人大多辗转外地当官，与宁化联系渐疏，失于管理。伊氏共有二子，长子伊绍祖，国子监生，曾官浙江遂安知县，绍祖孙辈有三人，往后后代则不详，有可能播衍于江浙一带。次子伊念曾，选拔贡，官至严州府同知，1861年太平军围严州城（今属浙江）三月，粮尽城陷，伊念曾、伊性存父子并全家20余口尽皆罹难。伊性存孙子伊立勋时在杭州幸免，后曾任无锡知县等，民国年间寓居上海，鬻字为生，2017年清明期间伊立勋孙子伊常春首次从上海回宁化祭祖。可能的原因之二是清道光以后，时局动荡，极易毁于兵燹、火灾等，可能的原因之三是位于县城重要位置，占地面积广，觊觎者众。我们从两首诗中大致可以推测秋水园毁灭的时间。一是伊氏同族后人伊光楣的《秋水园晚作》："名园春色里，叉手立苍苔。孤鸟冲烟出，斜阳渡水来。山川新画本，歌管旧楼台。行遍长堤路，伊人怅溯洄。"一是上面提到的黎景曾《伊太守秋水园倚醉石》，巧合的是伊光楣和黎景曾都出生于1870年，至弱冠1890年后，大致有此诗作。而《宁化县志》是从1917年开始编修的，其中秋水园条目下记载"今已废"。从中我们的结论是秋水园大致毁于1900年前后十年间，从黎诗可知，当时秋水园已经极为荒芜，几近于废弛。总之，到20世纪70年代，这里已是一片蔓草田畴，后来平整建成宁化县体育场，几年前重新翻修改建并划归于宁化一中。

"珠帘画栋，卷不及暮雨朝云。"兰亭梓泽，转眼丘墟总是令人感慨的，稍可欣慰的是秋水已逝，伊人长存。

建宁·潍城

绥安古事

◎寒　鸦

　　建宁人习惯把三桥以内称为城关，再泛而广之就是指潍城，如今依然。潍城，古称绥城，地处县境中心偏东，一条清澈的潍溪绕城而过，自宋朝迁县治至此以来，一直是县政府驻地，是为县政治、经济、文化和商贸中心。

一

　　史载，建宁县在新石器时期就已有人群定居。周时属"七闽"地，春秋战国时期归属越国，秦属闽中郡，西汉属会稽郡，东汉时属建安郡。这些是建县之前建宁的归辖，而这之后也还没有"潍城"之称，而是"绥城"。清乾隆《建宁县志》有关记载："建宁，古绥城地，实惟赣、盱、汀、剑之交，环境皆山。"至于"绥城"的来历，要追溯到三国时期。这一时期，建宁处于三国东吴治下。据《晋书·地理志》和《三国志·吴书》中的记载可以得知：三国吴景帝时，因人口日益增多，在永安三年（260），以南部都尉地为建安郡（管辖含绥安在内的十个县），将建安郡校乡西偏地置绥安县，含今建宁、泰宁、宁化等，县治设在现在建宁城南约三里许的高沙州。西晋时，仍属建安郡绥安县。至东晋义熙元年（405），晋安帝即位，为避帝讳，改绥安县为绥城县。唐朝末年，僖宗乾符五年（878），因陈岩破黄巢有功，朝廷在此设立义宁军，归属建州管辖。南唐中兴元年（958），再一次更名，从"建州"和"义宁军"中各取一字合称为"建宁"，意为祥和、安宁，县治从高沙洲迁至在城保葛藤窠，也就是如今的濉溪镇民主街老政府所在地。建宁也成为闽地最早设立的十个县之一，清朝时为十闽六十二县之一。到了民国时期曾名濉安乡，新中国成立后改为濉安公社。2007年，撤乡并镇，濉城镇和金溪乡合并设立濉溪镇。如此，建宁置县至今已有一千七百六十多年历史。

翻阅各个时期的《建宁县志》可以发现，从建宁有县志时就已经就开始"绥""濉"并用。"建宁县志，始于前明嘉靖丙午。"也就是说至少在明嘉靖年间，就已改"绥"为"濉"了。绥安，取"安定"之意。而濉，仅是指水名：一在安徽省北部，《韩诗外传》有"濉、漳、江、汉，楚之望也"；二在福建省西部，《读史方舆纪要·福建四》有："濉江，在（建宁）县治南，本名绥江，以绥城县名。"至于从何时又是因何改"绥"为"濉"，如今已无据可考。只有各个时期的县志中有只言片语可寻得稍许痕迹。如，清乾隆《建宁县志》就说："邑治之前曰绥溪，亦曰濉溪。绥、濉，音同也。"又有清《二十一史方舆纪要》（卷98）中言道："濉江在县治南。本名绥江，以绥城县名，后讹绥为濉也。"由此或可推论，"绥城"变成"濉城"就是因读音相同，百姓口口相传，久而久之也就约定俗成了。

从"绥"到"濉"有一个漫长的转变过程。古人取名，无论是地名、山名，还是城市名，都有一些特定的含义。绥安，蕴含着先人对县邑安定的朴实祈愿。而"濉"仅是一条溪水之名。古人逐水而居，基本上每一个城市都有一条河相绕相伴。于个人而言，这"濉"字有了水，就让这座城有了灵性。北宋治平年间曾任汀州府尹的建宁人谢诇曾作《濉江》诗曰："雨过濉江宿霭收，粼粼澄碧净涵秋。双桥夹锁虹垂岸，练疋长拖玉作流。白鸟孤飞天外没，青螺倒浸镜中浮。朝宗东去知何极，愿一乘槎探尽头。"明景泰年间建宁训导赵辅同样作了一首《濉江》："雨过濉江宿雾收，碧漪泛泛望寒流。岸分云度三溪水，风静天涵一片秋。鱼逐晴光空里跃，鸟翻波影镜中浮。应知东海朝宗气，愿得乘槎到尽头。"这两首同题诗让秋雨中的诗意濉溪跃然纸上。

其实，让我更为叹绝的是有人将"濉"字拆解为"泪"和"隹"，把"隹"视为"佳"，释为"泪眼看佳人"。其意是将"濉"字与悲情才女景翩翩身世联系起来的一番有感而发。据清乾隆《建宁县志》载："翩翩，明诗妓也。本盱江人，小字三昧，名倾一时，有十二金钗第一人之目，误归绥江丁某。尝作《红榴纪梦》诗，有'无端角枕上，薄命诉蛾眉'之句。生平诗歌甚多。"景翩翩因家道变故，在建昌沦落青楼，被建宁富商丁长发冒充文人雅士自称"濉江才士"，赎回建宁纳为侧室。之后却伶仃无依，心灰意冷之下，自缢在濉水之畔。"其墓在东郊水月观之左。水月观，在江月亭下，观前为放生所。江城一带，烟月万家，野翠溪蓝，尤宜薄暝。"景翩翩逝后，前往其墓前凭吊的文人络绎不绝。康熙年间任建阳教谕的建宁文士何梅在《黄洲桃花行》一诗中有感而发："其溪山第一今非故，行人指点翩翩墓。红粉十年恨不消，芳魂幻作桃花树。"建宁县令檀光燨面对一堆黄土孤单而凄凉的孤坟，更是忍不住叹一声："才名异代诗千首，艳骨荒原土一抔。"景翩翩，这位大约生活在万历年间身世多舛的诗情女子，以诗为灵魂，为建宁留下了惊鸿一瞥的记忆。"妾作溪

中水，水流不离石；君心杨柳花，随风无定迹。""十里湖如镜，红莲个
个香；大姑先戏水，荡散两鸳鸯；小姑采莲花，莫漫采莲藕；采藕柳丝
长，问姑姑知否？""碧玉参差簇紫英，当年剩有国香名；风前漫结幽人
佩，澧浦春深寄未成。"这一首首感怀的诗句，如澧溪水长流，默默追思
着这位红颜薄命的诗意才女。

二

人总喜欢"山登绝顶我为峰"的感觉，或是因登高俯视可以有一览
无余的视界掌控。古人无法从空中俯瞰大地，所以无法看到整个澧城城
关的形状，今人却可以。从航拍鸟瞰图可以看出建宁县城似一个"帀"
字形的半岛，东山北路为顶上的一撇，澄澈的澧水潺湲绕城东去画出了
"门"，万安桥穿过城门连接民主街则是长长的"丨"，这"帀"字下方笔
画之间的空白处即为城关各街区。

建宁城不大，整个县城有东南西北四座城门，横竖不过三两条街，
其间有数条小巷，以县衙为中心向四个方向延伸，撑起了小城的骨架和
脊梁，形成了小城的格局和风貌。如今城市扩张，老城区也不过方圆不
到一公里。然而，麻雀虽小却五脏俱全，县城里该有的建筑和市集等也
都具备，比如城门。

建宁筑城最早是在南宋咸淳二年（1266），那是建宁历史上人口最为
鼎盛的时期，达到了十二万多人口。当时，为了抵御匪寇的侵掠祸害，
县令宋秉孙主持修筑城垣，城墙以石为基，上面砌砖，周长五百八十丈
（近 2000 米），高二丈四尺（约 8 米），宽为高的一半（约 4 米）；设有
四个城门：东为朝天门、南为迎薰门、西为庆丰门、北为拱辰门，城门
之上都建有城楼；另外还在东南和东北各开有两个小门，分别是小南门
和小北门，便于百姓平时出入。此后，城墙和城门楼数次毁于水火，时

坍时修。只有元朝时期，也许是耻于为外族所统治，这些有关事宜都没有文字记载。经元代百年动乱至明永乐十年（1412）建宁人口锐减，仅剩 1.9 万多人。到了明弘治六年（1493），知县马升在旧址上对城垣进行扩建，周长扩大到七百九十三丈（2600 多米），并将东门改名为朝阳门，东北为顺济门，东南为通津门。东、南、北三面临溪，只有西面倚着凤山。清乾隆年间教谕蔡春在《筑城记》中写道："城之势，前左潍江，不池弥深；右背山陵，不郭弥险。凭高而观，万家灯火如在指顾间。"翻看旧县志的"在城舆图"，西门大约在现在的民主街尾十字路口往下一些，北门位于下坊大概是如今交通局与电力公司之间沿河岸的位置，从东门入城往三个门，步行不用一刻钟即可到达。

新中国成立后，因县城扩张规划建设需要，旧城墙陆续被拆，只有东门楼较完整地保留了下来，南门只剩下一个门洞立在原址，西门和北门就永远消失在历史的长河之中了。如今大家习惯所称的城门楼就是东门的城楼——朝阳门。这座门楼在南宋咸淳二年（1266）筑城时修建，分城门、城楼两层，坐西朝东，八方通达，后经历代修葺，始终屹立在潍溪之畔，历经千年沧桑。我们现在看到的城门楼是前些年重新修建的。2002 年 6 月特大洪灾中，朝阳门楼损毁严重。新建万安桥抬高后，城门就位于桥身之下，于是封堵城门，行人只能绕道而行。实业家乡贤黄毅先生获悉之后，感怀乡梓，捐资百万重修。门楼依明代建筑之风貌，抬高 4 米，贯通城门走道，重建城楼，恢复楼台轩榭。门楼的立面恢复为过去的城墙砖，从设计到修建工程顺利竣工，历时 3 年多，于 2014 年 10 月竣工。朝阳门雄姿重现，再次成为县城一处标志性建筑。

依稀记得，儿时随着大人进城赶圩或走亲戚时，多是从水车岭而下，沿潍溪河畔的一条小路走到南门入城，南门之外如今的水南桥下还有渡口一个。时光荏苒，许多记忆也逐渐变得朦胧、模糊，偶尔思起，那种如潍水东逝一去不返的感触，引人唏嘘，不胜感叹。

三

葛藤窠，这是建宁一个古老的地名，一个有着浓浓老家乡愁的地名，如今只有在与建宁有关的史志书籍中方可找寻得到。实际上，这是县城最中心的位置，是以"建宁"为县名之后的县衙所在地。清康熙《建宁县志》记载："升永安为建宁县，迁治今所，旧名葛藤窠。"新中国成立后县委、县政府依旧设在此地，直到 2013 年。

县治迁到葛藤窠之前，这里曾是何、谢两姓的祖地。据说，何、谢两姓为建宁最早迁入的家族，有谚为证：先有何谢，后有建宁城。建宁这两姓后人以此地名称葛藤窠何氏、葛藤窠谢氏。明朝末年三山（今福州）杰出文人周之夔在《谢耳伯文集》序中说："绥安虽小，固多君子。"从葛藤窠走出了诸多建宁历史名人，这一地名也成为建宁历史人文的一个深深的记忆。

就说谢氏吧。《谢氏宗谱》中记载：建宁始迁祖谢望，迁闽之建宁堂背葛藤窠。《福建通志》卷四十八"人物"中就有："谢望，建宁人，唐时为镇将，尝领兵讨贼；县有寨，即望屯兵处。子彦斌袭职镇将，黑面长髯，人称为'黑龙'，御防有功，官至招讨使。"这父子的墓当时都在葛藤窠。而谢氏更为出名的当是北宋年间出了四个进士谢诇、谢皓、谢黼、谢黻，被誉为"一门四进士"。谢诇，字成甫，号绥江，北宋景祐年间人，九岁就能作文，二十岁中举人，入太学；官至汀州府尹，爱民洁己，请托不受，豪强畏惧，人称为"谢钢钉"，逝后朝廷赠谥宣奉大夫；著有《绥江集》，前面提到的七言律诗《濉江》就是出自这本文集。谢皓，为谢诇的侄儿，其父早逝，从小由谢诇抚养教育；北宋元丰五年（1082）考中进士，先后任南剑司户、瑞洪二州司理、历城知县，曾以太常少卿身份出使辽国，后迁司农少卿，又先后出任南剑、建昌、绎州知州，以政绩显著擢升为金部郎中。谢黼、谢黻分别为谢诇的长子和次子，自幼受业于父亲谢诇，绍圣元年（1094）两人同科考中进士。谢黼入仕后，在出任吏部员外郎时，曾出使高丽。谢皓、谢矞也因此被誉为"一家两名使"。谢黻则先后出任潭州通判、兴化通判、和州知府、建昌知军等职，为官正直清廉，不附权贵。

建宁葛藤窠谢氏"一门四进士""一家两名使"的佳话，对建宁学风文风影响深远，此后名人辈出，诸如理学名儒刘刚中，"一朝两文星"朱仕玠、朱仕琇两兄弟，爱国诗人张际亮等。正如民国《建宁县志》所云："建宁，地处偏远，在大山中，然所产人才，虽通都大邑不足与之并……"此言虽是自誉之言，却也在一定程度上道出了建宁的人杰地灵。

如今，曾经辉煌一时的葛藤窠早已物是人非，这个地名也没有多少人记得了。同时湮没于历史烟云中的还有孔庙、文昌阁、东山书院、濉川书院、凤鸣阁……即便是再努力去寻找着那些曾经的文化痕迹，却也是遍寻不着了。

四

古邑绥安，群山环城，一水若带，其水名濉，闽江之源头也。古语有云：雨毕而除道，水涸而成梁。古人逐水而居，傍河筑城，水让一个城市有灵气，有水便有桥，桥就把城市的灵气连通为一体。濉城城区河道之间原有三座桥，成为百姓出入的重要通道。上游有一座水南大桥，是在原来早年浮桥旧址上建造。南宋绍定二年（1229），"城南迎薰门外曰万年桥，旧名利涉，又名利济，俗名浮桥"。现在的水南大桥，于1988年建成，将水南与城关联为一体。下游位于青云岭的是溪口大桥，原名联云桥，因卧于城北青云岭下，故名。"襟于城之左者，曰青云岭，岭有阁。下跨长虹，曰联云桥，估船鳞集，列市如云。"此桥于明万历四十一年（1613）建造，始名"联登桥"，为建宁第一座双曲拱桥，后毁于兵祸。1978年，于旧址重建，历时两年，建成四墩三大孔十九小孔的钢筋水泥大桥，成为通往四方的要道。

（张新仁　绘画）

然而，于建宁人而言，记忆最深处、最有感情的桥应当是万安桥。在南宋绍定元年（1228），于城之东，始建一座石头为墩、木质为面的石桥，每个墩上建有一个桥亭，桥亭相连，形成桥面长廊，桥东建有濉川阁，连接着东门朝阳楼和东山，取名镇安桥。这座闽江上游（三明境内）建造年代最古老的石拱桥，成为县城上通下达、行旅往来的重要通道。建桥至今，该桥十三次毁于水火，屡毁屡建，历尽沧桑。清乾隆十五年（1750）重建，改名为万安桥。其间，明朝时建宁富商廖彦举及后人廖霖三次捐资修建此桥，并留下了一个民间传说。相传，河东村人廖彦举年轻时偶得聚宝盆，因此发家，十分富有。一年，他捐资重建镇安桥，在为桥墩打底时，却发现石块一入水便不见了，匠人们都说河里有黄鳝精作怪。这时，廖彦举把聚宝盆拿出来垫在桥墩底，聚宝盆一直变出石头，让黄鳝精永远吃不完，桥墩才得以立起来。这是民间对廖彦举善行义举的美好纪念，一个美丽的民间故事，让后人心怀善念、多行善事。

万安古桥如长虹卧波，一头枕着东山，一头连着濉城，她不仅弥漫着浓厚历史文化气息，在建宁人民心中，她更是一座流淌着红色基因的"红军桥"。1931年5月31日，毛泽东、朱德指挥红一方面军横扫千军，突袭建宁，抢占东山，堵敌逃路，与敌军在城关万安桥上展开激战，击溃国民党军队第五十六师3个团，歼灭敌一个旅7000多人，俘敌官兵3000多人，缴获长短枪2500多支，无线电台1部，山炮2门，取得了第二次反"围剿"的最后胜利。进驻县城时，毛泽东豪情满怀写下了《渔家傲·反第二次大"围剿"》："白云山头云欲立，白云山下呼声急，枯木朽株齐努力。枪林逼，飞将军自重霄入。七百里驱十五日，赣水苍茫闽山碧，横扫千军如卷席。有人泣，为营步步嗟何及！"这首光辉诗篇成为建宁红色胜地永恒的见证。

胜利当晚，毛泽东在西门红三军团司令部驻地主持召开红一方面军总前委第五次会议，决定组建红一军团、红三军团两个山炮连，这是中国革命历史上第一支炮兵部队；同时成立红一方面军总司令部无线电总队，成为红军史上第一个无线电总队。此后，毛泽东前后在建宁工作44天，作出了一系列重大决策，还深入驻地、深入群众开展调研。毛泽东、周恩来、朱德等老一辈无产阶级革命家在建宁战斗生活，留下了宝贵的红色财富和许多永不忘却的红色记忆。

1934年，第五次反"围剿"失利，5月16日红军决定撤出建宁城，闽赣省保卫局决定炸毁万安桥，以阻敌追击。这事被朱总司令知道了，当即劝止，他说："县城可以让敌人占领，我们以后还会夺回来。但大桥决不能毁，我们要为群众的利益考虑。""我们炸毁这座大桥，也阻止不了敌人进城，反而会给老百姓进出造成不便。损害群众利益的事，我们红军不能做。"不久，朱总司令保护万安桥事，就在群众中传开了。乡亲们从心底里感谢朱总司令、感谢红军，就把万安桥称为"红军桥"。朱总司令不仅保住了万安桥，更在建宁人民心中建立了一座红军桥，一座红军爱民的精神桥梁。

岁月匆匆，转眼到了2002年，万安桥再次见证了精神力量的奇迹！6月16日，一场百年不遇的特大洪水冲毁了万安桥。灾后，习近平同志亲临建宁，视察慰问，作出重要指示。勤劳、勇敢、善良的建宁老区广大干部群众充分发扬红军精神、苏区精神，自发地为重建大桥出谋献策，有钱出钱、有力出力，不到一个月就筹集了近五百万元，在原址上采用现代工艺重建，抬高桥身、拓宽桥面，仅一年多时间，一座崭新的万安桥重新屹立于濉溪之上，继续诉说着她的红色情结。

桥似飞虹，横跨濉川，坦若大路，行者利于坦途，游者得览胜景，往来便捷，可谓无美不备矣！岁月匆匆，时代变迁，唯有濉水依旧静静流淌，川上桥梁默默见证着千年绥安的历史烟波。

五

清乾隆四十六年（1781），牛世显赴建宁出任知县，甫一进入建宁，曾这样描述第一印象："入其境，见其山川之秀丽，物产之精华，文风之盛美，土俗之醇厚……"建宁秀山丽水，玉润流馨，自古有"潆阳八景"：金铙晴雪、洋背春烟、长吉晓钟、川岩仙灯、东山梵宇、何潭秋月、南涧渡船、迎鳌午磬，明朝《邵武府志》和明、清、民国各时期《建宁县志》均有记载。其中后四景就在城区。

出东城朝阳门，过万安桥，谓之东山，循山而上，于山之巅即有东山梵宇。旧志载：上有跨鳌亭，旧有梵宇，志所谓"东山梵宇"为八景之一也。之后又改为书院，不知何因于明万历年间废止。明天启五年（1625），县令王都以峰顶"宜建高阁，以发其秀"倡建凤鸣阁。东山不高，可一览城区旖旎风光。而在乡人眼中，东山却是崔嵬之山、文化之山，览胜的绝佳之地。谢翀就在诗文《东山》中骄傲地赞道："东山一何高，他山不足论。"嘉靖年间建宁县令何孟伦登东山后，作诗《东山梵宇》曰："岿然古刹云林杪，门栽松桧参差绕。纡曲旁通上界幽，岩峤屹峙潆东表。红尘不到梵宫高，安禅老衲闭关牢。乘闲我有登山屐，何日重期一醉遨。"

如果意犹未尽，沿石阶下得山来，就可以看到另一景——何潭秋月。东山脚下，万安桥东，潆水西流到此汇为何潭，潆洄东山、平山之下，渐若斗角。旧谚云："何潭流斗角，此地状元生。"据相关文章描述，这里岸壁峭立，淳膏浸碧，每秋夜泛舟壁下，水色天光，迷离无际，景象奇绝，文人墨客每以赤壁相喻。清康熙年间县通判柳文标有诗曰："露白金铺秋色垂，长空倒影泛沧漪。鼋宫雾锁淳膏处，蟾窟寒生浸碧时。傍岸鱼灯光断续，临流斗角势参差。茫然望际思何极？杨柳依依漏正迟。"

乡绅陈恂更是流连忘返，夜深不归："西风吹得碧潭清，入夜波涵一鉴平。露冷骊龙眠正稳，秋高桂子落无声。乍离海面轮犹湿，若到天心魄愈明。几点渔灯依蓼岸，宛同星汉灿三更。"

千寻碧巘，日照百尺芙蓉；一道香泉，风吹十里菡萏。步出西门外，过百口莲塘，就到了凤山谷口。凤山，因山势如飞凤而得名。这里有一个极有民间特色的地名——三不见，也就是"迎鳌午磬"一景的所在。其山有三个山坳，分别建有东岳行祠、迎鳌观、极乐寺，花木深藏，曲径幽邃，祠、观、寺可互闻其声而不得见，故名"三不见"。其中，迎鳌观始建于宋政和元年（1111），后数次重修，现今早已不见踪迹，三不见中只剩极乐寺香火依旧袅袅。谢黻在《凤山》一诗中就感叹："高台伊昔来凤凰，于今凤去台亦荒。"迎鳌午磬之韵味也只能从古人的诗文中去寻觅了。元代泰宁人黄元实到建宁游历曾作"濉阳八景"诗八首，其中游凤山的一首《迎鳌午磬》："凤山胜绝三不见，竹木苍苍隔台殿。仙宫云构接丹梯，清昼璆声袅香篆。步虚讽彻瑶草凉，朝真斋罢紫芝香。侍宸白日骑鹤去，雷符绕壁余神光。"本县文人士绅多有赞美诗文，县太学生谢汝聘就有诗曰："散步叩玄关，松篁四壁环。清冷泉漱玉，紫气凤鸣山。孤磬随风度，丹房伴鹤闲。尘氛吾欲谢，长此驻苍颜。"

绕道出南门，顺着小径往右行百步许，便来到了南门滩。此处有一渡口，濉江在此旋绕如环带。旧志记载此处曾建有浮桥，更加铁链竖表于岸，涉者甚便，因名曰"利涉"，又曰：南浦安澜，后不知毁于何代。于是，设渡口舟航往来兼济，便有了八景之一的南涧渡船。建宁位于闽江上游，"踞山水之胜，从水路近通汀剑，达三山，远邻江右，以至东粤，时为一邑之要津也"。县令何孟伦有《南涧渡船》诗："濉流左折溪南曲，两崖断隔烟波绿。印涉凭谁泛柏舟？济盈直恐濡轮毂。行人北岸唤声忙，舣舟南岸溪流长。会应大作连江筏，共济宁须一苇航。"

时至今日，随着城市建设和环境的变迁，建宁古八景多已无迹可寻，只剩下"金铙晴雪"还在巍巍金铙山上飞洒空翠、与千岩竞秀。而其余七景，或许只有从明朝《邵武府志》《建宁县志》的相关文字记载和文人墨客的诗文中去一览古时胜景之妙了。

百口莲塘吐清香

◎唐朝白云

西门外从北向南横亘着一座山，像一只展翅高飞的凤，故名曰凤山。凤山中有三个山坳，各隐着一观一寺一祠，观叫迎鏊观，寺叫极乐寺，祠叫东岳行祠，三者之间晨钟暮鼓之声相闻，却各不得见，当地百姓称之为"三不见"。凤山下，百口莲塘莲叶田田、莲花朵朵，年年岁岁向滚滚红尘诠释着美丽、圣洁和希望的真谛。

清乾隆《建宁县志》记载："西门外，池一百口种莲，池旁遍植桃李，春夏时节，游人络绎不绝，莲子岁产千斤，为吾国第一。"历史的天空下，唐宋元明清如百口池塘中一茬茬莲花，如池旁一树树桃李花，开了谢谢了开。西门吱扭一声开了，曾任北宋开封府尹、在《墨田赋》中高唱"嬉嬉兮莲娃荡桨，泛泛兮渔子乘舟。袅柔风兮挂纤绪，穿微波兮沉直钩"的刘冀，踱着方步走近一朵白莲花，他是把百口莲塘的莲花当作唐风、邶风还是郑风？一转身，西门迎着第一缕曙光被缓缓推开了，被吴中才子王伯谷赞为"闽中有女最能诗"的明末诗人景翩翩，踩着莲韵走近一朵红莲花，随口咏叹道："小姑采莲花，莫漫采莲藕。采藕柳丝长，问姑姑知否？"她又一次导演了"莫春者，春服既成，冠者五六人，童子六七人，浴乎沂，风乎舞雩，咏而归"的风雅。俯仰之间，西门在一阵秋风秋雨中被咚咚叩响了，那位清代本土诗人何其渔左手捻髯，右手执杖，朗声吟道："十二芙蓉出绛霄，倏然危坐听仙韶。白云飞过风移动，翠浣秋衫湿未消。"他是想把自己羽化为一朵秋菊，还是一枝残荷？

西门叫庆丰门，蕴含着祈盼丰收、庆祝丰收之意。说实话，谁不企盼丰收，下场雪还要说成"瑞雪兆丰年"呢。有人说，西门并不是传统意义上的城门，只是山岭豁口处一个八角风雨亭；也有人说，西门是山岭豁口处一个石头垒砌的孔洞，仅可容两人并行而过。不管怎样，这西门始终像一个相框，框着夕阳，框着凤山，框着一涧莲花。于是，西门就这么一直吱扭吱扭地开开合合在我的想象中，一直被莲韵荷风咚咚咚地叩响在我的心尖上。

从历史的夹缝望过去，西门外那片天地把风花雪月、阴晴圆缺、风雨云雾种进百口莲塘，长成田田莲叶，开成朵朵莲花，结成沉甸甸的莲蓬。让我们把时光定格在 1703 年，一个衣衫褴褛的小伙子怯生生地走进了百口莲塘的一叶一莲花、一花一世界，进而走进了一轴历史画卷——他就是后来被称为"扬州八怪"之一的书画家黄慎，当时才十六岁，十四时父亲客死湖南。在凤山"三不见"的晨钟暮鼓中，黄慎日夜苦读、潜心学画，六年的光阴化作山下百口莲塘的荷风莲韵，给那个腥风苦雨的年代带去一股清新脱俗的画风。当黄慎以"扬州八怪"面世时，他画笔下那些山水、花鸟无一不流溢着凤山的神气，那些纤夫、乞丐、流氓、渔民无一不飘逸着莲荷的清韵。

时光定格在 1979 年至 1981 年，一群寄宿在建宁县第一中学的学生，踏着露珠，撞开第一缕鱼肚白，翻过后山来到凤山下的百口莲塘读书。我们左依一片荷叶，右傍一朵莲花，面对一枝莲蓬，背靠一枝箭荷，什么《离骚》《爱莲说》《如梦令》《荷塘月夜》就像莲藕一样种进心灵深处。现在想来，那哪里是在晨读，不如说是在和此起彼伏的蛙鸣对唱，和小荷尖尖角上的红蜻蜓练站桩，和"犹抱琵琶半遮面"的莲花比笑靥，向沉甸甸的莲蓬学习谦逊。

早起的莲农，顶着竹笠，或荷锄或背篓，蜿蜒于莲塘之间。他们似乎被我们琅琅的书声感动了，时不时从一人多高的荷叶下钻出来，递过来一两个莲蓬或一把菱角，请我们润润嗓子，清清喉咙。说来也怪，一粒莲子或一枚菱角入口，那凤山就飞腾起来了，那书本上的文字就香甜起来了，那些吃不饱穿不暖的日子就更和美起来了，让我至今还沉陷于唐诗宋词如青青莲子的清香之中，沉迷于北宋濂溪先生哲学思想如莲叶上点点露珠的圆融之中。

山不在高，有仙则灵；水不在深，有龙则灵。西门外凤山下的百口莲塘，自然也少不了传说故事，人们津津乐道的有：一个"百口莲塘吐清香"的佳话、一个千年古刹、一个肉身菩萨和一部"百科全书"似的经典小说。让我们像品味香甜的建莲红枣汤一样，品味那口口相传的佳话故事吧。

1931年5月31日，工农红军首次解放建宁县城，取得"五战五捷"，彻底粉碎国民党军第二次大"围剿"。毛委员翻过青云岭，沿濉溪逆流而上，过东门、南门，出西门去红三军团驻地开会，得知国民党军挖壕沟修工事毁坏了不少莲塘，立即对警卫战士和群众说："荷花仙子不可辱，我们把莲塘的土石清除掉。"卷起裤脚就带头下了池塘。群众纷纷扛着锄头赶来了，周恩来、朱德和彭德怀等带领红军战士也赶来了。清完被毁莲塘，有个老莲农说，这里的莲塘有99口，毛委员当即提议再挖一口，凑成百口整数。当挖出第一百口时，毛委员呵呵笑道："好！不久，我们就可以看到'百口莲塘吐清香'喽！"红军撤出建宁后，"百口莲塘吐清香"成了传递红军消息、联系苏区群众、鼓舞革命斗志的暗号。

1959年，新中国成立十周年观礼，为表达老区人民对毛主席当年挖莲塘的感激之情，当地莲农精选了10斤西门福莲进京呈送毛主席。毛主席欣然接受，指示中共中央办公厅打了一张收条，收条珍藏在建宁县革命纪念馆。人们风趣而又自豪地说，毛主席是建莲的"形象代言人"。

千年古刹报国寺位于金铙山脚下，民间流传着"先有金铙山报国寺，后有福州涌泉寺"的说法。相传五代梁龙德初（921），金铙山报国寺前两口莲池，一口开红莲花，一口开白莲花，为"建宁八景"之一。这里还有一个神话故事，相传有一年王母娘娘设宴款待各路神仙，仙桃、仙瓜和美酒都上桌了……当莲花仙子莲步轻摇地捧上一海碗莲子汤时，王母娘娘面有难色，莲花仙子惊得一个趔趄，海碗一倾，跳出两粒莲子，分别落进报国寺前的两口放生池，从此一口池子年年开白莲花，一口池子岁岁开红莲花。

西门外莲农见报国寺的白莲花特别圣洁，红莲花特别喜庆，便向寺庙住持请了一些莲藕作种，移栽到西门百口水塘，不想莲花红白辉映，清香弥漫，蜂蝶翩跹，宛若仙境。20世纪80年代全县大面积推广，引种的就是西门莲。

慈航菩萨，俗名艾继荣，祖籍建宁县溪口镇艾阳村，七岁丧母，九岁丧父，十三岁从师学裁缝谋生。孤苦伶仃的小继荣思念父母，经常偷偷跑到西门外看莲花，红白相间的莲花好像慈祥的母亲，碧绿的荷叶好像威严的父亲，什么师父的责罚、师兄弟的刁难和人们的轻贱便烟消云散了。十六岁那年，随师父进报国寺做僧衣，见寺庙前红白莲花便开悟出家，立志"以佛心为己心"，一生秉持"吾爱吾教亦爱吾国"理念，主张以文化、教育和慈善为佛教三大救生圈，专于唯识学，修持弥勒法门，足迹遍布大江南北及东南亚各国，晚年驻锡于台湾，创办了台湾佛学院和僧伽教育。将近四十年的弘法历程，他守身如莲、香远溢清，走到哪里就把建莲引种到哪里，把莲花的高洁播撒到哪里，最终成为"中国十大肉身菩萨"、宝岛台湾第一尊肉身菩萨。

"百科全书"似的经典小说《红楼梦》，在第十回有这么一个情节：冯紫英"幼时从学的先生"张友士为贾府长房长孙媳秦可卿看病，所开处方中有"引建莲子七粒去心"。第五十二回，曹雪芹写道："小丫头使用小茶盘一碗建莲红枣汤来。"这"建莲"就是西门百口莲塘所产莲子——"粒大圆润，晶莹凝脂，稍炖即熟，久煮不烂，汤清色白，芳香味美"，虽贵为"贡品"，千金难求，但贾家出了一位皇妃，建莲自然不是什么稀缺物品了。作药引，烹制汤羹，正体现了《本草纲目》所说：建莲"药食同源"。

　　建宁种莲有一千多年历史。清乾隆《建宁县志》"物产"篇记载："莲，花叶偶生相连曰莲。嫩极鲜，老则为干。莲子入药补脾。邑种莲多处，以西门为最上品，水南次之；水东又次之。"20世纪80年代大面积引种西门莲，创建了建莲品种繁育基地、高产丰产示范基地和莲心雪等系列产品加工企业、建莲文化研究会，建宁通心白莲创下"中国驰名商标"，一批如西门百口莲塘、修竹荷苑和梯田莲海、莲海玉家等集观莲、赏莲、品莲为一体的休闲旅游景区相继建成，并成为"央视现场直播基地""网红打卡点"和书画写生、摄影基地。每逢节日，挂莲花灯，贴莲花窗花，跳莲花灯舞，烹制建莲红枣汤、鸡莲肚、雪山莲蓉等款待亲朋好友，近年又研发了"全莲宴"，打造建莲文化旅游全产业品牌。

摆　　渡

◎孙世明

如果一座城市没有一条河流，就好像一个人没有血脉；如果河流上没有几座桥，就好像一个人没有双手。一条穿越城市的河流，如果再有那么一两处摆渡，那这个城市就有了生机和活力，这条河这道水就有了灵性，这里生活的人就是天生的哲学家或诗人了。

很久很久以前，据说建宁县城的设置有两个选址：一是里心，一是现址，决定性的因素是水。里心平坦、宽阔，与江西接壤，背靠鹿山、甘家隘和船顶隘等高山关隘，两股山泉水在这里交汇，一股来自鹿山，一股来自甘家隘，但水量太小。现址，东有制高点——东山，西北方向有呈扇形的天然屏障——凤山、一枝山、龙堡山和青云岭，东南可眺望素有"秀起东南第一巅"的海拔1858米的金铙山白石顶，一条大河贯穿南北。

城关不大，三面环山，三面临水。濉溪自合水口至界碑全长35.9公里，经14个村镇、15处险滩，过坑井时又收拢了艾阳等地的山泉水，合成一条大河在水南渡口向东一拐，开启了一段约3公里环抱城关的风花雪月。从高处往下看，这段流水左揽水南、河东新区，右抱城关，整个县城宛如一幅巨大的太极图。夜幕下，登上东山，灯火璀璨的城关宛如一把巨大的芭蕉扇。

在濉溪环抱城关这段水面上，如今有四座桥，分别为：溪口桥、下坊悬索桥、万安桥和水南桥，好像四个盘扣把鳞次栉比的高楼和大街小巷之间的幸福文明和谐，牢牢地锁在两岸的和风丽日中。1988年之前，城关这段滩溪上除了东门外的万安桥，下坊渡口有一条终日"咿咿呀呀"渡船，后来修建了悬索桥；水南渡口有一条常年"吱扭吱扭"的渡船（1961年前为浮桥），之后建造了水南桥。为此，奔流到海不复回的滩溪既有了苏东坡的豪放又有了李清照的婉约，小小的城关既有了孔孟"知其不可为而为之"的锐气又有了老庄的"知其不可奈何而安之若命"的泰然。

对摆渡念念不忘，一是源于鲁迅的《故乡》，一是源于沈丛文的《边城》。书本上的摆渡，由文字构筑，可以一而再再而三地翻阅、揣摩和重温，而隐匿在岁月深处的下坊和水南摆渡，看不见摸不着，只能像回味童年、少年的笑声一样，在夜深人静之时任由半帘月光、几声蟋蟀或半睡半醒的犬吠一遍一遍地淘澄，一粒一粒地串起，再一串一串地放回记忆的保险箱。

鲁迅的故乡在绍兴，若干年前去旅游过一次。虽然时值五月，但我给自己虚构了一个冬天——"苍黄的天底下，远近横着几个萧索的荒村"。在"三味书屋"窗户下，有一条树荫覆盖的水巷，水巷中停泊着一条乌篷船。我一面描画迅哥儿摇头晃脑念书的样子，一面咀嚼"希望本无所谓有，无所谓无的。这正如地上的路：其实地上本没有路，走的人多了，也便成了路"。一面钻进那条乌篷船游览了鲁迅故居、咸亨酒店等景点。乌篷船窄小，咿咿呀呀的水巷浮荡着街市的喧嚣，我暗自把那个摇橹的当作闰土，把那个坐在店铺里的女人当作"细脚伶仃的圆规""拿了那狗气杀，飞也似的跑了"的豆腐西施杨二嫂……沈丛文的边城是川湘交界一个叫茶峒的小镇，遥想过若干次但无缘亲历。从字里行间中，我认识了天真善良、温柔清纯的小女孩——翠翠，认识了淳朴、厚道而又倔强的摆渡人——翠翠的爷爷，认识了船总的大儿子——个性豪爽、慷慨的天保，认识了那条日夜哗啦啦地叨念着"这个人也许永远不回来了，也许明天回来"的叫碧溪岨的溪流。

鲁迅的摆渡、沈从文的摆渡，各有各的水系，各有各的时空，各有各的结局，各有各的意味，我的摆渡呢？

下坊渡口，一字排列着十几二十棵被叽叽喳喳的鸟鸣挤压得几乎快要扑入水底的老树大树，树下是二三十级从水底爬上驳岸的石台阶，台阶上是一群把衣物锤打得嗙嗙作响的妇女和一连串高呼"船家"的叫喊，水面上时有一两个撒网的或放钩的……那时，我正好在建宁县第一中学读书。

记得是一个雨水连绵的日子，鲁迅的《故乡》进入了我的课堂。在语文老师雨水一样淅淅沥沥的分析、阐释和讲述中，我一次又一次将鲁迅的乌篷船与下坊那条渡船组合、拆解，再组合再拆解，努力把自己想象成一个摆渡人，渡一船又一船的人撞破雨幕、波涛和浪花抵达彼岸，或回家团圆或开辟一片新天地。几天后，我瞒着同学、老师偷偷去乘坐了一次，也是雨天，雨点噼噼噗噗地砸在船篷上，噼噼啪啪地砸在河面上，摆渡的身着蓑衣一下一下地摇着桨，我和一船的人仿佛都在聆听雨声、水声和摇橹声，渡船咿咿呀呀地把我和一船人渡过去，又咿咿呀呀地把我和另一群人渡过来。

后来，我又偷偷摸摸地去乘坐过好几次。出于好奇，我抚摸过那支能发出咿咿呀呀声响的桨，特意坐到船尾看桨如何深入流水，如何推动船只过河，还坐到船头看船只如何犁开流水，如何一颤一颤地把人"度"到对岸。虽然始终没能找到"度"的感觉，但我知道摆渡是一种养家糊口的好手艺，有人过河就咿咿呀呀地摇橹，空闲时就坐树荫下听鸟鸣，或坐在船舷上抽旱烟，挺逍遥自在的。当时，乘一趟渡船得两分钱，来回就是四分，为此我少吃了好几根冰棒，多吃了好几顿盐水拌白饭。

水南那条渡船，我不曾乘坐，也只见过一次，好像是黄昏，上下渡船的全是些挑担的，此岸有黄牛水牛哞哞叫唤，彼岸有炊烟袅袅升起，水面上是吱扭吱扭的摇橹声，转眼夕阳就落下西山去了。记得有一条竹排缓缓地行走在水面上，竹排上一人双手攥着一根长长的竹篙，竹排一头站着七八只鸬鹚，另一头安放着一个竹篓。夕阳给整条河铺上一层薄薄的黄金，又给渡船、竹排和摆渡人、放排人以及鸬鹚贴上一层薄薄的黄金。放排的人站在竹排中央，一会儿用竹篙敲打左边的水面，一会敲打右侧的流水，激起一人多高的水花；一会儿"嚯嚯嚯"地赶鸬鹚下水，一会儿"噜噜噜"地从水里挑起两三只鸬鹚……那时，我情不自禁地萌生了一种想回家念父母的忧伤。

据说，一个荷花盛开的季节，朱熹在刘刚中等一班门生的陪同下，由水南渡口上岸入城，先后参拜了孔圣人，参访了文庙，拜会了地方贤能，在潩川书院讲授《大学》半月有余，再从下坊渡口上船离去。驻足溪源乡上坪村时，朱熹面对杨氏学堂一池蜂蝶翩跹的荷花，感慨万千，挥毫留下一副对联："立修齐志，读圣贤书"。

1994 年版《建宁县志》记载：刘刚中（1165—1233），字德言，建宁客坊人。南宋嘉定四年（1211）进士，曾任汉阳簿、兰溪丞。少时即好学，读老、庄、荀、杨之书，后向朱熹求学，朱熹问他读些什么书，刘如实相告。朱熹说："老、庄书坏人心术，非所学也。"间于是专心志于理学。朱熹为他改字为"近仁"。刘与朱熹的另一个弟子黄幹来往密切，切磋学问，收益甚多。回建宁后筑室讲学，其室名"琴轩书屋"，从学者除本县还有外省的。清以前称其为南宋理学名儒。著有《师友问答》《西溪奇语》《梦疑篇》等。

在那个儒释道争夺话语权的年代，刘刚中是幸运的。他能够入得朱门为学，能够得到朱子的亲自教诲并为其改字为"近仁"，能够学业精进中举为官，能够回乡兴学著书立说，可以说得"度"了，而千百万学子穷尽一生"不得其门而入，不见宗庙之美，百官之富"，只能对着如一川流水似的《四书》《五经》感叹："得其门者或寡矣！"

荷花年年开了谢，岁岁谢了开。潩溪上，这次"吱扭吱扭"一摆和

"咿咿呀呀"一渡，把朱子像春风一样"度"进了建宁城关，从而"度"出了理学名儒刘刚中，"度"出不畏强权的明朝推官李春熙，"度"出了"以诗扬名""以古文扬名"的朱仕玠、朱仕琇兄弟和鸦片战争时期国内"享有盛名"的爱国诗人张际亮，还"度"出了一个终生秉持"吾爱吾教亦爱吾国"理念，被誉为"守身如莲，香远益清"的肉身菩萨——慈航，而在那个小小的溪源乡上坪村竟然"度"出了1个进士、2个举人、98个秀才。

庄子说："适来，夫子时也；适去，夫子顺也。"虽然说的是老聃，但与摆渡这种交通方式的应运而生、顺时而去是何其相似。下坊渡口"咿咿呀呀"的摆渡，如今为一架竖琴似的悬索桥，日夜弹奏着潺潺的流水。水南渡口"吱扭吱扭"的摆渡，化身为一座钢筋水泥拱桥。站在悬索桥或水南桥上，环抱城关的濉溪倒映着蓝天白云，倒映着两岸的楼房，静静地"度"你我他和她回家。

老照相馆

◎林成勇

新中国成立前，小小的建宁城关就有家老照相馆——东南照相馆。我家祖传老相框中有一张大约20世纪40年代，我祖父祖母和父亲母亲的发黄的全家福照片就是在那照的。但建宁人那时候有照过相并留下来的不多，所以人们对新中国成立前的照相事忆说较少。

1950年建宁解放后，东南照相馆郑姓老馆长因迁移他地不经营了，于是作为徒弟的我家同族宗亲叔叔林秉仁就承接了这家照相馆，成了新馆长。之后照相馆又新招另一伙伴郑友林，并转变为集体所有制，隶属县商业局饮服公司。到了20世纪60年代，又增加了龚秋俤（馆长的异姓亲兄弟）和陈启生。

因为秉仁馆长是闽清宗亲，又住在溪口码头我家对面，其他秋俤、友林及启生不是宗亲也是邻居老乡，加上我年少时喜欢和小伙伴一起跑去城关玩，所以我对那年代的东南照相馆印象比较深。

东南照相馆位于县民主街原饮服公司大楼一二楼，算是租用公司的场所。照相馆一楼设有一镶着玻璃的木框门，进门后右侧是引人注目五颜六色的照片展示橱窗，照片中展示的几乎都是仪态万方的女子。然后是一木楼梯，由此上梯往右即是二楼照相馆。这二楼里面大概有70平方。一进去右边是收费室、工作室，左边是暗室。再进去最里边的是摄影室大厅。大厅前头迎面放置着一较大的座式相机，相机的对面放着一把蓝色油漆木椅，木椅的背后是二幅水粉作的亭台楼榭、小桥流水风景的照相背景画，木椅的两旁是四盏有黑色灯罩的落地灯。那座式照相机是上海产的，在照相馆，它特别吸引我的目光，常见机身被一块黑布罩着。每次照相，就会见到照相馆工作人员招呼照相的人站好或者坐好，然后再快速走到座式相机后面，将头钻入罩着的黑布内，根据照相机上磨砂玻璃看到的影像虚实效果，通过稍往前往后移动相机及机身前的螺丝对焦调焦，调好焦后，立马"咔哒咔哒"有板有眼地安装要件一般将合适的焦片放入暗盒，之后再将头移出黑布，一边拿起连接控制照相机快门的皮球，一边极认真地对着照相的人说"看过来，坐直点""往左边侧一点""往右边侧一点""笑一点"，诸如此类。工作员一见照相人达到了自己的要求，就迅速用手捏一下皮球，让照相机快门曝光，并道声："好！"照片就算照好了。但照好相后往往不能很快拿到照片，须等那张焦片都照满后才能取下拿去暗室冲洗，之后修底片、晾干后再感光冲洗成像，一般来说要等几天才能拿到。

曾听宗亲秋俤说，那时照洗一份黑白照片（含底片及三张照片），一英寸的才 0.45 元，二英寸的 0.9 元，三英寸 1.5 元，四英寸 2.7 元，六英寸 5 元，八英寸 9 元。少数黑白照片根据一些顾客要求也可以上油彩制成彩色照片，上彩一张价格高的要 12 元。当时照相馆极少，照相人数多、生意好，照相馆员工天天早晨 8 点上班、下午 5 点才下班，没有双休日节假日。照相馆员工工资，普遍高于那时好多单位人员工资，20 世纪 60 年代初，像林馆长那样的师傅大约 45 元，而刚进去的人员 20 多元，改革开放初期达 200—300 元，到 20 世纪 90 年代后都已达到 1000 多元了。

东南照相馆的工作人员除在照相馆室内用那较大的座式相机照相外，在室外照集体合影照，还会用一由三脚架支撑的小型座式相机，人数少时也会用海鸥等照相机照。

20 世纪 70 年代后期，东南照相馆因为自有较多盈利资金，就购买了相距 10 多米远的中山南路原党校一楼场所作为照相馆新址，并另取名"大众照相馆"，但只是场所易位，照相馆设置、设施、风格和人员与原先的大抵相同。

秉仁馆长新中国成立前曾在福州读过初中，文化底子好，毛笔字写得灵动耐看，因此以前老照相馆照的集体照片头说明文字，都是他洗照片时亲手制作。又因是他最早向新中国成立前郑姓老馆长学习照相技术的，所以他理所当然地成了照相馆的照相技术权威，后来进馆的员工都是他一手带出来的。作为邻居宗亲，我常去他家玩。几乎每次去他家饭厅攀谈时，我都会仔细欣赏相框中陈列的他以前照的家庭成员的上彩照片，感觉很有历史感和技术感，视觉效果相当妙。

后来到了 20 世纪 90 年代末及 21 世纪初，因老照相馆员工逐步到龄退休离开，新的人员没有接替进来，而且较多地运用数码相机技术的其他多家新照相馆也兴办起来，生意竞争日趋激烈，于是在 2002 年受建宁"6·16"特大洪灾严重水毁后，那集体所有制的老照相馆便终于关闭不再经营。它的命运也仿佛如历史新旧更替一般，成为经历过那个时代许许多多到过老照相馆照过相的人们头脑中一个值得回味的记忆了……

建宁城关旧事

◎阮衱喜

我 1987 年 7 月份从三明师专毕业分配到建宁工作，当时，建宁县城范围很小，仅仅只有濉溪河环抱的河西一片集中地带，南到水南桥头，北到溪口桥头，当年建宁城关最繁华地段莫过于"三优"街到农贸市场一条比较大的街道，那里集中着县政府、百货、公检法、教育局、文化局、财政局、邮政局以及建行、工商行、农信社、人行、保险公司、卫生局、县医院、电影院、烟草局、电力公司等各种各样的主要单位，每逢农历一日或六日、十一日或十六日、二十一日或二十六日，"三优"街便摆满了各式各样农民从自家挑来的各类农产品交易，也是俗称的圩天，只有在赶圩的时候，县城才有比较旺的人气。平时，街上几乎没有多少人流，车辆更是少得可怜，如果你骑自行车去县城逛逛，10 分钟左右便可逛完整个县城。而且，县城几乎没有高楼，最高的楼房就是六层楼，多数是三层左右的房子，就连县招待所也只有三层高的房子，最高的要数县政府了，也只有六层楼高。整个县城很少有科学的规划，房子一幢紧挨着一幢，就连最中心的"三优"街也不宽阔，大概只有五六米宽，最开阔的地便是教育局、邮政局和保险公司、人民银行、工商局交界的圆盘地带了，但一到圩天，整条街都被各式各样的摊位围得水泄不通。

印象比较深的是当年城关的下雪天。建宁城关几乎年年都有下雪，而且都不小，一到下雪天，打雪仗、堆雪人、玩雪球游戏到处可见，对于小孩子来说，下雪天可以陪同大人出来肆意游玩，而大人们一般是不会太多干预的，特别开心。记得 1993 年的年底，建宁城关下了一场大雪，雪厚有二三十公分，河东一带有五十公分左右，就是"三优"街比较开阔的地方雪的厚度也有二十公分，那时候，自来水管被冻裂，电线杆也被冻倒、压断。整个城关是缺水断电，居民的用水主要靠原先储一部分水，挑河水和井水，而且需要非常节俭着用；用火主要靠烧炭和烧煤，一到雪天，当年的炭火锅特别热销，几乎家家户户都有一个炭火锅，一家人基本上都是围着炭火锅度过三餐的。那时，乡下的各种蔬菜运不进来，各家各户餐桌上的菜多数是土豆和大白菜，这两种菜好储存不易坏，几乎家家户户都会储存一些，街上偶尔也可以买到一些菌类的菜，但都贵得惊人，豆腐、白菜、土豆以及一些冻品便成为建宁城里人度过下雪天的佳肴了。那时候，生活虽然有些苦，也有诸多的不方便，可每年的下雪天还是人们期盼的，可能是银装素裹的世界分外妖娆吧！但我想更多的可能是大家对春天的到来的一种期盼。英国诗人雪莱曾经说过："冬天来了，春天还会远吗？"

最难忘的莫过于过去的人际交往，同事之间、朋友之间有事都到家里聊，一杯清茶，客气一点的，几瓶啤酒，什么事都好聊，很少像现在这种上酒楼、咖啡厅或茶馆。因此，你认识了一位朋友，也一定会认识他的家人，人际交往常常是家庭式的。而且当时同事之间的厨房大多在同一排的平房里，东家煮了好吃的，会叫西邻的同事一起品尝；西家有酒有肉，也会与东邻共同分享，同事之间尽管偶尔也会有一些矛盾，但在大是大非面前却特别团结，有凝聚力。不仅大人如此，小孩子也一样，东家窜一窜，西家走一走，遇到哪家大人都有事，就会把孩子放在另一家里同其孩子一起玩，一点也不用担心孩子会被拐走。

　　那时候，建宁城关邮政局临近的农贸市场西南靠山的地段还是农田，多数时候是种着莲子，建宁西门的百亩莲田便是集中在这里，每到夏季，田田碧绿荷叶叠翠，配上红白相间的荷花，随风摇曳，便成为建宁城关一道总让人欣赏不够的美景。可惜如今这些莲田基本消失了，取而代之的是林立的高楼。

　　1988 年前，建宁城关到水南没有桥梁，城里人要去水南只好乘坐小船，当时的船，船体很小，一艘一次只能坐七八个人，而且全是手工摇的，每隔四十分钟才有一趟，来去十分不便，如果一遇到洪水或者汛期，小船便不能行驶。城关到河东虽有万安桥连接，但一到河东，全部是土路，雨天道路泥泞，晴天尘土飞扬，而且路面崎岖不平，交通工具主要是拖拉机、摩托车和自行车，偶尔也有带拖斗的"解放牌"汽车行驶，但那多是运土和建筑材料用的，供人坐的车很少，如果能偶尔见到桑塔纳轿车，那肯定是市、县领导来视察了。

　　当年建宁的城关除了小和挤、交通不便外，最可供人们流连忘返的地方便是百货和供销社开的各式各类的店铺，如买农具和日用商品的土产日杂公司门市部，卖农药化肥的生产资料公司的门市部以及商业部门开的饮食店、照相馆、理发店等。那时候虽然也有了一些个体工商户开的店铺，但规模都比较小，品种也比较单一，要买较齐全的东西和吃比较大宗的食品，还是要到国有商业部门开的店铺，尽管他们的员工服务态度不太好，但相对还是会让人放心一些。

　　如今，建宁的城关已大变样了，水南、河东、溪口、黄舟坊等都属于大城区了，马路宽敞，交通便利，商业繁荣，经济发展多元化，各地高楼林立。现在如果一说建宁城关就不会再分水南、河东、溪口了，更多的人以居住在水南、河东为自豪，因为这些地方不仅楼盘更新，小区规划更趋科学合理，道路更宽敞，绿化更优美，很多好的星级酒店几乎也都在过去所认为的"乡下"落座。人与人之间的交往也都聚集在酒楼、KTV、咖啡屋和茶馆了。

何止是建宁这样的县城？全国各地，哪一个地方不出现这样巨大的变化呢？

泰宁古城的千年回响

◎陈宁璋

一条河流对泰宁古城的叙事

泰宁自古被称作"汉唐古镇、两宋名城",很大程度上,是因为这条河流培养了两名状元,而这条河流,叫作金溪。

当历史回溯40年前,1980年,泰宁在金溪下游的芦庵滩拦河筑坝,高峡出平湖,湖随溪名,从此"金湖"这个名字应运而生。附丽于湖区四周壮丽多姿的赤壁丹崖,也正是这条河流,让泰宁声名鹊起,成就了"天下第一湖山",四面八方的人便慕名前来。这条河流开始流金淌银,培育了一个让泰宁人骄傲的富民强县产业——旅游。

因为旅游,很多人知道了金湖,而这条小河却一直默默无闻。她一直在昼夜不息地赶路，路过丛林山岭、穿过田垄绿地、流过村庄小桥、绕过乡间城市，最终她还要汇入大江大河，融入大海。

但是，在古往今来的历史长河上，却不时地响起泰宁河流的水声。能让泰宁人常常引为自豪的，首屈一指的当然是"隔河两状元"。据记载，中国有科举制度的一千年中，中国也不过就出了500多名状元，对于一个地处中原文化边缘的闽越蛮荒小城来说，金溪河培养成就两名状元，其艰辛可想而知。泰宁的两状元枕河而居，一个是北宋熙宁三年（1070）水北的叶祖洽，另一个是南宋庆元二年（1196）水南的邹应龙，他们是泰宁文人的翘楚和科举年代的幸运儿。

事实上，金溪虽小，泰宁人却一直把金溪称作大溪，而且非常清楚大溪的流源和河水的来龙去脉，《泰宁县志》山川篇中一开始就做了详细记述。金溪源头源自邵武官尖峰的山麓，经朱口游源村到朱口龙湖村（原为镇），合东溪、西溪之水，南下又沿途纳交溪和朱口梅林溪，在朱口镇区附近，又汇集了朱口溪和山夹溪，改折向东流。随后，一路上又接纳了龙门溪、将溪、上清溪、长兴溪，之后，自北趋东进入泰宁县城。至此，在县城的东面最后又会合了西北迢迢而来的北溪（旧称杉溪），自东而来的黄溪，抱城而过，在城东形成一道特殊的水景，始称金溪。金溪挽泰宁北部多股水系和流域，从此向西南流去，这就是泰宁的"城东三涧"，古时被列为"杉阳八景"之一。

关于"城东三涧"，古县志说，"大溪乃纳二溪之水，潴为河潭，潭形如斗角"，"大溪"南流就是金溪，"纳二溪之水"，指的是在城北折向东流的北溪和从东面入城的黄溪。三水从不同方向汇入，水声砰击，群龙戏水，古人敏感地意识到，这条看似不经意的小河，却是龙凤聚首之地。

在古人眼中，似乎泰宁注定要出"隔河两状元"。古县志的"志余"补充说，"河潭流斗角，此地状元生，以宋叶、邹两公有征也"。另外，因为"潭形如斗角"，在这里形成了一个水洲，叫"馆前洲"，县志认为其状如游鱼出水，有"游鱼出、侍郎生"之谶。侍郎指的是官到吏部的叶祖洽，在北宋"王安石变法"中，叶祖洽仕途浮沉，是 11 世纪的这场新法变革的一员主将。让家乡父老记住叶祖洽状元的是，因为此前"归化"这个县名有贬损之义，他郑重其事地敦请户部上奏当时的宋哲宗赵煦改县名为"泰宁"。这不仅是皇帝亲赐的一面荣光，同时"泰宁"这两个字本身是孔子家乡的阙里府号，这次赐改县名，真正让泰宁后代感到荣耀倍至，这是北宋元祐元年（1086）的事。

至于宋哲宗为什么会取阙里府号"泰宁"给一个遥远的边区作县名？《泰宁县志》收录了叶祖洽的《诏改泰宁县记》一文。这是一篇叶祖洽专门记录家乡的美文，与金溪也有很大关系。在诏改的理由中，叶祖洽历陈泰宁山川奇秀，人文富足，遑论当日"诗书比屋连墙相闻、名荐于天子而爵列王廷"，他非常熟悉家乡的自然地理，他说，金溪向西流了三十里，和孔圣家乡的汶水西流了三百里是多么相似呀。拿无名的金溪与汶水相比，显见叶祖洽是张狂的，而开明的赵煦却对金溪这条河流大加赞赏。遂取阙里"泰"字寄希"贤者以类进"，并寓以"宁"的期待，希望天下皇土都能"贤者不断，夫然后宁"且"国泰民安"。这个县名这么美好，就一直用到了今天。

可见，昭昭天下，不说这河流有情，起码也是有意了。或许还得归功金溪这条小河。因为，金溪确实向西流了三十里。

千百年来，"逐水草而居"的古越先民和客家子孙就在这条河流上行走、流动，承载着一段又一段似重似轻的时间和人文。环城而过的金溪，一直在默默地看护着泰宁，在崇山峻岭的武夷山脉深处，古老的小城缓慢地移动目光，静静地注视着历史的过客，安谧地点燃袅袅的田园炊烟，很长时间里，她就是一块人自足用、舟车莫通的处女地。

花开花落，金溪依旧，日夜不停。金溪，她在守候着一群属于她的歌手，她在守候着属于她的舞台。2000 年过去了，那漫长的水声中，她不时地把自己的故事，说予那些想听的人。

一座落花开襟的明城素描

自古以来，泰宁古城倚仗着天然条件，是一个没有围墙的城市，前面有金溪之水的屏障，背后有山峦地势之险要为靠，民享山林鱼稻之乐，治县很轻松地有如小烹。

筑城池是明代中期以后的事情。因为不堪外寇的三年七扰，泰宁索性筑城。现在保留下来的昼锦门就是明嘉靖三十九年（1560）建的。当时泰宁的县令熊鸮筹银 1.18 万两，历经 7 个月竣工。建有四门和四小门，东门"左圣"，西门"右义"，南门"泰阶"，北门"朝京"。商议筑城，县志说"然而有备无患，古有明训，绸缪阴雨之必先，则在形之崇墉可恃，无象之金汤尤可恃也"。

在那个筑城池的年代，风水文化已经盛行。当古人开始打量这方边远的山中小城时，惊奇地发现，泰宁古城四维聚备，富贵格种种，居然是闽西、闽北一带罕匹的一块风水宝地。泰宁李竹隐写《县龙记》，指出泰宁得局得水又包藏完密，"应出宰辅""当世出台谏""作状元之文笔状""发状元之秀气""至于科第魁元，自连绵不替，即鼎甲、御史、九卿、六部、公侯将相、仙子理学、亦间世出"。

有这样秀美的山水，无怪泰宁人有资格这样诠释它文化的自足。闽越把山脉称为龙脉，要顺着龙脉落住才能幸福地生活，这就是坐龙。泰宁建房历来注重坐龙。登高远眺泰宁城，金溪水环绕山城，半壁合抱弯如长月，古城浑若红日坐落当中。自给自足的农耕传统，使城区居民习惯于城内居住，城外劳作，现在泰宁城区大体保留了明清以来坐龙的古建筑布局。城中以炉峰山为主龙脉，建房朝向均要背靠炉峰山，面向前方，"坐龙脉"决定民居建筑房屋朝向。城东房子坐西朝东，城西坐东朝西，而城南一带多坐北朝南，民居规模整齐、连片分布，一律"三厅九栋"九宫格排开，一姓一座，规模整齐，形成充满田园诗意的"日月星"格局。

"三厅九栋"建筑，是由中轴线上的前厅、中厅、后厅和两边对称的边厅（或边房）组成的。从功能分，前厅为客厅，中厅为主人生活起居的主要场所，后厅设神位、祖宗位，为宗族盛大事件活动的厅堂。泰宁建筑把主幢与辅房分开，主幢有居住、待客、设祖宗神龛等用场，厨房和饭厅多在边厅房。从上往下看，三个主厅加上边厅屋顶上就有九根屋脊（栋梁），所以称三厅九栋。而习惯上把砻房、库房、猪栏、厕所建在院墙内的两侧或后院，离主厅较远，称为辅房。

　　尚书第古民居建筑群，坐落在泰宁古城中心位置。主要包括元末明初建筑世德堂住宅群，明晚期建筑尚书第住宅群，以及周边古色古香的明清古街坊和民居建筑群。这个古城主体年代跨度 500 多年，一字排列、幢幢相接，规模宏大、工艺精湛、布局合理、连片保存完好，占地12000 多平方米。据考证已成为中国明代江南民居建筑艺术珍品，1988年被列为第三批全国重点文物保护单位。

　　尚书第，建于明天启年间，是明朝兵部尚书李春烨在家乡建起的府第，被称作"江南第一民居"，至今已有 360 余年的历史。是今天我们能够瞻睹到泰宁古城昔日绣衣穿梭、儒生相聚的一抹落日的余晖。

　　尚书第坐西向东，是采用传统的"三厅九栋"式建筑，一字排列，由主楼、辅房、仪仗厅、马房、甬道、后花园六个部分组成，占地 5600多平方米。它气势恢宏，工艺精湛，是中国明代江南民居建筑艺术珍品。

　　在整体建筑质量上，尚书第做到了百年大计，质量第一。大到整体框架的设计，小到这个门墩的制作都十分讲究。历经三百多年风风雨雨，尚书第没有倾斜的现象。尚书第每幢三进，幢与幢之间以土壤火墙相隔，廊门相通，进与进之间又以砖墙或槛门相隔，形成既独立又统一的建筑群体。封火墙是尚书第建筑的突出特色，整个面墙、围墙、幢进之间的隔墙都筑高于屋面的封火墙，墙厚 40 厘米以上，不仅远看雄伟壮观，还充分体现了明代建筑中对防火安全的高度重视。

泰寧尚書第 癸卯燕樺寫

（燕桦 绘）

在木制作部分，主体都用杉圆木，圆柱、梁柱的用材大小比例十分严谨。房面结构采用美观的人字篷顶，斗观、花饰、檐檀额枋、梁架等，充分体现着力与美的结合。尚书第的木材、青砖、花岗岩的雕刻装饰艺术也有它独特的追求。大到门楼、砖墙、石梁、石枋、石柱，小到窗框、斗拱、菱砖，到处镂刻有人物、飞禽、鸟兽、卷草、团花等高浮图案，精美大方，栩栩如生。其刀法或圆活、或豪放、或简练、或干净，一刀一笔也不多用，令人叫绝，成为明代雕刻艺术的精湛之作。

尚书第两旁，是进士街和九举巷，也都以明清两代的民居建筑为主。因为保护较早，整个泰宁古城保存得相当完好，表现了当时民居普遍的生活水准和建筑需求的高度。鹅卵石拱围的"直石铺路"，使古色古香、鳞次栉比的古街风貌显得迷人，吸引着四面八方的游客。

当你随意走进一条老巷，随意走进一户人家，也许和古城人民就会有一次亲密的接触。

和那些凝固在历史五线谱上的古建筑相比，文化和民俗是一部流动的活的历史。

> 晓起坐书斋，落花堆满径。
>
> 会得古人心，开襟静无语。

在泰宁县尚书第博物馆，保存着这方朱熹题写泰宁四季的碑刻手迹，字里行间，镂刻了一代理学大师对这方山水永恒的禅悟……

小城人们的心灵半径，从来就不超过身边的金溪河，不超过古城10平方公里的市区范围。在崇山峻岭的武夷山脉深处，令人难忘的，永远是安谧的炊烟和袅袅的田园。

我们开始回首，开始被深深吸引的，还是绵延千年的民俗，它像古城一个个跳跃的音符，随着金溪穿山过峡迁岭回谷的不息奔流，它生动而且欢乐，它代表山里人的期盼，它代表古城对悠远的历史文化的问候，和深深的关怀。

朋友，去江南明城泰宁走一趟吧。大千世界，那山，那水，那人，难得一个真字。泰宁之美，恰恰美在本真，美在天成，美在质朴，美在厚实。随便在一处街巷跺跺脚，你都会听到历史洪钟的回声；随便在一个村旁移移身子，就能感受到客家人原汁原味农耕文化的浸润；随便在一个角落抬抬眼，就能看到奇山异水的天趣神韵。

泰宁城很小，住上一个星期，谁都认识你。

一座小城的心灵半径

每天清晨，安谧的金溪河畔，沿河而居的古城居民们如约来到河边，浣衣、洗濯，拉不完的家长里短，她们的脸庞上写满了悠闲的日子。夕阳西下，滨河公园的花瓣、柳絮、落叶悄然飘落水中，晚霞洒金的河水里摇曳了灰色的古城堞，在剪影般的昼锦门，在落英缤纷的渥丹园，在徽檐憧憧的水车街区，星星点点的广场嗨舞，错落了旅游新城和古民居的身姿……泰宁古城，在一片繁盛、喧闹的表象背后，透着十足的古朴而幽静的气质，让你惊艳，又仿佛能让你触摸、聆听，古与今、人与事、历史与现实，这真是一道奇妙而独特的风景！

于是，我们开始寻找，寻找一种叫"泰宁"的生活。

走进河卵石铺垫的尚书巷，斑驳的赤石巷陌间，相隔不到一百米，悠悠伫立着三处古韵盎然的石井，三座古井均为圆形花岗岩凿石的井制，井圈直径一米见方，井壁上凿留了"何恩公建"和"崇仁年间"的字样，泰宁人习惯地称之为"崇仁三井"。县志对井壁上的"何恩"作了记载，即明代官吏何道旻的父亲。何道旻，泰宁城关人，字伯清，号芝城，元至正二十五年（1365）生。少年聪颖，明洪武二十四年（1391），以闽中选贡第一名，入国子监，后宦迹8省为官40年，所至州、郡皆著政绩，回乡之日却行李萧然。何道旻一生清廉为民，明宣德七年（1432）告老归乡时，已年近古稀。崇仁年间，为解决城东乡人们的饮水之难，他四处奔走，自筹资金陆续地在尚书巷凿建了三座水井，并以乃翁之名，以报答乡邻的多年教诲。看看何道旻临终时的嘱言："人生在世，出则报国家以忠，处则事父母以孝。不读即耕，亦是正途。持家须勤俭，教子孙戒奢侈。"何道旻被泰宁后世尊为"乡贤"，受到了香火崇祀，而崇仁三井，默默地滋浇着一方水土一方人，直到今日仍春风不老，于古老而普通的街坊巷陌间，流传那渐远的故人、故事、故景……

"井泉以资烹饪，所谓巽乎木而上水，民养不穷也。"在古城四周方圆一万多平方米的核心城区，现在可以找到并仍在使用的，有宋、元、明、清、民国等不同年代的20多口古井。"卜居用此地，井井为比邻"，如果按当时人口规模计算，聚井而居的泰宁人，平均100—150人就有一口井。唐初以前，泰宁的行政区划还是一个镇或场的建置；五代，闽王王审知派左仆射邹勇夫前来驻守，一时间武夷山脉深处集散流民，开荒垦地，兴修水利，轻徭薄赋，由此很快有了一个县的规模。泰宁在南唐中兴元年（958）开始正式建"归化县"，到北宋元祐元年（1086）更名"泰宁县"，距今1000多年。上为水下为木，所以改邑不改井。这些建造和见证泰宁成长的古井，有唐以来，到明清各时期，此起彼伏地延续一代又一代人，一直保存至今，从数量和井制的记载，我们从中看到泰宁人口变迁与经济盛衰的曲线。

先有古井，后有泰宁。泰宁县志《赋役志》和"水道旧制"对古井的凿建方法有详细说明，至于县志专门记载关于井的建筑手法，体例也是比较少见的，但这恰恰表明古井对泰宁古城的作用和分量。泰宁城区古井建制大都是圆形，但也不乏方形的例子，井圈大多用石块或陶砖砌成，井沿口为整块巨石凿成，外壁镌刻井名和建井人姓名及年月，有的镌饰简洁大方的图案。如：狮巷口的朱紫巷井、岭上街的兴贤井、红卫梨树下的儒学井、尚书街的大巷头井、大巷里的牌楼下井、今县人武部进门左边的壕上井、红光街的兴隆井、杨柳巷的杨柳巷井、土地堂巷的土地堂井等。古井名字五花八门，有地名的，有地点的，有人名的，有寓意的，有公募或者民捐的，不一而足。泰宁城区之所以这么多古井，原因不仅是建筑和人口密集而取、用水之需，还有防火作用，重要的是——古井之多，亦可能和地形有关，比如用于军事、风水、慈善等，因此古井还涉及泰宁历史上的城市流变、人口衍变与建筑搬迁、匪寇战争史等。

五步一井，以清路尘；十步一庐，以备茶灶。只是这么一个不大的泰宁城，这么多的古井在中间一放，仿若一盘逐渐展开的棋局，试想这是什么样的气势呢？！2002年的那个夏天，泰宁经历了"6·16"百年不遇的特大洪灾，城区供水一度陷入瘫痪。在岭上街，一口荒废多年的古井被当地居民想起，邻里们马上紧急启用起来，一下子解决了几百户人家的断水之难。这口井古名"兴贤井"，建在宋熙宁年间，距今有900年了。有了这场意外，附近的居民们纷纷筹资，重新拾忆起古人的烹泉之乐，重新修凿岭上街的这口古井。也是这场突如其来的洪灾造成停水窘境，让人重新审视和思考，当我们悄然走进的后工业化生活，当我们渐渐习惯饮用自来水，我们好像丢失了什么，遗忘了什么。

泰宁人说，古城最甜的井水，要去岭上街陈家大院旁边的"红军井"喝"红军泉"。值得古城人骄傲的，这里是一方薪火相传的红色土地。

红军井坐落在岭上街巷头东，小街呈东西走向，蜿蜒曲折地环卫在古城核心，伸向炉峰山间。岭上街又被称作"红军街"，除了红军井，还有红军牌坊、红军总部、红军东方军司令部、周恩来故居、朱德故居、红军标语、红军布告、红色故事等众多革命遗迹遗址。土地革命时期，泰宁是全国 21 个中央苏区县之一，作为红军东方战线的门户和军事重镇，从第二次反"围剿"到第五次反"围剿"，红军先后在 1931 年 6 月、1932 年 10 月、1933 年 7 月三入泰宁。周恩来、朱德、彭德怀等老一辈无产阶级革命家曾在泰宁从事革命活动，新中国 10 位开国元帅中有 8 位在泰宁生活战斗过，泰宁曾成为红军东方军战略指挥中心、军用物资补给地和向东方挺进的门户；3000 多名泰宁优秀儿女参加了中国工农红军，绝大部分牺牲在第五次反"围剿"及后来的长征路上，为中国的革命事业作出了重要贡献。

后来，岭上街这条百米长的老街就一直被古城人民称作"红军街"。走进红军街，远远就会看见，矗立在巷沿的那块高大的"红军井"石碑，总会让人追忆起当年母亲送儿、妻送郎君的参军画面；高高的灰色古墙上，经历岁月冲蚀，仍然清晰可辨一组白浆粉刷的红军标语，向游人诉说苦难辉煌的历程和小城的百年沧桑，依稀的革命火种与薪火相传，让人飞回到战火纷飞的峥嵘岁月。喝水不忘挖井人，那一掬红色故土的古井水，在老区人的心目中，有多少思亲的内涵，又有多少对美好幸福生活的憧憬。如今，红军街被列入全国 100 个红色旅游景区名录，成为一处爱国主义和革命传统教育的好去处。从四面八方来到古城旅游的游人，都会走进红军街，听一曲红色歌谣，忆一段红色故事，凭吊革命先辈的足迹，在红军英雄群雕前留影……

随着岁月长链，古城反倒变得光鲜耀眼，她像古老的泰宁小城派往现代的使节，一直在默默地记录和守护着泰宁，迎来送往，一拨又一拨，劳作的人、读书的人，或者路过的人。去泰宁古城，走青石小径，望青砖黛瓦，品丹霞炊烟，听小城故事，读浓缩在古建筑群的风情画卷，观小城人家风俗烟火的浮世绘，我们总想认真地审视这座古城的历史高度。而当地人告诉我，没有人愿意炫耀泰宁这小小的空间，但在这里生活，一直是很安宁、很幸福。

千百年了，一方水土养一方人。当美丽的山谷盆地占据了山水的大部分时，能让每一个旅人心灵的脚步慢下来的，是什么？是平静中透露沧桑的花开花谢？还是嘈杂和喧嚷之外的日出日落？或者是古城引以为荣的历史？

难忘古井，这水这情清澈甘洌；难忘泰宁，这人这城风情婉约。是的，有一种生活叫泰宁，有一种生活叫"泰宁生活"。

韭 菜 饼

◎姜　君

　　人的味觉是有记忆的。杉城的过往，在很多泰宁人的味蕾中，在杉城古巷的韭菜饼中。

　　20世纪70年代末，我随父母从浙江来到泰宁。我的小学，就读在泰宁县实验小学。实验小学大门面对百货和邮政间的巷子，巷子穿过和平街直接尚书巷。尚书巷是一条长约300米，宽5—6米的古巷，巷子中间是丹霞石板路，路两旁掺杂鹅卵石，很是光滑。巷子的一边，明清古厝整齐排列，墙上裸露出旧砖，硕大青灰，斑驳古老，是明代的尚书第和世德堂古建群。另一边是砖木民居群，吊脚楼房屋，很多家门口堆有石墩、石凳、石凿等，石器多有雕刻，镌刻花鸟等图案，寄托着古老而吉祥的寓意。很多家民居开有铺面，卖豆腐、卖粉干、卖杂物都有，有好几家是卖油饼和韭菜饼的。

　　在浙江老家，没见过韭菜饼，所以我特别关注韭菜饼。经常下课或放学后，爱围在韭菜饼铺旁，可能不能称铺，其实整个作坊，就是一个炉子、一个锅和一些原料，铺主基本上是老人家。

　　喜欢在韭菜饼铺旁原因，除了馋外，还有一个原因就是取暖。20世纪70年代末，泰宁的冬天，是寒冷的，元旦后会结冰下雪，有不少同学甚至带着火炉上课，我和姐姐的手脚每年都会生冻疮。韭菜饼铺没生意时，炉子会用谷壳续火。生意开张时，会撒上一把小薄片的松光旺火。泰宁虽被称作"杉城"，但松树也很多，老松树生有油脂，本地人制成小薄片，称"松光"。松光不仅起火快、火势猛，而且还有松香味。苏东坡在《夜烧松明火》写道："夜烧松明火，照室红龙鸾。快焰初煌煌，碧烟稍团团。"估计苏东坡和我一样，也是寒冷季节，燃松光取暖。

当时，父母亲都在乡下工作，偶尔会给些钱作学杂费，那时是没有零用钱的说法。记得有一回，我把买毛笔的钱挪用到买韭菜饼上，只好找了粉墙的排刷代用，因果不昧，报应到现在书法水平。课间休息时，我们不少同学会跑到韭菜铺边，一边伸手烤火取暖，一边看煎制韭菜饼。课间时不长，通常预备铃响时，韭菜饼还没吃完，最后一大口，有时是在跑到教室门口时咬下去。韭香四溢，管饱又暖和，身心很是舒泰。更多时候，韭香气味随风飘荡，进入邻近同学的鼻腔，看着同学舔着嘴唇、咽着口水、追随韭香……最好的美食莫过于此。

韭菜饼由来，相传与泰宁名人李春烨有关。明末崇祯登基，清算阉党，告老还乡的李春烨也在列。其实，李春烨为官时，虽与"九千岁"魏忠贤有交往，但从未勾结阉党陷害过忠良。即使回到泰宁，也是和善乡里。他在开发尚书第项目时，本想顺便炒炒地皮，但遇到邻里阻拦，就果断叫停，没有仗势欺人。被列为奸臣，李春烨心理是抱屈的，确实，若没沾魏忠贤阉党的锅，史志应予好评，断不会列为奸臣。回乡后的李尚书，常为母下厨。一日，看到厨房内的韭菜，想起被"九千岁"魏忠贤拖累，若有所思，对着韭菜，一边砍斫，一边自语"要碎其身、要磨其骨、要食其肉"，"韭"与"九"同音，李春烨是借韭菜泄愤九千岁魏忠贤，厨人误以为要把韭菜按照上述工序制作食材，由此诞生"韭菜饼"。

李春烨和韭菜饼的故事，纯属坊间传闻，但关于韭菜饼，确有不少美丽故事。《后汉书·郭林宗别传》记载"郭林宗有友人夜冒雨至，剪韭作炊饼食之"。东汉名士郭林宗，因好友范滂深夜来访，冒雨到菜园剪韭菜，做饼来招待好友。郭高士的韭菜炊饼，很有可能是韭菜饼的最早原创。今年冬奥会上，谷爱凌比赛间隙吃韭菜盒子的一幕意外走红。不过，在外国记者采访时，大家都被韭菜盒子的英文翻译难倒。正如汉堡没有被翻译成肉夹馍之类的，谷爱凌直接音译"韭菜盒子"，外国记者听得一脸懵。

郭高士和谷爱凌的韭菜饼系列，其实就是一道历史文化的餐桌风景。郭高士的韭炊饼，在泰宁人看来，可称作东汉版的韭菜饼，谷爱凌的韭菜盒子，不妨称现代版的韭菜饼。

在泰宁，韭菜饼是不可错过的美食，被称为"第一小吃"。韭菜饼制作工序大致如下，先将大米放在清水浸润，两三小时后，再将韭菜切细，将大米和韭菜拌匀，用磨浆机或石磨磨成翠绿色的米浆。米韭浆配备后，烧热铁锅，倒入少许油，加热温油，用小勺子将韭米浆倒入铁锅，摊在锅上持续加热，煎烙至微黄，翻腾锅具，稳热助攻，直至呈焦黄薄饼状。最后起薄饼，卷入萝卜丝、豆腐干、长豇豆、香菇、腊肉等等馅料，卷成筒状，外面再涂上辣椒粉。

乍一望去，酷似碧玉，一口下去，香辣鲜活，就是韭菜饼正味！

韭菜饼的主要原料是韭菜，韭菜在中国人食谱中，是绕不开的一种蔬菜。韭菜曾是菜肴中的"贵族"，它是祭祀必备的贡品菜之一。《诗经》中就有"四之日其蚤，献羔祭韭"的说法，《礼记》记载"庶人春荐韭、夏荐麦；韭以卵（韭菜炒蛋）、麦以鱼"。明朝李时珍在《本草纲目》记叙："五辛菜，元旦立春，以韭、葱、蒜等芥辛嫩之菜，杂合食之，取迎新之义。"泰宁的韭菜饼，可以算是改良版的五辛菜。

《南齐书·周颙传》记载：一日，文惠太子问周颙"菜食何味最胜"，周颙答出了一句美食界的千古妙语"春初早韭，秋末晚菘"，赞叹春韭之美。春季第一菜，当数韭菜无疑。我父亲就很喜欢韭菜，每年菜园中留有几畦种植韭菜。记忆中，只要家里来客人或有乐事，父亲就会亲自去割韭菜、买肉，家人欢声笑语中一起洗菜、和面、擀皮、包水饺……回思之下，快乐时光，不可再得。

韭菜有"早春韭菜一束金"美誉，其根如白玉，叶若翡翠，鲜嫩欲滴，很得文人雅士喜爱，经常出现在众多诗句中。杜甫《赠卫八处士》"夜雨剪春韭，新炊间黄粱"；宋代方回《邻饮》"初筵供园蔬，咸韭最为美"。在兵荒马乱的年代，遇到故友，举杯夜话，暖人心脾的不止有甘醇的酒，还有韭菜的鲜香。《红楼梦》中，林黛玉借韭菜替宝玉圆诗"一畦春韭绿，十里稻花香"，写活了大观园中田园风光。

曾几何时，韭菜饼当作泰宁特色风味予以推广。由于其色如翠玉、形如卷枕，雅号"碧玉卷"。泰宁民间用"报春淑女收画卷"的佳句来制谜，谜面有点直显，很容易猜中谜底"碧玉卷"。有一则笑话，由于福建口音，常有"碧玉卷"谐音成"避孕卷"。以音传讹，不少外地游客误以为食韭菜卷可以避孕。

江湖上，对韭菜有很多香艳的说法，"韭菜迎风摇曳不倒"，所以韭菜又名"起阳草"，八卦男士用来养生壮阳再好不过。如此来看，韭菜饼非但不能避孕，反而具有壮阳功效，韭菜饼及韭菜系列威武地成为一些男士心理上的加油站。

其实，坊间八卦说法不足信。植物学界认为，韭菜含有丰富的粗纤维，可以帮助肠道蠕动，帮助排出体内的垃圾。即，食韭有助前方打嗝和后庭释气。西晋周处《风土记》注："五辛（韭、蒜、葱、薤、蕖）发五藏气。"民间也有"洗肠草"的美誉。

对于韭菜助发散功效，外来的佛家与中土医家给出两种截然不同的态度。佛教认为食韭者犯轻垢罪，会堕入魔道。但中土医家却相信食韭是辟除疫鬼的便用良方。古人相信瘟疫之病源在于人体吸收疫气，通过食用辛味的韭，将五脏蕴积的疫气排放出去，自然可以避疫。试想一下，韭菜天生的特殊气味，浓郁得连虫子都不敢亲近，对付瘟疫，以毒攻毒，合情合理，确为良方。

我县著名作家萧春雷考证"菁华""菁英",本义就是韭菜花,盛赞——韭菜本非俗物。依我看来,韭菜饼也非寻常,其品味至高。韭菜不仅是钟鼎玉食的祭礼,也可以是寻常人家的烟火,可称小吃界的"君子",是真正的泰宁味道。

杉城印记

◎江秀星

老家在大山深处，儿时就向往去城关。母亲的娘家在朱口，常随父母到城关走亲访友，城关便在我懵懵懂懂的记忆中有了印象，虽时过半个多世纪风雨变迁，物是人非，但有些烙印在脑海里的物与事，每每提及，当年的情景便浮现在脑海。

20世纪六七十年代的泰宁城关很小，人口仅有2万余。和平街是泰宁唯一的主街道，也是商业街，街道狭小，人车混行，非常拥堵。临河的水南路那时还不是街道，准确地说应该是一条交通要道，狭窄的沙石路面，汽车驶过，扬起风尘漫天。大街不多小巷不少，城内的胜一街、胜二街、岭上街等几条主巷，脏兮兮的垃圾满地，生活污水横溢，臭气熏天，环境脏乱差。如今这些街巷，都开发成古镇的旅游景点，居民迁移，环境卫生整治得干净整洁，吸引八方游客纷至沓来。

和平街是政府机关中心和商业街，百货商店是这条街最热闹的地方，琳琅满目的商品，吸引着我每次到城关都必去逛的欲望，苦于囊中羞涩无力购买，只是过客。如今的和平街经过多年改造，面目一新，成为商业街，街道变得宽敞了，各种小商场、小超市悉数登场，商品丰富多彩。

坐落在水南桥头北岸的城关饭店，是当时城内唯一的饭店，也是小时爱光顾的场所，因为在那里，可以吃到香喷喷的包子、馒头，还有那美味可口的粉条。少儿时随父母去，少年后便独自光顾。1976年9月，上泰宁一中念高一时，高二年级的杨同学是初中就相识的学长，初来乍到，每晚下自习后，杨同学便带我和一叶姓同学去逛街，让我们将家中带来的米，每星期拿2斤去水南桥头建筑工地卖给工人，每斤5角钱，分5角给我们，剩下的就到水南饭店买一碗2角钱的粉条给我们吃，去了几趟后，我就洗手不干了。我明白粮食来之不易，父母供我读书不易，他们在老家日出而作，日落而息，脸朝黄土背朝天，粒粒皆辛苦。

电影院是我每次进城最渴望去的场所，露天电影一个月才能轮到一次到村里放映，为看电影常常不辞疲劳与乡亲们奔走数公里到他村看。小时最喜欢看战争影片，进趟城宁愿省吃挨饿，也要去看场电影，但电影票却是一票难求。

记得一次进城，电影院放映《三进三城》，我挤进人海中，好不容易买到一张第2场的票，还不慎将副券斜着撕裂，在焦虑中等待时，突发异想，拿着票去排队看第一场，没想检票员拿去撕裂的部分，顺利地进了影院。我站着看完了第一场后，又光明正大地看了第二场。

1978年，泰宁在上北洲建了一座可容纳1000余名观众的影剧院，是泰宁县的地标建筑，原先的电影院又改建为金湖电影院，2000年后，和平街拓宽又被拆除，改建成商品楼。如今，生活在城区的我，却很少到影院去看场电影。

水南桥是我对城关桥梁最原始的记忆。20世纪60年代末，泰宁兴建水南桥，建造时在旁边搭了一座浮桥。一次随父亲进城，我还从浮桥上走了个来回，在湍急流水的浮桥上走，摇摇晃晃，胆战心惊，只有七八岁的我，一边紧抓父亲的手，一边还淘气地故意摇晃，觉得挺好玩。也是在那时我记住了父亲说过，返乡前在县城工作时就住在浮桥北岸的民主街。

水南桥是泰宁城关最大的双拱桥，是标志性建筑，可惜的是2000年"6·16"百年不遇的特大洪灾将它冲毁。洪水冲毁的是一座狭小的石拱桥，而建起的却是一座气势恢宏、宽敞漂亮的风雨桥。昔日泰宁城关的桥梁少，朱溪、北溪汇流城关穿城而过形成金溪，金溪两岸屈指一算大小也就几座桥梁，给两岸通行带来不便，如今在金溪河面上，架起了数十座大桥，连接朱溪、北溪、金溪两岸，方便市民与车辆通行，实现"一桥飞架南北，天堑变通途"。

那时南桥头有家照相馆，虽不常去，但对我却印象深刻。六七岁时，一次母亲带我进城，午饭后母亲与大姨相邀带我和同龄的表哥一起去照相。因为我是"乡巴佬"，穿的土气，表哥是城关人，穿着崭新的灯芯绒衣服，轮我照相时，母亲让我借表哥新衣穿，表哥不肯，我委屈得大哭，在大人们连哄带骗下，我穿上表哥的新衣，骑着道具三轮自行车照了张相，不开心的我嘴巴翘得老高。这照片，我至今还保存着、珍藏着，这是我少儿时代唯一的照片。

泰宁汽车站烙印在我脑海挥之不去，因为去外婆家朱口石辋拜年，或是在一中上学周末回家，路途远，都要乘坐班车，要到汽车站买票、候车。那时的汽车站很小、破旧，小小的售票窗口设在临街处，2个窗口，一个售长途票、一个售短途票，窗口窄小的只容得下买票人把手伸进。每次买票都要排着长长的队伍，有时能顺利买到票，有时还买不到，只好败兴地离去。

1976年9月的一天，周六放学后便去排队买票，结果售票员告知没票了，归家心切的我便决定徒步回家。从城关到我家有30多公里，我从下午不到1点就出发，沿着金溪河，一路向西，走到家时已经夕阳西下，累得筋疲力尽，见到正在厨房炒菜的母亲，扑进她的怀里，号啕大哭。第二天，双脚关节肿了起来，下午返校，父亲挑着米、菜走了十余里路送我到乡里让我坐上了班车。上车后父亲叮嘱我说："买不到票就不用回家了。"从那以后，父亲就一次性将我每周吃的米换成学校的"米票"，存放在他的同学——管食堂的总务老师家，我每周吃完领取。那是父亲最后一次送我上学，第二年春天，父亲因上山砍柴负伤，英年早逝，我也辍学回家，小小少年成了一位乡村"民办老师"。

20世纪90年代汽车站在原址上重建，规模扩大了、宽敞又明亮、服务设施和服务质量大为提高，但随着交通的改善，汽车站从昔日的一票难买到如今一客难求，这现象正是中国经济和交通快速发展、人民生活水平提高的写照。

零公里粮种场是个很不起眼于我却是非常熟悉的小地方，因为那里有我家在县城唯一的亲戚大姨家，父母每次进城赶圩或是走亲访友，都要上大姨家。大姨夫妻俩是我亲戚里唯一吃皇粮的，也是我少儿时觉得生活水平最好的，在亲戚里我最爱去的就是大姨家。那时，大姨一家住的是单位分配的砖瓦"洋房"，卧室是连接的套房，厨房独立。大姨家有4个孩子，2个表姐和表兄弟俩。每次去都打地铺，印象中都没睡过床，但我还是乐意去，因为喜欢吃大姨煮的香喷可口的饭菜，特别是辣椒煎小河鱼、煎蛋。长大后去得少了，特别是父母去世后。如今，我在县城松光花园购买的商品房与大姨家仅一河之隔，每年正月，我都要上大姨家去拜年，年已九旬的大姨，身体健康、耳聪目明、精神矍铄，每次去她都和我谈起母亲，看得出她与母亲姐妹情深。

泰宁一中，是我念过一年书的地方，是有情结的。那时一中非常简陋，教学楼、老师的办公楼和宿舍楼都是2层的砖木结构建筑，学生的宿舍是一层的土木结构的房子。操场是沙土的。如今，一中建设得越发壮观、气派，当年的老建筑，不见踪影。

这些，都是城关20世纪六七十年代留在脑海里的印记，却无法忘却。

胜利二街

◎肖志华

雨沥秋垣浸石苔，青瓦雕薨，天井石缸海。

寒烟小巷暮色霾，井畔家慈担水柴。

檐角乳燕嗷哺待，石鼓门楣，孝恬堂上来。

为宦他乡桑梓爱，家国千秋同感戴。

——《蝶恋花·大东门巷》

　　泰宁县城关胜利二街东门的杉溪河埠头是主妇们浆洗的好地方，她们可以边洗衣服边交头接耳，谈笑打趣，说些家长里短，奇闻趣事。那"啪，啪，啪"的捣衣棍捶打衣物的声音，响得很远、很远，这声音从岁月中走来，至今仍萦绕脑际，浮现在眼前的是一幅优美的图画：主妇们挽起了裤脚，露出肥白健硕的腿肚，浸没在清清的溪水中。有的向河面铺展开绚丽的织物，舞之蹈之；有的在水中迅速地搓洗，上下翻腾。赶上逢年过节，河埠上又挤满了为鸡鸭开膛剖肚褪毳毛的人们，水中的鱼儿可欢了，可以啜食内脏的秽物，都围聚了过来，人们手一动，又都迅速消散了。

　　盛夏时，孩童们光着身子在溪水中戏耍，如果被妈妈逮到了，下狠手在屁股上拍打，孩童大哭，妈妈一松手，孩童又嬉笑着跑了……想六月初六"洗狗牯"，一见到澡盆里热热的滚水，赶紧跑出家门躲在墙角，妈妈四下里找，最终还是要带着哭腔被妈妈摁在热热的艾草汤里洗，小孩的皮肤嫩，热水烫的难受，大人只知用这样的艾草水洗身子可以保健，免却小孩一个夏天因暑热患疔疮脓包的烦恼，这可由不得小孩烫热的痛苦感受，小孩也只好哭了。洗完澡的孩子，妈妈在身上扑上痱子粉，喷上花露水，一手拿着艾叶水煮的鸡蛋，站在院子门外，瞧那清爽的样子，怪惹人喜爱的。

东门方石垒就的古城墙上藤葛依依，柳叶扶风，在古典小说《三国演义》《说岳全传》等编绘的连环画中泡大的我总爱浮想着城墙上的金戈铁马……

有一天，我识字了，我发现了那高高的城门上的三个大字是"昼锦门"，城墙建于明代嘉靖年间，有近500年的历史了。

城门内有一条大东门巷（尚书巷），街巷内有一座尚书第，人称"五福堂"，天启皇帝赐名"孝恬"，故又名"孝恬堂"。有一天，雨突然下得很大，正放学回家的我便趸进了尚书第的门厅，门厅是衰朽残破的，一位架着转炉的爆米花的老汉一手摇着转炉，一手拉着风箱，圆鼓鼓的转炉下，炭火"呼呼"直响，发着刺眼的白光，约莫到了一定火候，那老汉停了下来，将转炉掉转，围观的同学们一下就散开了。只见老汉用黄麻袋套住炉嘴，抄起一根铁棍只那么一撬，发出了"嘣"的一声闷响，白花花的爆米花喷射在麻袋里，空气里顿时弥漫着米花的香气，好香，好香，那香气直到现在还香在我的心里；还有那一把一把往嘴里塞爆米花的感觉。这样简单的零食，一般家庭是能够满足的，母亲也常将米拿去加工，只要收取一两角钱的加工费就可以了，爆米花的甜味剂是糖精，不宜量多，量多感觉苦味。

雨停了，沿着被雨水浸润的石板路走回家，石板路是沧桑的，被岁月磨得圆润而光滑，还有深深的凹痕。那凹痕中自然积满了一汪雨水，打着赤脚的小男生看着一位踮起脚走路的女同学，看她走到凹坑的近前，便往凹坑中猛地一踩，那水飞溅在女同学的身上，女同学顾不得踮脚了，脸登时"唰"地沉了下来，飞身朝小男生扑去，小男生"嘻嘻"一笑，一个侧身，撒腿便跑，女同学气恼了，向小男生追跑过去，慌得前面走路的小同学让出一条路来，雨后的小巷中充满了欢快的空气。

石板路圆润而光滑，一位无知的少年放学后，把那在学校劳动后的家中农具三角铁钯放在光滑的石板上飞快地推行，手握钯柄于胸前，少年感到有几分快慰，没想到被前面的石板凹痕处一顶，钯柄一头重重地抵住胸口，少年晕厥了，后到医院检查，心脏竟然被抵撞开了一条裂缝！后来毕竟成了"短命仔"了。

这是一条小巷，从巷头到巷尾，从牌楼下到大井头，人们总是忙碌着：

晨光曦微，豆腐坊的老梁在摆满纱布垫着的木框格里灌上卤脑，溢出的卤水流满沟渠，晨雾中飘浮着豆腐卤的香气；开杂货店的老丁一块一块地下着门板；杀猪的老朱绊子抬出案板和大木桶，一脚紧紧地踏着颤抖的猪身，一咬下唇，对着猪脖下"刷"地一刀，鲜血狂喷，木盆里盛满猪血；种菜的老陈细狗推着挂在大横杠上的粪桶车，一摇一摇地向城外菜园推去；读书的孩童叽叽喳喳地向着学校走去……

这是一条四百多年的小巷啊，从天启帝到21世纪，从清朝到民国，从战争到和平，从"文化大革命"到改革开放新时期。

胜利二街肖家大厝旁驻扎着"中国人民武装警察部队泰宁县中队"，听老人说，武警中队的地皮原来都是肖家大厝的，后来肖家人丁不盛，逐渐衰败下来。"文革"期间的大门上框用玻璃拼镶制成："敬祝伟大领袖和导师毛主席万寿无疆！"夜间灯光一照，耀眼夺目，大门两旁是毛主席手书水泥浮嵌八个大字："提高警惕，保卫祖国"。武警战士在泰宁民众中颇有口碑：20世纪70年代城关胜二大队农户失火，有位武警战士迅速上房扑救，不慎从梁上摔下壮烈牺牲；改革开放之始，黑白电视机还是个稀罕之物，当时武警中队便有一台黑白电视机，引得周边邻居夜间围聚在青砖平房电视室内，连屋外的玻璃窗台上也爬满了人，年方8

岁的我也在人生之初看到了电视，至今仍记得那时看的印度影片《流浪者》之歌：阿巴拉夫，啊……家里养了一只母猫，时常也在武警中队内转来转去，有时还从武警中队厨房衔了肉包回来，来回几次也有多个，对着我母亲"喵喵喵"直叫，当时的肉包对一般农户家庭也是一种上档次"奢侈品"，母亲觉得猫也通人情，也乐得接受猫的馈赠，享用了这份美食。2016年，县武警中队搬迁到县城北门外4公里的新营房（林业路上段96—98号），这是新中国成立后泰宁县武警中队的首次搬迁。

这是一条小巷，从春华到秋实，从大花轿到八人扛肩的红棺材，人们生死相依地轮回。大东门巷啊，老人们叫绣衣坊，"文革"改叫胜利二街，俗称"福堂弄"，而今就叫气派的名号：尚书巷，那爱做木工活的天启帝让他的大臣兵部尚书李二白春烨十足地气派了。

日昃西山，大东门井、牌楼下井和大井头井圈边上热闹了，"扑通扑通"地水桶直往井里扔。晚饭后，老梁老婆要浸黄豆；小巷杂货店外围满了人，原来是新进了一缸米酒，好酒者竞相尝鲜：一碗两角，一饮而尽；夜里电影院出来的几位青年女子悲声谈论：那样牺牲太可惜了！原来是刚看完电影《刑场上的婚礼》。

小巷中的几口古井，世称"崇仁三井"，元末明初何恩、何道旻父子修建。其中一口位于"牌楼下"的古井，离家里近。傍晚，忙了一天的母亲挑着水桶到井畔汲水，母亲用一只小桶往井里一扔，只听"扑通"一声响，小桶掉进井里，母亲操起一根带钩的长竹竿，迅速地在井中抖了几下，提起了满满一小桶水，回身倒入大水桶中，如此几次，大桶水也满了，母亲挑着一担水，我提着小桶跟在身后，踩着被井水浸湿的石板路走回家。家里盛水的是一个大石缸，石缸由一整块大石内凿而成，默默地立在那，任房子的主人一桶水一桶水地把它灌满，然后一代又一代的人从它身旁走过，一百年，两百年……甲子年（1984）的一天，水缸旁从地下竖起了一根自来水管，拧开水龙头，水花翻腾，注入缸中，围在水缸旁的孩子们呼叫着、欢笑着，仿佛石缸老人也笑了；这时勤劳致富的父亲买来了黑白电视机，1987 年，又换成了进口的飞利浦彩色电视机，一家人也幸福地笑了。

夜深了，巷子里响起了脚步声和狗叫声，打着手电的人叫道："畜生！吠什么吠！"一束手电筒的光射来，黑暗角落的狗忽地窜开了，不知道从哪间房子里传出小孩的哭声，妈妈拍打着惊哭的孩子，轻轻哼着眠歌，迷迷糊糊地睡去……

雨后的夏天，喜报传来，江家的哥哥江堪华 1984 年考上了福建师范大学中文系，陈家的哥哥陈德卫 1988 年考上了清华大学汽车工程系，他们有老祖先江日彩、李二白春烨的遗风。

20 世纪 80 年代末，小巷中有了拍摄影视剧演职员的身影，电视系列片《聊斋》的《婴宁》《鲁公女》，台湾电视剧《妈祖外传》等在小巷中拍摄，放学回家，路过尚书第，看见门厅里摄制组人员在忙碌着，门厅这时早已修缮一新，连昼锦门外的河埠头也成了拍摄泊船登岸的镜头情景。

后来呀，清华大学汽车工程系毕业的陈家哥哥陈德卫定居在新加坡，年迈的母亲被接去住了一段时间，回来说那边住不惯，还是家里舒服。21 世纪的时候，陈德卫返回祖国，在深圳办起了清华创业投资公司；福建师大中文系毕业的江家哥哥江堪华先在县委党校，后来去了三明市委党校。

这是一条小巷，世世代代生死相依的小巷，叶老归根，尸骨还乡。从老祖先江日彩、李二白春烨到老奶奶朱玉韫。喝着"崇仁三井"的水告别故土，那梦里魂里相牵的小巷就到了地老天荒！

这就是大东门巷，匆匆的岁月难以改变的印记，往日的容颜依然在梦中，这里的每一块砖，每一片瓦，每一次哭，每一回笑，全都融进永恒的生命。

泰宁，我生活的洇染

◎修 童

　　近两年的时间里，我都是在忧患中度过。父亲病着，左半身中风伴随着阿尔斯海默症，两年里总是在医院里住着，进进出出我也已经成了老陪护。

　　我常常推着轮椅上的父亲在泰宁的林荫道上走着，泰宁不大，平静祥和，推着父亲慢慢地走着，应答着父亲含混不清的言语，父亲总是手指着一个方向示意我朝那个方向走，我知道在父亲的印象中依然有着模糊的记忆。最初走近的是建设局，站在高高耸立的建设大楼前，我和父亲都显得那么的渺小和孤零，这是父亲上班到最后退休的单位，是他记忆深刻的地方，拍照取景父亲都是坐在轮椅上，他努力挺直了脊背微笑着指着那扇大大的玻璃门说"原来的办公室在里面"。是啊！父亲对原来的记忆是那样清晰，包括 20 世纪 80 年代我们从新疆回来时泰宁的陈旧破败和不堪，而过去的一切都已经被日新月异的现在所覆盖，又有谁不叹服时代发展的速度呢？我又推着父亲来到水南桥，父亲说这不是原来的桥，原来的桥没有屋顶，是啊！曾经的水南桥被一场洪水断送走了她悠久的历史，如今重新建造成了一座风雨桥，也就是"同心桥"。桥上有了尖起的屋顶，整座桥覆盖在阴凉里，在桥的两边一样有好心人为赶路的人提供着茶水，却没有了曾经那种推着板车在水南桥上上下下的路上卖菜的拥挤景象，也没有了车上小吃摊和站在路边吃碧玉卷和暖菇包的人们，从水南桥往右拐下去，就是父亲刚从新疆回来时的落脚点——泰宁县建筑公司，现在已经拆除得无影无踪了，父亲似乎知道这条路，却弄不懂了路两边这些豪华的建筑群。他的手一直指向前面的方向，微摇着头喃喃着不知道在说什么，我凑近问他在说什么，只听到说"建筑公司呢？建筑公司呢"，我跟他说，建筑公司已经搬家了不在这里了。父亲"哦"了一声不再说话了。

20世纪80年代初期，我们全家从遥远的新疆回到泰宁，那是怎样的一种陌生。泰宁，是我们从大西北回到南方，赋予我们最美好遐想的地方，这南方小镇，这春雨绵绵湿润温婉的家乡，我们舍弃一种彻骨的寒冷奔向满怀期望的温暖之地。那时的泰宁很小、远古烟火缭绕，不远处的山峦和近处的田野相辉映着，人们嘴里一连串的方言常常让我们傻傻地一脸懵懂，学校是我们唯一的去处，而家却让我们没有了归属感，新疆的广袤天地和泰宁的小家碧玉形成了鲜明的对比。我总是自言自语地说着：这就是我的家乡，曾经盼望渴望着的南方小城吗？确实就是不可置疑。那个时候对于尚书第的印象，就是一片黑压压的建筑群，我一直不敢一个人进去，有跟着同学进去过一两次，只记着青石板的小路，有几口不深的石头井，陈旧的木板房子一间间挤在一起，其中还有陡峭的板梯向高处延伸，屋子里的阴暗潮湿让人感到窒息。有人说着，这一片建筑群是保存最完好的明代建筑。那个时候，我对泰宁是陌生和不解的，对泰宁的历史更是不了解，但是对于尚书第一直都是排斥的心理，有那么两次走进去了却无法走出来，不规则的巷子和出口不同的方向让我对她的陌生感愈加强烈，所以在20世纪八九十年代，我站在地势较高的家里的阳台看尚书第，就是黑压压的一片，傍晚时分有一片淡淡的炊烟在黑色的屋瓦上袅袅飘动着，感觉着那里仍然是有着人间烟火的地方。

曾经写过一首诗《生活在泰宁，哪里也不去》。这样一首诗在这样一座小城的各个角落被传颂着，我知道一首诗的诞生来自自己真实的灵魂，多年后的如今，我的灵魂已深深镶在了泰宁这样一座小城中。

哪里也不去了
就守在泰宁
这里有稻田鱼的传说
有芒荡盛开的故事
有古巷新街的吻痕
有老照片中的红瓦青苔
有经典的桥灯传承的傩舞梅林的奖杯
还有一本永远读不完的天书
和一条自东向西的风水河流
多好啊，这样一座小城
所有的所有的一切都在悠悠地滋长着
凡尘的种种和心灵的目光相握而行
四季更替在日月的轮回中
我就环在其中
左手春风雨露右手丰衣足食
前行坦然微笑回眸一片艳阳
在泰宁在这样的小城
细数平平仄仄的人生轨迹
……

　　生活的美好是多年来自身对周围的环境以及人情世故的感受中得出的结果。生活不光光是一首赞美诗，一样有他残酷的一面，就如现在，父亲病着，依赖着我们，每天都要照顾他的饮食起居，他对现在所有一切的事物和人都越来越健忘，而对最初来到泰宁时的记忆却是那么清晰。我推着轮椅上的父亲在泰宁县城的大街小巷慢慢走着，随着他的记忆波动着自己的情绪。我守着父亲，我和父亲守着泰宁，真正应了那句"生活在泰宁，哪里也不去了"。

三　明

将乐·镛城

品读镛城

◎李宣华

一

世界那么大，我要去看看！

1628 年春，43 岁的旅游达人徐霞客，第三次入闽，一路风尘仆仆，翻越仙霞岭，从浦城顺见溪南下延平（今南平市），直向将乐，踏雪疾行。目的地就是将乐县城区南部的玉华洞，如今，从城区文博小镇乘坐电瓶车前往，不到十分钟车程。

徐霞客此行，绝非悲壮，而是浪漫。有美文作证，他在《玉华洞游记》中详尽记录了一路的好心情："阴霾尽舒，碧空如濯，旭日耀芒，群峰积雪，有如环玉。闽中以雪为奇，得之春末为尤奇。村氓市媪，俱曝日提炉，而余赤足飞腾，良大快也！"

之于将乐，徐霞客早闻玉华洞大名。这位立志"大丈夫当朝碧海而暮苍梧""达人所之未达，探人所之未知"的大咖，原先在入闽途中还略有犹豫，想着是否要先取闽江水道下福州、泉州、漳州，但是到达延平后，冥冥之中有个声音在不远的前方热情召唤，让他"欲罢不能"，于是不再犹豫，细细交代一番，让随从先溯沙溪到永安等待，自己一人，弃舟，登岸，入山……

神州处处美，颐养天年何处佳？

将乐先贤，著名的理学大家杨时说，那还用问，我的家乡将乐就是不二的选择。这位师承二程，留下"程门立雪"千古佳话，被誉为"闽学鼻祖"的大师，出生于"南剑州县北龟山"，他一生辗转四处，求学讲学或为官，但他退休后安享晚年最向往的"福地"就是他的故乡将乐。他在《资圣院记》一文中深情地写道："周流四方，欲营菟裘而无易于吾之故丘者，岂特昔人乐居之哉。"南宋建炎四年（1130），年事已高的他请求告老还乡，宋高宗封他为朝请大夫、任龙图阁直学士，并赐他官绢200疋、白银300两，以颐养天年。杨时推辞说："乞恩惠于八闽，山无米，地无租。"高宗准允，闽"永为优免"。

仁者乐山，智者乐水。哦，"将乐"，一个只闻其名便让人觉得"欢欣喜乐"的地方！可是，若想弄清"将乐"一名的由来，还得让时光再次前移，回溯至秦汉年代。

听，马蹄声声！看，彩旗猎猎！是越王勾践的后裔，闽越国国君无诸，正带领浩浩荡荡的队伍行进在通往闽西北金溪领域的古道之上。此行，他是要到这里建造供其歌舞狩猎的"校猎台"和"高平苑"。几十年后，他的孙子东越王余善，更是对这块领地心之向往，并不惜一切，在此建造起宏大的"乐野行宫"。也大概从这时起，这方风水宝地因"邑在将溪之阳，乐野宫在是"，而得名"将乐"。

在中国版图上，位于绵延大山深处的将乐，处于什么位置？如果把福州、厦门、南昌三个城市连成一个三角形，将乐就位处这个三角平面的中心地带。按理说，"养在深闺人未识"是一种宿命，但将乐偏偏就是一个例外。因为，这里"土沃民乐"，有山有水有历史有文化有名人，还有许许多多平凡而不平庸的寻常百姓。

《福建通史》说，唐末至五代期间，福建出了四十余位作家，其中将乐就有一位，名叫廖赟，留下《乐真清淡集》佳作。这，不简单呀。但更不简单的是，不少细心的读书人发现，在不少流芳百世的著作里，都见到过熟悉的"将乐身影"：东晋干宝《搜神记》中"李寄斩蛇"的故事，"三言二拍"之《警世通言》中的"钝秀才一朝交泰"故事，徐霞客的《徐霞客游记》等等。

苏轼，名声大得不得了吧，他可是集散文家、诗人、词人、书法家、画家、发明家、美食家、政治家等诸多头衔于一身的北宋大腕。他不是将乐人，但是将乐县博物馆展厅一隅展示的将乐名人录里，有一位叫"廖正一"的文化达人，出生地就在将乐县城关，他就是苏轼家里的座上宾。清代徐观海修纂的《将乐县志》"卷之八·名达"一章说："廖正一，字明略。元丰二年进士。元祐中，召试馆职。苏轼得其策，击节叹赏。常居言路，著直声。出知常州，蔡肇称其'汪洋之学造微，瑰玮之文绝众'。后谪信州玉山监务而卒。自号竹林居士，所著有《白云集》。"苏轼与廖正一交往甚密，他专门为其写下《行香子·赠廖正一》一词，由此可见一斑：绮席才终，欢意犹浓。酒阑时，高兴无穷。共夸君赐，初拆臣封。看分香饼，黄金缕，密云龙。斗赢一不，功敌千钟。觉凉生，两腋清风。暂留红袖，少却纱笼。放笙歌散，庭馆表，略从容。

岁月情深，车轮滚滚。然，时光流逝，巍然屹立者谁？

是文化！是厚重的历史文化，让将乐"走出深闺"，于"古往"中款款向"今来"。

二

"家在这里，爱在这里，我总是回头望着你。绿满山川，花开四季……"对于将乐人，尤其是漂泊在外的将乐游子，这首由著名的词作家司顺义、曲作家张卓娅谱写的《家乡的回头山》，真可谓百唱不倦，百听不厌，每一回哼起都流连迷醉，每一次听闻都亲润可人。

回头山位于将乐县城东，三面环水，从将乐县城区水上运动中心乘坐快艇，十余分钟即可抵达。古诗句中这样描述此山："层峦矗起溪滨，山半有石敲窍，深邃玲珑，孤立如石垒然。"在古代，水路畅通，乘竹筏顺金溪而下，看不到回头山了，就意味着已经驶离将乐境域，进入他乡征程。于是，这座山成为将乐儿女们系住乡愁的一处标志性景点。

其实，这座山山体不高，海拔两百余米，但是倘若从山底溪面的一叶轻舟上仰望，它就立即巍峨伟岸了起来。正如明代才女张凤游览此山后所写：日暮踯躅倚棹看，千寻壁立白云端。峰峦倒蘸东流碧，气势高悬北斗寒……

一座山被谱成一首歌，一座山被吟成一首诗，一座山被咏成一篇赋，一座山被临为一幅画。于是，这座山便有了灵性，总是贴心地燃起你心灵深处的乡情烈焰。

在将乐县城北郊，也有一座这样的山，叫"华山"，又称"北门山"。这座山海拔不足三百米，山体玲珑，占地仅四百余亩，是将乐县天阶山国家森林公园的重要组成部分之一。别看这是一座小山包，在将乐人眼里，这可是"镛城龙脉"，无论站位县城哪个角度都能看到。尤其是从水南方向远眺，这里俨然就是一道天然的绿色屏障，自北向南缓缓拉开，把繁华的闹市和龟山村隔开，并怜香惜玉似的将潺潺而流的龙池溪永远地藏护在了屏后。

"前人多种树，后人可乘凉"，这是将乐客家人的祖训。当地民间有不成文规定：华山不得凿坟，不得伐木，不得捕猎，不得割草。尊重自然，享用自然，这是将乐人渊源悠久的传统。理学大家杨时曾立下"故山田园，先祖遗留，应守其世业"的家规，传承至今。清光绪年间，将乐县蛟湖村民觉得"山场有养，能生树木"，于是自发设立护林碑，监督村民"存忠厚之实"，爱林护林。

今天的将乐，森林覆盖率高达81.1%，是我国南方重点林业县和中国毛竹之乡。毋庸置疑，拥有这么贵重的绿色宝藏，离不开老祖宗严苛的家风家训家规。在中国国土经济学会从2014年开始持续开展的"百佳深呼吸小城"评选活动中，将乐以"深绿一派，清新满邑"美誉受到瞩目。此后，"一发不可收拾"，连续多年名列"深呼吸百佳"榜首，被授予"美丽中国深呼吸第一城"荣誉。

其实，早在一千多年前，将乐的文人墨客就自发评选了将乐县城区"三华八景"这样的"网红打卡"景点，听一听名字就觉得清风屡屡："金溪夜月""桃溪春涨""虹桥暮雨""五马晴岚"等，字里行间满是诗情画意。那时还没有"深呼吸"之说，但这些图这些景，都表达了将乐先人那份亲山亲水的最为原始的"深呼吸"情怀。

舟行金溪将乐城区段，犹如步入画中，错落有致的楼宇无暇遮挡如黛的绵远群山，在溪畔红花绿柳的映衬下显得格外精神。溪畔临水而起的亲水步道蜿蜒有度，三三两两的人群，或说或笑，扭着身子，摆着手臂，享受微微掠过溪畔的清风，惬意地做着有氧运动，渐行渐近，又愈行愈远。

溪面上，时不时有涟漪荡漾，那是旁若无人的野鸭钻入水中嬉戏留下的水波，抑或是根本不把野鸭放在眼里的大鱼浮游水面仰望天空时摆动尾巴荡起的浪痕。不知不觉间，有舟滑过，那是北华大学龙舟集训队的健儿在集训，在夕阳的余晖映照下，健儿们奋力挥楫，桨板律动，水花飞溅。

丹青妙手向翠峰，奋楫扬帆逐浪高。好看好玩还要能让百姓鼓足腰兜的钱袋子才是王道。作为国家生态文明建设示范县、国家森林康养基地、中国天然氧吧，将乐在享受绿意盎然的同时，不断探索实践文旅康养、水美经济、林票碳票等一批"两山"转化路径，有序有力地推进"深呼吸＋养生""深呼吸＋体育""深呼吸＋医疗"等森林康养产业，逐渐形成"文化＋旅游＋体育"融合发展模式，成为众多市民朋友向往的养生福地。

如今，将乐已经是一座名副其实的运动之城，每年都会在此举办几十场国内外体育赛事，越来越多的体育爱好者走进将乐，尽情体验运动激情，惬意享受绿色山水。

三

将乐，是座"水穿城而过，城依水而建"的古老而又青春焕发的城市。

有人说，将乐县城如果缺少了金溪的滋养，立即会逊色八分，失去九分的灵性。是的，金溪是一面镜子，倒映江南水乡流淌欢歌；金溪是一幅五彩油画，蜂飞蝶舞绕流水；金溪是一首多情美妙的诗词，轻纱笼罩处恬静如梦，澄澈透亮时风情万种。

明代才子佳人仕正，夜游金溪，流连中忘却劳顿，诗意来袭："数声鸡犬金溪路，一曲鱼樵翠烟雾。壁光射入中流深，川上出沉广寒兔。"根据推测，后人只能大概知晓这记载寥寥的"金溪夜月"的位置，无法靶向精准地予以确认，但这并不妨碍它袅袅升腾的美，也并不拘囿它给我们带来的关于美的无限遐想空间。

沿大樟树古渡口顺流而下四五公里，抵达一个卵石滩靠岸，这里便是上河洲公园。这个公园位处城东闽江支流金溪河与龙池溪交汇处，集城市防洪、园林绿化、健身休闲、文化设施为一体，占地两百余亩。园中自然景观、人文景致和园林创意相得益彰，叠水广场、缤纷舞台等特色景点镶嵌其中。十余万平方米的绿茵草坪和桂花、银杏、罗汉松、香樟、紫薇等上百种珍稀树木，郁郁葱葱，蜂飞蝶舞，一年四季鸟语花香。华灯初上，上河洲公园与金溪两岸夜景浑然一体，缤纷灿烂。置身其间，恍若走进"金溪满镜流明月，秀钟山岳人文殊"的诗情画卷。

川不辞盈，岁月悠然。一碗擂茶、一块龙池砚、一卷西山纸，一口古瓷窑，一座古牌坊……数不尽的文化印记让将乐成为口口称颂的"中国民间文化艺术之乡"。

有人说，了解一座城，从解读这个城市的雕塑入手是最好的捷径。镌刻在将乐县城区东门广场的《将乐赋》，便是游客们感悟将乐人文历史底蕴的最好载体："邑居闽越，理学名邦。土沃民乐，将溪之阳。观今稽古，史前之遗迹存焉；辨方考制，三国之县郡建焉……"

在上河洲公园卵石滩附近，耸立着一座金黄色的"镛"字造型铜雕，沉稳大气，造型独特。这可不是为了寻人猎奇目光，一时兴起的草率之作。这座雕塑和今天的将乐县城取名"镛城"有关。

将乐是福建最早建县的古县之一。五代十国闽天德三年（945），将乐升县为州，因县城西郊的山形酷似一口倒扣的大钟，取名"西镛州"，后称"古镛"。溪畔铜雕以三个重复的"镛"字为造型，并饰以铭文、回龙纹、饕餮纹等古鼎元素，体现了将乐三国置县的悠久历史，彰显了闽越本土文化的特质，庄严厚重，成为将乐的一座标志性城雕。

将乐民风淳朴，是著名的"全国擂茶文化之乡"。家家户户都有请喝芝麻擂茶的习俗，不论婚丧嫁娶，还是亲朋聚会，只要家中有客、家中有事，必呼朋唤友喝上几碗。平均每个家庭年消费芝麻超百斤，人均消费量堪称世界之最。而擂擂茶，最重要的一件工具就是擂钵。为了体现这一特点，县里顺应民意，在日照东门广场建造了一个巨型铜雕擂钵。

（余诚　绘）

这个擂钵由中国工艺美术大师、"当代铜建筑之父"朱炳仁先生设计，是将乐人民心目中气宇融和的吉祥之宝。整个雕塑采用锻铜精制而成，是目前世界上体量最大、气势最为恢宏壮观的铜雕擂钵，曾获得上海大世界吉尼斯纪录，被誉为"天下第一擂钵"。整个钵体，外形恰如其分地融合中华鼎文化元素，用四等分的均匀布局，在圆形的钵体上设计了四个后母戊鼎耳、一道青铜纹样吉祥鱼、蝙蝠和水波，既增添了铜雕擂钵的古朴、厚重色彩，彰显了"天圆地方"的神韵，又蕴涵年年有余、福泽将乐千秋万代之意，凸显了铜雕擂钵令人肃然起敬的尊崇感和多元文化相交融的艺术魅力。

将乐是福建省文物大县，迈步将乐城区，从水南的古陵园、古渡口、古书院，到古镛的贞节坊、孝节坊、廖氏大厝，无不让人感受到厚重的历史文化脉动。这些遗迹遗存，无声见证着这里曾经辉煌，人文鼎盛：荣登唐武德九年丙戌榜第一名，"官至直阁副相"，"后考绩功多，朝廷叹为失相"的廖标；福建第一个武状元汤鷟（宋绍兴二十一年武状元）；累官礼部尚书的"时号名臣"冯梦得；累官兵部侍郎的黄伯固；"累官尚书兼左仆射，才德过人"的廖琥等，可谓人才辈出，名家荟萃。

耸立在将乐一中校门入口公园的人物铜雕，就是宋代大儒杨时。这位当地人家喻户晓的先贤，字行可，后改中立，世居将乐县北的龟山村，号称龟山先生，是"学传东洛，道倡南闽""有功于前贤，有功于后学"的尊师重教的典范，曾留下"程门立雪"的千古佳话。他一身立志著述，立说讲学，与游酢、吕大临、谢良佐并称程门四大弟子，朱熹为其三传学生。

杨时去世后，卒谥文靖，享寿八十三岁，宋高宗追封其"吴国公"，明朱孝宗皇帝封之为"将乐伯"，清康熙帝赐书"程氏正宗"。朱熹赞其"孔颜道脉，程子箴规。先生之德，百世所师"。

阔步新时代，行走于今天的将乐县城，以"杨时"命名的公园、街巷、学校、纪念馆，接踵映入眼帘，通过一处处可观可感的城市要素，引领人在璀璨的闽学文化中，缅怀先贤，抚今追昔。

先儒之风，山高水长！

四

岁月峥嵘，山河壮丽。文化底蕴深厚的将乐是老区苏区，这里的苏区文化与丰富的生态文化、闽学文化、客家文化相得益彰，弥足珍贵。在将乐的城乡大地，东方军兵站旧址、红军医院旧址、水南苏维埃政府旧址、墈厚红军堡等一处处苏区文化遗址，如同一盏盏明灯，驱散黑暗，照亮前行之路，让人在不知不觉的"深呼吸"体验中，得到一次又一次的精神上的升华和洗礼。

将乐是红九军团的诞生地。1983年8月人民出版社出版的《朱德选集》第403页"注释"一栏中，明晰地记载着这一荣光：九军团即中国工农红军第九军团。1933年10月在福建将乐由一军团的第三师和独立十四师等部合编组成，罗炳辉任军团长，蔡树藩任政治委员。

对于红九军团的成立，很多书籍和权威苏区史料都有记载。王辅一在《罗炳辉将军传》中详细描述了军团成立的场景："在福建省将乐县一个山沟的平坝上，红九军团举行成立大会。九千名指战员肃立在军旗下，三十多名号兵奏起军乐，先由罗炳辉军团长宣读中革军委关于成立红九军团的命令和军团领导人的任命名单。接着由蔡树藩政委讲话……"

铭记历史是为了更好地照见未来。时至今日，朱德、彭德怀等老一辈无产阶级革命家留下的革命光辉，依旧在将乐这片红色热土上熠熠闪耀，成千上万的将乐优秀儿女用热血和生命谱写的英雄壮歌仍在唱响。那些投身革命，打土豪、分田地、建政权，踊跃参军参战、拥军支前的日子仿佛就在眼前，光荣的革命传统和红色文化底蕴将永远镌刻在每一个将乐儿女的心中。

今天的将乐，"有街无处不经商，铺天盖地万式装"，街面整洁有序，绿树婆娑，花团锦簇。幸福自在地穿行在这个宜居宜业"生态山水城"的当地市民不会忘记，也无法忘记，在这繁华的都市街巷，曾经洒满了红军先烈的热血，遍布将乐儿女前仆后继，舍生忘死的足迹。

此情默默，美好的生活来之不易。将乐苏区纪念馆的文物和东门广场的浮雕，无声地记录着红军进驻将乐县城区的三次大捷。

第一次大捷发生在 1931 年 6 月。据《将乐苏区斗争纪实》载，1931 年 6 月 22 日，根据总前委决定，红三军团第 6 师 7 团在师政委彭雪枫的率领下，分兵两路向将乐逼近。一路由余坊张都直入光明从西进城，另一路由万安、新路口从北门进城。驻扎在将乐的敌周志群旅闻风弃城而逃。次日，彭德怀率领红三军团的军团部进驻将乐。红军组织和率领宣传队在将乐县城大街小巷刷写标语，分发传单，张贴布告，宣传党的政策，阐明共产党保护商人正当权益与正常贸易等政策。

"不惊包围重又重，红军兄弟有威风。赤脚走进穷人厝，言语烘烤暖人心……"第二次大捷发生在 1932 年 10 月 22 日。1932 年 10 月 23 日出版的《红色中华》对此有记载：10 月 19 日，红 22 军攻进泰宁城，敌军因逃退不及溺毙河中者约百人。与此同时，红 5 军团在军团长董振堂、政委萧劲光、政治部主任刘伯承的率领下进驻泰宁，接替红 22 军的防地，并由刘伯承率领一部分人马追击从泰宁向将乐溃逃的国民党周志群旅残部，在将乐万安境内将其一个营全部歼灭，占领了将乐北部大片区域，并乘胜扩大战果，于 12 月 22 日占领将乐。这年 11 月 10 日出版的《工农报》在"闽北红军最近的伟大胜利"一文中写道："红军连占建阳、建宁、泰宁、邵武、归化、将乐、顺昌七县，周志群全部消灭，刘和鼎死守待援。"

第三次大捷发生在 1933 年 12 月。东方军第二次入闽作战，将乐一度成为我东方军兵力投送、军需补充的必经要道。1933 年 12 月 30 日，根据朱总司令的指示，红七军团在将乐地方武装的配合下，第 3 次解放了将乐县城。战斗中，我红军消灭了敌军一个团，缴获长短枪支 900 多支、无线电台 1 部。红军发动群众打开盐仓，挖出食盐十多万斤，雇用民船和发动群众运往中央苏区。红军还发动群众，把反动地主和土豪劣绅的情况调查清楚。该没收的，贴上封条，一律没收，分发给群众。

谈及积极上进、甘于奉献的优秀将乐儿女，许多将乐乡亲都会不约而同地想到红军军医杨锡光。这位土生土长的将乐青年，在红军第二次攻占将乐时，义无反顾地带领三华医院职工，积极热心地收治红军伤病员。耳濡目染，深受红色光芒熏陶后，他立志从军报国，之后参加了举世瞩目的二万五千里长征，先后荣获二级八一勋章、二级独立自由勋章、二级解放勋章。

1984 年 8 月，时任江西医学院党委书记兼院长的杨锡光，在《福建日报》发表题为《发扬老一辈光荣传统 为家乡繁荣兴旺献身》的署名文章。文中，他深情地写道："我的家乡在将乐，我怀念故乡的人民，故乡的山山水水。不论是戎马倥偬的战争年代，还是波澜壮阔的社会主义建设时代，生我养我的故乡，总是我梦魂萦绕的地方。""1933 年，红军在建宁、泰宁县消灭了国民党五十六师刘和鼎部，占领了将乐。我所在的三华医院收治了一些红军伤病员。在医治过程中，我深为他们打土豪、惩恶霸，为民除害的行为所感动，认定这是一支真正为人民的军队，我毅然参加了红军。"

离休后，杨锡光曾多次给在将乐从事医生职业退休的侄子杨宜昌回信，勉励他要热爱生活，爱护家乡生态，并表达自己想回家看看的心愿。他在其中的一封回信中写道："来信收到。得知故乡山头村已修公路，甚为高兴。交通方便，可以给故乡带来更大的繁荣。靠山吃山，山区是大有可为的，但也更要用心培植竹木，不可砍伐过度，也可搞些山区产物的深加工工业……"

每一次信函，杨锡光都充满殷殷期盼，叮嘱家乡的儿女要爱家爱国，奋发有为；每一次信函，杨锡光那份浓浓的思乡情结都溢于言表，让家乡人民深受感动。

五

硝烟远去，红旗招展。

世间温柔，莫过于芳春树摇染花香。在将乐，日子清静，抬头遇见的都是柔情；在将乐，充满活力，运动健康融于自然；在将乐，感受历史，文化底蕴洗涤灵魂。

丹青妙手向翠峰，奋楫扬帆逐浪高。将乐县努力做好"深呼吸"文章，一任接着一任干，将自然绿化环境和景观引入城区，依托水系和道路形成绿化网络，让华山植物园、五马山公园、体育公园、迎宾公园、上河洲公园，串点成线，"大珠小珠落玉盘"，成为市民惬意休闲娱乐的好去处。

"沐四季清风，享一份闲适宁静"，这是将乐这座"美丽中国·深呼吸第一城"让人看得见，用得着，感受得到的，实实在在的底气和硬气。如若白日里工作太忙，无暇留意更多的人文景致，那就借着夜晚远天新月和近处迷人灯火带来的光，走入将乐城区的寻常巷陌吧。

"月光光，月嬷嬷，喊你下来食擂茶，擂茶喷喷香……"霓虹渐欲迷人眼。夜幕降临，镛城街巷，擂茶飘香。无论是酒家宾馆，还是街头擂茶馆、量贩式 KTV 包厢，均可听见油茶棒研磨擂钵里茶料的声音。镛城人民就是好客，在柔和的夜色下喝茶，往往能喝出一份怡然自得的心境，喝出一份无与伦比的惬意。

穿越霓虹，曲曲绕绕。不经意间，走进街头巷尾；不经意间，跨过青石门槛。听，南词萦绕：二胡、扬琴、琵琶、丝管或独或伴，缓缓潺潺，大小调、南北调、天宫、清韵交替。这是南门廖氏古厝的寻常百姓，在院落里赏月。品一口擂茶，闭上眼，那南词徐徐入耳的声音，时而如线缠绕，澄虚宁静；时而如雨淅沥，接连不绝；时而高山流水，舒缓悠婉⋯⋯

将乐的夜，芬芳雅致；将乐的夜，宁静致远，归根结底，可用一个"雅"字来概括：典雅、秀雅、高雅、淡雅、清雅、古雅、儒雅、博雅⋯⋯

金溪两岸的夜景工程是其中最大的亮点。从两岸错落有致的楼房外墙透射下一缕缕交相辉映的光，这些光"群芳"上阵，但绝不"斗艳"，绝不"夺目"，变幻的灯束清幽自然，养眼入心，一点都不让人感觉花哨。从江畔三华八景，到上河洲公园，到擂茶主题文化公园，再到"三优"街音乐喷泉广场，移步换景，留下闲适淡雅的心境。

伴着霓虹，伴着星辰，继续前行。我依旧固执地认为：这里的夜，少了擂茶，无味；缺了南词，不雅。怪不得，常有异乡来客戏谑：将乐乡亲热情好客，喜欢自"吹"自"擂"。此话不假。南词"吹"出了古邑文化，擂茶"擂"响了时代脉搏：将乐县法院首创了全国独具一格的"擂茶调解法"；县驻村夜访干部将"擂茶会上说政策"广泛推广⋯⋯

芳香四溢的擂茶，佐以吹拉弹唱南词曲，足以让你不醉酒色醉茶香。今夜，在铺城迷幻的灯光秀下，你就尽情"深呼吸"吧，不醉不归！

寻访溪南书院

◎宣　华

　　在古代，书院是培养人才的摇篮，是私人或官府所设的一种相对独立的藏书、供祭和讲习场所。宋代著名的四大书院白鹿洞书院、岳麓书院、石鼓书院、应天府书院，让人如雷贯耳。在文化古邑将乐，素有尊师重教传统，据县志记载："明弘治七年（1494），提学韦斌檄有司，乡建社学。弘治十八年（1505），将乐县知县何士麟分建隅都七十所。"可见，明代时期，将乐的书院建设就一度辉煌。然而，岁月更迭，许多书院在历史的进程中经受不住时光的淘洗，在一声叹息中悄然隐退，甚至荡然无存。难能可贵的是，静默将乐县城区玉华大桥旁的"溪南书院"遗址犹存，令人遐思，引领人从青砖黑瓦中抚今追昔，找寻那如梦渐远的书院回响。

书院遗风今犹在

　　溪河南路 116 号，与将乐水南小学紧邻的一个不起眼的小院落。如果没有人专门提醒，来去匆匆的市民难有几人会留意上这个平日里大多数时间铁门紧锁的小院。

　　这个小院的主人是谁？沿路外墙拱形门上方的"谢氏宗祠"四个字明晰地告知了答案：这里是将乐谢姓人家虔诚祭祖的宗祠。谢姓是将乐的主要姓氏之一，据《将乐姓氏》记载，迁入将乐谢姓最早的一支是谢安后裔、入闽始祖谢荫隆之子谢良器。

驻足宗祠门前，朝正门方向看，有五座绵延起伏的小山峰，自金溪河畔向北依次排列，玲珑有致，绿意盎然。将乐先人因看到这些山岚每当旭日初生，烟雾浮动，仿若如梦似幻的人间仙境，为其取名"五马晴岚"。明代诗人才子任正，曾写诗盛赞这一胜境：人生贵显羡五马，万古荣名山可借。岚光旭日千里开，恍若浮江作龙化。"书院会选在金溪河畔的这个位置，和院门前'五马晴岚'这好风景有关，在古代，'风水朝向'是颇有讲究的。"宗祠管理者老谢乐呵呵地介绍说。

宗祠门边悬挂着1993年6月将乐县政府制作的"县级文物保护单位"牌子，上书"明代书院"四字。据当地文史专家吴福瑞介绍，这个建于明代的书院，县志里有着翔实的记载，于清末废除科举制度后，改为谢氏宗祠使用。

书院不大，占地约220平方米，平面呈长方形，砖木结构，坐东朝西。如今遗存的宗祠只是旧时书院的部分建筑：地面用青砖错缝拼砌，石阶用花岗岩砌筑；主体建筑面阔三间，进深七柱；前廊为卷抬梁穿斗混合结构悬山顶构造；两侧风火墙，部分为砖砌，部分为土墙。走进书院主厅，一块上书"为国储英"的匾额赫然映入眼帘。匾额右上角题写着"宝树堂书院"五个字，左下角落款了此块匾额制作的时间："顺治甲申季春立"。

"宝树堂"有何来历？据宗祠谱箱里存放的《谢氏族谱》记载，谢姓以郡望、威怀、安晋、东山、宝树为堂号。"威怀"和"安晋"的堂号出自东晋名臣谢安。"宝树"堂号，也是谢氏家族极负盛名的一个响当当的堂号。对于这一堂号的创立，典出多处，民间也有很多故事版本，《晋书·桓伊传》所载的故事有一定的代表性：相传，淝水之战后，谢安功高震主，得罪了一些人的利益，有人从中挑拨，谢安受到了孝武帝的猜疑。这引起了当朝诸多正直人士的不满，中郎将桓伊就是其中之一。有一天，孝武帝宴请群臣，命桓伊吹笛。吹毕，桓伊又要求抚筝与人吹笛合奏，帝允。桓伊便抚筝而歌。他唱的是一首《怨歌》："为君既不易，为臣良独难。忠信事不显，乃有见疑患。周旦佐文武，金縢功不利。推心辅王政，二叔反流言。"在座的谢安听了，不禁泣下沾襟。孝武帝听了桓伊借古讽谏的《怨歌》，脸露愧色。退朝后，孝武帝亲临谢安家，谢安焚香恭迎。孝武帝见谢安家堂前瑞柏枝叶繁茂，称赞其为"宝树"，并亲书谢安宅为"宝树堂"。

堂号的来历有待考究，但"为国储英"这一院训却大气凛然，严明昭示了办院教学的宗旨。时至今日，读来依旧催人奋进。

史海里的溪南书院

书院之名始见于唐代，后由朝廷赐敕额、书籍，并委派教官、调拨田亩和经费等，逐步变为半民半官性质的地方教育组织。据资料介绍，仁宗庆历年间，各地州府皆建官学，一些书院与官学合并。宋代书院的兴起是始于范仲淹执掌南都府学，特别是庆历新政之后，在北宋盛极一时。此后兴衰沉浮，波澜起伏。

将乐是闽学鼻祖杨时的故里，宋代以来尊师重教蔚然成风。顺着这股育人之风，书院的建设风生水起。史料上记载的将乐比较出名的书院有龟山书院、溪南书院、月山书院等。尤其值得一提的是同样建于明代的正学书院，民族英雄林则徐的父亲林宾日曾到此执教。据1990年版的《将乐县志》载："元至清代，儒学教谕和训导均系朝廷命官。书院经学先生由当时名士贤能担任。清嘉庆年间，林则徐之父林宾日主持本县正学书院讲席长达十年之久。社学由乡绅、贡生、监生执教。清光绪二十九年（1903）11月，古镛镇小学堂创办，校址正学书院。次年更名县立第一高等小学堂。"

溪南书院与正学书院仅隔一条数百米宽的金溪，一个在溪南，一个在溪北。据县志载，"正德九年（1515），知县汪宪或废淫祠以从正，或因旧址以修葺，举办社学十余所，并选择萧懃为溪南书院主讲，时号得人。汪宪撰有《水南社学记》"，"明嘉靖壬午年（1552），萧懃已近八十岁，学舍已圮废。萧懃捐资修复其左右两楹，并扶杖伏谒知县王铃。王铃感其德，遂捐俸重修溪南书院，并为之作记"。

汪宪，字尚镒，由举人，先任新涂教谕。明正德癸酉（1512）升知将乐。对其，清代乾隆版《将乐县志》记载，"存心廉直，政务大体，立社学，毁淫祠，增龟山祭田，多所建设。邻邑有寇犯境，宪亲帅师捍御。寇退，民德之，制银甲以谢，却之。后升守州知州。宸濠变作，宪从王守仁讨平之，引疾归卒。祀名宦祠"。

县令汪宪，亲民爱民，十分关注书院教学，他在《水南社学记》里如是写道："邑溪之南皆为民之所居也。其民俗有道南之遗风。愚者耕而不商，故农常野处而不暧。智者乐于学，其父兄乐教其子弟，以故将之人才历古最甚，而出于水南者，十常六七。管子所谓秀民之能为士者，必是赖焉。此之谓也。且至今不衰。正德癸酉，予治此，适以提学刘公檄诸州，县立社学以敦养正之本。予以有司首务，举而行之。或废淫祠以从正，或因旧址以修葺，举邑十余所。及举其师，得水南萧氏子懃，居常授教，得养正体……"

萧懃，字汝励，是明代将乐水南名士萧恕之的从弟。性颖慧，博览经史。萧懃的父亲被人诬陷打官司而入狱。他刚成年，就放弃了考举人的学业。四处为父亲上访申冤，经过六年时间，才使父亲出狱。知县汪宪非常看重萧懃的品行，礼聘为乡校老师。萧懃下惟授业，多养正功。明嘉靖壬午年（1552），萧懃已近八十岁，学舍已圮废。萧懃捐资修复其左右两楹，并扶杖伏谒知县王铃。王铃感其德，遂捐俸重修水南书院，并作记。萧懃过世后，他的学生认为他勤学好问，私下给老师取"文恭先生"谥号。

关于知县王铃,《将乐县志》也有详细记载,"字子才,黄岩人。嘉靖中由进士令宜兴,以刚介不屈忤当道,调知将乐。至则揭五事自盟:绝贿赂,息健讼,公爱恶,端习尚,不通关节。乡民崇尚异端,丧事毋用淄流,一切禁之。至于名宦、孝烈,崇奖必先。尤能约已节费。后三为县,从惟小苍头,食惟施粥。仕终按察金事,引疾还。邑人指数廉令,至今称王公也"。

由此可见,萧懿孝心感人,授业有功,为官清廉的县令汪宪、王铃对书院的建设更是功不可没。

溪南书院的红色印记

科举制度废除后,溪南书院和众多古书院一样芳华不再。然,已更替为宗祠使用的溪南书院,在时事的风云跌宕中,仿佛注定还要与琅琅书声结续一段前缘。

1941 年,日军侵犯福州。福州协和高级农业职业学校迁到溪南书院。在中共南平中心县委的安排下,学生中的共产党员余仲光、江作宇、吴长霖成立了党支部,先后培养了林义璋等 6 人入党,溪南书院一度成为协和高级农业职业学校党支部秘密开展抗日救亡运动的活动场所。

据将乐文史专家吴福瑞介绍,1941 年,日本侵略者向福州沿海大举进犯,致使福州第一次沦陷。这年秋天,福州协和高级农业学校被迫从闽清县六都迁到将乐县水南溪南书院。根据上级党组织的指示,学校成立中共协和高级农业学校党支部,余仲光任支部书记,成员由江作宇(新中国成立后任建宁第一任县委书记)、吴长霖组成,隶属中共南平中心县委领导。因当时中共协和高级农业职业学校党支部尚处在隐蔽状态,其活动严格按照"隐蔽精干、长期埋伏、积蓄力量、以待时机"的上级指示要求开展。支部成立后,余仲光等 3 人经常在一起研究怎样做抗日宣传、怎样分析形势、怎样扩大组织。

在溪南书院工作的这段火红岁月，令江作宇刻骨铭心。他在回忆录中深情地描述道："日本帝国主义对中国的野蛮侵略，激起了全国人民的同仇敌忾。协和高级农业职业学校的许多进步青年学生，为了宣传抗日，激发将乐人民的爱国热情，火热热地组织起'抗日协职剧团'，情切切地搞起演唱宣传，每星期演一次……为了给抗日前线募捐，在学校党支部的秘密组织下，同学们的抗日救国热情高涨，有的去做工，有的去砍柴，也有的去烧炭，还有的做豆腐、粉干，去做木工……"

1933 年 8 月 21 日，彭德怀、滕代远电令东方军第 19 师第 57 团为左翼支队于 24 日"进至将乐、水南以一营隔河监视并钳制将乐之敌与河北之 61 团部队联络"，"另一营则沿河收集渡河材料，东逼顺昌"。在围攻将乐县城的 40 天战斗中，该团部也驻扎在溪南书院。

溪南书院因着这抹绚烂的红色印记显得愈加地沉稳厚重。这是溪南书院的荣光，这荣光里的英雄儿女一往无前，充满了家国情怀，没有辜负书院悬挂牌匾"为国储英"院训的如磐初心和殷殷期盼。

家住翻身路

◎何爱兰

翻开《将乐县志》，见一幅清乾隆年间县城手绘地形图，颇为新奇。县衙左侧一条笔直的路，延伸至旧时的集贸市场七星街相接处，曰：开天街，名头响亮。

明代，县城巷道仅7条，清代增至39条，开天街为其一，新中国成立后改称：翻身路。路短，三百余米，建新路（今府前路）穿行而过，将其一北一南均匀折中，北段属新华街，南段属民主街。居于此，上幼儿园、小学、中学，去十字街、县政府、菜市场皆在直径一二百米间，可谓黄金地带。民国时期，翻身路南段曾是一爿商铺，20世纪50年代初，父亲与江西老乡一同花160元钱在此买下一处旧屋，即是一家米铺。街坊聂家，至今老一辈人唤之：鞋铺的。这里还曾有一家澡堂，一度知名。前些日，与人描述我家老屋的具体方位，一老人恍然：哦，你以前住澡堂那边。听着，尤为新鲜。关于澡堂，我在县志的"卷十二商业"中找到"浴池业"章节，仅六行字，其中记录："民国二十二年，县城私人合股经营的逸园澡堂。民国二十六年，该澡堂因亏损而关闭。民国后期，私营大众澡堂开业仅1年2个月就亏损倒闭。"凭此寥寥数语，翻身路的那间是否为文中所述？一时难辨。我所记事的澡堂早辟为宅屋，住着张氏家族。依稀记得大门上方有一行漫漶的字印，我辨认过"澡堂"二字。其余详情，无处可觅。

20世纪70年代的翻身路、土石路，多是一层低矮的木瓦房。因此，街巷里的两栋公房简直是鹤立鸡群的存在。一栋是县公路局办公楼，位于翻身路与建新路交接路口，石砌外墙，两层楼，敦实稳健的派头，是县城罕见的石头房。楼后带一个大院子、一栋家属楼。夜晚，院子里时常放映电影，街坊们带上板凳携孩子入内，家属们友善，常打开后门让大家自由来去。另一处，是在原酒厂旧址新建的第一栋财政公房，四层楼，一层八户，故称"三十二家房客"，老街人称之"新厝"，入住者皆为干部阶层。当年，那里出入着许多水灵灵的女孩，她们衣着时尚、清新脱俗的模样，令人仰慕。新厝的大门日日敞开，但翻身路的大人与孩子极少进入。

一墙之隔，墙内的日子悄静，墙外的市井瓦肆生活显得风风火火。街坊邻居门对门住着，互不相避。早饭后，擂茶声訇訇而起，一家擂好茶，妇人站门口提着嗓子喊："食擂茶喽！"街坊的婆婆婶婶们便往一处去。围坐，边喝边说着东家西家事。次日，又是另一家擂茶声起，一户户自主轮流着，心照不宣。还有街坊自发的"标会"更聚人心，此为民间自助的集资方式，可解婚娶建房的资金之困。发起者作东，参会者每人 5 元或 10 元金额均等，一月一次，以抓阄来确定谁收会钱，若急需用钱者，可优先。潘厝的老游婶婶常作东家，每月的指定日，她备好一大钵擂茶，参会者聚集，情绪高昂，抓阄的时刻仿佛是开盲盒。谁抓到"有"字即中标，参会者当场交付会钱。如此的无字契约从无差池，极为诚信。

翻身路的平房，也有两处叫得出名字的宅子：潘厝、陈厝。为坐东朝西，天井式单层对称平屋。凡具名者皆有来历，潘厝主人旧时为地主，家境殷实，潘家爷爷儒雅，知书达理，写一手好字，见人颔首微笑，礼节周全；陈厝祖上做纸业生意，祖屋曾占据翻身路南段半边街，荣光熠熠。新中国成立后，两厝的后辈多为农民，但大厝的气势尚在。歇山顶门楼，砖石构筑，天井内铺设平整的石板路、鹅卵石。夏日，街坊们坐靠在门楼下的石条，摇着蒲扇闲坐，凉风穿堂而过，遍体清凉。潘厝、陈厝相邻，空间敞阔，是孩子们的嬉戏地。我常领着一群女孩儿穿越其间，从前门往后院奔去，再绕回，兜着圈玩闹，哗啦啦的一片欢笑。

拐个弯，孩子们可进入卫民巷的豆腐厂。但见七八只柴火灶生着火，乳白的豆浆在大锅里冒着热气，老师傅操着大葫芦瓢将豆浆舀入大木桶内，用瓢一圈圈游浆，游出豆花，再倒入木框，以纱布掩裹，上盖，石头压实。伙伴们饶有兴趣地看个半天，也帮忙往灶膛添柴。有时师傅兴致好，便倒一碗豆浆、豆花给我们尝鲜。豆腐厂后头的小院，种着一株酸枣树，待秋日青黄的果子挂在枝丫间，摘一捧，甚是欢喜。一群孩子也常踅入翻身路背后的保卫巷去玩耍，若见食品公司冰库大门前泊着货车，便守候一侧，待装卸工将一筐筐冰带鱼入冰库，返回，我们一哄而上，去抢遗落空竹筐上的鱼头、鱼尾。工人们也不恼，一旁笑看。至五月，与食品公司相邻的冰棒厂开始响起隆隆机器声。整个夏天，卖冰棒的骑着二八式自行车，车架驮着一个木质冰棒箱来取货，不知勾起多少眼馋的目光。食品公司的仓库也在此，终日门锁紧闭，计划经济时代，那两座红砖高墙的大仓库贮藏着多少户人家的吃食呢？爬上库房户外的水泥楼梯，我们从二楼门缝探头探脑，总也看不清其中究竟。这些像秘密基地的库房里，还有一个谜之存在——冰库内的一间屋子有一废弃的古井。看过慈禧下令将珍妃投井处死的电影，我就对这口不见天日的井，不断暗生着幽深可怕的联想。

我家的后窗正对食品公司仓库，之间还隔着半堵明清遗存的防火墙，从邻居张家一直延伸至我二姐夫家。其墙体宽厚，尤为荫蔽。入夏，底楼的卧室昏暗，但丝丝凉风沁入，宜休憩。当年，父亲与老乡搭手，在翻身路修建这一栋木构房屋，一分为二，人字形屋顶，两层，吊脚楼上可晾晒衣物。我家屋长 18 米，宽却不足 3 米，仅 50 平方米，窄长如半节火车厢。一溜直通为厅堂、厨房、卧室，后间是猪圈兼厕所，每一间都显出逼仄。大门为商铺式的木栅门，可一块块拆卸。逢腊月，我将栅门卸下，扛到跑马沟，让它们漂浮于水面，脱鞋，捞些沟边的细沙，用老丝瓜瓤刷洗出门面的原木纹理。

穿行于翻身路的跑马沟，是新中国成立前城里仅有的一条露天排水沟，源自西郊，一路往东蜿蜒而下，横穿城区，注入金溪，被称作"九曲黄河水"。中段流经翻身路六户人家的厅堂，吾家其一，厅堂的一半铺着杉木板，可听沟水潺潺声。"跑马沟"得名，据说是因沟深可达一人骑马穿行而不见其身。而我见识的跑马沟至多一米五深，宽度不一，沟内淤泥沉积。每隔三两年，县里组织一次跑马沟清淤，厅堂的地板被撬起，整条街堆积着从沟里挖出的乌黑泥浆。有人在淤泥里扒拉，试图发现什么。当年，时闻县城老宅拆迁挖地基挖出铜钱、金银之类的好事，我老觉得翻身路这古老之地也隐匿着财宝。一次，我眼睛发亮，在跑马沟边刨出了几枚铜钱。家里修葺下水道时，大哥几锄头下去，黑泥里惊现小半截玉镯子，再挖，却不见其他。跑马沟，对于一条街的孩子处处充满诱惑，下水，伸手在石头沟逢一掏，可摸得几粒田螺。男孩们往沟里洒几把石灰，手持土箕在下游围堵被炸出的小鱼。大人见了，便唬道：快点上来，有蛇哦。的确，好几回蛇沿沟壁爬出，吓煞路人……1983 年，县里大规模改建市政基础设施，翻身路的土石路铺上混凝土，跑马沟被改造成封闭式下水道。自此，一条沟在眼前遽然消失，沟的记忆也随之封存。

20 世纪 80 年代始，翻身路的人家翻盖新房或搬迁，也屡屡传来老街拆迁的信息。直至 2015 年才动真格，翻身路、保卫巷的局部与食杂公司仓库、五交化公司地块被拆迁，娘家、二姐夫家均在其列。三年后，老街坊返迁，二姐家入新居，其客厅、次卧竟位于翻身路 45 号——娘家老屋的地理位置。楼下奶茶、美容、小吃、麻辣烫等各色小店林立，兜兜转转，此地又成了一爿商铺。但新落成的地址门牌换了新名：府前路。那一口神秘的古井已被填平，被拓宽的路面所覆盖。直至其不复存在，我才知悉古井拥有一个多么雅致的名字——儒学井，并记取了相关记载："儒学井，又名市井，位于县城民主街保卫巷（原名儒学巷）4号房内。明永乐年间，县人章彦富凿建。该井呈方形，井壁用砖石砌成，宽1.22米，深10.8米。井口砖砌四方井栏，高50厘米。"

同一片土地上，街巷、房屋、井如植物的枯荣。随光阴，一茬茬生，一茬茬灭，后又长出新的建筑与名字。而翻身路，在我心里一直向上生长着，生出繁花，生出文字。

金溪凭栏

◎郑雯斌

水，会时常叫人莫名牵挂。

譬如金溪。初次光临小城将乐，她就以一种温婉娴静的姿态深深吸引了我的眼球。后来多少个日夜，我与溪水相看两不厌，她默默载着我许多心事，与青春有关，与生活有关。

金溪，过去叫将溪。宋代理学家杨时曾这样描述："将溪据闽之上游，地险而隘，以崇山大陵为郭郛，惊湍激流为沟池，鱼稻果蔬，与凡资身之具，无所仰而足。"金溪水域的丰美与富足可见一斑。逐水而居，是自然万物的本能。于是，"邑在将溪之阳，土沃民乐"——小城将乐沿着金溪这条涌动的血脉诞生了。

有水的地方就能生长人影，生长屋厝和炊烟，还会生长耕地劳作和撒网捕鱼的图景。婴孩落地哇的第一口乳汁里有溪水的甘甜；一瓢清凉的溪水消解父亲们一身的疲乏，洗亮了黝黑宽阔的胸膛；一担担溪水一路滴答到厨房，无数脚印踏出的小路是母亲们一生的追求；溪水慷慨冲积出一块块开阔肥沃的水南良田，时至今日我们仍可以一睹日出而作，日落而息的朴素和纯真。

饮着金溪水长大的将乐人，骨血里也浸透着水的秉性。这里的人平和包容，数百年时光的洗礼已然让他们褪去了中原人的粗犷与豪放；他们张弛有度，崇尚深呼吸慢生活，一碗擂茶就能成全一整天的幸福。但这并不代表将乐人软弱，他们深谙水滴石穿、以柔克刚的道理，客家人的柔韧坚强依旧在骨子里闪光。

我虽不生长于斯，但水于土地，于乡人，于万事万物的力量都是一样可感可亲的。金溪让我想起家乡小村的水——村头的老井，山田边的泉眼，绕村而过的河流……多少年来，它们都在时光的影子里轻轻荡漾。水淌过的地方，都留下了痕迹，被踏得油亮的青石板，水底捞起风干的土坷垃，大水漫上土墙留下的水痕线，还有那些数不清的被水打湿的记忆，看得到的看不到的，都如流水般融进了乡人的血脉里。

　　我坐在金溪畔的木围栏上，等待最后一抹红云越过高高的山脊，隐匿到树梢后，最后消失于天际。

　　独自莫凭栏。姑且说我在凭栏吧。我没有登上高楼，而是在溪畔等着黑夜的到来——这是我在这个异乡小城五年时光中滋生的一份执着。这份执着的缘由我也说不清，细细追溯起来，或是贪恋落日的美色，或是追求内心的平静，或是享受一种矛盾的对抗——白天与暗夜、嘈杂与安静、温暖与清冷间博弈后倒戈的醅畅。然身有依凭，心无着落，为什么会这样呢？一年、一天中，总会有那么一些时刻，那么一些微茫的尖锐的时刻，好比一只鸟儿纵是面对整个森林，也感觉找不到一个栖止的地方。

　　于是多少次，从温暖的午后到阒静的晚上，走走停停，最后切近一片蒹葭，在金溪一隅——上河洲尽头的河湾坐下。河湾静若处子，我们就这样静静相对。水缓缓淌进我漆黑的眸子里，久了，便觉得自己也变成了水，沉溺进河湾里，一时分不清水与我。间或有泳者把我的思绪唤回岸上。泳者把河面犁出浪花，荡开微澜，微澜荡漾到岸边，推动了驳船，驳船也跟着有节律地轻轻摇晃起来。安逸的风景，瞬息有了动感。我朝着暮色中的驳船许愿，倒不是为了收获，因为慷慨的金溪从不会让渔人失望，而是向往船儿每一次都能带着希望重新出发。我也告诉自己，心里时常要腾挪点儿地方，这样才能装下更多的念想，至于收成多少或者能走多远，都是生活给予的确幸。

　　晚上七点整，金溪两岸的灯亮了，横跨在河水上方的三座桥也同时亮了。从我坐的位置望向离得最近的"二桥"，半圆弧形的桥洞倒映在水中，一个完整的同心圆便垂挂在桥身与河水之间。那如梦如幻的模样，又有谁还在乎它的名字雅与俗呢？当然，有了"二桥"，"三桥"也在意料之中。从古至今，架桥铺路都是关乎民生的大事，风水人文取名颇受重视。这么看来，这两座桥信手拈来的随性名字，大抵与将乐人的洒脱与单纯有几分关系罢。

记得中间那座桥有正经名字，唤作"三华桥"，因县内有金华、银华、玉华三个古洞而得名。古将乐八景之一"虹桥暮雨"中的虹桥说的就是三华桥。只不过当年的三华浮桥几经毁建，已不复当年诗中"斜照山腰穿树入，黑云沙尾倚天立"的气势。然而就如老子所云："万物并作，吾以观复。"无论世事变幻，世间的快与慢、张与弛、虚与实，都会在一些"存在"中留下印记。就像这座桥，不同时期以不同的形态连接着河水两岸，承载着人们脚下的步子，也尽一己之力助力这方水土上的人们走出自己的康庄大道。

"绿阴复榭天将暮，空翠流光影入川。"方入夜的金溪常有一层岚霭笼罩其上，水面隐闪波光。两岸常年绿意葳蕤，别说春夏，就是冬日也绿得苍劲精神。品种繁复的绿植，高高低低，错落有致。在月光和灯光的加持下，绿意愈发有层次有个性，一团团墨绿，一片片翠绿，还有一簇簇新绿上映着一道道绵密的光斑，静谧而灵动。风起时，挤挤挨挨的叶片相互摩挲，发出"沙沙——沙沙沙"的声响，和着隐隐的流水声，闭眼静听，周遭仿佛在此刻停顿，星空、月光、清风、流水，颇有几分"野旷天低树，江清月近人"之境。

凭栏远望，汤汤流水，风景无限。双眼看似平静，内心早已天马行空，万事万物好像都与自己有关。悠悠的云彩，淡淡的岚雾，青黛的远山，微澜的柔波，周围的一景一物和万分感性杂糅，在心里酝酿发酵，丝丝缕缕敏感的悸动，难与人说。只能对着眼前的金溪水兀自出神，什么也没说，又好似什么都说了。"撑一支长篙，向青草更青处漫溯；满载一船星辉，在星辉斑斓里放歌。"金溪让我做了一个恍如在康桥的梦。我也同样不能放歌，选择了沉默，这沉默中埋藏着无边无际的孤独和惆怅。唉，美丽总使人愁。

愁思无尽处，幸有明灯指路，打开了我读书和写作的窗扉，许多情绪终于找到了宣泄的出口，一些微妙的情感也有了寄托。就连感官也跟着敏锐起来，心也变得愈发柔软。比如，那棵伫立在岔路口的老香樟。在漫长的时日里，从它身边走过，遇见然后分开，再见或者再也不见。有谁注意到它呢？直到有一天我读了一篇写树的文字，倏地，那棵香樟树突然浮现在我的脑海里。长久以来，它一直目送着人们，看着他们生了白发，驼了脊背，身体逐渐低进黄土里。那么多的苦乐和生死，都在它眼里游荡，如果它有心，它需要容下多少的感叹，如果它无心，人间事便是南来北往的风罢了。

僧人问首山省念和尚："莲花未出水时如何？"首山答曰："遍天遍地。"又问："出水后如何？"答："特地一场愁。"生命未开始时，总有无数种可能。一旦降生，变成了生活，纵是忧愁风雨，还是得兼程向前，好比莲花出水，迎着风雨盛放。很多时候，我们只需要好好生活就行了，并不需要去分辨什么，也无法分辨，我们和生活，汤汤水水，原本就是浑然一体的。好比青春仿佛近在咫尺，但从此萧郎是路人——就算你念念不忘，也和你没有关系了。所以，便是后来终究离开，那些带不走的还是选择了放下，把书统统装进行囊，让它们陪伴人生新的旅程。

华灯初上，我该回去了，夜出的人们会打破我与金溪约定的平静。我沿着木栈道返回住处。那是一座20世纪80年代的旧房子，脱落的外墙树影晃动，木门上挂着风铃，我沿着风铃声走上二楼，打开窗子，漫天的星光落入我的眼睛，我将在那里安睡。

晚安，金溪。

晚安，将乐。

潺潺南词溢乡情

◎黎　喧

一

穿过喧嚣的街巷，曲曲绕绕。小心翼翼地避让着从狭小巷道骑出的一辆辆摩托，不经意间总要触及巷壁娇翠欲滴的苔藓。跨过风雨斑驳的青石门槛，来到将乐县古镛镇百花社区一个幽深的院落——廖氏古厝。

和往常的任何一个周末一样，来自不同社区的十几个上了年纪的南词爱好者在这里练习南词说唱，自娱自乐。此时，厅堂四周已挤满了人。大厅正中神龛燃着的几炷香青烟袅袅，神龛下并排着铺好红毡毯的三张八仙桌，掌鼓板者已坐上"大边"——桌位正中。其余演奏者按生、旦、净、末、丑分坐两旁，各执高胡、大胡、二胡、唢呐、扬琴、月琴、琵琶、笛子等乐器，等待即将开始的演出。

听唱南词是早年将乐最为盛行的习俗之一。凡喜庆寿诞，逢年过节，乡亲们总要请南词班到家里表演一下，图个热闹。相传明朝江淮吴越发生洪灾大涝，有南词班（社）逃荒到南方，其艺人流散在江西、福建、广东一带。当时闽西北将乐、邵武、建阳、上杭、龙岩等地，都有南词艺人的足迹。据有关资料记载，到清嘉庆年间，南词已在将乐广为流传。

"哒哒哒。"鼓板三响，瞬息，器乐齐和，声音萦绕在将乐城关南门一隅的廖氏古厝上空。品一口擂茶，闭上眼，那徐徐入耳的声音，时而如线缠绕，澄虚宁静；时而如雨淅沥，接连不绝；时而高山流水，舒缓悠婉……

"哒哒哒。"又三响，演唱开始，二胡、扬琴、琵琶、丝管或独奏或伴奏，缓缓潺潺，大小调、南北调、天宫、清韵交替。每场戏前都先唱《天官赐福》，戏中人物是天宫、福星、禄星、寿星、喜星，有时也加上财神，这就寓意着喜庆人家迎来了"三星高照""五福临门"。其唱词、道白尽是吉祥的"土官话"（带将乐方言腔的普通话），合乎东家的心意，合乎听众的口味。唱完《天官赐福》后，鸣放鞭炮，演唱暂告一段落，演唱的师徒们稍作休息，喝喝擂茶，吃吃果品。然后再唱其他节目，如《断桥相会》《昭君和番》或《苏文表借衣》等。偶尔也根据听众要求，唱些小调，如《小鱼儿》《一匹绸》。表演者意犹未尽，听众兴致盎然，演唱了三个多小时，大家才散场回去。

曲终人散，伴着街坊邻居的说说笑笑，走出古厝，很快就融在了车水马龙络绎不绝的繁华街市。刹那间，那方让人荡涤俗虑的南词古韵就在这不经意间的熙熙攘攘中消失得无影无踪。

二

金溪河如银如练，缓缓潺潺，一路奔流。驻足镛城金溪河畔，听将乐南词老艺人讲述南词的故事。

起初，将乐南词只是由昆腔、滩黄等曲调合流而成的一种素衣清唱曲艺。到民国初期，南词得到进一步发展，戏文更加活泼生动，演员更加注重角色的扮演和选择。

凭着曲艺爱好者的一腔热情，将乐南词以原始的"师传徒"形式延续。在延续过程中，南词艺人又不断吸收当地民歌、小调之精华，逐步发展为独具风格、有浓郁地方色彩的"将乐八韵南词"，即南词"正板"唱八句，每句七字组成，一句一韵，这是基本曲调，加上其他曲派配合，使其音乐更加动听，为群众喜闻乐见，唱遍城乡各地。

"我的童年呀，可以说就是在南词声中滋润大的。那时，南词艺人真可谓是红人哩。"回味孩提时代，百花村70岁的徐素娥阿婆双眼都能放射出光芒。那时，村里人每到夜间，总喜欢到村头关公庙听听南词。徐素娥就经常随父亲、母亲去赶庙会或是到办喜庆事的人家里"赶场"（听南词）。听着听着就被磁吸了，听着听着就有了那么些悟性。如今，徐老是将乐少有的几个南词传承人之一。

20世纪三四十年代，南词已在将乐城乡生根发芽，涌现出一批著名南词艺人和大批的南词徒弟。所谓"著名"就是会唱很多南词戏和小调，会使用多种民间乐器，熟练到能自拉（弹）自唱，并拥有大量的南词资料，即有唱词、有道白的《南词总纲》，有被誉为"南词四大戏王"的"断桥相会""昭君和番""芦林相会""合钵收妖"，还要会数十上百种大、小戏剧及南词小调。

新中国成立后，文艺事业"百花齐放"，将乐南词由原来的坐唱曲艺形式，逐步发展为舞台戏剧形式。南词艺人采取"旧瓶装新酒""古曲套新词"办法演唱南词，将《白娘子与小青》《王婆骂鸡》等一批家喻户晓的坐唱曲艺节目，按古装服饰化妆上台表演，深受好评。

20世纪五六十年代，每逢元宵、中秋等佳节，将乐县都举办大型的南词汇演交流，全县上下呈现"公社有南词文艺队，生产队有南词爱好者"的壮观场面。

1956年，在将乐县文化部门的共同努力下，当地艺人把著名的南词小调《小鱼儿》改编成《采莲舞》，由南门头人叶春英用小旦的台步动作表演，获得成功。这一南词说唱节目首次"走出深闺"——出席了当年省里举办的国庆文艺汇演并获奖。

1957年4月,《采莲舞》被省文化部门选送到北京参加"全国民间舞蹈汇演",表演者叶春英受到周恩来总理的亲切接见。

1964年冬,由南词艺人刘怀忠先生编词作曲的南词说唱《赵书记治水》,在福建省第五届农村文艺汇演中取得佳绩,被选送参加1965年的《上海之春》音乐会演出。

此后,将乐南词频频走向大型舞台。一批如《哑子背疯》《农场探子》《民兵英雄修木松》《劝夫识字》《三节约》等南词优秀剧目陆续创作问世,并登上当时所属的南平专区舞台及省文艺汇演舞台。

三

"对于我们南词传承人来说,人可以死,但将乐的南词事业死了,就是大事!"家住城郊龙池村的陈维绪,被将乐人誉为"热心南词事业的传人"。如今这位老人已经作古,但几年前采访他时的情境,令笔者历历在目。

陈维绪自幼随父亲学习南词,退休后一直都在为收集当地八韵南词曲调而奔忙。他费尽心思召集了百余名南词爱好者,根据不同年龄段分成"城区夕阳红艺术队""退休教师南词班""南门少儿南词班",进行系统的八韵南词曲艺知识和技巧的传授。一个南词班的学徒人数以18至22人为宜,由南词师傅统筹安排学习唱功和乐器。由于严格的唱功训练加上品种繁多的乐器学习,一些学员学到中途就退出了这个自发组建的学习队伍。"学习南词,毕竟是件苦差事呀!只能凭学员的个人喜好,以及南词艺人的手把手传授。"陈老师说这些话时,流露出不尽的叹息。就在陈维绪老人去世前夕,老人不顾身体不适,将用多年时间记录下的长达 2 万多字的《将乐南词随记》，赠予县文化部门。随后，由将乐县文联等部门收集整理，"原汁原味"记录当地南词曲调的多部著作已经问世，在文化、教育部门的努力下，当地教育部门已把南词教学列入地方校本教育课程。

沈城老时光

◎萧爱兰

　　尤溪县，以溪为名。尤溪，又叫沈溪，所以尤溪县城，又叫沈城。

　　至于尤溪为何又叫沈溪，专家、学者各种论证、考据，莫衷一是。在这里不作一一辨剖。但我想，应是先有"尤溪"，后有"沈溪"。因为在唐朝《元和郡县志》中，县名就是"尤溪"。《元和郡县志》成书于唐元和八年（813），是宰相李吉甫创作的一部唐代中国地理学专著，也是保留下来的中国最古的一部地理学专著。《元和郡县志》记载："福州，管县九：闽，侯官，长乐，福唐，连江，长溪，尤溪，古田，永泰。""尤溪县，中下。东南至州水路八百里。开元二十九年开山洞置。县东水路沿流至侯官，县西水路溯流至汀州龙岩县。"

　　宋词里说，山是眉，水是眼。我深信不疑，并且一直为这样的比拟赞叹不已。我认为山水之于县城，犹如血脉和生命般不可或缺，如果少了山之巍巍，水之汤汤，那是何等的憾事。明崇祯九年（1636）县志载："尤溪，双峰北耸，二水东注，帷山翼其西，象山揖其南。其他叠嶂层峦，东拱西顾，如象如狮，形状特异。清溪一带，抱县治之后而东注焉。岵岈盘郁，不可胜纪。"何其幸运啊，大自然给了这方土地万般的爱宠，山绕之，以山拱卫；水环之，以水濡养。尤溪从城东淌淌而下，青印溪从西到东穿城而过，在湖头溪潭与尤溪交汇。这里要特别说明的是，在新中国成立前的各版尤溪县志中，尤溪始终是"合青印、湖头二溪逶迤而东"，也就是说，青印溪和湖头溪交汇后，才叫尤溪。1981年地名普查，重新定义了"尤溪"："均溪和文江溪在下尾自然村汇合后始称尤溪。"

穿城的溪，让我们有了以水为名的地理方位名词"水南"和"水东"，我们说"水南"，说的是青印溪之南、小城之南，我们说"水东"，那是尤溪之东、小城之东。

尤溪县从唐朝开元年间置县至今，一千多年来，"尤溪"的县名一直不变，狮麓春云的县署位置也始终不变。县署所在的城镇，通常就叫"城关"。

城，从土，从成，本义是城墙。在《说文解字》中，也是这个意思，指都邑四周用作防御的高墙。以墙为界，里面的叫城，"城，所以盛民也"，外面的叫郭。关，古代在交通险要或边境出入的地方设置的守卫处所。清代以前，县城是县政府的直属地，没有乡镇建制。民国开始，部分县开始将县城也编为乡镇，无城名，一般就叫"城关"。

新中国成立后，各地一般依照老习惯，设立了城关镇、城关乡、城关区等。部分县的县治迁移后，基本上都会保留历史原有的称谓。但尤溪县的城关镇，以前却是叫"城溪镇"（始于1940年），1951年才改名为"城关镇"，办公地点在帝君庙，就是现在的城关镇政府内。

风吹，云移，光阴掠过。城关早已不复当年模样。

七五路和建设西街

城关有一北一南两条中部略平行的主街，一条是新街，一条是旧街。南北走向的中心路把这两条街就串成"工"字形。新街是"工"字的上一横，以中心路为界，往东叫解放路，往西叫七五路。旧街是"工"字的下一横，仍以中心路为界，往东叫建设东街，往西叫建设西街。县城最繁华的地段是七五路和建设西街。

七五路，此路是为纪念尤溪县 1949 年 7 月 5 日和平解放而命名。1958 年前是简易公路，后修成柏油路，1984 年升级改造为宽 24 米的水泥路。这条路穿城而过，横贯东西，两旁楼房林立，商店密布。白日里人来车往，熙熙攘攘。夜里路灯、霓虹灯交相辉映。七五路，在岁月里一次次华丽蜕变，而且它目睹了两旁楼房从砖混结构到钢筋水泥浇筑的变化，更是目睹了街道两旁国家行政机关、企事业单位在改革浪潮中的风云变幻，有的寂灭，有的重生，有些部门从繁荣走向衰败，有些部门发生裂变，有些部门越走越强。以 20 世纪 90 年代中期体制改革为界点，当时这条街的两旁，密布着国家行政机关和企事业单位是：街南，依次是二轻局、糖烟酒公司、百货公司、电影院、文化馆、七五商场、林业局、城关采购站等；街北，依次是医药公司、邮政局、饮服公司、新华书店、县医院、汽车站、交通局、农业局等。

先说七五路 9 号的百货公司（属商业局）。在物资匮乏、供应紧俏的年代，位居商业龙头之首的百货公司，是人们眼红心羡的好单位。那时若有人在百货上班，不只他本人感到风光和自豪，就连家里人也感到极有面子。国有企业经营着从五金、针织、副食、鞋帽服装到文具、生活用品等大大小小的百货用品，比如有号称"四大件"的自行车、手表、缝纫机、收音机，也有座钟、百雀羚，墨水和针头线脑。在那个年代，这样的百货商场是商业零售的主流。老式玻璃柜台里，琳琅满目的各类商品摆放清晰明了，井井有条。顾客选好商品后，一律现金交付。售货员拿过算盘，噼噼啪啪几下算好账，开票据找零。老百货 1992 年改制、1996 年关闭，职工下岗自谋生路，企业资产变现拍卖，用于抵偿企业债务和分流安置职工。

现在的七五路 9 号，是一座气派的商住综合楼，一楼是奶茶店、肯德基、服装店、钟表店、眼镜店，二楼三楼是酒家、茶庄、美容院，四楼以上是住宅。人来人往的老百货已消散在经济发展的大潮中，但"老百货"这个名词，在尤溪依然是一个地理位置的参照物。问：六中怎么走？答：老百货对面，那条路直直往上走。问：千贺酒家在哪儿？答：在老百货楼上。

位于七五路 17 号的七五商场（属联合购销公司），商品货物与老百货大同小异。我的长姊当年就是这个商场的售货员。据她回忆，当时商场共有 48 人，有 9 个柜组，对应着五金、食杂、鞋帽等类别。1992 年供销合作社系统改制，实行经营承包责任制，采取的是"基数承包、超利分成"。1998 年姊姊和她的同事们买断工龄下岗。姊姊站过文具柜，也站过烟酒柜。我到县城念高中时，她和另两位同事在布匹柜。到周末，我就带着小外甥去商场玩，等姊姊下班，依着柜台看姊姊卖布。那个商场是水磨石地面，大吊扇挂头顶上呼呼地转着。木制的柜台上有刻好的尺寸，姊姊先在柜台上将布匹量好，然后拿起小剪刀剪出一个小口子，之后双手握住切口的两侧，再一用力，只听"刺啦"一声，一片云霞一样的花布被撕了下来，买布的人小心翼翼地叠起，心满意足地走了。姊姊将布匹送回去，又抱下另一匹布转身招呼下一个顾客。

电影院在七五路 11 号。1965 年建成，内有座位 1560 个，分左中右三个区。电影院是多功能的，除了放电影，也作会场，还举办大型歌舞晚会。一排排的椅子是固定的，是可以翻上落下的板椅。人一起身，椅板就垂直落下。因此电影放映完毕时，观众纷纷起身，整个电影院是一片噼里啪啦的椅板翻落的声音。那时没有什么娱乐活动，天将黑，人们就有说有笑地去电影院。售票窗口像个袖珍的窑洞，半尺见方，弯腰低头才能看清里面售票员的那张脸。检票口是两排一米高铁栅栏，小孩子完全可以把它当高低杠玩。也许念高中时学业繁重，我竟然想不起在这个电影院看过什么电影了。

现在的七五路11号，是前后呈"凹"字的连体写字楼和居民住宅楼，写字楼在前，面朝七五路。负一楼是百联超市，"凹"字的底部，写字楼的一楼是各类商店、城关信用社，小电影院位于写字楼与居民住宅楼之间，"凹"字的凹陷处。

汽车站在七五路18号。我在县城念了三年高中，在外地念了两年中专，毕业后回到尤溪县，分配到管前乡税务所上班。来来去去，少不了和汽车站打交道。当年的汽车站，整栋楼是砖木结构，候车室小而灰暗，有一种奇怪的气味。座椅是木质的，朽旧不堪，为了防止座椅挪动，用一些铁丝捆扎。候车室里拥挤无序，候车的旅客和他们拎的蛇皮袋一样灰头土脸。检票时，检票员拿着一个喇叭竭力呼喊："去某某地的，检票上车了！"若有行李要托运，得自己拖着或背着行李到站内行李间。现在的汽车站依旧在七五路18号，当年小而暗的候车楼已推倒重建。候车大厅全空调开放，落地玻璃窗宽敞明亮，一排排靠背椅干净整洁，还有充电设备、饮水设备、咨询台等便民设施，LED屏实时播放出站车次。白云苍狗，沧海桑田，我觉得还在七五路18号的汽车站，更能体现出大发展、大变革、大调理时代的大变化。

七五路就说到这，现在说说建设西街。其实我们通常叫它"下街道"。这是条说不清年份的古街，据说是尤溪置县建城后，年深日久慢慢形成的。此街曾名宣德街，原为鹅卵石铺砌，凹凸不平，也没有人行道。1929年改为石板条铺砌，1930年街道两旁加宽人行道。石板下是下水道，家家户户的生活用水都是沿着这暗道流到街道南面的青印溪里。街道两侧是两层木质阁楼，二楼走马楼挑出（河边的房子）。一户紧挨着一户，都是前店铺后住家。临街的一面都是木板门，用宽窄不一的木板拼接而成。一律的小黑瓦，一律的木制门、廊、窗，与石板铺成的街道倒也相得益彰。石板街很窄，一架板车拉过，行人就要避让到屋檐下的台阶下。有的石板有些松动了，放学时，回家的孩子叽叽喳喳地跑过，会不时发出空咚空咚的声音。1982 至 1984 年改石板路为水泥路，路面拓宽到 41.7 米。

我的同事兼好友蔡华就在这条街上长大，她的家前临街、后临溪（青印溪），是一"直"上下两层，共六间房。一楼的东侧留出狭窄的仅容人侧身而过的通道，还有一架小木梯通向二楼。一楼三间房，临街的一间租给人开服装店，中间一间是祖父、祖母的卧房，临河的一间是厨房。临河的屋檐下，搭了个简陋的木板冲凉房，还有洗衣池。二楼有三间，她父亲三兄弟一人一间。小时候，她和父母、妹妹四个人就挤在一间房里。后来父母只好把她送到外婆家寄住，住到七岁才接回来和父母同住，彼时她父亲分到了单位住房。

那时，这条老街的店铺几乎都是经营服装鞋帽的。虽然店面小而暗，但粉刷后装上电灯，再挂上花花绿绿的衣服，就有了花团锦簇的气象。临近年关，这条街就分外热闹。开服装的，大多数是女子，衣着打扮也相对时髦，性格各异。有的如同一只狼，顾客一进店，走一步跟一步，喋喋不休地催促顾客试衣，虎视眈眈地盯着顾客钱包。有的傲慢，顾客若试而不买，立马拉下脸，一脸不屑，她没出声，但分明有"买不起就不要进店"的声音轰得你落荒而逃。有的让人如沐春风，轻声细语"没关系，尽管试"，任你挑三拣四。1997 年旧城改造，低矮连片的小木房消失了，高大气派的现代楼房拔地而起。这条街是服装街，以前是，现在也是。

红卫场和南门市场

红卫场在石头楼前（县政府大楼）。新中国成立前，尤溪县城以庵、庙、祠、阁为标志分为五街十坊三十八巷（不含水东、水南），宣化坊是政治、经济、文化的中心，红卫场及周边的这块地儿就是以前的宣化坊。红卫场，历称"衙前埕"，"文化大革命"期间改称"红卫场"。虽然1978年改称为"中心广场"，但人们怎么都改不了口，直到现在我们还是叫它"红卫场"。1975年，红卫场西侧建有单边看台的混凝土灯光球场。1983年，场内添建了2个圆形花坛。

当年，红卫场的左侧是县招待所，后更名为尤溪宾馆。4号楼和2号楼一南一北，中间的空地上有一个不规则造型的大池子，池里有水、有鱼，池中还有一个圆形的休息台，有一张水磨石的小圆桌和四张凳，一个水泥小桥相通内外。池子后方是1号楼，楼左前方立着一块石碑：韦斋旧治。宋乾道七年（1171），南宋理学家朱熹回到他的诞生地尤溪，瞻仰了其父朱松任尤溪县尉时的衙署旧址，亲书"韦斋旧治"，当时知县石子重为之勒石立碑。招待所这块碑是邑人卢兴邦于1925年，找石匠临摹仿刻的。2002年4月，县事业单位的尤溪宾馆改制，原有的干部职工分流。物换星移，原尤溪宾馆旧址上，建起的是豪华气派的四星级宾馆。"韦斋旧治"的石碑依旧在，但位置变动了，移到现在的宾馆右前方。

那时红卫场的正前方是县政府食堂。当年在这食堂用餐的，都是机关干部中的"单身汉"——未成家的和家属未进城的。县政府开全县大会，乡下进城的干部们也在这个食堂用餐。我念高中时是寄宿生，我姊姊怕我在学校食堂吃不好，找了关系让我在这个食堂用餐。实际上，早饭和午饭我都在学校食堂吃，只有晚饭来这个食堂吃。食堂的中间是几张大圆桌。东面，靠墙是一排橱柜，分为一小格一小格，各人自带的餐具放在这个格子里，自己挂上锁。西面，是打饭的窗口，旁边有一个小黑板，写着当天供应的菜品和价格。凭票打饭菜，票面金额有一角、两角、五角和一元。说实话，我已经忘记有什么菜，也不知道食堂是什么时候拆除的。

没有古树名木的城市，是没有历史的城市。红卫场最值得大书特书的是几棵古榕。相依站在红卫场东侧的两棵，一棵编号为G301001，胸围910厘米，树高19米。冠幅东西28米，南北22米。另一棵编号G301002，胸围825厘米，树高19米。冠幅东西24米，南北20米。本来还有两棵站在石头楼前，可是在20世纪末的一个暗夜里，毫无征兆地倒下一棵。所以现在石头楼前只有一棵了。还有一棵在尤溪宾馆与宣传部大楼中间的过道上。这几株古榕位于县署的前方，应当是旧时县衙的风景树。县林业部门制作牌子，注明了它们的树龄是八百多年，显然，它们是南宋时期的。人类在时间长河里何其渺小，它们不言不语，却默默站立了数百年。物换星移，它们始终在。我现在看一些县城的老照片，若有这几棵古树，我就以这几棵古树为坐标原点，脑子里虚空延伸出横轴、纵轴，一下就能确定出老照片中建筑物的地理方位。在伐木者的眼中，它们是不到两百立方米的木材存储，对拍摄者而言，它们是绝美的风景图；在科学家看来，它们是数据库。而在我看来，它们是这个县城悠久历史的特殊象征和见证，更是历史文化的承载者和记录者。它见证过宋时明月宋时风，也见证过元时的铁蹄在它身边打马而过，更见证过明、清时期至今的乡民在这青印溪畔繁衍生息，而今又换了人间。

现在，我又一次站在红卫场上，已经很难找到以前的蛛丝马迹了，所幸，古榕还在！

河边路37号的城关南门农贸市场（以下简称南门市场），市民一般就叫菜市场。这个市场于1984年9月投入使用，共206个摊位，30多年来源源不断地为县城居民提供了生活所需。市场一楼是海产品干货、干鲜果品、中草药，还有白粿、水饺、春卷、肉燕、板鸭、卤肉、豆腐和豆腐干等熟食，几个卖肉鸽的摊子，就摆在一楼河边路的道路两旁，摊位相对固定。负一楼三面封闭，一面临着青印溪，里面是一排一排的水泥摊位，有蔬菜区、海鲜区、河鲜区、家禽区、肉摊，其中水产品58个摊，猪、羊肉30个摊，鸡鸭蛋24个摊。东侧的河边另有一个棚子，起着炉灶烧着水，那是专门帮人杀鸡宰鸭的。但这个市场确实太过狭小，一到周末和节假日，人头攒动，根本迈不开脚步。更何况负一楼是半封闭的，空气不流通，各种气味混杂，熏得人几欲作呕。若遇上暴雨涨大水，浑浊的洪水就灌进来。为了提升县城的整体形象和文明程度，满足人民群众日常生活消费需求，南门市场于2017年9月30日起关闭，启用城南闽中农贸综合市场。至此，南门市场圆满完成了历史使命。

现在南门市场一楼外西过道两旁的店面几乎都关闭了。那个做"油管"的小摊不知搬哪里去了。油管是尤溪特色小吃。在面皮上先铺一层豆酱肥肉丁，再将豆腐葱花拌匀铺上，用面皮将馅料卷起、切段，锅底倒一碗水，铺上竹算，锅周边刷上猪油，将半成品竖起靠在锅边，边蒸边煨。我因常年在单位食堂用餐，很少去南门市场买菜。周末偶尔去买菜，就会顺便去那个小摊买两个油管吃。

铁索桥和沙洲公园

有河，自然有桥。一座城有了桥，就在空间上丰富了起来，在心理上复杂起来。桥是一种过渡，是联通。通过一座桥，不只意味着物理意义上的位移，也是心理上的位移，有了桥，即便在县城行走，也像是旅行。

老城关有悬索桥，大家都叫吊桥。晃晃悠悠的吊桥是那个时代的深深烙印。

文明桥在古南熏门外，又称青印桥、水南桥。以前是石墩木构桥。南宋乾道九年（1173），朱熹回尤溪，为文明桥题写了"溪山第一"和"文明桥"二匾，悬挂于桥的两头。该桥与玉溪桥合称为"虹桥晓月"，为尤溪十景之一。

文明桥几度毁于水火又几度重修。1976年改为钢索吊桥，桥长59米，桥面宽2.6米。我在尤溪七中（现为文公中学）念高中时，看电影、进城购买物品或去姊姊家，都是走这座吊桥。这钢索桥是用3根直径25毫米钢丝绳铺底，两端拴上粗大原木埋入地下，做地锚固定，钢丝绳上铺木板为桥面，两侧还有钢丝绳护栏。吊桥走上去晃晃荡荡，有深一脚浅一脚的感觉。去看电影时，有时男同学会一起使劲把桥面悠起来玩，往两边晃，还上下颠，并且大声唱着："团结就是力量，这力量是铁，这力量是钢，比钢还硬，比铁还强。"其实，年轻才是力量。

1991年，其上游约一百米处修建了石拱桥，名为"文公桥"，吊桥便被拆毁了。

另外几座吊桥建成的时间大多在20世纪七八十年代。1978年11月，玉带门钢索桥建成，桥长65米，桥面宽2米；1980年6月，西门加工厂钢索桥建成，桥长75米，桥面宽2米；1984年12月，沙洲钢索桥建成，桥长145米，桥面宽3米。以上诸桥均在21世纪初拆毁，改为石拱桥和钢筋混凝土桥。

最后说说沙洲公园吧。沙洲公园在建成公园之前，叫沙坂。在县志中（清康熙五十年辛卯版），它叫尤溪洲——"尤溪洲，县东崖（岸）。洲旧多尤姓，故名。又有朝阳寺，今水流废。俗称'湖头坂'。"

它原是一块杂树荒草丛生的沙地荒滩，由尤溪（湖头溪）和青印溪所携的泥沙堆积而成，四周环水，历史上几经洪涝灾害，被泛滥的河水淹没。新中国成立后，县农场将这块沙坂开辟成果园，种植李、梨、枇杷等经济作物，还建成葡萄繁育基地。那时农场员工出入沙坂要划"鸭母船"（两头尖的无蓬小木船）。我的同事老周，小时候家住清泰（现农行一带），与果园隔河相望，常凫水过河，上坂偷瓜偷梨。

1984 年底，尤溪县委、县政府决定在沙坂建设一个综合性的公园，叫沙洲公园。由于当时县政府财政困难，需多方筹集资金。"人民公园人民建"，县政府向全县干部职工群众发放"沙洲公园有奖募捐券"，每张 2 元。全县人民踊跃购买，共筹集了 27 万多元。1985 年底，连接公园与城区的钢索桥正式建成投用。1986 年，尤溪县第一个综合性游乐园——沙洲公园正式开放，占地面积 18.8 公顷，内设儿童乐园、旱冰场、登月火箭、猴子山动物园、露天舞场、林荫甬道等休闲娱乐设施。据说开放日当天就有将近 1 万人入园。计划经济年代的公园都要收取门票，最早的门票是 5 分钱，后慢慢增至 1 元，最后取消了门票。

以前进公园，铁索桥是唯一的通道。走过铁索桥，主干道的左侧是大草坪，草坪上有跷跷板、儿童滑梯。主干道的右侧是竹林，曲径通幽，还有个凉亭。这个凉亭我记忆深刻，当年自己还未恋爱成家，却做媒牵了一次红线。我堂妹和我的一位高中男同学第一次见面，我就安排在这个凉亭。后来这位男同学成了我妹夫。

沿主干道往前直走约百米，是一尊肚子中空的巨大的弥勒宫。在弥勒佛的大肚子下面，是两扇复古的大门，推开门，里面就是游乐场所——鬼屋。当年弥勒佛塑像所在地，就是现在的音乐喷泉处，县里的大型的文化活动常常在此举办，我就在此参加过几次大合唱。弥勒佛的右边是一个卖彩画、玩具的小门店，左边是一个台球厅。

（张新仁 绘）

过弥勒佛像，再往前直走，道路呈"V"字分岔，雷锋塑像在"V"字顶端。往"V"字右边走，是溜冰场——大约在现在的奎星阁这个方位。一个圈起的场地，买张票一次两个小时，超时要加钱。领鞋处整齐地摆放着一排排四轮滚轴溜冰鞋，报出自己的鞋码，工作人员很快就能找出。溜冰鞋硬、重，有点像加了轮子的皮靴。鞋带的系法也很讲究，否则溜几下，鞋带就松开了。那时溜冰场承载了不少"70后""80后"的快乐青春，正滑、倒滑、后溜、S溜、抱火车……飞一样地在场子里转。我在税务学校读书时，有时体育课上的就是溜旱冰。我在公园散步时，常在溜冰场边停下脚步，看年轻人在场里滑出各种花样，却很少下场。总觉得旱冰场应该属于青春飞扬的青少年，而自己却已过了这个季节。

在此后的二十多年的时间里，沙洲公园给沈城市民带来欢笑和美好的回忆，见证了光阴的流逝，也见证了县城的发展和变迁。2008年，沙洲公园开始了它的美丽蜕变，成为集休憩、娱乐、文化、科普教育、观赏以及水上活动于一体的县级综合性公园。紫阳公园加上两岸河滨，占地总面积450亩、亲水驳岸长5.7公里。原先公园的50亩成片小树林被保留下来，并建成穿林而过的200米长木栈道。在不影响行洪的前提下，河中的小沙洲、岸边的小湿地也都被尽量保留了。

我会偶尔想起当年沙洲公园的铁索桥、草坪、溜冰场，但我更喜欢现在紫阳公园的亲水步道、九曲桥和十里桂花香。在不同的时间，不同的时代，公园该有它不同的模样。从空中俯瞰现在的紫阳公园，是一个活灵活现的左脚印。当年的沙洲公园，是脚掌部分，脚心到脚后跟都没开发，是一片萋萋沙洲，竹林幽密，河边芦苇丛生。说真话，我更喜欢它土里土气的老名儿"沙坂"——溪水在它两侧静默地流向前方，芦苇丛里有水鸟在喔喔地叫，有点混沌苍茫的野性之美。住在沙坂上的人家，定然也有些"舍南舍北皆春水，但见群鸥日日来。花径不曾缘客扫，蓬门今始为君开"的田园诗意。

一座有年轮的城市，一定会有一个倒影：一座新城，一座老城。老县城，有古老而怀旧的建筑，狭窄而幽静的街道。新县城，改变得那么彻底，那么快速，仿佛想彻底抹去老县城留下的仅有记忆。我们在新城里生活，却总是忍不住怀念老城。

　　也许我们怀念的是，老城里年轻的自己。

老　街

◎郑建光

　　县城，相对于城市是一座安静的乡村，相对于乡村又是一座繁华的城市。我出生在小村庄的农民家庭，县城是我心目中的大城市。第一次走进县城是在 1979 年。可能城市都是那么居高临下，看不起乡下人，甫打照面，就拿最挑剔的眼光上下打量我。第一次知道了人生必须面对挑战，小县城告诉我的。

　　老街相对于集中了金融、证券、商贸、酒楼、宾馆、剧院、旅行社、文化宫等代表小城脸面形象的新街，正如县城之于城市，更具乡村的意义，原始而顽固，弥漫着久远年代的气息。老街在矗立着巍峨挺拔高层标志性建筑的新街后方，在霓虹泛滥歌舞升平的飞扬跋扈气焰阴影里，冷冷地匍匐于小城的深处，一群汗衫短装的爷们闲散地坐在街边的竹椅子上，摇着蒲扇下棋、泡茶，过着自个儿油盐酱醋锅碗瓢盆的悠闲生活。这是老街给我的最初印象。

　　老街，是县城的乡村，在闹市中偏安一隅。1989 年我栖居在老街，过着平庸的生活。每天早起，可以看见晨雾蒙蒙中稀稀拉拉的居民蹲在街边，刷牙，也刷马桶。远远的豆腐挑子走来，到了你面前，还拉着长调喊一声："豆——腐哦……"挑子挨着马桶放下，三三两两围拢上来为一家人准备早餐的主妇。她们发髻蓬松，穿着极其随意的花睡衣，透露出晚春的缱绻，风韵撩人。

　　老街细长，属于戴望舒雨巷那种。但已经铺了水泥路。原来的石板街是民国时期的产物，是由当时的地方军阀卢兴邦修筑。之前是沙石土街还是鹅卵石街，我不得而见。当我少年负笈行走在石板街上的时候，脚下的石板破损得坑坑洼洼，有些已经松动，一脚踏下去，会发出沉闷的碰撞声。在 20 世纪 80 年代初，我曾经以老街为背景创作了小说《石板街纪实》。石板街后来铺了水泥。听说是居民有怨气，走过雨天积水的石板街就要骂娘。于是，政协委员呈了提案。老街多为单层的木屋，一间紧挨一间开着商铺，白天卸下像床铺板一样的门面镶板开始营业，晚上嵌上，吃住都在里面。打烊后整条老街黑古隆冬，静得出奇，像一处僻远的乡村。在 1958 年新街开辟以前，老街是县城商业最集中的地区。新中国成立后被命名为建设街，原来叫五里街，取其长度。宽不过两米，居民们把晒衣服的竹竿横过街去，一头就搭在对门的屋檐下。行人从老街经过，头顶常常飘着花裤衩和婴孩的尿布片。

沿街五花八门的商铺，大多经营与居民生活密切相关的商品。扫帚、拖把、锅盖、蒸笼等日用杂品，斗笠、蓑衣、锄头、扁担等劳动工具，还有专门经营香烛、冥币、花圈、鞭炮和墓碑的。当然，最主要的还是服装鞋袜。以前常见的裁缝铺气数将尽，勉强支撑着的也在一夜之间变成了专事缝补的摊子。近年出现了渔具店，但顾客不是渔民，消费的对象是工薪族和商铺小老板。以休闲为目的的钓竿少则十几元，多则上千元。听说生意还不错。这就是老街，少了这些，老街的内涵就要苍白许多。

房东是一对老年夫妇。男的像个老小孩，搬一个大木桶坐在门前洗脚，一洗就是半个多小时，甚至更久。我们都说老头在玩水。夏天的晌午常有路人来讨水喝，待人走后，老头低声对老太太说，你给人开水喝，街上的冰水冰棍卖给谁要？我说不出谁对谁错，夫妇俩一样宅心仁厚。要认识一座城市，一定要走进它的老街，老街是城市的 DNA。只有在老街，才能找到城市的遗传密码，才能有效凝聚这座城市的气场。

1995 年秋天，我再次来到县城，并定居下来。两年后开始大规模旧城改造，一些老人联手誓死捍卫，终究抵挡不住，房地产商轰隆隆的推土机还是开进了老街。也许这是文明进程中少不了的一幕。改造后的老街比原来宽了好几倍，单一条人行道就比原来整条老街还要宽。同时也把原来布局合理的公共厕所改没了，寸土寸金哪！有些人实在憋得不行，尤其是女孩子遇到周期性月圆月亏春潮澎湃时节，满街找不到 WC，只好羞答答钻进某一商店，红着脸对老板低声怯问，有卫生间吗？

改造后的老街楼房鳞次栉比，改变了原有的商业格局。不仅扩建了农贸市场，还进驻大型超市、洋快餐。茶馆、麻将馆、体彩销售点，甚至美容美甲、成人用品……只有你想不到的，没有人做不到的。依傍成人用品店的是一间青草药铺，标榜专治疑难杂症。店里坐着一位老郎中，长髯飘拂，颇具仙风道骨。抓起草药来，全凭目测，戥子成了摆设。口碑不错，有百里外慕名找上门的病号，可见挣钱不少。据老街坊说，医治毒蛇咬伤是他的看家本领，除此之外没有看到过治疗好啥顽症。

紧挨着青草药铺连续摆开好几家饮食店，炉灶垒在店口，生意红火。既是老板又是厨师的半老女人两手忙着下面，双眼却盯着路人，不停地吆喝，生怕顾客进了隔壁的店。其实顾客也就是老街上的居民。饮食店主要做早餐一拨生意，品种单一，几乎家家都是清汤面，一碗一块二，管饱。听说公私合营前，三佚哥的清汤面汤浓白、面劲道，名气直贯省城。用老鸭熬出的一锅汤，不多不少只下十六碗面，卖完收摊。所以，当年人们为了吃他的面，得早起排队，去迟了没你的份。想想，那时的商人多么得意！最近饮食店边上新开了一间锁具专营店，专业修锁配匙安装楼宇门。小广告贴到了楼道里，随后几天肯定有一家防撬门堵了锁孔。你别急，照着小广告上的电话号码打，十分钟就来人，手到病除。窝心是窝心，一边掏钱，一边还得小心赔着笑脸一连声道谢。劳累了一天进不了家门，比啥都着急哪，敢不谢吗，说不定哪一天再堵你一回！

老街撑不了脸面，却是县城的腹腔，是内容物，是灵魂的居所。它延续了城市的历史风貌，蕴涵着最丰富的世俗文化。在县城文化这篇大文章里，老街虽然不是堂皇的通栏大标题，也是正文中的主要内容和最精彩的章节。

各种品牌的专卖店接二连三在老街亮相。服装店最稠密的地段，往往夹杂一两家专营胸罩裤衩的内衣店，那里代表时尚、前卫，是女孩子的天堂。大老爷们听说有几百元一件的文胸，啧啧称奇。偶尔从内衣店门口走过，壮壮胆子，左眼盯着脚尖，右眼偷偷往花花绿绿的店内瞟，叫人想入非非。但更多的是八十元一双的阿迪达斯运动鞋，八十元一件的梦特娇T恤。谁都知道是假名牌，买的人高兴，卖的人高兴。背后还有一人更高兴，那就是生产商，躲在浙江或者广东或者闽南的某一幢高楼里喀喇、喀喇点钞票。这可能是县城特有的商业文化。但也不是天天阳光灿烂，也有风雨也有晴是自然界的规律。笑脸的背面也有叹息。如今老街的房租一涨再涨，十八平方米的铺面，一年要三万。挂出"本店转让"的商铺不在少数。这很正常，百年老店有几家？你方唱罢我登场，下场的是人，台子永固，如铁打的营盘。所以，你前天刚刚光顾的商店，今天再去时已经换了掌柜，一年包修三个月包换成了一句空话。老街的变化，可以看出人们的消费档次和生活水平的提高，这一点，在商家经营的商品上得到很好的体现。除此，还有一桩不能不说。就是从去年起满街收购旧电器的，居然是一整车、一整车往外拉。据说一台14英寸彩电只给三十元。居民们不会像多年以前留恋旧衣服垫箱底，大方得很，一甩手，三十就三十。看着车水马龙的老街，老居民们一定会更加感慨万端。老街上跑的最好的车如奔驰之类，挂的肯定都是私家车牌照。当年卢兴邦在石板街铺成之日，由水路从福州运来一辆福特轿车，来来回回从沈福门和西门之间，开过来，开过去，开过来，开过去……整条五里街回荡着汽车高傲的轰鸣，在今天听起来简直像是一则笑谈了。

老街变了，不变的是它的世俗精神，依旧彰显，无遮无拦。

对于我等小老百姓，喜欢在雨天坐着人力三轮车转悠，体会在小汽车里体会不到的情趣。坐在人力车里，我的心静了，好像一步一步走进小县城的历史深处，显得那么亲近。如前朝的孑遗，在一个黄昏走入他祖先的庭院，瞬间消失了时空的距离，把自己溶化在里面。可是，却听说要限制并逐步淘汰人力车，发展机动三轮车。目前还是二者并存，但人力车已经受限不能驶入新街，也就是说县城的主街道拒绝人力车，它只能在老街行驶。

老街里有些东西在悄悄消失，新鲜的事物也逐渐渗透进来，所以，"老"字的含义模糊起来，说不上这是好事还是坏事。商品经济社会自有其内部发展规律，一切顺其自然好了。老街不论怎么变，基因不会变。赤膊在路边下棋，为一步棋争得面红耳赤，只能发生在老街。

闽中古城的书院

◎黄清奇

尤溪自宋代以来，人文荟萃，人才辈出。其中，书院的勃兴，推动了教育的发展，使尤溪成为八闽文化兴盛之地。终其尤溪历史，共有6座书院，分别是南溪书院、镇山书院、荆川书院、天池书院、正学书院、开山书院，而南溪书院则是八闽文化的象征之一。

尤溪始建县于唐开元二十九年（741），当时还属于文化沙漠。直至北宋庆历元年（1034），宋咸任尤溪知县，兴建县学，亲自讲授经书，带动了尤溪文化的兴盛，其弟子林积于庆历六年进士及第，成为尤溪历史上第一位进士。

南宋建炎四年（1130），朱熹出生于尤溪城南郑氏馆舍，从此尤溪"自公笃生以来，士颇知学，家有颂，户有弦，彬彬然风雅是尚"，成为福建重要的理学传播阵地。后人为纪念朱熹，将其出生的地方改建为书院，宋理宗御赐匾额"南溪书院"，这是尤溪历史上第一座书院，一直传承至今。

南溪书院迄今已有八百多年历史，成立以来几度毁于战火，几经重修、扩建。现存南溪书院建于2012年，依清康熙版《南溪书院志》中书院布局图复原重建，主体建筑有半亩塘、源头活水亭、尊道堂、文公祠、韦斋祠、瘗衣处等，依稀有清代南溪形胜的风貌。

也正是在清代，康熙皇帝为南溪书院御赐"文山毓哲"匾额。对此殊荣，《南溪书院志》将"文山毓哲"四个大字置于卷首，用红、黑二色墨迹套印。有了宋理宗、清圣祖两个皇帝赐额的加持，促使南溪书院远近闻名。游人来到尤溪，几乎必访南溪书院，一睹大儒风范，体悟理学思想，领略古城遗风。

南溪书院中最引人遐想的，是进入山门就展现眼底的半亩方塘。方塘之上，架桥构亭，翘角横空；方塘之内，天光云影，锦鲤跃动。见此情景，尤易想起朱熹脍炙人口的《观书有感》诗："半亩方塘一鉴开，天光云影共徘徊。问渠那得清如许，为有源头活水来。"早年半亩方塘边有一观书第，用以纪念朱熹在此读书，只是不知为何后来重建时没了踪迹。而书院中最发人幽思的，莫过于西侧的两株香樟，相传为朱熹幼年手植，故以朱熹乳名称之为"沈郎樟"。一株已古朴沧桑，一株仍郁郁葱葱，已历八百多年岁月，见证着书院的历史变迁。

南溪书院东侧，原有"溯源处"牌坊，为石构建筑，坊顶置一宝葫芦，再覆盖石构屋面，中间镶嵌着一方石碑，正书"溯源处"，背书"渠清如许"。牌坊不远处，于公山脚下，有一活水亭，亭下为蓄水池，出水口泉流奔脱如注，泉水清澈甘甜，引入南溪书院内半亩方塘，即朱熹诗中的"源头活水"，故此亭称作"活水亭"。溯源处与活水亭建于清乾隆三十年（1765），为中仙籍贡生张禹桂、张禹柳、张禹楷三兄弟捐资修建，如今已消失在人们的视野，只能凭对古城的记忆去思索它们曾经的模样。据有关部门介绍，已准备在朱子文化园二期工程中复原，期待在不久的将来又能看到它们的身影。

南溪书院左侧，原有一镇山书院，为纪念尤溪知县朱衡而建。朱衡，字士南，号镇山，明嘉靖十一年（1532）中进士，初授尤溪知县，颇有政绩，后官至南京刑部尚书、工部尚书、太子太保。嘉靖二十九年（1550），尤溪知县钱贞建镇山书院于南溪书院左侧，用以祭祀朱衡和传播朱子理学。朱衡对尤溪乡人存有深厚感情，他入京为官时，邑人郑辉去拜访他，南归尤溪时，他留有《书送郑生辉南归兼访父老一首》："昔年曾种树，今日满城春。为语看花者，不忘种树人。"可惜镇山书院早因年久失修而倾圮，2001年修建南溪书院时曾发现出它的基址，时至今日只能在旧志书里寻找它的名字了。

南溪书院右侧，则是开山书院，始建于清乾隆二十九年（1764），是古代传播朱子学说的地方。书院从北至南依次为山门、中堂、讲堂，两廊书舍共30余楹，可以想象当年师生在此学习生活的场景，漫步其间，仿佛可以听到学子琅琅的读书声。书院中最引人注目的，应是赑屃驮着的一通石碑——开山书院详定章程碑，特别是赑屃造型生动逼真，如负重前行，似龟非龟，极易引发游人猜想。2013年，为建设朱子文化园，将开山书院于原址提升1.8米，按"修旧如旧"原则，拆下时每个构件、每片砖瓦都进行严格编码，再按编码进行复原修缮，为闽中古城保留了一座迄今为止最为完好的古代书院。

明代是尤溪书院鼎盛时期，除了兴建镇山书院之外，还有荆川书院、天池书院。荆川书院始建于明嘉靖二十九年（1550），为邑人田顼创建。田顼，字希古，号柜山，正德十六年（1521）中进士，任湖广学政期间，设立濂溪书院，识拔奇才张居正于乡里。田顼辞官归隐尤溪后，专心侍奉母亲，张居正五次邀其出山均遭拒绝。田顼于旧城隍庙遗址上兴建荆川书院，邀请诸多名儒来此讲学。明代儒学大师、抗倭英雄唐顺之曾到此讲学，留下了"百年吾道幸未泯，犹忆楚邦山斗；卅载诏书征不就，长留洛水名标"一联，因唐顺之号荆川，田顼据以"荆川"命名书院，纪念唐顺之亲临尤溪之情。荆川书院在古城中早已不存在了，唯一留下的是，北门路旁当年田顼栽种于书院旁的一株古榕。天池书院始建于明万历二十八年（1600），于原学宫旧址上兴建而成，万历四十五年（1617）旋改为察院行署，存在的时间非常短暂，已经没有多少人知道它的名字了。

正学书院建于清康熙四十八年（1764），由尤溪知县刘宗枢倡建而成。正学书院主祀朱熹，有讲堂5间，左右斋2所，前楹5间，院后临青印溪有观澜楼，为使书院正常运转，还置有赡士田。嘉庆元年（1796）农历九月初三，正学书院毁于一场火灾。1921年，中华基督教美以美会延平教区在正学书院旧址创办尤溪医院，曾经的书院得以另一个身份继续服务于社会。

清光绪三十一年（1905），清廷宣布："自丙午（1906）科为始，所有乡、会试一律停止，各省岁、科考试亦即停止。"这意味着科举制度的终结，作为科举制度产物的书院也走向了式微，但其教书育人的作用仍然被发挥着。1928年秋，创办尤溪公立师范中学，校址就在位于水南的开山书院和南溪书院。1938年6月，福建马江勤工学校（福建船政学校前身）为避日寇飞机轰炸，曾搬到开山书院办学三年。因为这段历史，使得开山书院为福建船政文化的传承也作出特别的贡献。

如今，仅存的南溪书院和开山书院，已成为尤溪古城的文化地标，作为读书人的精神家园存续下来。随着中华优秀传统文化教育热的兴起，通过朱子祭祀大典以及拜师礼、成人礼等活动，发挥着启智、知行的作用，陶冶着人们儒雅、诚和的气节。只要文化不死，闽中古城的书院仍延续着千年的文脉。

沈城风味

◎纪炳琪

人间的烟火气若是落在沈城的早餐上，就是六个字：大条面、鼎边糊。作为思乡美食的重大载体，尤其是对那些异地漂泊的沈城人来说，只有端起这碗大条面或鼎边糊，舌尖上的故乡才有了着落。

大　条　面

在沈城，"无大条面不成店"，不论是犄角旮旯儿的小吃店，还是富丽堂皇的酒家，都有一道共同的小吃：大条面。小吃店是小碟装大条面，酒家是大盘盛大条面。大条面粗如筷子，尤溪人亦把叫它为筷子面，是尤溪小吃一绝。

早餐，进小吃店吃碗面，似乎成了沈城人的一种生活习惯。多数人选择上班或逛街顺路的小吃店，不急不慢点碗大条面，等上三五分钟，细嚼慢咽，饱肚后接着赶路。我常去上班顺路的公交车站附近小吃店吃早餐，差不多餐餐不落大条面。偶尔也会绕着道到别处吃碗大条面。

小吃店皆不大起眼，店面不过是二十多平方米，店主都有拿手本领。但凡在城关经营小吃店，要让顾客盈门不光要做好每一道小吃，还要有自己的特色小吃。要让更多的顾客肯迈进店门，那就要做好大多数客人喜爱的小吃，尤其是富有尤溪地域特色的顾客面广的大条面。一碟大条面可以拴住食客的胃，牵绊住食客的脚步。

小吃店里的大条面也好，清汤面也好，扁肉皮也好，打面店的老板都会不辞辛劳地送到小吃店。送到店里的大条面，都是打面店老板煮好煮熟出锅冷却，然后缠绕成团，一团团送往各个小吃店。这样一来，小吃店厨师省去了生面煮熟面的工序。经验老到的小吃店老板，会一一把大条面摊在竹匾上，置于阴凉处，如此一来，大条面越发劲道。

做一碗入口可食的大条面也十分简单，把弹性十足的面条放入滚烫的热水里，合上锅盖，毫不顾忌地焖煮两三分钟。时辰一过，拿起漏勺捞起面，一重一轻抖一抖，把依附在面条上的水分沥干，放入搪瓷碗。说起来容易，听起还是有点悬。在等一碗大条面时，我会坐在椅子上细细看老板做，这也是一番享受：拿出一团大条面，在热气腾腾的锅面上抖了抖，团在一块的大条面散开了，下锅煮，一段时间后，像刚才说的那样，一套动作，行云流水，漏勺一翻，大汗淋漓的大条面蜷缩成一团，不动声色地趴在了青花瓷碗里。

接下来就可以依照食客的喜好，或干拌、或爆炒、或和着汤，多种风味任君选。做的是一碗干拌大条面，往青花瓷碗里加点醋，添点酱油，再撒少许盐和鸡精，插上筷子，端给食客。食客接过这样的一碗面，要趁热搅一搅大条面，让盐与鸡精融化，让茶油与酱油滋润每一根大条面。一碗撩人胃口的干拌大条面，也有食客的一道工序。当然，吃干拌大条面，还得有一碗清汤相配，清汤之上撒点葱花。

看似简单，但也不是每个人都能把简单的事做好。大条面煮汤也是不错。但这汤要用大骨头高温熬制，用一样的汤和着大条面，面既有韧劲又入味。这种煮大条面我常吃。一碗和着汤的大条面呈现在眼前了，缕缕热气袅袅升起，股股浓香扑鼻而来。

我赶紧夹起面条，吹了吹热气，吸上一根面，"嗞溜"一声，刹那间，温热布满了口腔，轻咬慢嚼，难以言说的香味萦绕唇齿间。来个卤蛋，会有不一样的体验。咬一口卤蛋，干燥代替了湿润，细嚼慢咽，蛋的涩慢慢被侵蚀，口中的面条被咬碎，啜一口汤，穿肠入肚，好一阵清爽。

每天清晨到小吃店里吃大条面的人很多，或狼吞虎咽，或从容不迫，但他们的脸上都挂着丝丝笑意，仿佛一根大条面点中了笑穴，也许在回味大条面那萦绕唇齿间美味。

品尝大条面佐以猪头肉，或卤味，或豆腐干，这样会更有滋味。其实，大条面炒着吃也不错，只是等候的时间要长一点，所以在小吃店里很少有人叫作炒大条面。但在酒家作为主食填饱肚子时常有炒大条面，特别是寿宴上，大条面更是不可缺——美其名曰：长寿面。热锅，倒油，煎蛋，下蒜姜，炒佐料，如红萝卜、白菜梗、香菇等，最后放入大条面，翻炒均匀，直至香气扑鼻，一切都炒得刚好熟。在乡间，村民办酒席，炒大条面是不可缺的一道主食。

在城关的小吃店，与大条面相媲美的面食莫过于清汤面了，这面软、薄，可拌可煮，做法与大条面如出一辙。只是有经验的厨师在下锅前会把清汤面揉揉，在灶台抓了放，放了抓，两三个回合，说是醒面。

当然，大条面在沈城还被叫作切面。原来未有机械制面时，面条都是手工擀出来了。面粉与水结合，历经和面、擀面、醒面，揉平摊薄，平如纸，然后对折，最后拿刀切，像切菜一样，拿出一圈，一拉，大条面制作成了。这样的面条大而粗，用刀切落而成，名字顺其自然叫开了。据县志记载，1956年以前，县内加工面条均靠手工拉制。后来陆续用上了电动机械制面。改革开放后，个体打面店兴起，小吃店老板不再自己手工擀面。

正因为制作大条面的普及，为寻常百姓提供了方便，大家也会买一团大条面在家里自己煮着吃。

鼎 边 糊

像青印溪水缓缓流不断，沈城的风味小吃一直延续着，家庭主妇会做各种各样的小吃，当然小吃店是这方面的主力军。每家小吃店既有大众喜欢的面食，其中也有自己擅长的美食。在城关西门有一家锅边糊店，店不在闹市，却食客盈门。

我也是慕名前往，时常在晚餐时吃一碗鼎边糊，以慰风尘。鼎边糊就是锅边糊。

走进店，店里座无虚席，或是吃着鼎边糊，或是等待鼎边糊上桌，也有前来购买锅边糊料带回家自己煮的。老板在灶台前熟练地煮着一碗又一碗的锅边糊，看似简单，其实里头很讲究，各种调料的搭配和量的掌控应做到恰到好处，这样的鼎边糊才会回味无穷。

站在一旁饶有兴趣地看着掌勺老板娘是如何煮锅边糊的。锅热了，倒少许油，捏一小撮葱头和葱花扔到锅里，等到油花溅起。这是煮锅边糊的第一道程序，叫沏油汤。油汤成后，往锅里舀大半碗水，水开后，拿一片椭圆锅边糊撕成碎片，然后放入瘦肉丝、虾米、紫菜，最后倒点酱油，撒点盐，抖点味精、胡椒粉，下点老酒。有时根据食客的需要，还会煎一面蛋埋在锅边糊里。一番有条不紊忙活下来，一碗喷香的锅边糊就煮好了。

在城关，鼎边糊店比面店少，因为煮一碗鼎边糊前后五六分钟即可，但前期的准备工作却极为烦琐——头天夜里要先浸泡粳米（一个多小时），然后把米磨成浆。米浆的浓与稀全在水，水多则稀，水少则浓。第二天一大早就要先"泼"出鼎边糊片。这个过程和山东人烙煎饼类似，将一勺米浆向热锅一泼，立马烙出薄片，薄片一般有两个巴掌大。薄片一片一片摞起，放在锅边，要煮时再取片撕扯下锅（不用刀切）。若是哪天突然脱销了，就只好收摊。因为没有一家鼎边糊店能够做到不停浸米磨浆，不停地"泼"出鼎边糊片。一来没那么多人工，二来若鼎边糊片"泼"多了，卖不掉，鼎边糊片第二天就有酸味了，而且起硬皮，口感极差。

"泼"锅边糊是个技术活。在热锅里抹上油,舀了小半勺米浆往热锅里倒,像泼水一样,手腕在锅面上画了个圈,碗里的浆下了锅顺着油路铺满锅底,一个动作结束,刚放下碗,锅里的米浆烤熟,外围先翘起,拿铲子一铲翻一面,再一铲,一片锅边糊泼成了。有时也不用铲子,提起先翘起的边角,"牵一发而动全身",整片糊也就出锅了。刚出锅的锅边糊色泽洁白,面上光滑。绕锅的速度决定锅边糊的厚薄。看似随意的动作,也是要历经岁月的打磨。

对锅边糊的记忆最深还是小时候,那时逢年过节,妈妈与妯娌们也会齐心协力推动那笨重的石磨磨浆,泼锅边糊,煮锅边糊,吃锅边糊,大家其乐融融。对于沈城人来讲,对锅边糊记忆最深的一定是"五弟公"锅边糊。据1989年版尤溪县志载,锅边糊最负盛名的是20世纪30年代的"五弟公"锅边糊。"五弟公"名毛聿全,城关人,自幼跟其父学得加工锅边糊的好手艺,并有所改进。同时,县志也详细记载了"五弟公"锅边糊的制作方法。从选米制浆、食材熬汤、佐料煮熟备用、热锅制锅边糊片等一一介绍,与现在很多人做锅边糊不同的是,五弟公锅边糊坯是这样开始做的,在锅边刷一圈食油后,匀淋一圈薄米浆,加盖待米浆熟成片时,自然卷起滑入锅底,盖后再添一碗清水。如法炮制数次,至锅中有十几碗锅边糊时,将煮好的汤倒进锅中,投入适量干贝、珠虾、蛏干、紫菜、白酱油,煮沸后盛在瓷钵内,撒上葱花、胡椒粉,淋上一瓢熬制后的香油即成。

独到的做法就有独特的风味,口口相传,至今叫人念念不忘。

肉 光 饼

在尤溪车站门边上有三两个专门出售光饼的摊子,摊上的光饼无遮无盖,这种光饼吃起来生涩,有如啃朽木,沈城人唤其柴头饼。其实,在沈城还有一种光饼叫肉光饼，肉光饼的铺子远离闹市区，深居犄角旮旯，在沈城的东南西北都有店铺。只是沈城的肉光饼店家会在肉光饼三字前面添上"梅仙"两字（光饼为梅仙镇地标产品）。这样也不尽兴，还在肉光饼后面再续"正宗"两字，并郑重其事地用上括号。

小时常吃柴头饼，那时在县城工作的伯伯、叔叔回乡下老家次次都不落带几串柴头饼，其间也带过肉光饼。当自己在城关上班时，常去肉光饼店，不光买来吃，有时等光饼出瓮的间隙还专心致志地看老板与伙计做光饼。

肉光饼在第一道程序后，模样像个小包子坯，拿一擀面杖按了按，成了饼的形状，又拿擀面杖尖头一端朝饼面戳了戳，光饼上留下了几个小眼，让里面留有空气，里面的肉到时不会因受热而爆出。

店不在闹市，但这不影响光饼的销售。在店内没待多久，叫唤"光饼来几个"不绝于耳。先到者先下手者总是能乘兴来尽兴归。这里的光饼一出炉用不上烤一炉光饼的时间，便会被抢购一空。来买光饼的人，有过往的人，有上班族，走亲访友者，更有预订的。

做成光饼坯了，开始热瓮了。瓮口熊熊烈火窜了出来，侧身俯视，瓮内空空如也，此时要不断添柴加火只是为了把硕大的炉窑加热。但加热到什么程度，全凭老板的感觉了。当炉内干柴烈火退去，瓮内只剩通红的炭了，移身靠近，一阵阵热浪袭来。这下可以贴光饼了吧？老板会伸手在瓮口停了一会，又把手伸进了瓮内，温过高了，老板会拿着一把扫帚沾了水甩甩，伸进炉内，炉内传来一阵"滋滋"声，缕缕白烟冒了出来。这刷刷，一来是降温，二来是把瓮内烟熏火燎的黑痕迹抹去。这下可以烘烤光饼了，拿一块光饼沾点水甩甩俯身贴在瓮壁上。俯首之间，一块块白白的光饼均匀地贴在壁上。由底而上，白白的光饼坯渐渐变红了。

夏季里，一次烧热瓮，烤熟瓮光饼绰绰有余。冬季里，当温度不够时，用铁瓢装满热木炭，在瓮内上上下下给光饼加温。

　　约莫半个小时，当一阵热浪裹挟着饼香扑鼻而来，又一瓮光饼瓜熟蒂落了。这时，拿着一个铁夹一个个摘下光饼。光饼小巧玲珑，表面凹凸有致，色泽金黄，五指合拢正好箍紧一个。有烤肉的香，有烤面的香，有葱花的香，还有恰到好处的咸。趁着余温未尽来一个，一声脆响，细细咀嚼，或硬或软，外硬而酥，内软而嫩。这味，充满口腔，谈吐之间，竟是肉光饼独特的香味。吃肉光饼最能锻炼一个人的耐性了，来不得狼吞虎咽，只能从容淡定。

　　现在，肉光饼成了当地人外出很好的伴手礼，在动车站路口、宾馆吧台都可见金黄闪耀的肉光饼等待有缘人。我回老家，或外出也会提一小袋肉光饼，馈赠亲朋与好友。

想起城关

◎伍　陆

关于城关最初的印象，来自我的堂伯。

他家和我们家同住一栋老房子。他一个人在城关工作，是一家厂子的工程师，平时很少回来。回来了，总是穿一身干净整洁的工作服，带回一些好吃的东西。我至今仍记得他分给我们的糖果，一种奶糖，精美的果纸包装。我们吃了糖，舍不得扔掉果纸，就积攒起来，时不时地拿出来欣赏。他有很多白头发，还有星星点点的白胡子。他待人和气，说话客气，有一种与村里人不一样的气质。村里人非常尊敬他，都教育孩子要向他看齐，长大后在城关工作，包括我的父母，也是对我寄予了这样的厚望。应该说，从很小的时候起，我就对城关充满了向往。

我第一次去城关是父亲带我去的。我们走路去。途经一个村子，有父亲认识的一个熟人，在他家住了一夜。第二天，我们继续行走。我记不清什么时间到达城关。没有去找堂伯。在一个饮食店吃了锅边糊。父亲还去刻了一枚印章，在一条窄窄的巷子里，刻章的摊子就摆在屋檐下。屋是木屋，很矮的，却一整排连在一起，前后都望不到头。我们只在城关待了一会儿，就往回走了。初次的城关之行，我的记忆是平淡的。从此以后，直到我上高中之前，我又去了两三次城关。几次所见所闻综合起来，总算对城关有了一点粗略的印象。那些木屋邻溪而建，从对岸看过来，有点像吊脚楼。溪从城中穿过。大片的木屋在北边，人们把对面叫作水南，把东面叫作水东。溪上架了桥，有水泥石拱桥，多的还是悬索桥。溪的东端的边上，立着一座塔，有七层，人们叫它七层宝塔。城关有很多楼房很多单位很多工厂很多学校，街上的自行车很多，店铺很多，叫卖东西的很多。城关有一种饼，叫"光饼"，硬的像木头，很有嚼头。乡下人进城来，都会买上一些。这饼圆圆的，中间穿一个小孔，可以用线串，五个、十个，甚至二十个串成一串，很容易携带。在我读高中以前，我能说出的城关，大概只有这些了。

我与城关的亲密接触就在我的高中阶段，确切地说，只有两年时间。我是途中转学到城关的一所中学读高中的。学校的宿舍已满，我只好寄宿在堂伯那儿。堂伯有四个儿子，有两个年龄比我小，都在城关上学。堂伯在厂里有一间二楼房间，在一排小平房里分得一间小厨房。与堂伯生活在一起，他的形象在我眼里渐渐平凡起来。他是一个勤快的人，每天工作之余，买菜、煮饭、洗衣，样样操劳着，很早起床，又很迟睡觉。他是一个节俭的人，吃剩的饭菜，哪怕只是丁点儿，也舍不得倒掉，即使买来一根油条，也切成细片，兼作菜配。他是一个严厉的人，对待孩子的学业非常关心，可我的两个堂弟又很调皮，他的责怪就成家常便饭了。他很少有笑容，眉头总拧着一个"川"字。他是劳累的，在城关要工作要教育孩子，在老家还要照顾一个家。可是，那时的我并没有如此的理解。我很怕他，在他那儿住着，我处处小心翼翼，生怕自己一时不良的表现，招惹来他的不高兴。那种沉闷，使我压抑。以至后来我搬离了，心境真像放飞的鸟儿。在到学校住宿以后，我便很少再去他那儿。

我在城关的高中生活，总体是愉快的。学习很紧张，可我和我的老乡同学总能忙里偷闲。我自小喜欢看电影。我的周末，几乎都是在电影院里度过的。城关的电影院不止一家，有的工厂也有，叫俱乐部，票价更便宜，我们也经常去看。我们走遍了城关的大街小巷。那条记忆中的小巷，我从一端走到另一端，又从另一端走到这一端。小巷的木屋居住着许多手艺人，像铁匠、木匠、铝匠、铜匠、金匠等，木屋的一楼大都开作了店面，鱼丸店、豆腐店、面馆、卤味店、食杂店……多得数也数不清，小巷里终日萦绕着鲜美的气味。这里居住的也许就是城关的本地人了，他们传承着古老的习俗，一遇红白喜事，酒桌沿街一溜儿摆排过去；一逢节庆日，门门贴红对联，家家张灯结彩。水南的房子相对宽松，周围有簇簇的树、竹和草，还有长条状的菜地。至于水东，那完全是乡村式的风光了，不乏大片的水田和鸡鸭成群的人家。

小巷的后面，密密匝匝的都是楼房，高高低低的并不一致，都是水泥砖混结构。砖是青砖和红砖。屋顶多为平台。人家的阳台，多数置着盆景。或许是多雨的缘故，一些楼墙挂着水痕，有的墙砖还长出草来，有的墙面爬满了青藤。在这些楼房里居住的，就是像我堂伯一样有单位的人。他们来自不同的地方，来自从遥远的省城，或是更远的外省。这期间，我认识了一户山东来的人家。我们是在医院看病时结识的。在城关学习的那两年，我的胃病老是发作。医生建议我做个检查。一大早，我便空腹到医院排队候查。跟我一道等候检查的，还有一位老人，他的老伴陪着来。他们主动问起我来，当得知我的学生身份后，更是对我表示关切。老人先进去检查。等我检查完出来，发现他们还没走。他们在等我。他们拿着我的检查结果询问熟悉的医生。当知道没有多大碍事时，他们宽慰地朝我笑了，鼓励我振作起来。然后邀我去他们家吃早餐，几乎不容我推脱，就拉着我的手走了。他们待我如一个尊贵的客人。老人陪我喝茶，和我叙话。他的老伴则去加热早已弄好的早饭。在谈话中，老人告诉我是山东人，在县武装部工作，如今已退休了。他去过我的老家，称赞那是一个好地方。那餐饭，我吃了很多。他们一直给我夹菜，还给我剥了鸡蛋，叫我要多吃一些。在他们送我出门时，老人问起了我的名字。我说出后，他用手指在他的手掌心上一笔一笔地画着，问我是不是这样写。至今我想起城关，这一幕都不由自主地浮现眼前。两个老人慈祥的爱，让我在城关所有灰心的日子都不值得一提。

说到城关的风景，我觉得就是那条溪最有韵味了。它叫青印溪，溪面宽阔，水流时缓时急，总是一副波澜不惊的样子。我经常看到依托水运外送木头的山民，驾着木排，挥洒自如，顺着溪水的流势，快速地流向远方。溪，赋予了城关人更丰富的生活。每年端午节，城关人便要赛龙舟。那一天，自然是万人空巷了。天气一热，溪中游泳的人便多了起来。可我是个旱鸭子，但在我堂弟的指导下，也曾跟着他试着下水。水冰凉透爽，水底布满了石头，又黑又滑。堂弟把自己置于水中央，让水流运载着他，一眨眼就流到了下游。我非常佩服他的游技和胆量，但我只能选择在靠近岸边的浅水处练游。我很喜欢站在悬索桥上俯视脚下的溪水。它好像还带来了风，我感觉得到的，静悄悄地朝我拂面而来。傍晚时分，溪的上游衔着一枚夕阳，流下来的水都被染红了。遇到雨天，溪的两头都雾蒙蒙的，水自雾中钻出来，与湿漉漉的悬索桥，构成了一幅水墨画。这些风景，写满了诗意，常常让我百读不厌。

我的高中生活，就这样流水般地过去了。两年之后，我去了一个城市，继续我的求学之路。当我完成学业，将要前往分配的单位报到之前，我回了一趟城关。我首先去拜访那对山东老人。敲开房门，出现的却是一张陌生的面孔。他告诉我，老人已搬到市里的干休所去了，或者是回老家了。我再也没有见到他们。我又去找我的堂伯，他的生活依旧。几年之后，他退休了，让他的一个儿子进了厂，而他还继续被厂里聘用着。有一年，我过年回去，在老家的老房子见到了他，这时他卧病在床。他少年就出远门去上海学习，他一生的工作都在城关的那个厂子，他最终回到了老家。不久，他在老家，安静地离开了人世。

北　门

◎张德遴

你家在哪里?

北门,大榕树往里 50 米,从右手边的铁门走进。朋友问起,我时常脱口而出——住了十多年,这话也说了十多年。

北门,不是门,是一条路。

北门的确在闽中这个县城的北边。被称作"门",大约与古县城建有城墙、城门有关。自从我把家安在北门的尽头,"门"一直无从知晓,路渐渐走熟,走成了回家的亲切。

北门不窄,并排可走 3 辆车;北门不长,约 350 米。那仅有的大榕树,在北门进来约 300 米位置,站在路左,枝繁叶茂,大大咧咧,横盖路的上方,撑开好大一片绿荫;而红黄夹杂的须根蓬勃垂挂,如帘似瀑,看着有些老气横秋。

北门外接县城主街七五路,往里通往职业中专、北门社区。因为有学校、路口两旁还有银行、书店以及邮政等单位的缘故,北门一直很热闹,每天早、中、晚高峰期,更是车水马龙,嘈杂鼎沸。

近些年,全城四处车子猛增,如潮车流也涌了进来。北门原来不曾配套停车场,两旁的车道成了停车区,可供车辆通行的只余一个半车道了,十分拥挤。上下班时,行人只能觅缝穿行,与汹涌车流争路,犹如险滩上玩水上漂,险象环生,步步惊心,可谓行路难,北门路更难。拥堵成了常态,不堵反倒让人以为反常。

北门两旁开着各种商店,有四五十家,以经营小吃、理发、文具、奶茶的居多，规模不大，人气挺旺。不过这些年，小生意也不好做，看着店还是那些店，打理生意的人却换了一茬又一茬，好似换季花草，从盛开到零落犹自经历，风吹雨打、悲喜变迁，都是匆匆忙忙。

对于我家小区经铁门右边的第一家店铺，我无法熟视无睹，静心一数，这家的店主竟然已经换了7任。首任店主是位中年妇女，张罗的是常见的小吃店，面食为主，中、晚餐亦有小炒，咸淡适中，时而换一些花样、更新几个菜肴，回头客就多了起来。后来得知，她一人养育3个子女，生活过得不易。而每天出入小区，但见她大声言笑，麻利干活，陀螺似的忙碌着，相当乐观开朗。

待到她的大女儿嫁人时，她便关了店铺，带着子女，去别处营生了。之后，接手的两任店主仍然经营小吃，也许不擅长，也许没用心，生意越做越差。让人瞠目结舌的是，一度有人租了此店，改为"宠物之家"，是几个将头发弄成五颜六色的男女合伙经营，从早到晚，狗叫不止，臭味飞扬，住户或投诉或上门责骂……接着，租了这个店铺的是一对小两口，先是卖煎饼，而后卖服装，最后干脆开成网店：空荡荡的小店，支着两排花哨便宜的衣裤，平日也不开灯，店铺里头摆一台电脑，小两口缩在屏幕后面，荧光一闪一灭，反射到两张茫然的脸，格外冷清——这样的日子哪能折腾出什么光景，没到那年年底，他俩就搬走了。

而今，小店的门楣挂着"唯美理发店"，一家三口在那店里安了家，也热情招揽顾客，尽心用手艺赚钱，生意挺好的。在北门，这些小店春去秋来的变迁，店主们的打拼或生活的冷暖，几乎就像花开花谢，习以为常，少为人关注。而时光，就在店主走马灯一样更换中飞逝着。

走进北门小区，抬头即可看到北门社区的五号楼，外墙贴有小片的灰白瓷砖，楼前有少许绿地、花树，楼后是一处半个篮球场大小的场地，可以打羽毛球，可以供孩子们骑车、追逐打闹。我家就安在这幢楼房里，是703号套房。2001年5月的一天，放了一挂鞭炮之后，正式入住啦。

我的这个家，房产证上写着面积 111 平方米，除去杂物间、公摊面积，实际房内只有 90 多平方米。不过，我和家人感觉，这个家够大了，南北通透，阳光足，空气好。有人说，房子最有价值的地方，就是空的部分。因此最初，家具少，物什少，相当宽敞、整洁。随着生活一天天过下去，家里的东西也越来越多，早就忘记原来空旷的舒适，想扔掉什么，总感到以后要用到。就这样，家里越来越杂乱，日子却似乎越过越充实了。

我家的大门是普通的铸铁门，灰绿色，没有智能锁，甚至没有门把。打开大门，首先见到的是客厅，约有 30 平方米，客厅左手边并紧挨着楼梯的是卫生间。客厅与厨房、餐厅，以一堵墙隔断。朝客厅的这面是电视墙，以一幅素淡的梅花山水画装饰。当初流行实木色，客厅的电视柜是实木的，墙壁上方、各处转角和踢脚线都装贴了实木板，显得简洁、实在——不过，倒是耗费了太多木料。

客厅的南端，一东一西有两扇门，外人以为我家仅有两个房间，其实客厅靠西的门进入之后，可以看到里面套有两间房，不仅光线好，而且直通阳台。两间连着的房，一间是书房，一间是客房；主卧自然就是客厅靠东的那个房间。

在北门这个家，我和家人住了 13 年，女儿在这里长大，自己在这里由青涩年华走向人生初秋。一家人不论经历了多少酸甜苦辣，回到这个家，总能感到踏实、温暖和舒心。

我家最热闹的，是每年新年前后的某个晚上。在那个夜晚，楼下楼上的孩子们纷纷聚到我家客厅，一起举办家庭晚会：节目都由孩子们自己凑、自己编、自己演，女儿和楼上的大一岁的女孩通常兼主持人，手拿手电筒或纸筒当话筒，有模有样，逗得大家前仰后合，掌声连连。家长们当起了观众或评委，一场晚会下来有十六七个节目，虽不精湛，却满堂欢乐。从女儿读幼儿园大班开始，连续举办过 6 届，晚会场所一直是我家客厅，装饰客厅和晚会的小礼品所费不过二百元上下，由家长们AA制解决。有一年，有家长提议，人太多、客厅太挤，把晚会挪到楼房后面的场地；没想到，孩子们一致抗议，说习惯了在我家客厅办晚会。

孩子们所说的"习惯"，也就是对家的日久生情吧。我们住过的地方，最初只是房子；倘若住了几年、十几年，就成了住进心底的家，每个角落、每处斑驳，沉淀在灵魂里，生长着自己的呼吸与情感，亲切而安宁。

流年似水悠悠，往事依稀如昨。一年前，我搬了新家，北门的家转让给别人。北门的家自此换了主人，自己成了别人，进不了那个家门了。

于记忆深处，我的家，至今还是北门五号楼703。住久了、住熟了，哪怕夜半酒醉，似乎仍然可以在意识模糊、摇摇晃晃中，摸黑走回心中的那个家。上个月一夜，我真的喝多了，迷糊之际，招手出租车，顺口说出的，竟然还是那句话——

回家，北门，大榕树往里50米。

大田·岩城

岩城记忆

◎苏诗布

大田古称田阳，缘于有白岩与赤岩相远照，则雅称岩城。

一座城的历史总是写在城里的古物之间，每一份记忆珍藏着岁月的流逝与时光的轮转。最为直接的是看得见的城里的建筑物与行政管理空间。

东街口与南门，白岩公园与赤岩古渡口，红星村与玉田村，福塘与温镇，这些记忆让均溪河的流水贮存着，时涨时落，随同岩城人的脚步，来来往往，随生而居，把岩城的旧事与福祉融合于水，羽化于清茗，如同南门的茶叶铺子，接纳的是茶客，演化的是一座小城的清风与香茗。

一阵茶香伴随着人的身影，氤氲不散，弥散于青山绿水之间。

一

一座城有其始而未终，各朝各代演化而留存下来的护城河，随意散落其间，如同几道弧线把城里的空间划割开来。

城墙是发展的记忆，是人们追求的护栏。

留存在大田县志的《筑大田县城记》记载，郭持平（枭司）记录了大田修建第一座城墙的规模，周坦画丈千五百八十，崇十有六尺，厚视崇三之一，深入在四分之一，计费四千九百余金。这种计量方法，翻算出如今的体制，也只是一道简单的城墙。

从体育场顺水而来，过法院的河道桥，出天水茶楼，绕过教堂，穿南北大街而去，直抵小南门，再转折而行，过农行桥头，再与如意桥相遇，汇入均溪河。这是大田的第一道护城河。往年的护城河，如今只是一条清澈的流水，每一时刻流动的都是城里人的记忆与生活的幸福感。溯水而上，只有在县志的书页上能记住四海寨，记住状元丘，记住曾经的延平府通判林元伦。

富有史学价值的《闽书》，在文莅志条目上记载："林元伦，台州人，慎重通敏，平尤溪盗有功，析置大田县之议，实元伦发之。"

如此的记载，把大田县的建县之始锁定在林元伦身上。这是发生在明嘉靖年间（1522—1566）的旧事。大田始置县治的准确时间是嘉靖十四年（1535），初设县置时，称为新民，而后不久再称大田县，具体为何如此改制，已无从查考。有一较具体的文章显现的古意，似乎藏着大田称为县的缘由。叶振甲的《状元丘赋》一语成谶：大田厅事后有堂，题曰状元，意其寓祝也。里人曰，堂基昔为丘，每岁插禾必先熟，因有此称。叶县令在赋中感慨而吟，高丘接乎龙源，种黄茂而先熟，遂锡状元之称，得并巍科之目。岂此壤之独奇，著休声于五谷？盖由风气完聚，表瑞呈祥。迨明中叶，截泉与漳，筑城伊减，百雉昂昂。因田为邑，因丘为堂，名仍其旧，制焕其常。

儒者的风范，几乎在文字与结构之间，缠绕了百姓的祈求与幸福。

大田在此显现出来，与田阳相济，一边是祥瑞，一边是县治。饱受盗贼之苦的大田民众，有了自己的城，有了自己的城墙与城门。依着四海寨，借着状元丘建起来的城，也有四个门楼。东门称迎恩，西门称阜成，南门称太平，北门称拱辰。城内的街市直街三条，横街也三条。县前直街至城边，阔6米，两旁存沟。为中街。学前直街，至南门，宽也6米，为南街。城隍直街至西门，宽6米，为北街。县前横街，下至南街，上至北街，宽6米，为后街。西门内横街，体制如同，称为前街。东门内横街称为东街。如此而外，城外街市也有四条，分别称为祝圣寺街，南门外街，西门外街，东门外街。

一座城的守护不仅仅是时光的记忆，更多的是城里与城外人们的心性的显现。大田县初建置时，延平知府沈大楠信心满满，用儒者的善意与情怀写下了《新筑大田》的诗歌：

行行奉檄理新疆，六月单车遍异乡。
鸟道劳人除宿草，蝉声度我过斜阳。
旌旗甘雨千门湿，绕座青山万叠苍。
自是圣朝怜赤子，愿教百世乐平康。

时光的流逝，祈福只是意愿，但实质上，大田县城依然处在腥风血雨之间。郭奇逢的《弭盗议》为大田的盗者开了宽容之议，盗之生也，人皆为饥寒迫之也。盗之生者，失在人而不在制，失在制而不在官。所以，郭先生认为，治大田之盗莫急弭盗，而根本要先治于党，一家之中有盗者，先治家长，一里之间有盗者，则先治里之长。如此而演化，

"而欲使民无盗，则莫若留心于化导也"。这种美好的意愿，嘉靖十六年（1536）建县治时，则出现了五色云彩。这片云彩给大田的县治投下了祥和的岁月。

一墙之隔，城里的防护与城外的流寇，这些记忆在城市的发展过程中几乎成为大事记载入史册。

大田县城从建县之后，仍然有山寇扰民。

清顺治四年十月（1647年10月），山寇作乱，县城无兵，知县胡天湛调拨居民分守四门，山贼势盛，城破，天湛被擒，不屈而死。

咸丰三年四月（1853年4月），漳平县黄友聚众倡乱，进攻县城。五月十四日，知县李文照战死。

1913年11月13日，德化苏亿率军攻陷县城，知事宋汾年逃，科长高岗、刘家驹、陈元涛，典史石晋奎死之。逃难之后的宋知事，留下了《怀死难诸友诗》：

> 酸风楚雨逼危城，凄绝同舟共济情。
>
> 兹厄若为吾辈设，斯人竟以杀身名。
>
> 归魂莫恨溪山阻，旅梦偏难午夜成。
>
> 岁晏欲眠眠不得，一灯含泪想生平。

留在大事记里的记忆，不忍而列，郭奇逢先生的劝善之举，在百姓的生存环境之中，善的理念只有感化和祈求。每一次血腥的战斗都留下了腥风血雨。来来往往的生者与归魂，他们在城的格局里，从城门而入，从城门而出。

对于城市的规划与发展，几百年来，变化的空间却非常有限。大田县城初置之时，街市在三横三直的基础上拓展，直到20世纪80年代，才显现了大田县城的城市规划格局。

而在此之前，1925年知事梁柏荫租赁连姓地块构建南街头菜市场，在南门兜起架十二间房屋，构筑南门兜菜市场。至此，有了两个特别的菜市。这次菜市场的建设，是缘于1924年出现的一场水灾，5月26日，水浸县城，北门城墙塌了60余丈。这是县城城墙破损最严重的一次。

　　1938年，永德公路全线竣工，9月15日通车。对于大田城关来说，这是一次开天荒的变革。只是，大田城关并没有缘于公路的开通而进行了相应的整治，反而是缘于汽车交通的引入，水路交通却由此而淡化。这种局势延伸到1941年，这一年春天，大田县城有史以来进行了一次县城改建，改建了东街和南街。街道中心铺块砖，两边铺卵石，加大街道两边的排水能量，对水沟进行整修。统一建造街道两边的民房，统一进行楼房的墙面装饰，采用鱼鳞板装饰。楼下走廊贯穿全街，整齐统一，按中山街的式样构建，新颖而美观。我有幸体验到南门街的早期规制。1984年南北大街改建时，南门的体制还是依着当时改建的规模，南门再度改建应该是在20世纪90年代后期。这一次改建几乎把大田原有的木制楼房尽数的划归为水泥结构。

　　南门的街市对于大田城关来说，其繁荣与发展直接与南门外的渡口相关。20世纪改革开放之初，南门作为经济发展的集中街市，店铺的热闹与繁华构筑了独特的商贸中心。这种商业氛围一直没变。如今的茶文化创业园，用大田高山茶美人独特的身姿显化出来，清韵流远。

二

　　城中建筑留存下来的富有代表性的大观楼，如今只藏在县志的页面上。如果不是缘于写这篇文章，大观楼的体制早已经从我的记忆里消除。

　　大观楼在县署穿堂后，按现在的位置应是在五中背后的大坪上，早些年称为飞机场，后改为汽车驾驶培训基地，现为凤凰山公园主体区域。

大观楼始建于明嘉靖十五年（1536），在大田建县之后的第二年建置，最初是作为侦察之用，后来演化为文人相聚的场所。清顺治五年和咸丰三年分别毁于寇。同治八年重建改名为明远楼，1920年又圯，十年再建为公明楼。而后又是如何消逝于大田城关的，没有具体的记载，其中的缘由也无从考究。邵武同知曹金（察）的《登大观楼亭》记载的格局，显现了大田县城当时的状况：

> 高亭徙倚思茫然，幽景多生落照边。
> 畲地烧痕青入雨，石溪晴涨碧消烟。
> 炎荒渺渺漳泉路，秋实垂垂大小田。
> 坐对名峰成浩叹，胜游无计挟飞仙。

　　查找相关资料，邵武同知没有曹金之同知，《大田县志》却又如此记载，在此多写几笔。从登《大观楼亭》的诗歌意境上分析，此人应为曹察。曹察（1499—1558），嘉靖年间任邵武县知县，升福建汀州府知府，官至户部郎中。曹察育有女，入宫为妃，受封曹端妃，后遇宫变，端妃被处死。也许，正是这场宫变让钱叙毁了大观亭碑。钱叙任大田知县的时间是嘉靖二十年至二十一年（1541—1542），恰好端妃受宫变的时间是嘉靖二十一年。《大田县志》万历年版记载，主簿陶英始建，训导邓国宾有记。钱叙以眼疾，惑于讹言，毁其亭碑。如此分析，记载于《大田县志》的曹金是误写，此诗为曹察所写，是他在赴任汀州知府的任上所制。曹知府的诗意充满儒者情怀，与他的心性同出一辙。

　　站在大观楼上眺望，远处的大仙峰高远而自在，通往泉山的古道深藏其间，大田县治下的城池，秋实浓郁，石溪的流水波光粼粼。在此处，让我顿悟，一直环绕而行的均溪河原本不叫均溪河，却是称石溪。

　　何为大观，也许是缘于曹察，也许是缘于田一俊，但是这些推测都无法充分论证。到了清康熙癸亥年（1683），大田县令叶振甲又写下了一首诗歌《大观楼望雪》：

> 闽天炎地少冰雪，今岁雪深冰亦结。
>
> 高低顿改旧林峦，故老相看羡奇绝。
>
> 南北何曾气候殊，同云四合无边隔。
>
> 白岩赤岩人阒寂，大缆小缆行踌躇。
>
> 官舍清虚余四壁，拥炉静检残年历。

作为大田的县令，叶振甲是有作为的。他从康熙二十一年（1682）到任，到康熙三十年（1691）升任工部主事，在大田任职近十年。对于叶振甲来说，他对大观楼的雪显现得确实清冷孤独。这种缘由是出自个人的情怀，还是大观楼在此时有其他的思绪影响呢？叶振甲对大观楼是有贡献的，他的贡献在于他写下的大观楼记。叶振甲来大田时，有客人说，大观楼与大田的体制不相协调，主要是大田县地盘小，弹丸之地，交通又不便，地气贫困，民风又显有盗贼之骨，不能用大观来定名。叶振甲的思考与回答让大观楼显现了大田古朴的民风倾向。如果说朝廷用人，有选择地盘大小，事务的繁重与简易，做事的烦劳与轻易，那么又何必如此慎重呢？叶振甲觉得，外游必先内观，一个人的修养才是大观的前基。叶振甲留在大观楼记里的语句：余虽碌碌簿书，而琴鹤逍遥，仰不愧，俯不怍，纵应接不暇，觉一室之内宽然有余。

大田何乎于大，有其田则可耕，有一室则可修性。有叶振甲如此的县官是大田的福祉。

大观楼仅仅藏在县志的页里吗？

偶尔翻开大田的艺文篇章，大观楼势必会浮现出来，成为人们追忆的空间。那座超乎于民房的木质三层楼房依然直矗。楼上的匾额依然公明，登此楼者必明公性，必清于民，这是大田的祝愿，也是大田县城演化的主脉源流。

三

早期，一座城的规制离不开县署，察院，分司，典史公廨、阴阳学、医学，汛官署，教谕署、训导署以及学宫与书院。

大田城具体的建筑位置，历时几百年了，其总体的规制没有特别大的改变。初在四海寨山之阳，明嘉靖十五年（1536）建，中为正堂，颜额表为亲民，初名为节爱。谢廷训任上改为新民。堂后拱北为状元堂。堂北为宅门，后为大观楼。左为寅兵馆，右为龙亭。架阁二库，前为露台，为甬道。中立戒石亭，左右为廊房，吏舍。如此格局按大明体制而设。清顺治五年十一月（1648年11月），土寇烧焚城内外官民房屋，县署俱为焦土。后虽有重建，但规制则不如从前，甚至把考棚权当为亲民之地。

同治八年（1869），县署的体制重振规模。民国时期的知事所在，主要在中山纪念堂，在现党校的位置。现在的县政府办公楼是1979年10月重新兴建。

文庙，在凤山之麓，明嘉靖十五年（1536）建。中为庙，东西为庑，左右赞亭各一。明万历五年，知县诸大木重修。清康熙三十七年，知县余光焯奉文重建，南为戟门，左为名宦祠，右为乡贤祠。南为棂星门，门外为屏墙。左右义路，礼门，宫墙外直出南街头，有木质大成坊。其余体制如同文庙格局。庙之左为儒学，中为明伦堂，东西为膳堂，为斋房。又前为泮桥，泮池，门前为街。这种规制，几经修复，大同小异，没有更改，只在延续。如同当年建文庙时，延平知府沈大楠的期望一般。沈大楠的《建大田学校示诸生》诗意灿然：

一年两度走羊肠，满路山花笑我忙。

只为斯民正经界，何妨带雨过潇湘。

万家茅屋回春色，千里桑麻荫晚凉。

况值文星南耀日，诸生努力应奎光。

教化的最终目的，又何乎是在奎光上面，万家茅屋回春色才是先生的意愿。文庙作为读书人的祈福之所，孔子的地位自然是"万世师表"。

清同治八年（1869），知县八十四在文庙右侧建筑朱子祠，这是继崇文书院供祀杨时、罗从彦、李侗、朱熹四位大儒而后的盛举。如同知县八十四所记：大田本尤溪地，尤溪则考亭朱子降岳之里，故邑人崇祀夫子唯谨。新筑一座朱子祠，规制必有扩展，学识自然加厚。1939年9月20日，日军6架轰炸机轰炸大田，文庙受损。留存在档案馆里的旧照片，完好地保存了当年受损的场面。1963年，文庙毁于一场大火。不知是文庙自身的预感，还是自然的造化，一场火势把多少年的建筑体制毁于一空。如今的文庙，只留下一座泮桥，泮桥下的池子，围守住自由自在的鲤鱼，过往的学生，偶尔站在那里，不知他们是否会记住这里的岁月，记住多少代先生对儒学的守护。

与文庙同步而行的是文昌阁。

大田的文昌阁值得庆幸，从在赤岩建筑之始，只有迁移，没有损毁。清康熙六年（1672），知县张鸣珂移建于泮池之左。庙学围于垣墙。文昌阁后经几次修整，如今依然独立于大田一中的校园之内。曾经的泮池如同一座城池一样守护着文昌阁。规制相似的青石板，穿池而设的易经间的流水回廊，不断积存的鲤鱼，大小不一，如同学校的学生，年复一年，终归于学而化于学。偶尔，我独立于文昌阁之前，抬头仰望，文昌阁顶上的葫芦瓶会泛着浅浅的光芒。从远处飞回的鸟穿插其中，旷远而达观。

与文庙、文昌阁相隔于街市之外的大田第二集美学村，在早期不算是城区，它只是一片田园。而在城镇大规模发展的背景之下，它依然保持着抗战时期的整体规模。城市的规划绕过它，乡村发展容忍了它，三十几座的民房保持得完好无损，在执着与无意之间，创下的不仅是一座物质文化遗产，更是一座教育与发展的精神家园。这种收获缘于大田在抗战时期与陈嘉庚一同开办了集美海洋职业学院。从 1938 年到 1945 年，集美海洋职业学院在岩城这座山城打开了另一个教育空间。大田的乡贤面对办学的巨大困难，把民房变成学生的教室和宿舍，把田园当成教育的主阵地，开办了森林课堂、水上课堂，实体教育课堂。并利用有效的资金开办了集友银行，自行车配件制造厂、火柴厂等与民生相关的实体经济，在实践中有所学，在实践中有所用。

从均溪河岸的华林山庄开始，一条绿道穿透的是山城与田野的融合，直达大观楼的旧址，其间显化的凤凰山公园，把城市的发展进一步引进了民生理念。每每步行其间，第二集美学村的老房屋更像是一群回归于田阳的学子，他们在耕作，在深读，在教化。

四

岩城之始，何为岩城的说法，与大田似乎没有直接的关联。其间推论的很多，但有一点必与田钟台相关，大田的三田，田钟台首当其冲。他留下来的许多诗歌自然显现了大田为岩城的别称。大田有白岩与赤岩对列，白岩为西，赤岩为东，东西相向，自然成景。就白岩一处，钟台有《白岩十二景绝句》，其中诗的意境，越发地显现了大田宜居的环境，白云回合万峰低，远近山光飞不尽，坐久四天风露合，曾记天台桥畔过，数株对坐两三人。

白岩的雅静，在于白岩的云彩，云高淡远所处的环境与城的西门相对接，城里城外所构架的出入环境，延伸了白岩景致的厚重。钟台的另一首诗歌包藏了白岩的原生态：

> 百丈层崖削不成，乍看欲坠使人惊。
> 何年虫蚀苔仍补，几处峰悬树若撑。
> 返照全摇金的砾，归云半锁玉峥嵘。
> 时来独上峰头坐，月下飘飘听凤笙。

叶振甲也有相同的感受，他的诗句也落在村落与青苔上面：

> 两山村落炊烟罩，大小田间月影层。
> 欲指苍苔题近句，此身已共白云升。

20世纪80年代，大田县城按新城的规划进行了全面整治，白岩公园作为城市规划的主体，新建了五四三登顶天阶，嫦娥奔月，老人憩园，白岩塔，镇西桥，儿童公园。从现代的景观所处的位置，推测当年钟台先生所登高的山峰，势必是白岩塔所建的位置。登塔而望，依然能感受到钟台先生的"几处峰悬树若撑"的独特情怀。这种情怀与叶振甲的"此身已共白云升"是如此的相似，如此地同出一辙。只是白岩苍壁下的青苔已消逝得不知在何处？钟台先生这句"何年虫蚀苔仍补"的感叹，让我痴迷于白岩许多年。大田多瘴气，势必多青苔，白岩的青苔一年一年积厚，又一年一年地枯落，一字补的字眼，把青苔的生存与繁衍写尽在田阳之上。

南门之外，古有南涧渔歌。南门外渡与其说是一个景点，不如说是大田另一个交通出口。旧时候，陆路交通出西门而入现在的宋京村，有一条青石板的官道连接其间。所以有钟台先生的白岩十二绝句，所以有城隍庙在北门口。从谢廷训开河疏浚，大田可通水路，直到尤溪。

白岩公园主要景森林，左瓶子三用印

（张新仁　绘）

谢廷训，浙江人，明嘉靖壬寅年（1542）到任，继唐文杰之后深受大田民众的拥戴。从1542年始，南门渡口显现的是大田水域的独特风景。叶振甲时期，他写下的《大田元宵绝句》，其中有一句"元夜乘灯影，溪边醉捕鱼"。这一句之中的醉的字眼，与田钟台的"补"字眼，是如此的相似，大田有如此的青山绿水，唐文杰始建制之初，着实也发现了这种宜居的大环境。"小田流入大田桥，两岸风生柳拂条。圣化诞敷民俗美，时闻瀛女夜吹箫。"这写的是桥吗，分明写的就是南门外渡，是南门外渡最初的场景。

"城南千顷碧琉璃，两岸青山夹水湄。澍雨乍添朝霁后，熏风不断午凉时。芦花深处牵渔艇，杨柳阴中理钓丝。欸乃数声归去晚，渡头遥和采菱词。"这是叶振甲的大田八景间的《南涧渔歌》的景致。

我是20世纪70年代中期生活在大田城关，可惜的是，我已经无法感受到叶振甲的摇橹之声。从大田一中的校门口，过东街口，再过南门的打面店，过前街口，再过第一道南门桥，桥边上马戏团的营地还在，有一座偌大的环状木桶，据说自行车能在桶内飞奔。我没兴趣观看，每每走过去，确实能听到自行车的轮胎与木桶碰撞的声响。再往外就是几家小店，如果按当下的说法，必定是违章搭盖的民房，再往外就是永德公路与南门的相接处。张扬的高大的柳树伸展着柔软的身姿，投放着浓郁的阴影。这种浓荫按我先祖的话说，就是"浓荫不让白云居"。这是深存在我内心里的一句诗句，这句诗句是我的先祖用来赞美祖宇而烙下的美辞。在这种阴影之中，有一群让我一生都能记住的驾驶员，他们是大田最早的陆路交通的使者。从南门口到福塘上石牌岬，这段路途原有自行车运载驾驶，只要几个硬币的份额就可以节省些许的时间与劳累。一排又一排的自行车摆着，不亚于时下的共享单车。自行车主则坐在柳荫下面，只要客人来了，他们才按队列站起来。南门口也算是自行车的交通站了。

大田汽车站选择在东门，大概也是缘于永德公路的东门桥。东门桥与镇东桥有一段距离。当年建桥时，选择在东门外，应该是不意破坏镇东桥的缘由。

大田汽车站早在1938年10月1日就成立，只选派站长1人，员工1人，归属永安办事处。选址在南门张家祖祠。1954年迁东门。借民房设站。1957年才建站房和仓库。1985年建职工用房。2019年再迁温镇。大田的汽车运输自1938年始，承载了闽中到沿海的运输功能，在抗战时期虽相对弱化，但也衍生了私人运输公司的产生。1946年南门车合作购买了汽车1辆，开办营业业务，始建了大田城关私人运输业务。

大田交通的发展，解决了城镇居民的出行，兴泉铁路的开通将拉近了闽中与沿海的距离。对于大田民众来说，位置于城北的大田动车站又将是另一座城门，它打开的是速度，是效率，是人们通幸福与追求的大门。如同田钟台的预言，瑶坛直坎接云开，玉辇乘乾拥日来。

五

笙歌逢治世，城市的发展是人们追求的共性显现。南北大街重新建之后，承载了大量的城市功能。1984年10月1日，南北大街承载了国庆千人舞会。周厚稳，一位让人总是挂在嘴上的县委书记。他在兴建南北大街中的一举一动，似乎都融入到这条宽大的笔直的道路之间，充满传奇与瑞祥。世纪之初，南北大街进一步拓展，过福塘搭石牌岬，与省道公路对接。南北大街所显现的不仅是大田城市规划的整体方案。而是百姓追求幸福生活的一个巨大平台。

许多年，南北大街承载了玉田、红星、福塘、温镇、石牌等村的元宵活动。元宵节作为中华民族的传统节日，在大田保持了厚重的传统节目。板凳龙，祭祀、社戏等项目尤为突出。叶振甲的《大田元宵绝句》

记载的项目，有柑宴、羯彭、燃爆竹、游火龙（板凳龙、龙灯）、竹马、元宵灯等，灯展大部分是在镇东桥，古寨必悬挂元宵灯，村庄必游龙灯，孩童必骑竹马。

在大田，这些不是古事，它们一直生存在百姓之间。大田板凳龙作为国家级非物质文化传承项目，在保护与传承元宵传统节目上，板凳龙越发地显现了从农村到城镇的发展状态。叶振甲时期的灯龙，是"沿流明火树，光射几重滩"。而在时间上也是"谯楼玉漏残"。流传至今，依然没有改变。龙的文化元素，在大田显现在板凳上面，体现得如此完美大方，着实是叹为观止。把一年的期待，把一年的收获释放出来，五谷丰登，国泰民安这些字眼泛出的光彩组合起来，让一代一代的年轻人记住，记住龙的精神，龙的文化。

元宵节，南北大街接纳的是更多的祝福与传承。按规矩，玉田村和红星村的板凳龙在各自的祖房进行接龙，而后出游在各自的区域，最后才出游在街道上面。这种游动的模式有一定的发展空间。龙与龙之间却能按时间的转换进行对接与退让，让更丰富的情节留给对方。板凳龙留在南北大街的身影，让多少的孩子期待着元宵节的归来。只是，在几年前，南北大街弄丢了板凳龙，弄丢了元宵节这个富有意义的活动。当人们期待它再出现时，板凳龙又归位了，回到村庄里，回到田野之间，这似乎应验了大田的古语，龙现于田，其吉如祥。

城市的发展是宽容的，是人们共同意愿的体现，如今在没有城墙的空间里，城市的规划留存下来的记忆，只在一个转身之间，它们又是另外的风景。

从田钟台写下的白岩十二景，到叶振甲的田阳八景，百雉凌云、双岩映翠、仙峰秀色、合剑滩声、南涧渔歌、东溪虹影、新兴梵韵、古寨晨烟，有多少的儒者与之和韵。又有多少人驻足体验！

每每，我们驻足于城外的某一高处，似乎都能感受到大田的烟雨晨韵。甚至于推开阳台，推开窗子，都能感受到大田的山水氤氲。只是身处在于此却忘乎于此，曾经的许多旧事，曾经的记忆慢慢地都将淡化。守护于东门之外的青春塑像，她不知道会不会记住东门外的几架石狮子？半倚在儿童公园的田螺姑娘，她不知道能不能记住田钟台求学的身影？围坐在南门的少年客们，当他们举杯相庆，当他们用流行的品牌撑开生活的空间时，他们会记住南门的过往，会记住南门的九层粿、小肠汤吗？那些新鲜的油条、豆腐花能延续口感，但再也无法把爆米花从记忆中唤醒，只有那些老冰棍不时从记忆中走出来，穿着新时期的包装纸，不改原味，不改全身，用古早的味道把城里人留住，留住曾经的感觉。

坐下来，坐到靠窗的茶室里，与友人相聚，用大田美人茶的温和让给友人一个位置，一个空间。偶尔抬头，看见窗外的鹭鸶已悄然栖在河道上，支着高脚，探着头，似乎是在等待，似乎又要往上扑腾。这些都是瞬间的感受，但也是记忆，是城里人生活的记忆。是留在茶文化创业园上的记忆。

也许记忆也是瞬间的，一个瞬间跳跃出来，展现的却是满街的欣喜与祝愿。

学　堂

◎颜良重

　　现在的文山路，如果取名学堂路，会更贴切、更有味一些。这段路，大田一中、大田实小等学校，一字排开，承托着凤凰山的气脉。若把时间回溯到民国初，地点延伸一点到前街后街，形状像花瓣的地段，绽放着大田学校的前世"金身"，这里代表了县域旧学、新学的最高水准。

　　大田县于明嘉靖十四年（1535）建县，但教育之事远早于建县，只是置县之后，教育之业得以更有力的发展。建县次年，县署在凤山南麓建文庙，在赤岩山下建文昌阁。田一儁《大田修学记》中说"大田有学盖自嘉靖丁酉始（1537）"，盖因文庙落成于嘉靖丁酉年。建县之初，县署开始筑城墙，次年就兴"儒学"，足见对民众教育的重视。明清学校以儒学教育为主，传授经籍，明伦讲理，八股文章，追求科举功名。民办学校佐以珠算等商经知识，略有求实。自明嘉靖十四年建县至清光绪三十一年（1905）废止科举，370 年间，大田县记载了进士 22 名、举人 53 名、贡生 418 名，荐辟 13 名。明清两代的办学，为大田的教育开了先河，奠定了基础和传统，也培养了田一儁等一批人才。

　　论新学，大田实小的前身，1907 年在文庙设立的官立两等小学堂，这是大田县废科举后第一所新学学校，至今已历 115 年。文庙门前，是大田县体育场。利用文庙场所办新学，并非旧瓶装新酒，而是一次义无反顾的觉悟。

　　1906 年，大田知县李傅霖奉令创办"官立小学堂"，将"考棚"作为校舍。次年筹备就绪，址于文庙，正式开办，命名为"官立两等小学堂"。当年 10 月，招收第一届学生（毕业时 26 人）。1908 年，学校内附设"师范讲习所"，培养了一批全县乡村初小教师。1912 年，全国编改，学堂改名为"县立第一高等小学堂"。1927 年，又奉命改称为"大田县第一区县立均溪小学校"。1953 年与新民小学合并，改称"大田县实验小学"至今。1963 年 1 月 9 日，校医烤尿布不慎失火，文庙被烧毁，同年政府修建四层教学楼，沿用至 2004 年 6 月。

民国初期，校舍经常被军阀占为军营，学校东搬西迁，时办时停。"县立第一高等小学堂"曾迁至赤岩寺、南门外、西门外等地方。但新学学堂的开办，让这里的山水苏醒过来，郎朗的书声，有别于过往四书五经的诵读，它像星光布满天空，让这里的每一个清晨和夜晚开始充满希望的力量，它是一股清流，以自己独特的净化能力，让这里的百姓逐渐觉醒。

此后，新学不断涌现。1916 年，地方绅士范友莲、范允文、范士林、范子谦、范鲁参等人在朱子祠倡办"第一区公立坊都小学校"。1913 年，德化苏益攻进大田城，将下桥教堂烧毁，教堂兴办的育智小学校迁往西门头内侧（后街，现武装部）。育智小学校定"圣经"为必修科，星期日要参加做礼拜。由于信仰不同，本地人入学甚少，学生多是教徒子弟。1924 年，开始增收初中班，并改名为"崇圣中小学"。这是大田最早的中学。同时，在教堂右下方的民房里，创办了"崇德女子学校"，并在魁城、桃源、溪口等地举办国民学校。1951 年，改名为"新民小学"，后合并为"大田县实验小学"。1924 年，大田天主教会神父利用教会特权，在南门外总教堂（现疾控中心），开办"启明第一高初男女小学校"。

岁月一走，人事不再。现在可以用几行文字表述当年有识之士的作为，在当年那得付出多少的艰辛。临新中国成立前，除乡镇中心小学尚勉强维持外，全县 1 所初中和 56 所小学，只有学生 713 人。若以如今的义务教育比照，这 713 人是何等的荣耀和幸福。

1939 年沿海战事吃紧，集美职校三个专业从沿海内迁到大田。起初，县府将均溪小学安置在霞山赤岩，把均小的场所给了集美职校。9月 20 日，文庙被日机轰炸。虽无人员伤亡，却烧毁了校舍，并累及一墙之隔的大田初中。事发后，初级中学立即停课，把教室、宿舍腾给集美职校。随即，集美职校决定从城内迁往城外的玉田村。当地乡贤整理了数座祖祠和附近民居，给了集美职校，直至 1945 年回迁。风雨如磐的时代，大田与集美结下了不解之缘。集美职校的到来，被视为大田职业教育的开端。几年时间，为民国时期的大田培养了不少中坚人才。现在大家谈论第二集美学村，话题集中在玉田村，殊不知这段缘分却是在凤凰山下的文庙开始的。

从《大田县志》载录的清乾隆年间大田县"文庙、儒学平面图"，可以清楚看出旧制官办学校的规模和结构。儒学址在现在的大田一中。按图索骥，如今一中前篮球场北看台"门"，即为"儒学"之正门，泮池依旧，现文昌阁为"儒学"之仪门，现假山喷池为"明伦堂"。西教学楼为"教谕衙"和"训导衙"。

儒学主要分为以先师殿为中心的"庙"，以明伦堂为中心的"学"以及其他教学、生活辅助设施等三部分。庙位于儒学之右（西面），与祭祀有关的建筑分布于庙的附近（崇圣祠在文庙之北），与教学有关的建筑则分布于儒学的左侧，尊经阁位于明伦堂之后。明伦堂是朔望讲书、考课诸生之所。朔望祭祀以后，地方官要至明伦堂，与诸学官、儒人、生员"讲议经史，更相授受"。讲书完毕，则有学官主持，考课儒人以及大小学生员。可惜，没有影像留下明伦堂的模样。

1926 年，邑绅蒋超、施同寅、卢琳光、陈荣华、吴同登、林维邦等人，受"崇圣中小学"办学影响，召集合邑人士集会，倡议并决定在儒学明伦堂旧址兴建校舍，举办初中学校，以解本县青年因地处山区、交通不便、外出升学困难之苦。"会举范震生、郑佐国、施永伦、范子谦经营董理其事。建筑新式洋楼三座,规模壮丽。民国十七年秋,由陈县长朝宗捐廉并募城商捐款,购置校具、图书,招生开学。县小学附设其中。经费由正课丁粮每两附加贰角。校长一职定三年改选一次。"(《大田县志》民国版)1928年,校舍建成,报省备案,开始招生,招收新生一个班40人。学校定名为"福建省大田县立初级中学"。第一任校长范震生。这是我县第一所县立中学。几经坎坷,初级中学发展成为完全中学,1958年,更名为"福建省大田第一中学"。至今,这所近百年的学校,培养出了以郑有炑院士为代表的一大批优秀学生,成为国家的建设人才。

在大田,与教育有关并被人记忆的旧场所,还有文昌阁和考棚。文昌阁于明嘉靖年间建在均溪南岸的赤岩。清康熙六年迁建凤山南麓明伦堂东南隅(今一中校门口)。1985年,按原型再迁毓秀园内泮池北,内祀魁星、文昌帝君和朱文公。后来,文昌阁被设计入校标图案,成大田一中的标志。

另一个场所,是考棚。年长的,懂得一些。考棚是古代科举考试场所,四合院结构。大田考棚,是由崇文书院改成的,建筑与各地通用的风格有所不同。《大田县志卷二十七教育篇》记载:崇文书院,清康熙丁亥年(1707)知县李兰英建,址在县治西南,后改为"考棚"。内祀杨时、罗从彦、李侗、朱熹四先贤。

300年来,考棚历经科场风雨、办学艰辛、乱世驻军、收监乱党、仓储住居、发电照明,多次重修,旧制也被改变,如今已是荒废殆尽。从考棚仅存的正堂樑木上的木牌文字记载看,清道光年间再修。正樑上附鲁班之尺样的木牌,依稀可见当日之记载,曰:丙申仲冬(道光十六年,1836)署大田县正堂澎(□)全阖邑绅士鼎建。次樑上附赠榜,曰:董事拔贡范来仪喜捐钱陆拾柒千文正。正堂即知府、知县。查《大田县志》,道光二十六年(1846)澎海观任大田知县。稽证确有重修之事。

487 年的大田县城，不断地吸纳多样性的人、物、事，变得阔大、拥挤和现代化。熙攘的街道，车水马龙，他们在创造新事物的同时，也在遗忘老时间，尤其是那些曾经标新立异如今不合时宜的学堂。

小 南 门

◎ 颜全飚

　　小南门原来称为南门，区区两三百米长的街道，从东街口到内河一带。20世纪80年代，县政府门前，修建了一条宽阔笔直的建山路，在建山路最南端筑有牌坊式大门，称为大南门。原先的南门，称为小南门。

　　我的朋友老朱在小南门长大，他说，原先建山路一带皆是水田，教堂往武装部那条街道，称为后街；从教堂通往现在实验幼儿园这段路，是为前街。老朱小时候大抵都没有到后街那边去玩过，那儿太冷清了，最为热闹的，还是小南门。

　　相传清代钦差大臣到了大田，识县城风形之美，担心孕育皇后，冲击满人后宫地位，于是令修小南门街，形如箭射凤头，破此风水。新中国成立前，生活在这里的大多数是永春生意人，从永春拉盐巴和其他生活日用品到大田，后来又有永泰等外地人陆陆续续居住到小南门。小南门街铺着青砖、鹅卵石，县供电公司退休的老刘是晋江人，其父于1958年从部队转业后分配到大田电厂当领导，家住在小南门街尽头的老电厂，老刘和老朱是儿时的玩伴。老刘记忆里，1958年前，城关用的是火电，火电厂建在现在的均溪医院一带，只供给政府机关；1960年前后县里在均溪河畔修建了水电站，普通居民才用上了电，也仅在晚上时间供电，按盏收费，天蒙蒙亮电闸就关了。

　　小南门街道两旁是木房子，多数为两层结构，一楼门店以竖着木板构成，开门时，就取出那一片片厚重的门板；二楼有阳台，其上屋檐伸出老长，儿时的老刘到实验小学上课从不带雨具，下雨天，可以顺着小南门屋檐下的跑马道回家。街道两边各有一条水渠，源源不断的水流来自实验小学那儿，水渠里有鱼虾、泥鳅，小孩子在水面上放小纸船游戏。生活在这儿的大多数是手工业者，有搬运站的工人、理发师、打棉被的、做裁缝卖布匹、修手表钢笔的，还有编织藤椅、打制铁器银器、卖膏药等。菜农，每天早晨都聚到小南门街卖菜，唤醒居民晨梦。老朱说，改革开放之前，小南门一带与农村没有多大区别，房子后边就是菜地和稻田，现在的司法局一带也都是稻田。下地耕作，到赤岩山上砍柴火，这些农活，老朱都干过。老朱的父亲在理发社，他至今不知自己身世来源，他父亲三岁时就失怙了，母子相依为命。说其在小南门一座近200平方米大房子系当时保长建给其祖母的。老朱说，他只知道自己姓朱，从何而来？无从考究，祖母生前从没提及自己的亲人们，他也不知道自己的娘舅是谁？只是在小南门里生，在小南门里长。

星阳祖宗三代生活在小南门，他祖父新中国成立前从永春过来做生意，发了财，购得小南门等县城多处房产，后来染上了鸦片之瘾，新中国成立后，房产被没收，家道中落。他在微信里，给我留下这样的一段话：那时候我兄弟姐妹多，十几口人吃穿仅靠当老师的父亲一份不高的薪资，清贫是可以想见的。我家早餐相当固定——可以照见影子的稀饭，一盆永远夹不完的没有油渍的腌酸菜。相对我家的穷，寡居多年的我伯母家算是有钱人了，在我的记忆中，她的早餐就丰富许多——豆腐乳、榨菜，"翁儿"花生仁，甚至还有炒瘦肉丝等。在同一个厅堂吃饭，说不咽口水、不羡慕眼馋，对孩子来说，你不能不相信？所幸这人生的一课教会我许多道理。

一个身材微胖、五十几岁的瞎子老头，拿着一个拐杖敲着鹅卵石地板，来回在小南门街头巷尾，吆喝着："翁儿"土豆仁，两包一角银，好吃没人嫌。他这吆喝，如是晨钟暮鼓，深烙在小南门人共同记忆里。老朱说，孩子们围着他，用押韵妥妥的方言跟着编曲儿，与翁儿取乐：翁儿没良心，土豆免用称；翁儿大肚皮，土豆卖女人；翁儿穿鞋拖，土豆都是砂。"翁儿"用手一搓，那五分、一角的纸币面额他清清楚楚。小南门多次起火，星阳家就发生过火灾，重修时，他寄住在"翁儿"家的四合院里，他发现"翁儿"诱人的花生仁，出自其漂亮而又勤劳的妻子，花生和着砂石、香料，放在一个大锅里炒，成就了人人留恋的味道。

五湖四海的人，聚集生活在小南门，市井生活内部有哪些隐秘故事，门店商铺后边的庭院有多深？不得而知。儿时生活在这里的他们说，有一位北京大学毕业，分配在北方，水土不适，也有说因为失恋了的人，回到大田，因家庭成分不好，失去了工作，他家位于从小南门转入实验幼儿园入口处，他是个孝子，精心照顾老母亲，没有结婚，靠在家门前卖冰水、果糖为生，自在乐观，与孩子们逗乐，帮助左邻右舍写春联、写契约合同、收款借据什么的，人缘极好。后来，落实政策了，他因年纪大，没参加工作；后来，不知此人下落。小南门连接东街口处，有一户人家叫土公，小南门有人去世，少不了他帮忙挖坟穴，土公富有，他家第一个安装上了自来水，大家都找他买水，一担水两分钱。平日里，小南门人家喝院子里的井水，到内河里洗菜、洗衣服。有一户北方下来，当兵出生的，他是捕蛇能手，乡下人抓来的蛇卖给他，那剥下来的蛇皮挂在二楼阳台晒，特别显眼，他因加工蛇肉，获得一份生意，小孩子们好奇，也会意外喝到一碗免费的蛇汤……

星阳在微信里给我留言：偶尔街上也会有卖狗皮膏药走江湖的"郎中"，他们个个能说会道，口若悬河，他们十分敬业，十八般武艺全耍个遍，人们会围拢一圈看热闹，当然"郎中"的目标还是看客口袋的东西。那时候的人单纯，没有电视，也没什么可以娱乐的场所，南街人只要听到哪有露天电影，在力所能及的范围内都会尽可能赶到。20世纪80年代初，星阳正值年少时光，他们最留恋的是除夕夜，他们到医药公司的院子里、跑到大老远的松香厂看电视，他们奔跑着欢呼着，彻夜兴奋无眠。老朱记忆里，小时候的小南门除夕夜鞭炮声通宵不停，孩子们在街上跑一整夜，热闹非凡。年少的老朱，喜欢冬泳，除夕夜，从小南门外的吊桥上，纵身一跃，跳入一潭清水的均溪河，以这样的方式，将年画上圆满的句号。退休多年的老刘记忆中的那株巨大的老桂花树，深秋里，芳香着整个小南门，那树原先在一户人家的院子里，在如今的卫生监督所那儿，树不在了，如是一位好友莫名走失，走失多年，踪影全无……

20世纪90年代初，有乡下进城求学的孩子租在小南门二楼，说这儿时常闹鬼，做噩梦。到了1995年，小南门改造成了钢筋水泥楼房和现代化的街市，老朱父母、三兄弟共获得了3万元补偿，在富山新村一带找到了一块不足100平方米的地，兄弟们合资建房，拥有了一套居室安定下来。星阳在小南门购回一套房子，关于小南门记忆里的物事荡然无存，小南门人各奔东西，去向何处？他们知之甚少。那一年，诗人潘宁光的父亲在新建的小南门购买了一套房子，迁出居住在医药公司数十年的公房，因祖父早已去世，家庭支离破碎，年少的潘宁光父亲随着其姐姐到了大田，成为一家药铺的学徒，新中国成立后，成为县医药公司一名职工。同是永春老乡，潘宁光与星阳成了好友，他们会在小南门一家情浓巧克力馆里，聊诗歌，温暖着彼此的文学梦想。出生在小南门的星阳孩子黄政于2017年在江苏卫视《最强大脑》第四季脑王争霸赛中，过关斩将，成为脑王，成为小南门街头巷尾热议话题，也让大田火了一把，那年，黄政是大田五中初三学生。父亲过世时，潘宁光在小南门写下了这样的诗行：

　　天若有情
　　你就还会陪我
　　上街买芹菜

让秋水落下来

你就一定还会活在

那一季秋天里

耐心地等

我的头发变白

这诗行，成为大田诗歌界难得能流传的经典，被记忆着。

现在的小南门，以几家九重粿、牛肉汤店而闻名，是人人倾心眷顾的美味早点。近年，大田歌手林啟得创作的一首民谣《大田后生仔》，一夜间红遍大江南北，歌词里的东街口奶茶店，成了网红打卡点，紧挨着的小南门也沾上了光，那几家火热的奶茶店，那老南门街又被重新勾起了记忆，县里动议对小南门升级改造，恢复老街道的建筑风格和街市面貌，那浓浓的市井和人间烟火气息，似乎扑面而来，一城的人，充满了期待。

岩城的桥

◎连占斗

　　一座古桥往往是一个地方的缩影，在大田，被称为"东溪虹影"的镇东桥就是，它是古代大田城关的"八景"之一。大田县境内最有名的河流当属均溪河，均溪河的下游是尤溪，尤溪是闽江的支流，因此，均溪河也是闽江的支流。均溪河流经大田县城，即岩城，依次穿过福塘村、玉田村、红星村、城东村、温镇村五个村庄，河上架有十多座桥，最有名的当属镇东桥，也叫大田桥，镇东桥位于红星村内，再往下一段就是城东村、温镇村，几百年前在这个最宽阔的地方架桥，难度可想而知。在现代汽车时代，镇东桥已失去当初运输、交通的意义，虽然更多现代化的桥梁横跨均溪河，但是人们仍然把它当作大田第一桥，是因为文化内涵，它承载的是文化之重。

　　休闲栈道穿过镇东桥蜿蜒而去，它的背面几幢现代商品住房大楼高耸云天，旁边又有一座金碧辉煌的寺庙，叫吉祥寺，现代与古代、宗教与世俗景象都紧紧地融合在一起，500年前的古桥与现代的高楼大厦和谐相处，没有让人感到不自在，河滩上几十只白鹭不时地立在那儿，像是寻食，又像是休息，自然与现代、现代与生态都在镇东桥周围呈现出来。木栈道的建成，让均溪河的变化在加速，它仿佛一直在把镇东桥的风采夺走，岁月就是如此无情，会把曾经美好的东西慢慢瓦解。

　　镇东桥碑文是镇东桥的记忆，也是河流的记忆，记载到："镇东桥，俗名大田桥，亦名五拱桥。始建于明嘉靖年间，时架之木，清康熙十二年即公元 1672 年重修，康熙三十三年首毁于火后再建，康熙五十三年覆毁于火，时兴时废，乾隆十七年即公元1751年，知县谋治以本，以石易木，安基六墩，洞五连环，拱高八米，桥长七十四米，宽四米二十厘米，桥面两翼设河神庙位东北，然融桥台山川一体，凤称'东溪虹影'，列田阳八景之中，故谓邑第一桥。但年久失修，临塌垮之危。第九届县政府应民愿，筹其资，依其状，于公元1985年11月动工，届兹公元1987年7月告竣，显旧颜新貌……"可见，镇东桥初建于明代嘉靖年间，大田建县于1535年，也是那个时期，镇东桥应该是建县之后修建的，当初木头架桥，可是却数次遭遇火灾，我想，这不仅是镇东桥的命运，中国多少的古桥也如此。360多年前，才改用石头架设，桥上的栏杆、路面的石头已经经历了360多年的风雨，1985年重修时，仍然用旧石料，不足部分再添新的石头。因此，桥身、桥面显得沧桑。

镇东桥岸边建有一座河神庙，叫镇东宫，从路到桥顶铺有28级台阶，其间有两个平台可共休息、活动，入口处两只威猛的小石狮守护着，两边的石头栏杆有些风化了，毕竟经受了三百多年的风雨洗礼，从桥顶到北岸，共铺设30个台阶，之中也有两个平台，入口处也是两只威猛的小石狮守护着，拦下恶人恶物不让通行吧。岸边建有一座神庙，比东岸的规模大些，叫东仙庙，1997年前叫水仙亭，此时，不时有香客来访、求福，鞭炮响起，烟雾飘升，让人仿佛看到了河神现身。镇东桥呈五拱连环横跨在均溪河上，全桥均由石头砌成，共有六个桥墩，其中在河道中的四个桥墩别具建筑特色：水面的部分建成船头状，承托着桥面，宛如载桥远航。桥面的两侧，每侧石栏均由39根石柱和栏板构成，其中前后的两根圆球状柱头及正中的两对狮子柱头雕工精致。桥面正中石板雕琢精美的四瓣大莲花，虽年代久远，其形依然清晰如新。

民国版《大田县志》记载几则镇东桥的诗文。知县唐文杰诗：小田水入大田桥，两岸风生柳拂条。圣化诞敷民俗美，时闻瀛女夜吹箫；明万历年间，知县谢廷训写道："桥有庐兮名镇东，远近附兮恃峥嵘。往来如织兮若凌空，奔下流兮万派朝宗……"知县叶振甲诗："丹楹刻桷架垂虹，野水滔滔汇镇东。五月薰风逢雨歇，千山榴火照天中……"清乾隆十七年，知县徐有经易木以石，建河神庙于桥北，撰桥记："去东门一里许，有桥曰镇东……其君子相与赋诗志美，归功于余……"南平知县张焘在《镇东桥赠谢双湖》诗："我昨承乏来邻封，往复浃岁文移通……画桥影入征衣重，栏干映水惊长虹。野潦奔滩声正雄，夹岸鱼贯来艨艟……"贡生郑应辰诗："潭上几湾浮明月，天边千尺落长虹……"庠生范铎诗："岸柳垂鞍绿，山花侧帽红……"一本县志，能够对一座桥记录如此多的诗文，可见桥的重要，更可见文化的光芒。

1980 年秋天，我考入大田一中读初二。一位同学家就住镇东桥附近，我们周六、日经常到他家玩，因此，不时来到镇东桥。那时镇东桥破损严重，站在桥上，仿佛要被滚滚均溪河水卷走，栏杆扶手太低，石头已经磨损得严重，桥上石板更是凹凸不平，而且向两端低开，仿佛要滑落于江中。当时，两岸还没有修建起围坝来，可以走入河中取水。20 世纪末，为了安全，修建了 2 米多高的围坝，把居民与河流隔开。著名诗人卢辉的父亲卢占呈生前供职于县志办，我与他谈起过镇东桥，他告诉我，镇东桥旁边还有码头，先前船只来往频繁，他曾坐船去过福州。是的，古代，大田先民通商出入可以在镇东桥一带坐船，物流往来，镇东桥见证了多少繁华与辛酸。

2014 年底，湖北诗友迎客松从福州来到大田拜访，我们首先想起带他到白岩山公园和镇东桥观光，我与诗友叶建穗、潘宁光做向导，一路介绍交流，一个地方一定要有几处古迹承载它的历史，一个地方一定要有文化的积淀体现它的悠久与繁荣，镇东桥给了我们面子，给了大田时光的线索。我们远远站着，像观赏美女一样观赏着镇东桥，阳光照耀下，均溪河波光粼粼，古桥凌空而起，像一只飞翔的大鸟，两岸民房依桥而展开，仿佛起舞一般。桥下五拱，白鹭穿越，诗意悠然。均溪河不舍昼夜，我每每望着它向东流淌而去，穿过镇东桥，仿佛看见一条巨龙穿山而去，奔赴东海。2022年4月15日，卢辉参加亲人的葬礼回到大田，卢辉、潘宁光和我站在镇东桥旁边合影留念，一起见证我们的诗歌岁月。"五百年的镇东桥见证，福建三家巷32年来，诗歌一直陪伴着我们人生的脚步！今日又重聚，均溪河的涛声将传来无限的诗意！"

如意桥是岩城一座别有风味的桥，五六年前建成，但它已不是一座以交通为主的桥，而是一座景观桥，一座市民休闲的桥，它是一座现代廊桥，水泥钢筋修建，没有一点木质气息，或许这就是时代的烙印吧。2018年福州诗人迎客松到访大田，我便组织本地诗人到如意桥旁边的饭店就餐。之后便约大家共同为如意桥写诗，我编了一期微信公众号发出，题记写道："2018年4月7日中午，福州（湖北红安）、三明、大田三地七位诗人卢辉、迎客松（刘银松）、颜良重（闽田）、连仁山（梁兄）（连山）、叶建穗、潘宁光、连占斗欢聚大田县城均溪河的如意桥上，见证河水之浩荡，感慨逝者如斯夫，留下无限之诗意。"

如今，建于20世纪六七十年代的澹兜桥又在重建，从规划图上，又是岩城一座更加气派的廊桥。对于我来说中，我内心很复杂。澹兜桥下方有一大片礁石，河流在此便产生出咆哮的涛声来，20世纪80年代末到90年代初，我与卢辉、潘宁光经常夜里来到在这里观景、散步，我们戏称为"康桥"，就是徐志摩的康桥，就是再别"康桥"的"康桥"！这里属于郊区，十分安静，它为我们制造出多少的诗意啊。自从栈道修建以后，我经常来散步，一走到这里，激荡的涛声便把我灵魂赶出来，便有落笔的诗意，诗歌便从中诞生出来。可是，我看见它在施工之中，已经把这些礁石铲掉了，河流是拓宽了，涛声没有了，诗意也没有了。

如今，大田城关的桥达十多座，如南大门桥、东门桥、南山桥、玉山桥等，都是现代的桥，给现代人织出无数的梦幻，但唯独镇东桥依然编织出岩城的幽古之梦。

赤岩·白岩

◎林生钟

"大田县有七岩临水，山下皆平田，秋气未深，树彫（凋）叶落，衰柳依依。"

——1592年，晚明大书画家董其昌作《大田县纪游图》，在山水画上题写的"七岩临水"，分别出自县城东南郊的赤岩和西面的白岩等名胜。清泉自高岩而下汇集成均溪河，灌溉着城区"大丘田"和"小田里"的稻田，而后流向尤溪，进入闽江。董其昌是上海松江人，出生于明嘉靖三十四年（1555），官至南京礼部尚书。后人评价他的书法"出入晋唐，自成一格"，山水画"笔致清秀中和，恬静疏旷；用墨明洁隽朗，温敦淡荡"，为后世留下了很多优秀作品，历来被藏家珍爱。

明万历十九年（1591）春，大田籍京官田一俊不幸在任上病逝，皇帝诏赠礼部尚书，谕"文洁先生"，朝廷赐"祭一坛，特给全葬"。田一俊生前为礼部左侍郎教习庶吉士、兼翰林院侍读学士，掌管着翰林院。董其昌考中进士，录为庶吉士，田一俊是他的指导老师。田一俊做官素以正直著称朝野，"历宦廿余载，莫知其贫"，萧然寒士去世时儿子才11岁。董其昌护送恩师回乡归葬，墓地在大田县城东门外的杨树林，隔着均溪河，对面就是一大片赭红色的赤岩。4年前，知县谢与思岩下建赤岩寺，寺负山临溪，岩壑优美。

"岩城"是大田县别名，原为延平、漳州、泉州的尤溪、永安、漳平、德化"三府四县地"，"为十闽之中城。虎山障其西，仙峰屏其南，中万山而廓平原，为西南要镇。"《闽书》记载："县皆田也，中一丘独大，可置万家。"《读史方舆经要》说："因县境众山环绕，中有原田，又有大田溪环县治之南，故名大田。"明嘉靖十四年（1535），大田置县，名"节爱"，后为"新民"，1566年更为现名。县衙建在小田里（今均溪镇玉田村）的"状元丘"稻田上，"因田为邑，因丘为堂"。

"白岩，城右下有庵。""赤岩，城左，隔溪与白岩对峙。二岩俱以色名。"明万历版《大田县志》记载了延平知府冯岳写的《赤白二岩》诗："嶙峋双峙碍行云，金火星临景不群。夜月山空屏敞玉，朝霞海曙壁如焚。势雄百谷堆疑阵，秀拔千峰丽毓文。紫竹白云相间处，晨昏钟磬递相闻。"

清康熙二十一年（1682），知县叶振甲到任，他写《大田八景》白岩和赤岩"双岩映翠"。"山藏花县树藏村，赤白双岩列作门。玄圃丹丘分主客，红崖碧涧别乾坤。并标百尺天非远，齐拔千峰地更尊。想见硕人槃谷日，往来南北醉清樽。"叶知县作诗缘起"田钟台（田一俊）先生十二景绝句，俱为白岩题者，未及四隅也"。

对于赤白双岩，田一俊钟爱于心。"性僻耽幽寂，名山不易逢。丹崖一以眺，紫气若为重。树影春阴合，井烟夕照浓。它年谢公约，于此伴云松。"他写白岩的诗歌更多，有《六合晴望》《中亭晚眺》《东峰月色》《下寺钟声》《青屏旭照》《玉印云封》《石洞藏云》《线天漏月》《古木虬龙》《乳泉冰雪》等12首，其中《城市暮霭》描绘："山城日落暝烟亭，雉堞分明月乍轻。坐久四天风露合，云中突兀一峰青。"《禾黍秋风》里的风光自是"东皋舒啸破秋烟，曲曲长渠遍绕田。桑柘欲随杨柳瘦，微烟酿雨可人怜"！在《十二景诗叙》里，他说"岩之胜，仙都也。自有宇宙，便有此岩。余列为十二景，传之同好"。

赤岩在山城的爱国史上，色如红霞。1920年春，被后人赞为"外交史上第一人""民国以来第一位抗日烈士"的"济南惨案"英烈蔡公时，传檄福建期间暂居大田数月。他见均溪河畔赤岩寺风光秀丽，流连其间，题作无数。在寺内正殿北墙上题写了"岩下楼台山外山，谁云此地是人间。华城画角催征马，偷得劳人半日闲"。在门楼题联句"赤松引禅意，岩影空人心"，首冠"赤岩"，署名"蔡公时书"……诗作与联句文辞美、数量多，且书法刚劲，引来四方文人骚客观瞻。

"迁山回水到琼崖，烟雾重重绕佛台。举酒杯如新月满，开窗山似故人来。浮云掩日霞横射，远水离岩湍急催。此地清幽尘浊少，从容闲话煮春醅。"不仅如此，蔡公时"又春日，偕朱公晴波再游此，蒙和句有感"，于是诗兴大发，接着写下了"文公名句感相酬，尚有风云淡未收。好友无嫌三益少，名山不厌百回游。天留岩石供题壁，地转均溪作急流。酒醉三杯观笔砚，红霞白日两悠悠"。

那时的赤岩寺，有"水月轩""观稼亭""三元堂""文昌阁""涤除玄览""凌霄"等建筑。东阁晨曦，引普陀而挺秀；西园初月，互水竹而交章。官署清而禅林偕静，市烟霭而佛火同光。鼓动谯楼，寺钟耸籁；柝闻城阙，梵韵悠扬。寺庙供元君、观音大士像。时人咏其为"令节循遐览，山山势若龙。南天销瘴疠，西土涌芙蓉。绀殿醋红叶，丹丘映赤松。四周苍翠里，图画一重重"。

蔡公时为国捐躯后，寓居地大田的民众自发捐钱出力，在赤岩寺的右前方建"蔡公亭"，用来纪念伟大的爱国志士。

在县城，蔡公时在寓居的馆舍留下题作："满院梧桐杂素蒿，客居聊可息尘劳。市无书籍知民朴，座有风云觉地高。几盏山茶消闷渴，半窗明月写离骚。孤城蔽岭音邮断，沦落天涯一鸿毛。"诗人的情愫、山城旧日的景况、大田盛行的茶饮，全都跃然纸上，为今人留下了一段地方史。

1929年春，中国工农红军第四军入闽作战，节节胜利撼动了国民党当局，蒋介石调集闽粤赣三省兵力"会剿"，朱德率第二、第三纵队和前委机关3000多人主动出击闽中大田等地，打土豪、分田地，建立红色政权，革命足迹踏遍岩城的山山水水。8月19日，红军离开漳平进入大田，福建土著军阀卢兴邦部据守县城和群众的碉楼以逸待劳。"在大田县城附近，朱军长派出信使到卢兴邦司令部，称'借道过境'，卢借口'本乡地僻土瘠'，没有答应。"

8月21日，朱德亲率大军抵达城郊玉田村，在村民范文慰带领下，爬上山顶察看地形。回到范家宗祠官厅后，分兵三路攻打县城制高点霞山、白岩山、马路岭炮楼。由于卢部实力雄厚，又在县城周边挖掘战壕、修筑碉堡等工事，红军在武器低劣、弹药奇缺、长途跋涉、粮缺人乏和群众基础薄弱等诸多不利条件下，围攻大田县城不克。在白岩山战斗中，红军牺牲了7名战士，其中一人是连长。

1934年7月，红七军团改组为中国工农红军北上抗日先遣队，6000余人携带抗日宣传品160万份，在红九军团4000多名指战员护送下入闽和北渡闽江，到浙皖赣边行动。寻淮洲任军团长，乐少华任军团政治委员，曾洪易任随军中央代表，粟裕任军团参谋长，刘英任军团政治部主任。

7月19日，北上抗日先遣队和红九团先头部队，抵达离大田县城15公里的小湖村后，部分战士打扮成老百姓模样，头戴斗笠，身披棕衣，肩荷锄头、草耙等农具，以及打扮成肩挑货担的商贩和挑夫，冒雨行进。20日，队伍经宋京、莲花崎，直抵大田城西白岩山，驻守县城民军的1个连闻讯后惊恐万状，急派2个排护送县政府人员逃离。随后，守城的1个排民军也弃城而逃。当日傍晚，红军攻占大田县城，缴获步枪10余支、无线电台和电话机各1部、食盐万余斤，大田成为红军北上抗日先遣队攻占的第一座县城。红军在县城驻扎了3天，指挥部设在西门内育智小学。战士们拆除城墙的城垛，摧毁了凤凰山、白岩山、霞山、禁山等处的民团炮楼。同时，在文庙召开群众大会，宣传抗日救国道理，揭露国民党出卖民族利益等罪行，号召农民组织起来打土豪、分田地，把没收土豪劣绅的粮食和财产分发给贫苦农民……

"谢方壶构亭赤岩，酒酹岩曰：'昔有赤壁，今有赤岩。兹岩遇哉！'诗曰：'不妨受简与分符，共诧登高古大夫。未许闲情赊北海，曾闻公事了西湖（知县谢与思曾令钱塘）。手开混沌成川岳，身入烟云列画图。传道赤岩当赤壁，肯容二赋寄来无？'"大田建县后的首位进士田一俊，在赤岩写诗并叙。在白岩，他题诗石壁："穿石何嶙峋，白云时来客。"双岩叠翠，大美岩城。

九　层　粿

◎青　黄

　　前山路，大田实验幼儿园往前，与建山路交会。新华书店一侧，数年前，有一家小吃店。店主是一位年纪五十上下的妇女。店内四五张小方桌，围坐吃早点的食客。几口大锅，热气氤氲。其中一口，必定熬着牛杂汤。这么多年，独记得牛杂汤，与九层粿有关。

　　店门一侧，一老者守着一个卖九层粿的小摊。老者六十岁上下，系一条黑色油亮的围裙。九层粿盛在一面直径1米左右的竹匾里，棉布盖着。食客来到店门口，对老者说："九层粿来五块！"然后进店找位坐定。这"块"是人民币单位"元"。也有食客要"三块"或"两块"或者更大分量。老者揭开棉布，将九层粿切下菱形一块或数块。用碗盛了端进店里。食客也点了店内某样汤点。九层粿就着热汤，对刚醒来不久的味蕾和胃是极大的抚慰。对光顾这个小吃店的许多人而言，新的一天就从这数块九层粿和一碗热汤开始。

　　桌上必定有蘸料，蒜头醋——蒜泥、老醋、酱油、白糖。喜辣的，还有辣椒蘸水。它们分别装在透明带嘴的塑料小壶里。这家牛杂汤，加入拍松的大块老姜和整棵当归，长时间熬煮，牛杂软烂，汤味道浓郁。一段时间，数块九层粿，一碗牛杂汤，这家小店就这样拴住了我的胃。以致相当长一段时间，我都认为其他地方的牛杂汤不正宗，味道寡淡。

　　小摊为小吃店吸引了更多的食客，小吃店也加速了小摊的销量，不是一家人的一店一摊就这样互相依存着。

　　记忆里，我家仅做过一次九层粿，小时候，在老家。父母用凉水把米浸透，用石磨磨成米浆。大锅的水烧开了，架上洗净的竹匾，竹匾铺一片干净棉布，抹上点油。米浆倒在棉布上，薄薄一层，快蒸熟了，倒入葱油，再倒上一层米浆，快熟透了，再倒入葱油。如此，直到九层。最上层米浆拌入剁碎的韭菜叶。蒸熟了，透着诱人的绿色。蒸熟的九层粿横切开来，断面一层一层，层次分明。说是九层粿，其实"九"是概数。

那年父母亲做九层粿，恰逢我换牙，一颗牙已经松动，但还不到拔除的时候。虽然九层粿软糯，碰到松动的牙齿，还是会引发牙根阵阵疼痛。尽管疼痛，依旧抵不住美食的诱惑。

小时候吃九层粿，用筷子一层一层揭开吃，揭开一层，看得到泛光的葱油，香气扑鼻而来。总觉得囫囵吞下，辜负了美食。

九层粿，米粿，糍粑，米粉……人们把稻米做到极致，是对稻米的敬意。在农村，是农民对自己一年辛劳的奖赏。

前山路那家小吃店不知什么时候关了。那个九层粿摊也不知去了哪里。

教书时，一位同事的妻子在学校内开了一间食杂店。离开学校数年，一日到东街口，却见她在老新华书店旁开了一家九层粿店。去光顾几次。许是占了地利——周边是宾馆、学校、综合市场，高峰时没有座位，即便有了座位，还要等下一匾九层粿出锅。九层粿一出蒸锅即切块上桌。她家的汤点比较丰富，有排骨海带汤、牛肉汤、小肠豆腐汤、豆腐汤……豆腐有嫩豆腐、炸过的老豆腐。九层粿刚出锅，韧性尚未形成，口感稍糊。

一直觉得，九层粿出锅，稍微冷却一会儿，待上层稍凉，其余各层还热乎，米香，葱油香，各有温度。此时最好。若凉透，香气散发，或者收回去了。

几年前，大田老汽车站，远行归来，下车，穿过行李房，出东侧门，车站与残联办公楼之间，一条窄巷，巷道一侧，就摆了三两木桌，卖九层粿。远方回来的人，一下车，就可以吃到九层粿。游子的心立刻得到抚慰。有的人从异乡回来，返程时，带些家乡的特产，其中可能就有九层粿。

　　后来到了三明，早晨先送女儿上学，再去单位。一回路过三明综合市场。大樟树下，一小吃店。居然有九层粿，意外的欣喜。进店尝了，却不是原来的味道。不知是味蕾变了还是九层粿味道变了。还是，都变了。

后 记

　　三明市所属十一个县（市、区），建县历史不一，十一座城关，时光留下的痕迹亦不尽相同。三明市文联、三明市政协文化文史和学习委员会组织创作《城关记忆》散文集，旨在记录各地城关历史文化，让城市留住记忆，让人们记住乡愁，推动中华优秀传统文化传承发展。

　　《城关记忆》在创作过程中，各县（市、区）文联积极响应，开展专题征稿活动，组织作家精心创作，推送了一批优秀作品。我们从中精选58篇佳作编印成册，按十一个县（市、区）城关分十一个版块编排。每个版块五六篇作品，从历史沿革观照新时代变迁，展示民俗风情，寻味街巷，探访民声，融合了群体记忆与个人记忆，呈现出记忆里的山城之韵、小城之美。

　　从城关到乡村，三明大地资源丰富，文化多彩。书写"城关记忆"，与三明市文联深入开展的"行走乡村"系列采风创作，形成了一种城乡呼应的文学创作景观。希望全市作家和文学爱好者更好地立足本乡本土，深入采风，深入挖掘，书写出更多元、更精彩的三明故事，以文学力量为三明革命老区高质量发展示范区建设赋能助力。

编者

2023 年 10 月